산업화와 유신, 소설의 우주

산업화와 유신, 소설의 우주

초판 인쇄 2021년 2월 24일
초판 발행 2021년 3월 3일

지은이 박수현
펴낸이 박찬익
편집장 한병순
책임편집 유동근
펴낸곳 ㈜박이정 **주소** 경기도 하남시 조정대로45 미사센텀비즈 7층 F749호
전화 031)792-1193, 1195 **팩스** 02)928-4683 **홈페이지** www.pjbook.com
이메일 pijbook@naver.com **등록** 2014년 8월 22일 제2020-000029호

ISBN 979-11-5848-611-2 93810

* 책값은 뒤표지에 있습니다.

산업화와 유신,
소설의 우주

박수현 지음

(주)박이정

책머리에

오래 전에 썼던 논문들을 모아서 단행본을 낸다. 대부분 2013년과 2014년에 쓴 글들이다. 1970년대 조해일, 송영, 조선작, 김주영, 전상국, 방영웅, 이병주, 황석영의 소설들과 계간지 『문학과지성』, 『창작과비평』, 박정희 대통령의 담론을 연구대상으로 삼았다.

Ⅰ부에는 1970년대에 화려한 조명을 받았으나 훗날 학계에서 소외되었던 작가들을 발굴하여 작가적 특성의 전모를 밝힌 작가론을 수록하였다. 무대의 중앙보다는 주변에, 풍문의 한가운데보다는 망각의 사각지대에 놓인 이들에게 관심을 기울이고 싶었다. 발굴 혹은 재조명의 윤리는 이 책에 실린 글 전체를 관통하지만, 일반적인 작가론이 아닌 글들은 주제 별로 따로 묶었다. Ⅱ부에는 당대 심층적 망탈리테인 근대적 동일성에 대한 작가들의 응전 양상을 다룬 글을 모았다. Ⅲ부는 당대 문학과 사회의 이데올로기로서 도덕주의를, Ⅳ부는 집단주의를 다룬 글들을 묶었다. 이데올로기는 한때 진실로 여겨졌으나 시간의 흐름에 따라 그 허구성을 드러내는 믿음 체계다. 사람들은 어지간하면 이 이데올로기의 우주에 갇혀서 그 구속을 피할 수 없다.

은닉된 채 인간의 의식을 배후 조종하는 이데올로기는 예나 지금이나 나의 관심을 사로잡는다. 인간의 의식구조와 행동 양식을 좌지우지하는 것은 순수한 '내'가 아니다. 그 총괄 수장은 사회에 만연한 집단적 믿음 체계의 영향력 아래 있다. 대개는 이 영향 관계를 인지하지 못하며, 사고하고 판단하는 '내'가 절대적이고 독립적인 실체라고 믿고 산다. 이러한 '나'라는 것의 허구를 깨닫는 순간, 진실인 줄 알았던 것이 이데올로기임을 깨닫는 순간은 인문학적 개안(開眼)의 시간이지만, 그 시간은 드물게 온다. 이 책에 실린 글들에서는 인간이 사회적 이데올로기에 구속되는 양상을 다루었지만, 요즘에는 개인적 이데올로기의 발견과 형성과 극복의 문제를 두고 씨름하고 있다.

놀랍게도, 아주 오래 전에 썼던 글을 매만지며 내 이데올로기의 형성 과정을 목도할 수 있었다. 지금의 나를 주조하는 생각들의 원형, 나를 고통스럽게도 빛나게도 하는 내 됨됨이의 근원이 이 글들에 모조리 담겨 있음을 확인하는 체험은 다소 서글펐다. 글이 곧 사람이라 했던가. 일기가 아닌 학술적인 글에도 내 이데올로기의 씨앗은 고스란히 녹아 있었고, 그것은 이데올로기로 무럭무럭 자라서 오랜 세월 나의 의식구조와 행동 양식을 구속했다. 참 어지간히도 집단의 횡포를, 맹목적인 믿음을, 다수의 폭력을, 강자의 전횡을, 권력을 향한 욕망을, 약육강식의 원칙을 미워했다. 어떤 사회에서는 상식으로 여겨지는 이런 가치들에 대한 미움 때문에 나는 적지아니하게 고달팠으나, 그 고달픔이 어딘가에서 온기와 창조력의 씨앗이 되었을 것이라고 믿고 싶다.

이남호 선생님께 문학만 배운 줄 알았는데, 헤아릴 수 없이 많은 것을 배웠음을 얼마 전에야 깨달았다. 제자는 선생님의 일거수일투족을 보고 배운다는 사실을 절감했다. 배운 것을 일일이 열거하기조차 힘든 형언(形言)의 난관 속에서 아름다움과 품위의 가치만을 간신히 언급해 본다. 윤석달 선생님께도 마찬가지다. 고작 분별력과 인간다움만을 떠올리는 부족한 언어를 개탄한다. 두 분 선생님께 특별한 감사를 드린다. 서로 격려하고 온기를 주고받으며 함께 성장해 온 6인회의 선후배님들, 강산이 두 번 바뀔 동안 든든히 곁을 지켜주신 고려대의 선후배

님들, 어려울 때마다 빛이 되어주신 공주대의 착하고 다정한 여교수님
들께 각별한 감사를 드린다.

2021년 봄을 기다리며

박수현

목차

III부
도덕주의의 우주

IV부
집단주의의 구속

일러두기

본문의 표기는 한글 맞춤법을 따르되, 인용문의 경우 원전의 표기를 그대로 옮겨 썼다.

I부

발굴과 발견

조해일의 단편소설 연구

-작가의식의 변모 양상을 포함하여-

1. 머리말

소설가 조해일은 1970년대를 대표하는 베스트셀러 『겨울 女子』의 작가로 알려져 있다. 그가 1970년대 평단의 관심의 한가운데에 놓였던 본격소설 작가라는 사실은 현재의 논단에서 거의 잊혀졌다. 심지어 문학사도 그의 단편소설에 지면을 할애하기에 인색함을 보인다. 조해일은 1941년에 출생하여 1970년 「每日 죽는 사람」으로 등단했다. 곧바로 왕성한 창작 활동을 전개하여 1974년 첫 소설집 『아메리카』를, 1975년에 두 번째 소설집 『往十里』를, 1976년 작품집 『每日 죽는 사람』, 1977년 중편소설집 『雨曜日』, 1986년 연작소설집 『임꺽정에 관한 일곱 개의 이야기』를 상재했다.[1] 조해일은 1970년대의 평자들에게

---

1 장편소설로는 『겨울 女子』(1976), 『지붕 위의 男子』(1977), 『갈 수 없는 나라』(1979), 『엑스』(1982) 등이 있다.

1970년대를 대표하는 작가로 호명되었다.[2] 이 논문은 우선 당대 본격
소설가로 화려한 조명을 받았으나 후대의 문학사에서 잊혀지다시피
한 조해일에 관한 적극적 논의의 필요성을 제기한다.

지금까지 조해일에 관한 본격 학술연구는 베스트셀러 『겨울 女子』
위주로 이루어져 왔다.[3] 특히 『겨울 女子』에 나타난 여성 표상은 초미
의 관심사가 되었는데,[4] 여성 표상에 대한 관심을 이어 받되 분석 대상
을 「왕십리」와 「아메리카」로 확장한 연구[5]가 눈에 띈다. 여성 표상이
주요 논제가 되는 연구를 제외할 때, 조해일의 본격 단편소설에 관한
연구로는 등단작 한 편을 분석한 논의[6]가 유일하다. 이외에 조해일에
관한 선행연구는 당대의 비평문과 서평, 작품집과 전집 해설 등이다.
따라서 조해일의 본격소설에 관한 시사점을 얻으려면 당대의 논의를

---

2 김주연, 「70年代作家의 視點」, 『變動社會와 作家』, 문학과지성사, 1979; 김주연, 「新聞小
說과 젊은 作家들」, 『變動社會와 作家』, 문학과지성사, 1979; 김병익, 「近作 政治小說의 理
解」, 『문학과지성』 19, 1975. 봄; 오생근, 「韓國大衆文學의 展開」, 『문학과지성』 29, 1977.
가을; 김치수, 「文學과 文學社會學」 30, 『문학과지성』, 1977. 겨울.

3 곽승숙, 「1970년대 신문연재소설의 여성 인물과 '연애' 양상 연구-『별들의 고향』, 『겨울여
자』를 중심으로」, 『여성학논집』 23-2, 이화여대 한국여성연구원, 2006; 김영옥, 「70년대
근대화의 전개와 여성의 몸」, 『여성학논집』 18, 이화여대 한국여성연구원, 2001; 이정옥,
「산업화의 명암과 성적 욕망의 서사-1970년대 '창녀문학'에 나타난 여성 섹슈얼리티의 두
가지 양상」, 『한국문학논총』 29, 한국문학회, 2001; 조명기, 「1970년대 대중소설의 한 양
상-조해일의 『겨울 女子』를 중심으로」, 『대중서사연구』 10, 대중서사학회, 2003. 『겨울 女
子』에 관한 논의는 대부분 1970년대의 다른 베스트셀러들, 특히 최인호의 『별들의 고향』
과 더불어 이루어지는 경향을 보인다. 위의 연구 중 『겨울 女子』만을 단일하게 연구대상으
로 삼은 논의는 조명기의 것이 유일하다.

4 위의 연구 중 조명기의 것을 제외한 모든 논의가 이에 해당한다. 이 중 곽승숙은 여성 표
상뿐만 아니라 연애 양상까지 고찰하면서 진일보한 논점을 제출한다. 곽승숙, 앞의 글.

5 김원규, 「1970년대 서사담론에 나타난 여성하위주체-조해일의 「왕십리」, 「아메리카」를
중심으로」, 『한국문예비평연구』 24, 한국현대문예비평학회, 2007.

6 오태호, 「조해일의 「매일 죽는 사람」에 나타난 죽음 모티프 연구」, 『우리어문연구』 37, 우
리어문학회, 2010.

살펴보아야 한다. 우선 내용적 측면에 주목한 논의부터 살펴보자면, 김병익은 초창기 논의에서 조해일 소설에 나타난 지식인의 자기 각성 문제에 주목한[7] 이후 최초의 정치한 분석을 제출한다.[8]

이에 따르면, 조해일의 소설에 다수 등장하는 "평범한 영웅"들은 문명비판적 의미를 띠고, 그의 관심사인 폭력과 빈곤 문제는 자유와 평등의 문제와도 통한다. 또한 조해일 소설은 "인간다운 삶이 불가능"[9]한 시대에 "어떤 인간이 바람직함 참된 타입인가를 제시"[10]한다. 이 마지막 논점은 오생근에게서 "시대를 거부하는 부정적 시선"과 "진정한 인간의 모습"의 추구[11]로, 김주연에게서는 "완강한 理想主義者"[12]라는 언표로 변주된다. 영웅적 인물, 문명 비판, 폭력 비판, 시대의 부정성에 대한 비판과 바람직한 인간형의 제시, 지식인의 자기 각성 등은 조해일 소설의 특성을 해명하는 키워드로 후속연구에 지속적으로 등장한다.[13] 형식적 특성에 관하여 조해일 소설의 주종인 미래소설·역사소설이 현실 문제에 대한 알레고리라는 김병익의 지적[14] 이후, 비현실

7 김병익, 「受惠國知識人의 自己認識-趙海一의 『아메리카』를 중심으로」, 『문학과지성』 9, 1972. 가을.
8 김병익, 「호모·파벨의 고통」, 조해일, 『아메리카』 해설, 민음사, 1974.
9 위의 글, 382면.
10 위의 글, 383면.
11 오생근, 「個人意識의 克服」, 『문학과지성』 16, 1974. 여름.
12 김주연, 「70年代作家의 視點」, 42면.
13 김윤식, 「趙海一小說集 「아메리카」」, 『창작과비평』 33, 1974. 가을; 권영민, 「內容과 手法의 多樣性」, 송영·조해일, 『삼성판 한국현대문학전집 54』 해설, 삼성출판사, 1981; 홍정선, 「현실로서의 비현실」, 조해일, 『무쇠탈』 해설, 솔, 1991; 신철하, 「한 현실주의자의 상상세계」, 조해일·서영은, 『한국소설문학대계 65』 해설, 동아출판사, 1995; 서영인, 「1970년대의 서울, 현실의 발견과 압축」, 조해일, 『아메리카』 해설, 책세상, 2007.
14 김병익, 「過去의 言語와 未來의 言語-趙海一의 近作들」, 『문학과지성』 13, 1973. 가을.

성과 알레고리 수법은 줄곧 주목을 받아 왔다.[15] 이외에 비교적 그다지 주목을 받지 못했던 작품집과 장편소설에 관한 작품 해설과 서평[16]이 있다.

지금까지 살펴본 바, 조해일에 관한 본격 학술연구는 『겨울 女子』에만 주목하거나, 여성 표상 등 특수한 문제에 천착하거나, 등단작 한 편에 관한 분석에 머무른다. 조해일의 작품 세계 전반을 아우르는 본격 학술연구가 전무한 실정이다. 이에 이 논문은 조해일의 단편소설 전반을 분석 대상으로 삼아, 작가의식의 궤적을 전체적으로 추적하고자 한다.[17] 또한 선행연구들은 공히 발표 시기에 따른 작품의 변모 양상을 간과한다. 이른바 폭력에의 대응 방법에 관해, 조해일이 잘못된 현실을 바로잡기 위해 "가장 온건한 방법이 채택되기를 희망"[18]한다고, 즉

---

15 김윤식, 앞의 글; 권영민, 앞의 글; 홍정선, 앞의 글; 신철하, 앞의 글.

16 조해일의 연애소설 「왕십리」에 주목한 논의는 다음과 같다. 김병익, 「가난한 사람들의 가난한 사랑」, 조해일, 『往十里』 해설, 삼중당, 1975; 이상섭, 「세 개의 領域」, 『문학과지성』 22, 1975. 겨울; 진형준, 「戀愛의 풍속도」, 조해일, 『왕십리』 해설, 솔, 1993. 연작소설 『임꺽정에 관한 일곱 개의 이야기』에 관한 논의로 김현, 「덧붙이기와 바꾸기-임꺽정 이야기의 변용」(조해일, 『임꺽정에 관한 일곱 개의 이야기』 해설, 책세상, 1986)이, 장편소설 『갈 수 없는 나라』에 관한 논의로 조동민, 「날개 잃은 天使의 悲歌」(조해일, 『현대의 한국문학 10』 해설, 범한출판사, 1986)가 있다.

17 김원규는 조해일의 소설을 세 가지 유형으로 구분한다. 연애소설, 폭력의 여러 양상을 다룬 소설, 특이한 인물의 삶을 다룬 소설이 그것이다.(김원규, 앞의 글, 63면 참조.) 이 구분법은 일리가 있지만, 작품의 시기별 차이에 관한 고려를 배제한다. 한편 '폭력의 여러 양상이 나타난다'는 단순 어법으로 해명되지 않을 만큼 조해일의 폭력에 관한 천착은 폭력의 작동 원리와 심리적 기제까지 포함하여 구조적이고 다층적 차원에서 전개된다. 이것까지 해명하는 것이 이 논문의 목적이다. 이 논문은 연애소설들을 분석 대상에서 제외했다. 이들에 대한 분석은 또 다른 지면을 요구하기 때문이다. 중편소설 「아메리카」와 단편소설 「대낮」, 「애란」 등 기지촌 소설도 새로운 지면을 요구하기에 분석 대상에서 제외했다.

18 홍정선, 앞의 글, 386면.

"비폭력주의"[19]를 제시한다고 논의된다. 그러나 이것은 작가의식의 변모를 거친 후에야 나타난, 즉 후기 소설에만 특정하게 나타나는 양상이다. 그 이전의 소설에는 이와 반대되는 양상, 즉 폭력에 대항하는 방법으로서의 폭력에 대한 동경도 나타난다. 이는 조해일 작품의 시기별 변모를 간과하고 전 작품을 공시선상에서 파악하는 연구방법의 문제점을 드러낸다. 뿐만 아니라, 그의 작품을 해명하는 키워드인 '연대'의 의미도 시기별로 차이를 보인다. 이 차이를 무시한 공시적 논의는 한계를 보일 수밖에 없다.

　작가의 전작(全作)은 정물적 고정태가 아니라 역동적인 운동태이므로, 평면적인 방법으로는 전모를 파악할 수 없다. 그 역동성을 파악하려면 시간 개념을 도입해야 한다. 실상 조해일은 미세하게든 뚜렷하게든 작가의식의 변모를 노출한다. 1970년 등단 이래 16여 년 동안 작품을 창작했던 작가가 줄곧 일관된 세계관과 작가의식을 고수했다면, 그는 논의에 값하는 작가가 아닐 것이다. 조해일의 작품을 통시적으로 살펴볼 필요성이 바로 여기에 있다. 이에 이 논문은 발표 시기에 따른 작가의식의 미세한 변화까지 추적하고자 한다. 사이드는 예술에서의 시의성timeilness 개념을 언급하였거니와,[20] 문학에서도 창작자의 삶의 경과에 따라 특유하게 나타나는 성격은 분명히 존재한다.

19　신철하, 앞의 글, 603면.
20　"예술에서나 삶의 경과에 대한 사고에서나 일반적으로 적절한 때가 존재한다는 사실"을 뜻하는 시의성 개념은 창작자의 삶의 경과에 따라 달라지는 작품의 성격이 매력적인 탐구 주제가 될 수 있음을 시사한다.(에드워드 사이드, 장호연 역, 『말년의 양식에 관하여』, 마티, 2012, 27면 참조.) 실제로 사이드는 예술가의 말년에 나타나는 특유한 양식을 연구하면서 이 개념을 언급한다. 그 역시 예술 혹은 문학 연구에서 시간 개념을 핵심적인 것으로 파악한다.

아직까지 조해일 연구에서 시기 구분마저 미비한 실정은 이러한 연구방법의 긴요성을 확인시켜 준다. 이에 이 논문은 조해일의 작품 세계를 세 시기로 나누어, 각 시기별 특성을 고찰하고 차이들을 고구하고자 한다. 이 논문은 1970년부터 1972년 사이에 발표된 「每日 죽는 사람」, 「멘드롱·따또」, 「이상한 都市의 명명이」, 「統一節素描」, 「방」, 「뿔」 등을 초기 소설로, 1972년부터 1977년 사이 발표된 「專門家」, 「心理學者들」, 「내 친구 海賊」, 「1998년」, 「覇」, 「무쇠탈」, 「어느 하느님의 어린 時節」, 「임걱정 1」에서 「임걱정 4」까지의 연작 등을 중기 소설로, 1979년부터 1986년까지 발표된 「자동차와 사람이 싸우면 누가 이기나」, 「낮꿈」, 「임꺽정5」에서 「임꺽정7」까지의 연작을 후기 소설로 파악하기를 제안한다.

위의 구분은 전적으로 작가의식의 변모 양상에 따른 것이다. 즉 작가의식의 변모가 나타난 변곡점을 시기의 분절점으로 삼았다. 그 변모 양상이 무엇인지, 즉 각 시기에 특징적인 작가의식과 시기별 차이를 본론에서 고찰하고자 한다.[21] 아울러 조해일의 작가의식의 변모 양상의 의미까지도 궁구하려고 한다. 조해일의 열정과 좌절을 살핌으로

21 주지하다시피 1972년에 유신헌법이 선포되었다. 이는 조해일의 초기와 중기 소설의 차별점을 생성한 중대한 요인으로 보인다. 본론에서 상세히 논하겠지만, 조해일은 초기에 저항과 투쟁에 회의적이었는데 중기에 적극적으로 변모한다. 유신헌법 선포의 충격이 이 변모의 한 계기였을 수 있다고 추론된다. 또한 1979년 이후 조해일은 투쟁에 대해 다시 회의적인 태도를 보이는데, 1979년은 박정희 정권과 그에 저항하는 세력의 억압성과 모순이 절정에 이르렀던 때였다. 이것이 조해일의 후기 소설의 변모에 일정한 영향력을 미쳤을 것이라고 추론할 수 있다. 한편 다른 시기에 비해 초기가 짧기에 초기와 중기를 통합해서 한 시기로 볼 가능성도 있으나, 그렇게 하기에는 초기와 중기 사이의 차이가 뚜렷하다. 초기 소설은 짧은 기간 동안 창작되었으나 이후 소설과 뚜렷하게 차별되는 자질들을 보여준다. 실상 초기 소설의 이런 차별적 특성들은 선행연구에서 간과되지 않았으므로, 더욱이 논의할 가치가 있다.

써 1970년대 문학 장의 성격을 다시 한 번 성찰할 수 있을 것이다. 또한 이 논문의 작업은 특유한 성격을 지닌 문학 장에서 작가의 존재 양식, 그리고 작가 개인적인 성장과 작품의 변모 양상과의 함수 관계, 문학에서 이상주의의 위상 등 문학 본질론적인 문제에 관한 시사점을 제출할 수 있을 것이다. 원칙적으로 작품이 최초로 수록된 단행본을 텍스트로 삼는다.[22]

2. 만물에 대한 비판과 미만(彌滿)한 무의미

이 장에서 살펴볼 초기 소설에서 조해일은 세상의 거의 모든 부정성에 대한 비판을 수행한다. 다분히 이상주의자의 시각으로 사회의 부조리뿐만 아니라 바람직하지 못한 인간성 전반, 그리고 당대 사회의 대표적 생활양식 모두를 냉소적으로 바라본다. 가히 만물에 대한 비판과 거부라 할 만하다. 이는 중기 소설에서 비판의 화살이 폭력적 권력에 집중되는 현상과는 대비된다. 만물을 비판하는 정신에게 세상은 무의미로 미만(彌滿)해 있다. 무의미에 대한 예민한 감각은 무기력과 밀접한 관련을 맺는다. 이 시기 소설은 빈번하게 동화의 형식을 취한다.

「이상한 都市의 명명이」(『往十里』)에서 명명이는 지갑을 타고 날아다니는 다분히 비현실적인 여행 중에 편법으로 부를 축적하려는 사업가,

---

22 이 논문의 대상 텍스트는 다음과 같다. 조해일, 『아메리카』, 민음사, 1974; 조해일, 『往十里』, 삼중당, 1975; 조해일, 『임꺽정에 관한 일곱 개의 이야기』, 책세상, 1986; 조해일, 『무쇠탈』, 솔, 1991. 앞으로 이 책들에서 인용 시 작품명 옆의 괄호 안에 수록 도서명을 기입하고, 인용문 옆의 괄호 안에 면수만을 표기하기로 한다.

뇌물 수수를 거리끼지 않는 은행가, 지식인의 책임에 눈감는 경제학자를 목격한다. 그들의 작태의 부정성을 극단적으로 보여주면서 작가는 경제적·사회적 현실의 각종 부조리와 비리, 당대인의 비양심적 행태를 직설적으로 비판한다. '말하고 날아다니는 지갑'이 등장하고, 주인공이 그 지갑을 타고 시공을 초월하여 사회 전역을 누비는 등, 이 소설은 다분히 동화적 양식을 취하고 있다. 「統一節小描」(『往十里』)는 우리나라가 통일을 이루고 난 3년 후의 현실을 가상적으로 그린다. 가상적 시간 설정이라는 면 이외에도, 소설적 현재에서 모든 것이 완벽하게 아름답다는 점에서도 이 소설은 동화답다. 정치, 경제, 교육 현실에서 뿐만 아니라 인간성 측면에서도 빠짐없이 이상을 구현한 소설적 현재는 실상 당대 현실의 역상이다. 동화처럼 환상적인 현실은 당대 현실에 대한 역설적 비판을 함의한다. 당대 현실과 정반대의 이상적 상황을 소설적 현재로 설정함으로써, 작가는 당대 현실을 반어적으로 비판하는 것이다.

뿐만 아니라 인물들은 구태(舊態)를 직접적으로 비판하기도 하는데 이는 당대 현실에 대한 직설적 비판이다. 그들은 가령 부정선거와 같은 구체적인 사회 현실뿐만 아니라 왜곡된 인간성 전반을 비판한다. 게으르고 염치없거나 약삭빠르고 가벼운 인간성, 수단과 방법을 가리지 않고 남을 누르고자 하는 인간성, 분단, 동족상잔의 전쟁, 외국의 원조, 외국으로의 도피 성향, 물질만능주의, 낭비 성향, 의롭지 못한 권력, 불의와 부정, 도농 격차, 환경오염 등이 모조리 비판된다. 이 소설은 동화의 형식을 띠면서 거의 모든 당대의 부정성을 비판하는 셈이다. 비록 동화 형식이라는 우회로가 설정되기는 했지만 비판의 어조는 다분히 직선적이고 강경하다. 여기에서 현실의 거의 모든 것이 비판되는 현상은 주목을 요한다. 이는 중기 소설에서 비판의 화살이 폭력적 권력에 집중되는 모습과 차별적이다. 게다가 거의 모든 것을 비판하는 정신은 특정한 정서와 연관된다.

정서면에서, 모든 것에 대한 비판은 모든 것에 대한 '시들한 느낌'과 연관된다. 세계의 모든 것을 비판하고 거부하는 정신은 끊임없이 회의하는 정신이기에, 현실적인 무엇에서 가치를 찾거나 의욕을 느끼기 어렵다. 모든 것을 비판하는 정신은 모든 것에서 무의미를 느껴서 쉽사리 무기력에 빠지게 된다. 등단작 「每日 죽는 사람」(『아메리카』)에서 "그"가 "온 세계가 순식간에 커다란 죽음의 침묵 속으로 잠겨 버리고 만 듯한 느낌"(218)에 시달리며, 자신이 매일 죽는다고 느끼는 이유가 여기에서 해명된다. 자신과 세상이 매일 죽어간다는 느낌은 세상의 무의미함에 질려서 무기력해진 정서와 통한다. 전술했듯 모든 것을 비판하는 정신이 이 정서의 근간에 존재한다. "그"가 보는 세상은 "하나 같이 평퍼짐하고 누르끼리한 몽고인종의, 개성이라곤 없는 얼굴들", "그저 한 무더기의 사람들일 뿐, 한 무더기의 사람들로서만 필요할 뿐, 한 사람 한 사람의 자격으로는 별반 소용이 닿지 않은 사람들", "도맷금으로 팔리기가 소원인 사람들"(214)로 가득 차 있다. "그"는 이렇게 주변 사람들을 무의미의 표상으로 인식한다. 그 자신이 세상에서 오로지 무의미만을 발견하기 때문이다. 그는 그 자신의 무기력, 즉 현실에서 어떤 가치도 의욕도 느끼지 못하는 심정을 이들 군상에 투사한 셈이다.[23]

---

23 「每日 죽는 사람」을 정치하게 분석한 오태호에 따르면, 작품에 나타난 죽음 의식은 소시민 가장의 소외된 현실을 상징적으로 재현하나 반어적으로 생명 의지의 담금질을 향한 고

「뿔」(『아메리카』)에서는 모든 것을 비판하는 정신과 무의미만을 발견하는 정신이 맞물려서 형상화된다. 이 작품에서 비판되는 것, 즉 무의미하게 여겨지는 것은 당대의 대표적인 생활양식 전반이다. 가순호는 자기 가족을 모두 병자로 규정한다.

변두리 교회 하나를 맡아서 하느님만 갈구하며 살고 있는 아버지 내외와 별 정치적 신념도 없으면서 타성적인 야당 생활을 하고 있는 맏형, 육사를 우수한 성적으로 졸업하고 임관 이후 어느 동기생 보다도 빠른 진급으로 중령에 이르러 있는 둘째 형, 미국인 상사의 비서실에 근무하면서 여고 때 이래의 도미 계획을 착착 실천에 옮기고 있는 누이동생, 이상주의자다운 명석한 조직능력도 없이 무턱대고 노동운동에 가담하고 있는 셋째 형, 그리고 잡지사 근처에 있는 다방에 드나들며 책읽는 친구들과 어울리고 어쩌다 글줄이나 얻어 싣게 되거나 번역거리라도 맡게 되면 거기서 얻은 푼돈으로 간신히 하숙비나 물게 되는 것이 고작인 가순호 자기 자신, 이렇게 주욱 머리에 떠올려 봐도 누구 하나 참으로 사람답게 살고 있다고 믿어지는 사람은 없다.(26-27)

위에서 보듯 가순호의 가족은 기독교인, 야당 정치가, 당대 엘리트 코스를 밟는 군인 장교, 미국을 꿈꾸는 사람, 노동운동가, 문필가로 구성된다. 이들은 당대의 대표적인 생활양식에 대한 알레고리이다. 기독

투를 의미한다. 오태호는 죽음 의식의 원인을 1970년대 산업화가 낳은 가난과 소외 즉 외부적 요인에서 찾지만, 이 논문은 이를 모든 것을 회의한 나머지 무의미만을 느끼는 작가 의식의 반영태로 보는 점에서 차별된다.(오태호, 앞의 글, 612-625면 참조.)

교, 야당, 군부, 아메리칸 드림, 노동운동, 문학 등 1970년대의 대표적인 생활양식 모두를, 작가는 '병자'로 일컬으며 부정한다. 따라서 가순호에게 만물은 "모두 한결같이 가래침 빛깔"(22)이다. 작가는 만물을 가래침 빛깔로 규정하면서, 만물의 무의미를 드러내고 그에 대한 염증을 토로한다. 이 소설에서 작가는 "아름다운 구릿빛"(22) 얼굴을 가진 지게꾼만을 이상적 존재로 표상한다. 그런데 이상적 존재가 '뒤로 걷는 지게꾼'임에 유의할 필요가 있다. '뒤로 걷는 지게꾼'은 아무래도 비현실적 존재, 동화적 존재이다. 현실의 모든 것을 부정적으로 바라보는 작가는 현실적인 것에서 의미나 희망을 찾지 못한다. 고작 현실에 없는 것에서 이상을 구할 뿐이다.[24]

위에서 군부나 아메리칸 드림처럼 세속적인 가치뿐만 아니라 노동운동과 문학 등 현실 저항적인 가치도 부정된다는 사실이 주목을 요한다. 조해일은 중기 소설에서 현실 저항적 가치를 숭고한 것으로 부각하지만, 초기 소설에서는 그렇지 않았음을 확인할 수 있다. 작가는 심지어 '연대'의 가치에도 회의적이다. 이는 '연대'가 중기 소설에서 매우 중요한 가치로 등극하는 사정과 차별적이다. 「방」(『아메리카』)에서 "가난뱅이"들은 갑자기 방을 잃은 명이네 가족을 분산 수용하는 미덕을 발휘한다. 이들의 결단은 민중의 연대된 힘을 암시한다. 그런데 이 소설에서 연대는 실패한다. "가난뱅이들은 그러나 차츰 그들이 무모했음을 깨닫고 놀라기 시작했다. 한 가구(家口)에게 닥쳐온 불행을 함께 나누어진다는, 주제넘다고 할 수 있는 도의심을 발휘함으로써 그들은 너

---

24 서영인은 「뿔」의 주안점을 산업화와 도시화 비판으로 보았지만, 이 논문은 당대 거의 모든 가치의 부정으로 보는 점에서 차별성을 지닌다.(서영인, 앞의 글, 331-334면 참조.)

무 많은 것을 잃어버리게 되었던 것이다. 휴식과 개인 생활을, 아니 그들 자신이 방을 잃어버린 결과가 되고 말았던 것이다."(235) 현실에 영합하는 가치도, 현실에 저항하는 가치도 모조리 부정하는 작가는 현실에 회의하고 냉소할 뿐이라 의미 있는 무엇을 쉽사리 찾지 못하며, 다만 현실 아닌 곳에서만 이상을 논한다.

　이 장에서 살펴본 조해일의 비판 정신은 성숙하거나 혹은 노회한 장년의 것이라기보다 청년의 것에 가깝다. 성숙하기 전 청년은 세상의 부정성에 민감할 뿐만 아니라, 세계에서 부정성만을 발견하기 쉽다. 부정성에 대한 예민한 감각 근저에는 도도한 이상주의가 놓여 있다. 높은 이상에 비추어 현실의 모든 것은 미달태이다.[25] 만물에서 무의미만을 발견하는 청년은 그래서 출구도 희망도 없다고 느끼기 쉽다. 이렇듯 세계에 대한 전면적인 부정은 종종 무기력으로 연결된다. 하지만 드높은 이상은 현실에의 접근을 차단한다. 이상주의자는 현실의 바깥에서 멀찍이 서서 모든 것을 무의미하다고 느낄 뿐 현실 안으로 얽혀 들어가려고 하지 않는다. 이런 심리는 청년 일반의 심리이기도 하지만, 젊은 작가 특유의 심적 태도이기도 하다. 문학사는 세상의 모든 것에 대한 부정과 헤어 나올 수 없는 무기력을 형상화한 젊은 작가의 소설로 가득 차 있다.

　이러한 청년기의 심리 혹은 청년 작가의 심적 태도를 루카치의 어법을 따라 추상적 이상주의라고 부를 수 있을까. 추상적 이상주의자는

25　발달심리학에 의하면, 이상주의적 사고방식은 청년기의 중요한 특성이다. 청년은 자신과 타인들에게 드높은 이상을 설정하고, 이상과 현실을 끊임없이 비교한다.(정옥분, 『청년심리학』, 학지사, 2005, 242면 참조.) 드높은 이상은 진취성으로 발전할 수도 있지만, 현실에 대한 좌절감을 생성할 수도 있다.

"세계의 본질을 건드리지 않은 채 단지 외부세계의 왜곡된 모사(模寫)만을 보여주는 순전히 주관적인 태도"[26]를 보이기 쉽다. 이들은 이상을 가장 순수하고 고상한 영역으로 상승시키면서 동시에 "머리 속에서 생각하는 상상적 현실과 실제적 현실 사이의 그로테스크한 모순을 강화하고, 또 굳히게 된다."[27] 그들이 이상에 매달릴수록 현실을 적극적으로 파악하고 현실에 개입할 기회를 스스로 저버리기에, 현실은 그들의 손이 닿지 않는 곳으로 점차 달아난다. 현실과 이상의 분리가 고착화되는 것이다. 이런 면에서 조해일 초기 소설에서 빈번하게 차용되는 동화적 양식은 어느 정도 필연적이다. 도덕적 이상의 제시, 이상에의 분열 없는 충성, 부정성에 대한 가차 없는 비판, 선악의 명백한 구분, 도덕적인 서술자 등은 동화의 특성이기도 하다. 가령 동화에서 악의 무리에 대한 비판에는 의심의 여지가 없다. 그리고 동화는 성인의 현실에 깊게 관여하지 않는다.

3. 폭력적 권력의 해부와 투쟁 의지

조해일이 초기 소설에서 세상의 거의 모든 부정성을 비판하였다면, 중기 소설에서는 폭력적 권력에 비판의 화살을 집중한다. 작가는 폭력적 권력을 비판하되 단지 비판만 하는 것이 아니라, 권력자와 군중의 심리적 기제와 권력의 작동 원리까지 구조적으로 천착한다. 부정성에 대

---

[26] 게오르그 루카치, 반성완 역, 『루카치 소설의 이론』, 심설당, 1998, 107면.
[27] 위의 책, 107면.

한 단순한 비판 혹은 염증에서 구조적 탐색으로 작가의식이 진화한 것이다. 또한 작가는 연대와 실천의 힘을 강조함으로써 투쟁 의지를 피력한다. 초기 소설에서 '연대'의 힘이 회의되었던 것에 비하면 이는 확실한 변모이다. 이런 사정은 다분히 투사(鬪士)적인 것으로 초기 소설의 무기력과는 대비된다. 이상에 못 미치는 현실을 관망만 하던 작가는 중기 소설에 이르러 현실에 적극적으로 개입하기를 자처한다. 형식적 특성으로 이 시기에는 알레고리가 주종을 이룬다. 중기 소설의 이런 특성을 다음에서 폭력적 권력의 현상, 폭력적 권력의 속성, 투쟁의 방략 등으로 나누어 살펴보고자 한다.

(1) 정치적 현실의 알레고리적 형상화

조해일은 우선 폭력적 권력이 인권을 유린하는 정황을 알레고리로 형상화한다. 이런 소설은 특정한 역사적·정치적 현실을 겨냥하며, 반정부·반제국주의적 시각을 내장한다. 당대 현실에 대한 직접적 저항 의지가 이 부류 소설, 즉 「1998년」과 「무쇠탈」에 나타난다. 「1998년」(『무쇠탈』)에서 어느 날 갑자기 하늘이 내려앉고, 대기권이 사람들의 어깨 높이로 제한된다. 사람들은 고개를 숙인 채 살아야만 한다. 이는 기상국의 음모였다. 권력기관의 음모로 하늘이 내려앉았다는 설정은 정치 권력의 과도한 집행으로 인한 파국적 현실을, 저두굴신(低頭屈身)으로 표상되는 비인간적 상황은 인간의 존엄성과 자유의지를 유린당한 인권 억압적 현실을 암시한다. 한국의 근현대사는 부당한 정치적 압력이 인권을 위협한 시기를 적지 않게 가지고 있다. 이런 와중에 누군가는 부들부들 떨며 당면한 치욕을 개탄하고, "우리가 알고 있는 모든 걸"(47) 말해야 하며 "지금은 숨기지 않는 것이 용기"(47)라고 다짐한다. 누군가는 "어떤 위대한 시대에도 희생과 시련은 따랐다"(49)면서 인권 박탈의 사태를 합리화한다. 이들은 정치적 압력으로 인권이 훼손 당할 때 사람들이 취하는 대표적인 두 가지 행동 양식을 암시한다. 상황을 치욕스러워하며 그에 저항하는 부류와 상황을 정당화하며 찬동하는 부류를 의미하는 것이다.

낮아진 하늘에 적응하지 못한 채 목을 꼿꼿이 세웠던 사람들은 목이 부러져 죽는다. 그러나 시간이 흐르자 고개를 꺾은 채 걷던 사람들은 그런 자세에 불편을 느끼지 않고 "어느새 사태를 일상화하는, 눈먼 능력의 노예"(56)가 되어 버린다. 정치적 억압의 상황에서는 늘 그 억압에 순응하지 못하고 의기를 꺾지 못하여 죽음까지 초래한 사람도, 그럭저럭 적응하여 현실의 문제성을 간파하지 못하는 사람들도 있게 마련이다. 기상국은 시민들을 위험으로부터 보호하기 위해서 기상유도 사업을 실시했고, 희생자들의 발생은 어쩔 수 없다고 주장하며, 부정적 태도를 가진 사람들을 처단하려고 한다. 이러한 기상국은 '국민 보호'를 부당성에 대한 합리화 근거로 삼고, 희생자들의 발생을 당연시하면서 반대자들에게 가혹한 억압적 정치체제를 암시한다. 그 와중에 "기어다니면서라도 우리가 아는 걸 말해야지"(61)라고 결심하는 지식인도, 기상국에 회유당해서 호의를 표하는 지식인도 존재한다. 이는 억압적 정치체제 하 지식인의 다양한 적응 양태를 표상한다.

여기에서 '내려앉은 하늘'로 표상되는 억압적 정치 상황은 한일합방, 자유당 독재 등 갖가지 역사적 사실을 연상시키지만 발표 연대(1973년)를 고려할 때 1972년에 선포된 유신체제를 의미하는 것으로 보아도 좋을 것이다. 이 소설은 억압적 정치체제의 인권 유린 양상과 그 체제 하 사람들의 다양한 대응 양태를 알레고리로 형상화하며, 실제 정치적 현실을 비판의 대상으로 삼는다.[28] 작가는 억압에 굴하지 않고 권력에 저항하는 지식인들을 긍정적으로 표상하면서, 반정부적 시각과 현실에 대한 직접적 저항 의지를 내보인다.

「무쇠탈」(『아메리카』)[29]에서 강도들은 무단으로 신혼 방에 침입해서, 주인을 결박하고 물건을 훔칠 뿐만 아니라, 천연덕스럽게 식사와 음주를 즐기고 화투판을 벌이며 마침내 여주인을 겁탈하려고 한다. 이 소설이 갑작스럽게 당하는 폭력이 "언제고 우리에게 닥칠 수 있는 사건임을 환기시켜 주"며, "폭력에의 공포를 자아"내는 면에서, "폭력의 행패와 생태를 가장 전율적으로 해부"[30]했다는 논의는 이 소설의 의미를 적절하게 짚고 있다. 이 지적대로 이 소설은 일차적으로 폭력의 일반적 양상을 형상화한다.

그러나 이 소설을 알레고리로 볼 때 이면의 이차적 의미를 추출할 수 있는바, 강도들의 무도한 작태는 특정한 정치적·역사적 현실을 암시한다. 강도가 남의 집에서 단지 도둑질만 하지 않고, 식사와 음주를 즐기며 화투판을 벌이고 여주인을 겁탈했다는 설정은 주목을 요하며, 다른 해석의 여지를 열어 놓는다. 이는 남의 땅에 와서 먹고 놀고 여성을 겁탈하는 미군을 연상케 한다. 이 소설은 외세에 유린당하고 겁탈당하는 약소국의 현실, 힘없는 남의 땅에 와서 자신의 영역인 양 자

---

28 "시민들을 위험으로부터 보호하기 위한 것이라고 당신들은 말하고 있지만 그것이 당신 자신들을 위험으로부터 보호하기 위해 시민들을 그리로 몰아넣는 짓이라는 것도 다 알고 있소"(57-58)라는 인물의 발언은 작가의 직접적인 정부 비판으로 볼 수 있다.

29 이 소설은 「무쇠탈」 연작이 창작되면서 훗날 「무쇠탈 1」로 개제(改題)된다. 그러나 이 논문은 작품이 처음 수록된 단행본의 체제를 따르자는 원칙에 의하여 이 소설을 「무쇠탈」로 표기하기로 한다.

30 김병익, 「호모·파벨의 고통」, 375면.

본을 착취하고 유희에 전념하는 강대국의 현실에 대한 알레고리로 볼 수 있다. 이 소설의 발표 시점은 위의 해석에 근거를 더해준다. 조해일은 「대낮」, 「아메리카」 등 일련의 기지촌 소설을 발표한 바로 다음 해 (1973년)에 이 소설을 발표했다. 작가는 「대낮」과 「아메리카」에서 리얼리즘적으로 반제국주의적 시각을 표출하였다면, 「무쇠탈」에서는 그것을 알레고리로 형상화한다.

(2) 권력의 작동 원리와 속성에 대한 구조적 천착

앞에서 조해일이 권력의 현상적 측면에 보다 주목하면서 특정한 한국적 현실을 형상화했다면 이 절에서 볼 작품들에서는 권력의 내적 구조에 보다 천착하여, 일반적인 권력론을 소설화한다. 그는 권력자와 군중의 심리적 기제, 즉 권력의 작동 원리와 속성을 상당히 지적으로 성찰한다. 「覇」(『아메리카』)는 권력의 작동 원리, 특히 권력자의 심리에 관한 흥미로운 성찰을 보여준다. 중학생인 "내"가 반장이 되자, 급우들은 "나"를 상냥한 태도로 대했으며, "내" 의견의 권위를 우선적으로 인정해 주었고, "나"의 잘못이나 실수를 탓하려 하지 않고 한 발짝 양보해 주었다. "나"는 우월감을 느끼면서 권력의 부대 효과를 만끽하고 권력의 후광에 도취된다. 이른바 마약과도 같은 권력의 맛을 알게 된 것이다. 권력에의 도취는 그러나 권력의 부도덕한 행사의 원인이 되면서 권력의 주체마저 파멸시킨다.

인규는 "나"의 과잉 권력 행사에 저항하려고 했는데, 이를 빌미로 "나"는 특별히 인규를 괴롭힌다. 한번 권력의 맛을 알게 된 권력자는 자만을 극하며, 자만의 최소한의 훼손도 견디지 못한다. 이는 권력 특유의 오만에 대한 알레고리일 수도 있지만 한편, 누리면 누릴수록 더 큰 것을 탐하는 권력의 끝없는 허기에 대한 알레고리이기도 하다. 권력을 가질수록 무언가 허기를 느끼기에 더 많은 권력을 끝없이 추구하게 되고, 만족을 모르니 조금치의 권력의 훼손도 견디지 못하게 되는 것이다. 독재자들이 권력의 오만에 조금이라도 흠집을 낸 저항자들을 처단하는 이유는 권력이 속성상 만족을 모르기 때문이기도 하다. 그들은 끝없는 권력의 허기를, 저항자들을 처단함으로써 달래려고 하는 것이다.

인규의 사소한 저항을 잊지 않던 "나"는 복수의 의미로, 부당하게 인규에게만 폭행을 가한다. 이때 권력은 폭력으로 화한다. 인규에 대한 과도한 폭력은 "나"의 권력에의 도취와 그로 인한 오만과 허기에서도 비롯되었지만, 권력자 특유의 불안도 이에 일조했다. "내가 나쁜 짓을 하고 있다는 생각과 그것을 급우들과 인규가 알고 있다는 생각이 더욱 나를 초조하게 만들"(189-190)었던 것이다. 권력이 폭력으로 둔갑할수록 정당성을 상실한다. 이때 주목할 점은 권력 스스로 그것을 인지하고 있으며 그에 따라 점점 강도 높은 불안에 빠져든다는 사실이다. 한번 폭력으로 둔갑한 권력은 이러한 불안 때문에 폭력화를 가속시킬 수밖에 없다. 권력은 폭력을 행사하면서 자기 합리화를 수행한다. "인규같은 못된 불평분자는 어떤 장애를 무릅쓰고라도 그같은 불평을 하지 못하도록 납작하게 해놓지 않으면 안된다는 식으로 합리화"(190)하는 "나"처럼, 권력은 폭력을 행사하면서 사회 안정, 구성원 보호 등 어떤 식으로든 합리화를 해낸다. 마침내 "나"는 인규에게 도둑 누명을 씌워 학교를 떠나게 하는, 극단적인 폭력을 저지른다. 이 소설에서 "나"의 행태는 권력자의 심리와 권력 일반의 속성에 대한 알레고리이다. 권력은 쉽사리 그 주체를 도취케 하는 동시에 오만과 허기에 빠트린다. 권력의 내재적 속성인 오만과 허기는 권력을 쉽사리 폭력으로 전화시키며, 폭력이 된 권력은 스스로 불안해하기에 폭력화를 가속시키는데, 이러면서 합리화 기제를 끊임없이 발달시킨다.

이러한 권력자의 심리적 기제와 권력의 속성에 대한 통찰은 "나"와 인규의 자리가 바뀌면서 변주된다. 세월이 흘러 군대 고참이 된 인규는 복수심에 "나"를 괴롭히는데, 이때 "내"가 인규를 대하는 고도의 심리 전술이 주목을 요한다. "나는 그가 내게 과하는 온갖 수단의 괴로움들을 견디면서 그로 하여금 차근차근 나락의 길로 떨어져 가게하는 일에 착수하였다. 나는 우선 인규가 부당한 권위를 이용하여 내게 보복하고 있다는 걸 인규 스스로 알아차리게끔 부단히 노력하였다. 그리고 그것이 도덕적으로 정당하지 못한 짓임은 물론 그로하여 나는 중학 시절 이래로 주욱 수고스럽게 지고 다니던 짐을 차츰 가벼이 할 수 있게 된다는 걸 그가 알도록 하였다."(196-197) 인규에게 '권위'를 인식시켰다는 것은 권력의 맛을 알게 했다는 뜻이고, 부당함을 인식시켰다는 것은 권력 행사의 불안을 알게 했다는 뜻이며, 그의 권력 행사가 "나"를 돕고 있음을 알렸다는 것은 권력 행사의 허기를 건드렸다는 뜻이다. 중학 시절 "나"의 체험이 알려주듯 권력의 맛, 불안, 허기는 폭력의 근원이다. 이런 심리를 느끼게 함으로써 "나"는 그가 도를 넘는 폭력을 행사하도록 유도한 것이다. 폭력의 끝에는 자멸이 존재하리라 믿었기 때문이다. "나"의 계산대로 인규는 극단적인 폭력을 휘둘러서 자멸하고 만다. 인규 역시 권력에의 도취, 허기, 불안으로 인해 폭력의 수렁에 빠져든 채 점점 더 큰 폭력을 휘두르다가 자멸한다. 이런 겹의 구성을 통해 작가는 권력의 속성으로서의 도취성, 허기, 불안에 대한 성찰을 다시 한 번 강조한다.

「覇」가 권력자의 심리적 기제를 그렸다면, 「心理學者들」(『아메리카』)은 부당한 권력을 마주한 군중심리를 성찰한다. 시외버스 안에서 한 사내가 옆자리 여인의 손목시계를 잽싸게 훔친다. 이 광경을 목격한 승객들은 그 순간부터 "그쪽을 바라보지 않으려고 기를 쓰기 시작한"(125)다. "승객들은 일시에 침묵하여 버렸다. 그리고 그들은 어떤 몹시 책망받을 일을 감춘 아이들처럼 잔뜩 긴장해 버렸다."(126) 이러한 승객들의 반응은 부당한 폭력 앞에서 몸보신을 염려하여 복지부동하는 군중심리를 암시한다. 군중은 보신을 위하여 불의를 애써 못 본 척하기도 하지만, 스스로의 보신 행위를 합리화하는 구실을 잘 찾아내기도 한다. 폭력의 피해자의 결함을 발견하는 혹은 찾아내는 일은 부당한 폭력 앞에서 무저항으로 일관했던 이들의 오랜 알리바이가 되어 왔다. 즉 '당해도 싸다'는 상투어는 저항하지 않는 이들이 자신을 정당화하는 오랜 근거였다. 도둑맞은 사실을 자각하고 대드는 여인에게 도둑은 무시무시한 폭행을 가한다. 일방적인 폭행 중에 "똥갈보"라는 여인의 신분이 드러난다. "그때 승객들의 얼굴에는 아아, 하고 탄성을 지르고 싶어하는 표정들이 떠돌았다. 그리고 이어 어떤 묘한 안도의 빛 같은 것이 떠돌기 시작했다. 마치 자기들의 어떤 도덕적 부끄러움 내지는 열등감이 그 여인의 신분이 드러남으로써 감소 또는 상쇄 되기라도 하는 듯한 착각이 그들을 구한 것같았다."(133) 이 소설에는 부당한 폭력에 직면한 군중의 심리뿐만 아니라 권력의 속성에 대한 성찰 또한 드러난다. "이 놈들은 우리들의 공포심을 이용할 뿐입니다! 알구보면 아무 힘도 없어요!"(137)라는 청년의 일갈은 권력의 한 전술을 암시한다. 실상은 왜소한 힘을 가진 권력은 그럴수록 위압적인 분위기를 조성해서 복종을 유발하고 권력 행사를 용이하게 한다. 힘의 과장과 위장적 전시, 그로 인한 외포심 유발은 권력의 오랜 전략이었다.

(3) 저항의 방략으로서 연대와 실천

폭력적 권력의 현상을 그리거나 그 속성을 구조적으로 해부하는 작가의식의 근저에는 현실에 대한 저항 의지가 있다. 침묵하지 않고 현실의 부정성을 이야기하는 행위 자체가 곧 저항의 뜻을 피력하는 것이다. 작가는 이에 그치지 않고 저항의 방략을 보다 구체적으로 제시한다. 폭력에 대한 저항의 방략으로 작가가 우선 제안하는 것은 연대이다. 「어느 하느님의 어린 時節」(『往十里』)은 한 자의식 강한 소년이 연대의 힘을 자각한 청년으로 성장하는 이야기이다. "자기 속만 허황하게 키우고 자기 자신과만 놀던"(151) "나"는 소녀 선희에게 감화받아 "모든 사람이 다 하느님이라는 사실을 인정하게 되었"(151)다. 이 소설에서 자의식 과잉과 개인의 가치 숭상이라는 가치가 미달태로, 집단적 힘의 자각이 성숙의 표지로 제시된 사실은 주목을 요한다. 이는 개인보다 집단을 우월한 위치에 놓는 작가의식, 그리고 연대를 투쟁의 중핵으로 파악하는 작가의식을 드러낸다. 이 소설의 결말은 이렇다. "우리들은 한덩어리 줄기차고 억센 파도가 되어 힘차게 전진했다. 나는 그때 내 좌우의 아이들과 굳게 어깨동무를 한 채, 내 좌우의 하느님들과 굳게 어깨동무를 한 채, 지축을 울리는 무수한 하느님들의 발자국 소리를 들었다. 그 발자국 소리는 거대하고 우람했다."(153) 작가가 이처럼 연대의 성공으로 소설의 결말을 맺은 사실은 주목을 요한다.

　「心理學者들」(『아메리카』)의 결말 역시 연대의 성공이다. 청년은 "우리는…… 사람이 아닙니까!"(138)라는 말로 연대를 촉구하고, 처음에 보신에만 급급했던 승객들은 급기야 연대하여 무뢰한들에게 대항한다. 「1998년」(『무쇠탈』)에서도 남궁동식은 학생들이 "공동 운명에 처해 있다는 것을 시시각각으로 서로 확인할 수 있는 장소에 모여 있어야"(54) 한다고 역설하며, 모든 사람들이 "한데 묶여 있다는 의식에 도달할 수 있을 때까진 기어다니면서라도 우리가 아는 걸 말해야"(61) 한다고 다짐한다. 이 소설에서도 공동운명 의식은 자각해야 할 중대한 진리로, 연대는 도덕적 당위로 제시된다. 이렇듯 작가는 연대의 힘을 강조한다. 이는 앞장에서 논했듯, 초기 소설 「방」에서 연대의 위력이 회의되는 모습과 대비된다.

또 다른 투쟁의 방략은 실천이다. 작가는 불의 처단과 제도 개혁의 당위를 역설하며, 실천적 행위를 동경한다. 행동에 대한 찬양은 지식인의 무력함에 대한 비판과 맞물려 나타난다. 이는 우선 「임꺽정」(『아메리카』)[31]에서 두드러진다. 전라도 안냇골에서 한 남자가 대장간에서 해고당하다시피 했고, 세(稅)를 못 내어 옥에 갇혔다. 임신 중이었던 그의 아내는 빈곤에 시달리다 못해 신생아를 잡아먹었다. 이 사건에 대해 지식인들은 대장간 주인과 고을의 원을 준열하게 비판하지만 아무런 행동을 하지 못한다. 그러나 결국 임꺽정은 실제로 그 고을의 원을 응징한다. 이 소설에서 작가는 신중을 가장하여 용기를 갖지 못하는 지식인, 실천도 행동도 하지 못하는 지식인에 대한 염증을 드러낸다. 즉 지식인들의 탁상공론의 가치를 회의하고, 실천적 저항의 위력을 역설하는 것이다.

---

31 조해일이 「임꺽정」 연작을 발표하면서 이 소설은 훗날 「임꺽정 1」로 개제(改題)된다. 이 논문은 작품이 처음 수록된 단행본의 체제를 따르자는 원칙에 따라, 이 소설을 「임꺽정」으로 표기하기로 한다.

특히 이 소설에서 저항이 고을 원의 목을 베는 식으로 폭력적으로 이뤄졌다는 사실에 유의해야 한다. 이 시기 소설에서 조해일은 저항의 당위성을 다소 선동적으로 주장하되, 그 방략에서 폭력적 투쟁도 불사하는 과감함을 보인다. 가령 「專門家」에서 작가는 폭력을 응징하는 더 큰 폭력을 희구한다. 이 소설에서 최씨와 네 명의 사내들의 폭력은 그보다 더 힘센 폭력에 의해 잠재워진다. 작가는 강력한 폭력이 아이들의 환심까지 샀다는 설정으로, 영웅적 폭력의 가치를 강조한다. 한편 작가는 「임꺽정 2」에서 아무리 견고해 보이는 제도라도 뒤집을 수 있다는 준열한 저항 의지를 보이고, 「임꺽정 3」에서는 제도의 변혁을 꿈꾸는 대의명분의 승리를 그린다. 그는 실천적 투쟁을 통한 저항의 가치를 신뢰하고 또 그 결과를 낙관하는 것이다. 가히 투사적인 이상주의라고 할 수 있다.

중기 소설에서 조해일은 세련된 관념을 알레고리로 표상한다. 알레고리[32]는 일단 두 가지 이상의 의미를 품은 이야기이며, 그것의 창작자는 단선적인 정신의 소유자가 아니다. 소재와 주제를 객관화하고 다층적 의미를 생성해내며 그것을 구조화하는 능력, 곧 복합적이고 구조적인 정신은 알레고리 창작자에게 필수불가결하다. 부정성에 대한 '구조적' 탐색이라는 주제적 특성과 알레고리라는 형식적 특성은 그런 면에서 연관성을 가진다. 주제에 대한 지적 천착의 정도나 미학적 가공 정도나 중기 소설은 초기 소설에 비해 세련되었다고 할 수 있다. 또한

---

32 알레고리란 인물이나 행위나 배경 등이 일차적·표면적 의미와 이차적·이면적 의미를 동시에 가지도록 고려하여 창작한 이야기이다.(한국문학평론가협회 편, 『문학비평용어사전 下』, 국학자료원, 2006, 406-407면 참조.)

현실 비판이 초기 소설에서 보다 막연했다면, 중기 소설에서는 보다 정교하다. 초기 소설에서 모든 것을 회의했던 조해일은 중기 소설에서 현실 개혁에 대한 확신을 피력하면서 현실에 적극적으로 개입하기를 자처한다.[33] 이런 면에서 그는 현실 바깥에서 이상에 못 미치는 현실을 못마땅하게 관망하기만 했던 추상적 이상주의를 탈피했다고 할 수 있다.

그런데 이런 차이에도 불구하고 중기 소설 역시 초기 소설과 마찬가지로 청년의 것에 가깝다. 준열한 폭력 비판의 근간은 선악의 뚜렷한 구분에 대한 확신이다. 이는 이원론적 사고에서 비롯된바, 이원론적 사고는 청년의 대표적인 특성이다.[34] 청년은 긍정 속에 부정이 있고 부정 속에 긍정이 있다는 식의 세계의 양면성을 인정하지 않는다. 음과 양이 뒤섞인 다면체적 성격을 두루 헤아리기보다는 부정성에 대한 단면적인 비판에 몰두하기 쉽다. 그래서 비판은 쉬이 직선적이고 일방향적으로 흐른다. 도저한 현실 개혁 의지와 이상 실현에 대한 확신도 청년기 이상주의의 한 특성이다.[35] 조해일은 추상적 이상주의를 버렸으나 이상주의 자체를 버리지는 않은 셈이다. 이 논문은 여기에서 '청

---

33 이 변화에 1972년에 선포된 유신헌법의 충격이 작동했으리라고 보인다. 또한 주지하다시피 연대, 사회 비판, 저항은 1970년대 문단에서 각광받던 가치였다. 조해일은 등단 이후 문단 생활을 거치면서 당대 주류였던 가치들에 동화되는 것을 피하기 어려웠을 것으로 보인다.

34 청년들은 흔히 흑백논리에 좌우되는 이원론적 사고를 하기 쉽다. 그들은 모순을 통합체로 이르는 과정이 아니라 양자택일의 문제로 받아들인다.(정옥분, 『성인 · 노인심리학』, 학지사, 2008, 152-155면 참조.)

35 발달심리학에 따르면 청년들은 기성세대의 가치관이나 사회제도의 모순을 지적하면서 개혁을 주장한다. 이때 다양한 견해를 존중하기보다는 전일적으로 개혁을 주장하기 쉽다.(장휘숙, 『청년심리학』, 박영사, 2004, 142면 참조.)

넌성'을 비판하지 않는다. 문학에서의 이상주의는 성숙에 대한 미달태가 아니다. 문학에서 이상을 꿈꾸는 정신을 빼면 남는 것이 없다고 말해도 좋을 정도로, 이상주의는 단지 미성숙의 표지로 단정할 만큼 간단한 문제가 아니다. 그런데 이상 못지않은 문학의 주축이 환멸이라는 점에서, 문제는 복잡해진다.

4. 폭력에의 저항과 소설 작법에 대한 회의

초기와 중기에 비해 조해일의 후기 소설은 확연한 차이를 드러낸다. 폭력 비판에 회의가 틈입하고, 폭력에 대항하는 방법에서 연대의 가치가 의심된다. 이상에 대한 확신에 균열의 조짐이 보인다. 이와 더불어 작가는 소설 작법에 대한 분열적 자의식을 노출한다. 폭력에 대한 결연한 비판과 이상에 대한 순결한 확신의 근간은 이원론적 사고법이다. 이분법을 회의하는 정신은 분열에 놓이게 되지만, 이분법을 회의하기에 대립항을 통합할 수 있다. 분열이 통합적 세계관으로 이끄는 원동력으로 기능할 수 있는 것이다.

「자동차와 사람이 싸우면 누가 이기나」(『무쇠탈』)에서 '걷기를 좋아하는 사람 협회'는 '자동차 한 사람 한 대 갖기 협회'에게 폭력적인 린치를 당하자 회의를 소집하는데, 폭력에 폭력으로 대응하자는 의견이 대세를 장악한다. 이때 김영식은 폭력적 투쟁을 비현실적이라고 비판한다. 이전 소설들, 가령 「專門家」, 「心理學者들」, 「임꺽정」에서 폭력에 대한 대응책으로서 폭력의 가치가 퍽 설득력 있게 대두되었던 점을 감안할 때 이는 차별적이다. 그가 주장하는 것은 비폭력적인 연대이다.

"우리의 본질을 잃지 않으면서 싸울 수 있는 방법"(72)으로, 그는 다음 날 정오를 기해 "모든 걷기 좋아하는 시민들이, 지쳐 쓰러질 때까지, 즐겁게, 행복한 마음으로, 좋아하는 일을 마음껏 할 수 있다는 행복한 마음으로, 전투적인 태도를 취하거나 긴장할 필요 없이, 보무당당할 필요 없이, 그저 유쾌한 걸음걸이로"(73) 그저 걷는 것을 투쟁의 방법으로 제시한다. 그런데 이 비폭력적 투쟁 방법을 제시한 김영식의 얼굴에 "어딘지 모르게 슬픈 듯 쓸쓸한 표정이 감돌고 있었다"(73)는 점이 주목을 요한다.

이는 이전 소설들에서 투쟁이 다소 폭력적인 형태로 수행되었고, 투사적인 의지와 결과에 대한 낙관을 수반했던 점과 확연한 차이를 보인다. 여기에서 차이는 두 가지로 정리할 수 있는데, 우선 작가는 이 소설에서 폭력적 투쟁을 부정하고 비폭력적 투쟁의 형태를 제시한다. 다음으로, 작가는 비폭력적 투쟁의 방식마저도 그 효율성과 가치와 성공 여부를 회의한다. 김영식의 쓸쓸한 예감은 들어맞아서, 결국 걷기 행진 대열은 수백 대의 자동차 군(群)에 밀려 교란되고 만다. 이 역시 앞의 소설들의 결말과 상이하다. 가령 「心理學者들」과 「어느 하느님의 어린 時節」의 결말은 연대의 성공이었다. 그런데 이 소설의 결말은 평화로운 연대의 실패이다. 여기에서 평화로운 연대의 가치를 회의하는 작가의식이 드러난다. 작가가 회의하는 것은 평화로운 연대뿐만이 아니라, 폭력에 대한 투쟁 자체라고 볼 수 있다.[36]

---

36 신철하는 이 소설에 나타난 비폭력주의가 다른 형태의 힘찬 저항이며, 새로운 싸움이라고 논한다.(신철하, 앞의 글, 600-603면 참조.) 홍정선도 그것을 조해일의 깊은 고민에서 비롯된 과학적이고 인간적인 사고의 소산으로 보면서 긍정적으로 평가한다.(홍정선, 앞의 글, 384-387면 참조.) 그러나 이 논문은 비폭력주의를 저항과 싸움에 대한 본질적인 회의

이러한 회의는 소설 작법에 대한 갈등으로 연결된다. 「낮꿈」(『무쇠탈』)은 작가적 자의식의 분열을 그린다. 화가인 명섭은 현기증과 환각에 시달린다. 그간 수행해 왔던 작업에 대한 회의가 병증의 원인이다. 명섭은 이렇게 회의한다. "스스로 모른 체 눈감고 있었을 뿐이지 너도 반성 없는 가짜그림만 그려온 게 숨길 수 없는 사실 아니냐. 여태껏 네가 그려온 것들 외에도 정작 그려야 할 더 많은 것들이 있다는 걸 네가 정말 모르고 있었단 말이냐."(288) 명섭의 환멸은 소설가 친구 인규의 번민과 병행한다. 인규는 "알면서 빠뜨리고 하는 거짓말"(287)을 해 왔다고 스스로를 반성한다. 인규와 명섭은 삶의 전체성을 담지 못하고 일부만을 부각하면서 거짓말을 해 왔다고 자각한 것이다. 부분에 대한 진솔한 발언은 그 자체로 분명 거짓말은 아니지만, 그것이 전체를 간과한 발언이라면 거짓말이라는 것이다. 이를 이원론적 사고에 대한 반성으로 읽을 여지가 있다. 가령 정의와 선의 가치를 숭상하는 언명은 거짓이 아니지만, 전체적 맥락에 대한 고려가 빠진 전일적인 그것은 참이라 할 수도 없다. 결국 이는 삶의 전체성이 선악의 이분법 너머에, 순전한 이상주의로 포획될 수 없는 곳에 놓였다는 자각과 통한다.

이러한 작가의식의 변모는 이 시기에 발표된 「임꺽정」 연작에도 변화를 일으킨다. 중기 소설 「임꺽정 2」와 「임꺽정 3」에서 작가가 불의 처단과 제도 변혁의 타당성을 순전하게 확신했던 임꺽정을 영웅화했다면, 「임꺽정 5」에서부터 작가의 시각은 이분법을 탈피한다. 투쟁의 염결성과 당위성, 그리고 그것의 승리에 대한 확신에 회의가 틈입한다. 「임꺽정 5」(『임꺽정에 관한 일곱 개의 이야기』)는 배신자 서림이 임꺽정

의 표현으로 보는 점에서 기존 논의와 다른 입장을 취한다.

추종자들에게 복수의 위협을 받자 기계를 부려 위험을 모면하는 이야기이다. 그러나 여기에서 배신자 서림의 운명의 행방이 모호하다. 당장의 위험을 모면했으나 천수를 누렸는지 결국 복수를 당했는지 작가는 명료하게 밝히지 않는다.[37] 이전의 임꺽정 연작에서 불의의 패배와 정의의 승리가 두드러지던 점에 비하면, 서림의 운명의 모호한 처리는 작가의식의 변화를 암시한다.[38] 불의에 저항하는 정의의 궁극적 승리에 대한 확신만으로 세상은 돌아가지 않는다는 자각이 이에 개입한 것으로 보인다.

이러한 작가의식의 분열은 「임꺽정 6」(『임꺽정에 관한 일곱 개의 이야기』)에서 더욱 두드러진다. "이만하면 불의가 있다 해두 가히 어여쁜 세상이라 할 만하우. 그 가운데서두 살아 있는 인명보다 더 어여쁜 것이 없우"(107)라는 김청생의 주장에 임꺽정이 어느 정도 동의하는 모습에서 이를 확인할 수 있다. 김청생은 불의 처단보다 생명 가진 모든 것이 더욱 소중하다고 생각하고, 정의와 불의를 가리는 인간사를 생명의 아름다움이라는 보다 큰 범주 안에 귀속시킨다. 생명의 아름다움이라는 대국적 견지가 대전제로 설정되고 나면 선악을 가리는 일은 용렬한 시빗거리로 폄하될 수밖에 없다. 비겁한 듯 혹은 세상을 달관한 듯 보이는 김청생의 가치관은 청년의 것이 아니라 장년 혹은 노년의 것에 가깝다. 다시 말해 그것은 이분법을 탈피한 통합적 가치관인 것이다.

---

37 이 소설의 결말은 이렇다. "혹자는 그가 제 집에 숨어 천수를 누렸다고도 하고 혹자는 말이 달라, 그가 기계(奇計)를 부렸으나 마침내 임꺽정을 자칭하는 어떤 사내에게 죽임을 당했다고도 하더라."(89)
38 김현은 이런 현상을 두고 조해일의 "현실주의"라고 논한다.(김현, 앞의 글, 138면 참조.) 그러나 그는 조해일의 현실주의가 작가의식의 변모 결과라는 사실까지는 짚어내지 못한다. 중기 소설의 도도한 이상주의에 비추어 보건대, 이는 분명한 변모이다.

이때 김청생을 대하는 꺽정의 태도가 주목을 요한다. 꺽정은 중기 소설 「임꺽정 1」에서 무력한 지식인들에게 분개하였다면, 후기 소설 「임꺽정 6」에서는 김청생에게 어느 정도 동질감을 느낀다. 김청생의 "남루한 뒷모습을 바라보며 꺽정은 마음속에 뭉클 솟아오르는 슬픔을 느꼈다. 비록 처지가 같지 않다고 하나, 또 그가 비록 선비라고는 하나 그 또한 이 땅의 버림받은 백성일 따름이었다."(109) 꺽정이 느낀 백성으로서의 동질감과 슬픔은 그가 청생의 말에 어느 정도 공감대를 형성했음을 보여준다. 뿐만 아니라 꺽정은 청생의 말을 일부 수용하여 위급한 처지가 아니면 절대 인명을 빼앗지 말라고 수하들에게 이르기까지 한다. 이 소설에서 작가는 이전의 이원론적 사고법과 사뭇 다른, 통합적 세계관의 단초를 보여준다.

후기 소설에서 조해일은 그 동안 고수했던 세계관과 창작 방법을 의심한다. 청년에서 장년으로 이행하는 과도기에 필연적으로 도래하는 일반적인 인지발달 단계를 고려할 때, 이는 자연스러운 현상이다. 발달심리학에 의하면, 일반적으로 장년은 어떤 사실이 진실일 수도 있고 아닐 수도 있음을 인정하는 '성숙한 사고'를 하게 된다. 그리고 흑백논리를 주축으로 하는 청년의 사고법, 즉 이원론적 사고에서 벗어나 다원론적 사고로 옮겨간다. 모순을 양자택일의 상황으로 보는 대신에 통일체로 통합하는 능력을 가지게 된다.[39] 조해일 역시 영원히 청년의 사고법에 갇혀 있을 수는 없었기에 선악의 이분법과 이상의 염결성에 대

---

39 장년은 비일관성과 역설과 모순을 수용하고 정(正)과 반(反)으로부터 합(合)을 이끌어내는 '변증법적 사고'의 단계에 이르며, 진리 혹은 진실을 주관적이고 상대적인 것으로 이해하게 된다.(정옥분, 『성인 · 노인심리학』, 150-155면 참조.) 이 책의 "성인"이라는 용어를 이 논문에서는 의미를 선명하게 하기 위해서 "장년"이라는 말로 바꾸어 썼다.

한 믿음, 그리고 변혁의 당위성에 대한 확신 등에 균열을 느낄 수밖에 없었을 것이다. 그러나 이를 통합적 세계관으로 발전시켜서 새로운 작품 세계를 개척할 수도 있었던 조해일은 그만 붓을 꺾고 만다. 이 시점에서 그가 루카치 식의 '성숙한 남성의 멜랑콜리'를 느꼈을 것이라고 추론할 수도 있다. 루카치에 의하면, 성숙한 남성은 이상을 배반하는 세계에 적응하려는 노력뿐만 아니라 억지로 이상을 포기하는 시도도 무참히 좌절하리라는 것을 알고 있다. 그는 현실을 승리자로 여기면서도 이상 앞에서 현실은 무의미함을 안다. 이에 성숙한 남성의 멜랑콜리가 발생한다.[40] 조해일은 이상에도 현실에도 모두 무의미 혹은 무거운 멜랑콜리를 느꼈을까.

한편 그는 지고한 도덕의식을 고수하지 못할 바에야 차라리 소설을 쓰지 말자고 생각했을지도 모른다. 통합적 세계관을 변절로 규정했을까. 이 문제를 1970년대 문단의 분위기와의 연관 아래에서 생각해 볼수 있다. 1970년대 문단은 그 어느 시기보다 이상주의적이었고 현실 저항적이었다.[41] 계간지 『문학과지성』은 조해일의 소설을 세 차례나 재수록하는 등 이례적인 관심을 표명했고,[42] 그가 중기 소설에서 즐겨

---

40 또한 멜랑콜리는 절대적이고 젊은이다운 믿음이 약해졌다는 체험과 외부 세계로부터 길과 목적을 제시해 주는 하나의 목소리를 들을 수 없게 되었다는 체험에서 생겨난다.(루카치, 앞의 책, 93-94면 참조.)

41 1970년대 문단을 주도한 『창작과비평』과 『문학과지성』은 다른 시기의 어느 매체보다 현실 저항적이었다. 『창작과비평』의 현실 저항성은 재론의 여지가 없거니와, 통념과 달리 『문학과지성』의 그것도 못지않았다. 가령 『문학과지성』 동인들이 가장 혐오한 것은 순응주의와 패배주의였다. 박수현, 「1970년대 계간지 『文學과 知性』 연구-비평의식의 심층구조를 중심으로」, 『우리어문연구』 33, 우리어문학회, 2009 참조.

42 조해일의 「임꺽정」이 『문학과지성』 제13호에, 「임꺽정 3」이 『문학과지성』 제20호에, 「무쇠탈 2」가 『문학과지성』 제28호에 재수록되었다. 『문학과지성』의 재수록 제도에 관해서는 박수현, 앞의 글 참조.

부각한 저항, 연대, 실천, 폭력 비판의 덕목은 『창작과비평』의 슬로건과 많은 부분 일치한다. 여기서 보듯, 조해일은 1970년대에 각광받았고 누구보다 1970년대적이었다. 인간의 발달심리를 고려할 때 1970년대 문단의 이상주의와 현실저항성은 청년적이다. 청년의 사고법은 성숙한 장년의 가치관을 훼절로 규정하기 쉽다. 이런 분위기에서 이상주의를 더 이상 고수하지 못하게 된 조해일은 스스로를 미아(迷兒)로 느꼈을 수 있다. 여기에서 이상주의에 머무를 수도 없고 이상주의를 버리고 의탁할 곳도 찾지 못한 조해일의 곤경을 감지할 수 있다.

이는 역설적으로 1970년대 문단의 청년성을 다시 한 번 강조한다. 한 작가가 그것에의 의탁을 잃고서 방향을 잃을 정도로 그것은 위력적이었던 것이다. 그렇다면 1970년대 문단의 청년성을 어떻게 평가해야 할 것인가. 그의 절필의 원인에 대한 고찰은 추론 단계에 머무를 수밖에 없지만, 그가 청년적 이상주의에 회의를 느낀 후 창작을 그만둔 사실은 불편한 질문을 던져준다. 문학은 청년의 전유물인가. 작가가 영원히 청년으로 머무를 수 없다면, 성숙한 장년은 어떤 문학을 해야 하는가. 말을 바꾸어서, 문학에서 이상이란 어떤 위상을 가지는가. 이 문제에 대한 고구는 다른 지면을 기약해야 하지만, 이것만은 말할 수 있다. 청년기는 지나가는 시절이자 오래 지속될 수 없는 시절이지만 반드시 거쳐야 하는 시절이며 무엇보다 아름답게 회상되는 시절이다.

5. 맺음말

이 논문은 1970년대에 화려한 조명을 받았으나 오늘날 논단에서 잊혀지다시피 한 조해일의 단편소설을 전체적으로 고찰했다. 특히 작가의식의 변모 양상을 추적하기 위해 조해일의 작품 세계를 세 시기로 구분하여 각 시기별 특성을 고구하였다. 초기 소설에서 조해일은 세상의 거의 모든 부정성을 비판하는데, 세속적 가치뿐만 아니라 현실 저항적 가치까지 회의한다. 세상은 무의미로 미만해 있고 높은 이상에 비해 현실은 더없이 초라하여, 현실 바깥에서 이상을 구하는 작가의식이 드러난다. 동화 양식은 추상적 이상주의와 연관된다.

중기 소설에서 작가는 폭력적 권력에 비판의 화살을 집중하는데, 단지 비판할 뿐 아니라 권력자와 군중의 심리적 기제와 권력의 작동 원리까지 구조적으로 천착한다. 주제에 대한 구조적 천착과 알레고리 양식은 연관성을 갖는다. 작가는 연대와 실천을 강조하면서 투쟁 의지를 피력하고 그 결과를 낙관하면서 적극적으로 현실에 개입하기를 자처한다. 작가의식은 추상적 이상주의를 벗어났지만 이원론적 사고법을 주축으로 삼는 면에서 여전히 이상주의적이다. 후기 소설에서 작가는 폭력에 대한 투쟁 의지와 그 결과를 회의하며, 이분법을 탈피한 통합적 세계관의 단초를 보여준다. 이와 더불어 소설 작법에 대한 분열적 자의식이 노출된다. 조해일이 청년적 이상주의를 버리고 난 후 창작을 그만둔 사실은 1970년대 문단의 청년성을 암시하면서 만만치 않은 문제들을 제기한다.

폭력의 기원과 공권력의 구조

-1970년대 송영 소설 연구-

1. 머리말

소설가 송영(宋榮)은 1967년 단편소설 「鬪鷄」로 『창작과비평』을 통해 등단했다. 이후 3년간 작품을 쓰지 못하다가 1970년 중편소설 「先生과 皇太子」를 『창작과비평』에 발표하면서 왕성한 창작 활동을 전개했다. 1974년 첫 작품집 『先生과 皇太子』 이래 작품집과 장편소설을 활발하게 상재했으며, 1987년 「친구」로 현대문학상을 수상했다. 특히 1970년대 송영은 평단과 독자의 주목을 공히 받는 작가였다. 김현은 송영의 소설 「季節」을 『문학과지성』 1974년 봄호에 재수록[1]하면서 그

1　1970년대 문학 장에서 『문학과지성』에 소설이 재수록되는 일은 특별한 의미를 가졌다. 작품의 재수록 제도는 『문학과지성』 편집동인들이 가장 중요하게 여긴 기획이었다. 김현이 지난 석 달 동안 발표된 작품들 중에서 좋은 시와 소설들을 재수록하고 리뷰를 게재하자는 아이디어를 내었다고 한다. 이는 『문학과지성』 동인들의 문학관을 표명하는 수단이기도 했고, 점차 시인과 소설가에게는 특별한 영예로 인식되었다.(박수현, 「1970년대 계간지 『文學과 知性』 연구-비평의식의 심층구조를 중심으로」, 『우리어문연구』 33, 우리어문학회, 2009, 256면 참조.)

의 작품 전반이 "소설로서 거의 완벽한 구성을 갖고 있는 뛰어난 것들"[2]이라고 상찬했으며, "타고난 단편 작가"[3]라는 김주연의 언명은 당대 문인과 독자의 폭넓은 동의를 얻고 있었던 것으로 보인다. 또한 송영은 전례 없이 높은 판매고를 보인 '1970년대 작가'군(群) 중 한 사람이었다.[4] 문학적 역량과 대중적 인지도에 비해 송영은 그 동안 본격 학술논의의 장에서 놀라울 정도로 소외되어 왔다. 아직까지 당대 평문과 작품집 해설이 송영에 관한 논의의 대종을 이룬다. 최근에야 이루어진 송영에 관한 본격적인 학술논의[5]는 아직 극히 드물다. 본격 학술논의의 포문을 연 이선영도 "송영 소설에 대한 보다 다양한 연구가 뒷받침되어 우리 문학을 더욱 풍성하게 하는 데 기여하기를 바란다"[6]는 말로 논의를 끝맺거니와, 문학사의 공백을 메꾸기 위해서라도 송영의 소설에 관한 본격적인 고찰은 시급을 요한다.

송영에 관한 선행연구는 다음과 같이 대별할 수 있다. 갇힌/ 닫힌

---

2   김현, 「挫折과 人間的 삶」, 『문학과지성』 15, 1974. 봄, 117면.

3   김주연, 「窓 속의 理想主義-송영論」, 『변동사회와 작가』, 문학과지성사, 1979, 141면.

4   일례로 송영의 장편소설 『땅콩껍질 속의 연가』(1977)는 보기 드문 판매고를 기록했다. 그러나 다른 1970년대 '잘 팔린' 소설의 경우와 마찬가지로, 이는 '중간소설'로 분류되었다.(조남현, 「1970년대 소설의 몇 갈래」, 김윤식·김우종 외, 『한국현대문학사』, 현대문학, 2005, 504-505면 참조.)

5   학술논문으로 이선영의 「가두는 세계와 열어내는 문학-송영의 『선생과 황태자』를 중심으로」(『우리문학연구』 31, 우리문학회, 2010)가, 석사논문으로 모영철의 「송영 소설의 공간성 연구」(중앙대 문예창작학과 석사논문, 2011)가 있다.

6   이선영, 앞의 글, 525면.

7   김인환, 「囚人의 視線」, 『창작과비평』 35, 1975. 봄; 김주연, 앞의 글; 박동규, 「自由와 삶의 複合的 樣態」, 『제3세대 한국문학 5: 송영』 해설, 삼성출판사, 1984; 정은경, 「어떻게 '비'인간적인 상황을 벗어날 것인가」, 송영, 『선생과 황태자』 해설, 책세상, 2007; 이선영, 앞의 글; 모영철, 앞의 글.

인물과 상황에 주목한 경우[7], 연대에 의한 열림에 주목한 경우[8], 인물을 소외시킨 세계의 부정성에 주목한 경우[9], 인물의 실존적 자각에 주목한 경우[10], 내향적이고 방황하는 인물 혹은 모든 종류의 욕망을 거부하는 인물의 특성에 주목한 경우[11], 지문과 대화의 구별이 없는 형식상의 특성에 주목한 경우[12] 등이다. 김인환이 송영의 세계를 "상황의 압력이 완강"한 "갇혀 있는"[13] 세상으로 규정한 이후, '갇힘'은 송영 소설을 해명하는 키워드가 되어 왔다. 그런데 송영의 인물들은 도대체 무엇에 갇혔는가? 논자들은 악과 폭력, 인간의 한계 상황 등을 지적했거니와 이들은 다분히 단편적이다. 단편적인 지적은 다음 질문을 동반한다. 악이라면 어떤 악인가? 폭력이라면 그 양상과 원인과 결과는 어떠한가? 단편적인 규정은 분명히 논의의 시발점이 되지만 그것으로 충분하지는 않다. 그것의 양상과 원인과 결과를 구조적으로 파헤치고 각 항목을 체계적으로 분류하여 세목화하여야 그것에 대한 앎을 깊게 할 수 있다.

---

8 박동규, 앞의 글; 정은경, 앞의 글; 이선영, 앞의 글; 이재선, 『현대 한국소설사 1945~1990』, 민음사, 1996.

9 김현, 앞의 글; 안삼환, 「産業社會의 批判的 同行者들」, 『문학과지성』 30, 1977. 겨울; 이태동, 「자의식의 비극적 시선-송영論」, 『한국현대소설의 위상』, 문예출판사, 1986; 박동규, 앞의 글.

10 김병익, 「實存, 그 存在論的 憂愁」, 『삼성판 한국현대문학전집 54: 송영·조해일』 해설, 삼성출판사, 1981; 정은경, 앞의 글.

11 김치수, 「방황하는 젊음의 세계-송영의 소설」, 『공감의 비평을 위하여』, 문학과지성사, 1991; 장석주, 「송영, 내향성의 문학」, 『20세기 한국문학의 탐험』, 시공사, 2000; 장경렬, 「'의미 세우기'에의 저항-송영의 문학과 그의 '탈의미화' 전략」, 송영, 『침입자』 해설, 청아출판사, 1994.

12 김현, 앞의 글: 김병익, 앞의 글.

13 김인환, 앞의 글, 155면.

송영에 관한 유일한 본격 학술논의는 닫힌 세상의 본질이 "세속적 가치만 중요시하고 인간의 존엄성이나 자유는 철저히 무시하는 세계의 강포함"[14]이라고 논한다. 이 논의는 송영을 학술연구의 대상으로 최초로 부각하고 후속연구의 필요성을 제기한 면에서 의의 있고, 닫힘에서 열림으로 가는 기제에서 말과 문학의 역할을 통찰했다는 점에서 새롭다. 허나 송영의 세계의 성격에 대해서는 보다 더 구체적으로 세목화하여 논의할 여지가 있다. 송영이 바라보는 세계의 성격은 보다 다층적이고 구조적이다. 가령 송영은 세계의 폭력성을 다각도로 탐색할 뿐만 아니라 그 기원이 되는 인간의 본성, 그리고 폭력의 귀결인 공권력의 속성과 전략까지 성찰한다. 논자들은 공히 송영 소설에 나타난 폭력 그 자체는 주목하지만, 폭력의 기원과 공권력의 구조에 관한 다기한 성찰까지는 간파하지 못하고 있다.

송영 소설에 관한 구조적 탐색의 미비는 문학사적 서술로 이어진다. "작가는 그의 인물들이 가지고자 했던 것이 무엇이며 그것이 세계의 어떤 질서에 의해 차단되었던가를 구체적으로 보여주지는 않는다. 6·25나 군대 기피 체험 등이 제시되기는 하지만 단편적인 데 그치고 있다. 전체적으로 본다면 자아의 욕망/ 세계의 억압이라는 추상적 관계항만을 반복해서 제시할 뿐, 자아와 세계의 관계에 대한 구체적 탐구를 행하지는 않고 있다는 진단이 가능한 것이다."[15] 송영 소설을 단편적 수준으로 규정한 이 서술은 송영 소설이 개인을 억압하는 세계의 질서에 대한 구체적 천착을 결여한다는 판단에 근거한다고 볼 수 있

---

14 이선영, 앞의 글, 523면.
15 김윤식·정호웅, 『한국소설사』, 문학동네, 2000, 449면.

다. 이러한 문학사적 규정은 전술한 선행연구의 미진함에서 다소 기인한 바 있을 것이다. 그러나 송영 소설 자체가 세계의 구체적 탐색을 결여한 것이 아니라, 송영에 대한 지금까지의 연구가 구체성을 결여한 것이다. 문학사 서술과는 달리, 송영의 소설은 자아를 억압하는 세계의 양상뿐만 아니라 그 원인과 결과에 대해서까지, 다분히 구조적으로 천착한다. 선행연구에서 그것을 온전히 읽어내지 못했던 것은 송영 연구가 아직 초기 단계에 머무르기 때문이라고 하더라도, 이제는 더 심도 깊은 연구의 필요성을 간과할 수 없다. 송영에 관한 결정적인 규정으로 받아들여질 위의 문학사 서술은 송영의 세계에 대한 구조적 천착의 시급함을 역설한다.

이 논문은 송영 소설에 개인을 억압하는 세계의 질서에 대한 구체적인 천착이 드러난다는 전제 하에, 즉 세계의 폭력 그 자체뿐만 아니라 폭력의 기원인 인간의 본성, 그리고 그 귀결인 공권력의 본색에 대한 다각도의 성찰이 드러난다는 전제 하에, 그것을 다층적이고 구조적으로 논의해 보고자 한다. 구조화는 세목화를 동반한다. 이 논문은 송영이 바라보는 세계의 실상을 현상-원인-결과의 카테고리로 구조적으로 조직화하고, 각 양상을 세목화하여 논구할 것이다. 우선 2장에서 송영이 응시하는 세계의 현 상태를 논한 다음, 그런 세계를 유발한 원인이 되는 인간의 본성을 3장에서 고찰하고, 마지막으로 4장에서는 그런 세계의 귀결에 대해 논구할 것이다.

이를 위해 이 논문은 송영의 등단작부터 1970년대에 발표된 소설을 연구대상으로 삼는다. 이 소설들은 작품집 『先生과 皇太子』(1974), 『浮浪日記』(1977), 『지붕위의 寫眞師』(1980)에 수록되었다. 이 시기 소설은 크게 두 부류로 나뉠 수 있다. 전반기 소설에서 작가는 세계에 대한 자신의 인식과 관념을 적극적으로 드러낸다. 후반기 소설에서는 그 자신이 "인물론"이라고 일컬을 만큼[16], 흥미로운 인물에 관한 관심이 주종을 이룬다. 후반기 소설에 관한 논의는 새로운 지면을 요구하는 만큼, 이 논문이 주목하는 것은 전반기 소설이다. 『先生과 皇太子』에 수록된 대부분의 소설, 『浮浪日記』와 『지붕위의 寫眞師』의 일부 소설이 이에 해당한다.

이 소설들은 리얼리즘의 외피를 둘러쓰고 있지만, 세계에 대한 작가 자신의 인식과 관념을 상징적으로 드러낸다.[17] 가령 송영의 이른바 후반기 소설처럼, 자아의 위상을 한껏 낮춘 채 외부 세계만을 그리는 소설은 객관적이다. 그러나 세계를 그리되, 세계를 인식하는 자아의 관념과 태도가 승한 소설이라면 주관적이다. 작가 내면의 상이 세계 자체를 압도하기 때문이다. 따라서 연구대상 소설의 성격은 다분히 상징적이고 주관적이고 추상적이다. 이런 면에서 주관성·추상성·상징성을 송영 소설의 본색으로 지목한 초창기 김현의 논의[18]는 옳다. 연구대상 소설의 주관성·추상성·상징성은 대화와 지문의 구별이 없는 형식상의 특성과도 연관된다. 김병익은 송영 소설의 시점이 외형적으로는 삼인칭이지만 내면적으로는 일인칭임을 지적하면서, "삼인칭 시점(視

---

16 1980년 간행된 『지붕위의 寫眞師』의 「作家의 말」에서 송영은 수록 작품의 성격에 대해, "갖가지 타입의 변형된 人物論이 그간의 작품에서 태반을 차지"한다고 소개한다.(송영, 「作家의 말」, 『지붕위의 寫眞師』, 백미사, 1980.)

17 김주연도 송영의 소설이 현실을 현실의 체험에 입각해서 현실적으로 처리하면서도 다분히 상징적이라고 논한다. 그의 소설은 강한 현실감을 불러일으키면서도, 상징성으로 인해 전형적인 리얼리즘의 상투성을 뛰어넘는다고 한다.(김주연, 「자유와 이상-상징적 사실체」, 송영, 『선생과 황태자』 해설, 범우사, 2004, 173-177면 참조.)

18 김현, 앞의 글 참조.

點)의 일인칭적 분위기(雰圍氣)는 세계를 객관적으로 바라보고 있지만, 그 세계가 완전한 타자(他者)의 것이 아니라 서술자의 시선(視線) 속에 포착되고 그의 의도에 따라 바라보게 되는 주관화한 소설 세계를 만든다"[19]고 논한다.[20] 과연 이른바 후반기 소설에 이르러 대화와 지문이 분리되면서 송영은 외부의 탐구로 나아가거니와, 전반기 소설에서는 세계에 대한 주관적 인식과 관념이 주조를 이룬다.

이러한 송영 소설의 주관성과 관념성은 그의 소설을 특정 관념을 형상화한 알레고리[21]로 볼 가능성을 열어준다. 따라서 이 논문은 연구대상 소설들을 세계의 질서에 관한 작가의 관념을 드러내는 일종의 알레고리로 보는 관점을 유지할 것이다. 이때 송영 소설을, 비대한 권력으로 인해 감시와 억압이 일상화된 1970년대의 정치적·사회적 현실에 대한 알레고리로 보는 것도 가능하나, 그것은 문제를 단순화한다. 따라서 보다 심도 깊은 논의를 위해 이 논문은 송영의 소설을 폭력의 기원과 공권력의 구조에 관한 사회학적 관념을 형상화한 알레고리로 보고자 한다. 앞의 논자들은 송영의 전반기 소설의 주관성·상징성·추상성을 간파했지만, 그가 형상화하는 관념의 정체 혹은 내용을 구체적으로 천착하지 못했다. 바로 이 작업을 이 논문은 수행하려고 한다. 초

---

19 김병익, 앞의 글, 406면.

20 초기 소설의 인물이 "추상개념에서 찾아질 수 있는 개념의 꼭두각시"(박동규, 앞의 글, 428면)에 가깝다는 지적도 같은 맥락이다.

21 알레고리의 어원은 '무언가 다른 것을 말하기(other speaking)'라는 뜻의 그리스어 알레고리아(allegoria)이다. 알레고리는 인물, 행위, 배경 등이 일차적 의미(표면적 의미)와 이차적 의미(이면적 의미)를 모두 갖도록 고안된 이야기이다. 코울리지에 따르면 상징에 비해 알레고리는 자의적이며 상징만큼 자연스럽지 않다.(한국문학평론가협회 편, 『문학비평용어사전 下』, 국학자료원, 2006, 406-407면 참조.)

창기에 김현은 송영 소설의 "추상성의 내용을 밝히는 것은 그의 소설 이해의 첫 관문"[22]이라고 했거니와, 이것이 곧 이 논문의 문제의식이다. 이 논문의 문제의식은 곧 송영 소설에 상징적으로 함축된 세계에 대한 관념을 구체적으로 조목조목 풀어보자는 것과 다름없다. 송영 소설이 추상적이라는 진단에서 그친다면 논의는 단편성을 피할 수 없으나, 그 추상성의 내용이 무엇인지 구체적으로 밝힌다면, 즉 작품에 내포된 관념의 내용을 다양하게 발굴해서 구조화한다면 논의는 구체성을 띨 수 있다. 이 논문이 기획하는 바가 바로 그것이다.

2. 자생적인 증오와 적의, 투쟁과 폭력의 악순환

송영의 소설은 세계의 실상을 다분히 구조적으로 탐색한다. 이 장에서는 우선 송영이 바라보는 세계의 현 상태를 논구한다. 인간의 자연 상태가 "만인에 대한 만인의 전쟁"[23]이라는 잘 알려진 규정이 있거니와, 송영이 보는 세계도 이와 다름없다. 송영의 세계는 이유 없고 자생적인 증오와 적의로 점철된 곳이며, 따라서 끊임없는 투쟁과 폭력이 순환하는 곳이고, 이전투구와 아귀다툼이 그치지 않는 전쟁터이다. 다음에서 이를 각 항목별로 살펴보려고 한다.

---

22 김현, 앞의 글, 118면.
23 토마스 홉스, 진석용 역, 『리바이어던 1』, 나남, 2012, 171면. 홉스는 만인에 대한 만인의 전쟁 상태의 원인을 이렇게 설명한다. 인간의 능력은 본질적으로 동등하다. 따라서 인간은 동일한 수준의 기대와 희망을 품고 목적을 설정하며 목적을 달성하기 위해 노력한다. 이런 능력의 평등이 우선 전쟁 상태의 원인이다. 또한 인간은 자기 보존 욕망으로 인해, 때로 파괴와 정복의 쾌감 그 자체로 인해 경쟁하고 싸운다.(위의 책, 169-171면 참조.)

송영 소설에서 우선 두드러지는 것은 인간의 증오와 적의에 대한 특별한 관심이다. 특히 증오와 적의는 합당한 이유로 인해 발생한 것이 아니라, 종종 별다른 근거 없이 생긴다. 즉 증오와 적의는 특정 원인에 따른 결과가 아니라, 자생적으로 생성되고 성장한다. 「鬪鷄」(『先生과 皇太子』)에서 종형은 싸움닭 뿌라마를 치열하게 증오하며, 그의 몰락을 간절히 기원한다. 그런데 "그놈을 미워하게 된 처음 동기는 무엇이었는지 확실치 않다. 다만 미움증이 들기 시작하면서부터는 그놈의 모든 거동이 밉살스러운 것이다. 이를테면 뿌라마의 균형잡힌 탄탄한 체구도 그렇고 놈의 유난히 타는듯한 눈빛도 그러했다. 놈은 또 꼬꼬 꼬 하고 우짖는 소리도 다른 종계와 달라 아주 드문 베이스였다. 어떤때 문득 그놈의 꼬꼬 꼬 하고 우짖는 소리를 들으면 아주 저주하고 음흉스런 느낌마저 든다고 종형은 말했었다. 그놈의 짙은 주황빛 털이 꼬깃꼬깃 엉겨 있는 모양은 마치 부패한 핏빛과 같아 결코 유쾌한 빛깔은 아니었다. 그 모든 것을 종형은 미워하고 있는 것이다."[24](285-286) 여기에서 볼 수 있듯, 종형은 뿌라마를 증오하게 된 뚜렷한 이유를 알지 못한다. 그는 먼저 막연한 미움을 느꼈고, 그 다음에 뿌라마의 체구, 눈빛, 우는 소리, 털 모양 등을 미움의 근거로 댄다. 여기에서 일의 선후가 중요하다. 미움이 먼저 오고, 미움의 이유를 생각해낸 사건이 나중에 온다.

「階段에서」(『지붕위의 寫眞師』)의 김기문은 안태오를 처음 본 순간 "어

---

24 이 논문의 대상 텍스트는 다음과 같다. 송영, 『先生과 皇太子』, 창작과비평사, 1974; 송영, 『浮浪日記』, 열화당, 1977; 송영, 『지붕위의 寫眞師』, 백미사, 1980. 앞으로 이 텍스트에서 인용 시 작품명 옆 괄호 안에 책 제목을 명시하고, 인용문 말미 괄호 안에 면수만을 표기하기로 한다.

젠지 싫"다고 느낀다. 까닭 없이 "어쩐지 꺼림칙하고 두려웠다."(46) 이후 김씨는 태오가 방을 더럽게 쓴다는 사실을 알아내고서 "여태 방향이 모호했던 안 태오에 대한 애매한 감정이 여기서 증오로 돌변했다. 더러운 자식, 그놈은 더러운 놈이다. 바로 그 때문에 자신은 처음부터 그놈이 꺼림칙했을 것이다. 그 원인이 이제야 밝혀진 것 같았다."(48) 김씨 역시 태오에게 맹목적인 혐오를 품었는데, 태오가 방을 더럽게 쓴다는 이유로 자신의 혐오를 합리화하며, 이후 당당하게 혐오를 증오로 발전시킨다. 즉 종형과 김씨는 타당한 이유로 인해 증오하는 것이 아니라 먼저 증오하고 나중에 아전인수 격으로 혹은 우격다짐 격으로 그 증오를 합리화하는 이유를 만들어낸 것에 가깝다. 다시 말해서 종형과 김씨 안에서 누군가를 증오하고 싶은 막연한 마음이 먼저 생성되었고, 그 다음에 그들은 증오의 대상을 물색했으며, 우연히 발견된 대상에게 증오를 부착하고, 그 후에 대상에게 추한 자질들을 덧붙이며 증오의 이유를 찾아낸 것이다. 문제는 인간에게 증오와 적의가 필수불가결하게 생성되는 존재조건적인 감정이라는 점이다. 타인은 뿌라마와 태오처럼 흉측하고 공포스러운 무엇이다. 인간은 태생적으로 누군가를 증오하며, 증오할 누군가를 필요로 한다. 증오와 적의는 증오와 적의의 합당한 이유보다 선재(先在)한다. 증오와 적의는 원인 없이도 자생한다. 막연하고 모호한 증오와 적의는 송영이 바라보는 세상의 근본 조건이다.

　뿐만 아니라 증오와 적의는 순환한다. 김씨의 증오의 대상인 태오 역시 "차가운 적의가 가득한 눈초리"로 김씨를 바라보며, "까닭이 없는 반감"(52)으로 김씨를 대한다. 김씨는 태오의 "눈초리에서 거의 맹목적인 증오를 읽"(60-61)는다. 태오의 증오도 까닭 없고 맹목적이기는 마찬가지다. 적의에 시달리는 종형과 김씨와 태오는 끊임없는 투쟁의 원환, 이긴다 해도 종국엔 패배할 수밖에 없는 자승자박의 게임에 빠져든다. 가령 김씨는 일부러 화장실 공사를 벌여 소음을 끔찍이 싫어하는 태오를 괴롭히고, 변기 사용을 금하면서 태오에게 불편을 초래한다. 그러자 태오는 그 변기에 각종 오물을 투하하고, 깨끗이 단장된 화장실 바닥을 콜탈 찌꺼기가 가득 묻은 구둣발로 짓밟는다.[25] 이런 식으로 김씨와 태오는 서로를 증오하다가 물고 물리는 투쟁의 원환에 말려들며 결국 자신들의 몰락을 초래한다. 중요한 것은 증오가 합당한 이유를 결여하며, 투쟁이 유용한 목적을 결여한다는 점이다. 그들은 증오하기 위해 증오하고 투쟁하기 위해 투쟁한다. 이러한 증오와 투쟁의 자가 번식이 주목을 요하는바, 김씨와 태오의 사연은 단지 어리석은 인물들 간의 일화가 아니라 세계의 한 실상에 대한 알레고리이다. 이유 없는 증오와 쓸모없는 투쟁의 악순환은 세계의 한 축도이다.

투쟁은 곧 폭력의 교환이다. 이 소설에서 증오와 적의는 폭력의 악순환으로 연결된다. 증오·적의와 폭력은 불가분의 관계이다. 「鬪鷄」(『先生과 皇太子』)에서 싸우는 "놈의 싯누런 눈빛은 증오로 맹렬히 불"(298)탄다. 폭력의 주체는 증오를 필히 추동력으로 삼으며, 자생적인 증오와 적의는 당연히 폭력을 수반한다. 「先生과 皇太子」, 「님께서 오시는 날」, 「당신에게 祝福을」 등 일련의 감방 소설에서, 송영은 주

---

25 이후 분개한 김씨는 태오에게 통행의 불편을 주기 위해서, 공연히 계단과 이층 마루를 새로운 도료로 포장하는 작업을 계획한다. 계단을 사용 못하게 하는 대신, 김씨는 태오의 이층 방으로 연결하는 사다리를 놓았는데 일부러 낡고 약한 사다리를 사용한다. 위험천만의 사다리를 올라가다가 떨어질 뻔했던 태오는 깨끗이 도장된 계단과 마룻바닥을 거친 구둣발로 밟아 버린다. 격분한 김씨는 태오에게 따지러 계단을 내려오다가 미끄러져 죽어 버린다.

먹과 발길질이 일상화된 감옥의 풍경을 그린다. 감옥은 폭력으로 점철된 세계의 알레고리이다. 「生死確認」에서는 전쟁이 납득할 수 없는 세계의 폭력으로 제시된다. 또한 세계는 폭력을 교육하고 전수하는 곳이다. 「鬪鷄」에서 종형은 닭싸움에 "나"를 참여시키려고 강제하며, 거부하는 "나"에게 폭력을 행사한다. 종형은 뿌라마에게 올가미를 씌워 죽이는 일을 "나"에게 강제로 종용하고, 다시 거부하는 "나"를 때리려고 한다. 종형은 끊임없이, 세계의 폭력에 입사하도록 "나"를 다그치는 것이다. 폭력으로 점철된 세계는 이전투구와 아귀다툼의 장이다. 「中央線 汽車」(『先生과 皇太子』)에서 보듯, 사람들은 자리를 차지하거나 뺏기지 않기 위해서 필사적으로 서로를 밀고 서로에게 밀린다. 그들은 발붙일 곳을 잃지 않기 위해 결사적으로 버둥거려야 하며, 기차 밖으로 굴러 떨어질까 봐 불안에 떨어야 한다. 서로에 대한 배려는커녕 발붙일 자리 하나를 얻기 위해 아귀다툼을 벌여야 하는 만원 기차 안 풍경은 "무질서와 이기심의 각축장"[26]이며, 그대로 이전투구에서 자유로울 수 없는 세계의 축도이다. 송영이 보기에 세계는 "굶주린 개떼들이나 늑대들이 으르렁거리"는 곳, "흉포스런 짐승"(88)이 득시글거리는 곳이다. 이처럼 송영 소설에서 세계의 폭력성은 중추적으로 전면화된다.[27]

---

26 정은경, 앞의 글, 424면.
27 정은경 역시 송영의 주 관심사를 "평균적 일상성으로 치부되는 '지금-현실'의 비인간적인 실상"으로 본다.(위의 글, 433면.)

3. 폭력의 기원, 인간의 본성

앞장에서 보았듯 송영이 보는 세계는 이유 없는 증오와 적의, 무용하고 맹목적인 투쟁과 폭력이 악순환하는 곳이자 이전투구와 아귀다툼으로 점철된 곳이다. 그러나 송영은 세계의 이런 실상을 포착하는 것에 그치지 않고, 그 연원을 탐색한다. 송영 소설이 세계의 폭력을 주시한다는 사실에는 많은 논자들이 동의하는바, 그 기원에 대한 논의는 미비하다. 따라서 이 장에서 수행할, 송영 소설에 나타난 폭력의 기원에 대한 논구는 일정한 의의를 지닐 것이다. 송영은 폭력의 기원을 몇 가지 인간의 본성에서 찾는다. 우선 인간의 욕망이 그 연원으로 지목되는데, 그 중에서도 특히 인정 욕망과 우월 욕망이 주시된다. 우월감과 열등감 등 자기평가 의식과 더불어 의타성(依他性) 역시 폭력의 기원으로 성찰된다. 뿐만 아니라 권력에의 의지도 만인의 전쟁 상태의 원인으로 거론된다. 이는 강자 앞에서 약하고 약자 앞에서 강한 인간 본성, 강자에 대한 증오를 약자에게 투사하는 인간 본성에 대한 성찰로 이어진다. 다음에서 송영 소설에 나타난, 폭력의 기원을 형성하는 인간의 본성에 관해 조목조목 논의하고자 한다.

송영 소설에 드러난 폭력의 기원 중 하나는 인간의 욕망이다. 「先生과 皇太子」(『先生과 皇太子』)의 순열이 파악하는 세상에서, "존재란 획득하는 과정"이며, "살아간다는 것은 자기가 갖고 싶은 것을 탐내고 그 새로운 것을 얻기 위해 계획하고 노력하는 그런 과정"(39)이다. 삶이 곧 탐내고 노력하고 결국 획득하는 과정이라는 말은 욕망이 곧 삶의 중핵이라는 뜻을 담고 있다. 그런데 그 욕망은 '끝이 없음', '만족할 수 없음'을 그 본성으로 한다. 「中央線 汽車」(『先生과 皇太子』)에서 환오의 친구는 이렇게 말한다. "발이 땅을 먹어치우는 도둑놈이란 걸 모르나. 그건 언제나 자기가 차지한 지면에 만족할 줄 모르는 짐승이야. 늘 본능적으로 다른 땅을 넘보거든."(70) 발로 표상되는 인간의 욕망은 자기 가진 바에 만족하지 않고 본능적으로 타인의 소유를 넘본다. 욕망은 하나의 대상에서 또 다른 대상으로 계속적으로 이행하는데, 이 계속적인 이행이 욕망의 본질이다.[28] 욕망은 만족을 모른다. 인간은 하나의 대상을 획득하면 곧이어 만족보다는 환멸을 느끼고 다른 대상을 욕망한다. 이러한 욕망의 무한 운동, 혹은 "욕망의 환유연쇄"[29]가 곧 끝없는 탐욕을 낳게 되는 것이다. 이러한 인간 욕망의 본성은 세계의 폭력의 한 원흉으로 지목될 수 있다.

욕망은 다양한 양태를 거느린다. 송영 소설은 욕망의 여러 양태 중 특히 인정 욕망과 우월 욕망에 주목한다. 인간에게는 타인들 사이에서 자신의 가치를 인정받고 존경받고 싶은 욕망, 타인보다 우월하고 싶은 욕망이 있다. 이것은 자신에 대한 끊임없는 관심을 근간으로 하는 면에서 자의식과 통하지만, 항상 타인들과의 비교를 수반하는 점에서 타인에의 의존심과 연관된다. 이는 명예욕과 호승심, 우월감과 열등감의 기원이 되기도 한다. 자기평가 의식, 인정 욕망, 우월 욕망은 인간의 뿌리 깊은 본성 중 하나이다. 루소에 따르면, 원시 시대에 제각기 고립적으로 살던 인류가 사회를 이루면서, 사람들은 저마다 타인에게 주목

---

28 홉스, 앞의 책, 138면 참조. "복됨이란 욕망이 하나의 대상에서 또 다른 대상으로 계속적으로 이행하는 것이며, 전자의 획득은 후자로 가는 길에 불과하다."(위의 책, 138면.)

29 이진경, 「자크 라캉-무의식의 이중구조와 주체화」, 이진경·신현준 외, 『철학의 탈주』, 새길, 1995, 40면. 라캉에 의하면, 욕망은 결코 충족될 수 없는 결핍이다. 그러나 동시에 그것을 충족하고자 하는 것이 욕망의 본성이기에, 그 결핍을 메우리라 생각되는 대상이 무한히 치환되는 '욕망의 환유연쇄'가 일어난다.(위의 글, 40면 참조.)

하고 상대방을 평가하기 시작했다. 그러면서 자기도 주목받고 싶다고 생각하기 시작했으며, 공공연하게 존경받는 일에 중대한 가치를 두었다. 이것이 불평등과 악덕의 시초였다.[30] 즉 "자기 평판을 높이고 싶다는 열망", 타인보다 "뛰어나고 싶다는 열광"이 인간의 모든 미덕과 악덕의 근원인데, 정확히 말하면 "소수의 선한 것"과 "다수의 나쁜 것"의 기원이다.[31] 홉스 또한 "인간은 누구나 자기 친구들이 자기를 높이 평가해주기를 바란다"[32]고 말한다. 그는 자기 확신의 결여와 공명심을 인간 사이 분쟁의 원인 중 중요한 것으로 본다.[33] 자기 확신의 결여는 인정 욕망이 좌절되었을 때 발생하고, 공명심은 우월 욕망에서 생긴다. 결국 인정 욕망과 우월 욕망이 분쟁의 근원인 것이다.

송영 소설에서도 인정 욕망과 우월 욕망은 인간의 본성으로 자주 지목된다. 인정 욕망과 우월 욕망은 열등감과 우월감 등 자기평가 의식과 불가분의 관계이다. 「맙소사! 하나님」(『浮浪日記』)에서 사이비 종교 지도자 "나"는 자신의 성공 요인을 아래와 같이 분석한다.

특히 이 삼차원의 세계에 열광적으로 뛰어든 놈들 중에는 실제 생활에서 별로 재미를 보지 못했거나 별로 남의 인정을 받지 못했거나 심한 욕구불만에 허덕였거나 혹은 어떤 열등감의 포로였던 놈들이 많은데, 그럴 수밖에 없는 것이 그들이 실패했고 푸대접 받았던 현실이 전혀 찰나의

---

30 이것으로 한편에선 허영과 경멸이, 또 한편에선 치욕과 선망이 생겨났다.(장 자크 루소, 최석기 역, 『인간불평등기원론/ 사회계약론』, 동서문화사, 2007, 99면 참조.)

31 위의 책, 119면 참조.

32 홉스, 앞의 책, 170면.

33 위의 책, 171면 참조. 홉스는 인간들 사이에 분쟁이 발생하는 원인을 세 가지로 정리한다. 경쟁, 자기 확신의 결여, 공명심이 그것이다.

과정에 불과하다니 그놈들이 즐겁지 않을 도리가 있겠습니까?

또 일반사회에서 성격상 결함으로 사람들과의 관계가 원만치 못하거나 분수에 맞지 않는 자만심이나 우월감을 처리할 줄 몰라 쩔쩔매는 처녀총각들도 여기 와서 비로소 구제를 받았는데 이 모든 일이 죄다 하나님의 은혜라고 볼 수 있지요. 자만심이나 우월감을 주체하지 못해 괴로움 받던 양들은 자기가 삼차원의 영적 세계에 들어왔다는 사실만으로 그 감정을 충분히 만끽하며 이제 마음 터억 놓고 세상을, 친구를 비웃고 내려다볼 수가 있게 되었죠.(126)

위의 사이비 목사에 따르면, 인간의 본연적인 열등감과 우월감에 호소한 점이 자신의 성공 요인이다. 열등감에 시달렸던 사람은 그들을 푸대접했던 현실이 찰나의 과정에 불과하다는 이야기에 위안을 얻고 우월감에 빠졌던 사람은 영적 세계에 접한 일을 계기로 정당하게 세상과 타인들을 비웃을 수 있었다. 열등감과 우월감은 "나"의 전도가 사람들을 설득할 수 있었던 중대한 회로로 기능한 것이다. 여기에서 인간의 열등감과 우월감이 존재의 중핵으로 상정된 점이 주목을 요한다. 열등감과 우월감 등 예민한 자기평가 의식은 인정 욕망과 우월 욕망을 낳고, 이는 경쟁심과 호승심을 유발하는 면에서 폭력의 기원이 된다.

「鬪鷄」(『先生과 皇太子』)에서 "나"는 늘상 이기는 싸움닭 뿌라마를 두고 이렇게 생각한다. "놈은 강자니까 싸우고 난 뒤의 이긴 놈의 거만을 잘 알리라. 허지만 이긴 놈의 벼슬도 결코 성하지는 못한 것이다. 부딪치고 쪼아리고 물어뜯고 지쳐서 쓰러질 만큼 싸우고 난 뒤에 단지 상대방의 우위에 섰다는 관념만이 남는 것이다. 패한 놈의 고통에 겨운 비명으로 그 관념은 더욱 살찐다."(291) "나"는 뿌라마가 "이긴 놈의 거만"과 "상대방의 우위에 섰다는 관념"을 느낄 것이라고 상상한다. "나"는 타인을 이기고 싶고, 타인보다 우위에 서고 싶은 인간의 욕망을 닭에게 투사한 셈이다. 이 투사 기제의 근저에는 인정 욕망과 우월 욕망이 인간 존재의 중핵이라는 전제가 있다. 여기에서 인정 욕망과 우월 욕망은 인간의 본성이자, 세상을 전쟁터로 만든 한 원흉으로 지목되고 있다.

인정 욕망과 우월 욕망은 자기 자신에 관한 지대한 관심에서도 비롯되지만, 타인에 대한 예민한 의식에서도 발생한다. 타인을 면밀히 관찰하고 타인과 자신을 비교하는 의식에서 인정 욕망과 우월 욕망이 싹트기 때문이다. 타인을 의식하지 않고 의연하게 독자적인 가치에만 충실할 수 있다면 남들에게 인정받고 싶은 욕망도, 남들보다 우월하고 싶은 욕망도 느끼지 않을 것이다. 그래서 루소는 이렇게 말한다. "사회에서 사는 사람은 항상 자기 밖에 있으며, 타인의 의견 속에서만 살 수 있다. 그리고 타인의 판단에서만 그는 자기 존재의 감정을 끌어내고 있는 것이다."[34] 타인이 자신을 어떻게 평가하는지, 존경하는지 무시하는지 의식하면서 인정 욕망과 우월 욕망이 발아한다. 따라서 자의식뿐만 아니라 타인에의 의존심, 즉 의타심(依他心) 역시 분쟁을 일으키는 인간 본성의 하나로 지목될 수 있다. 인정 욕망과 우월 욕망은 결국 경쟁심과 호승심, 투쟁 의지를 유발하기에 폭력의 기원으로 쉽사리 둔갑한다. 고로 의타심은 역설적으로 폭력의 기원이 된다.

「武官의 빛」(『先生과 皇太子』)에서 "수사계장 아들"은 가령 지렁이를

---

34 루소, 앞의 책, 122면. 루소는 현대인과 미개인의 차이를 이렇게 정리한다. 미개인은 자기 자신 속에서 사는 반면 사회를 이루어 사는 현대인은 타인의 의견과 판단에 의존한다.

밟을 때 "나뭇가지를 잡고 있거나 내 어깨에 몸을 기대지 않으면 안되었다. 무엇인가 붙잡거나 어떤 곳에 기대지 않고서는 그놈은 아무 것도 공격할 수 없었다. 가령 상대가 아주 미미한 벌레 한 마리일지라도 그것은 마찬가지였다. 하지만 녀석이 상대를 공격할 때는 녀석의 횡포스럽고도 격렬한 동작 때문에 그가 무엇에 의지하고 있다는 이 약점은 감추어져 별로 드러나지 않는다."(204) 이 소설에서 "수사계장 아들"은 세계의 폭력을 상징하는 존재이다. 그런데 그는 폭력을 행할 때 꼭 다른 것 혹은 타인에게 의존한다. 수사계장 아들의 폭력의 의타성(依他性)은 세계의 폭력의 기원 중의 하나가 의타성이라는 통찰을 상징적으로 드러낸다.

송영 소설에 드러난 폭력의 또 하나의 기원은 권력에의 의지이다. 권력에의 의지는 예로부터 인간의 본성으로 지목되었다. 예컨대 홉스는 "모든 인간에게 발견되는 일반적 성향으로서 죽을 때까지 계속되는, 힘power에 대한 끊임없는 욕망을 제일 먼저"[35] 든다. 힘 혹은 권력을 소유하고자 하는 의지는 인간의 중대한 본성 중 하나이거니와 이것에서 각종 파생태가 나온다. 힘을 가진 강자 앞에서는 비굴해지고 약자에게는 한없이 잔인해지는 인간의 본성, 그리고 강자를 내밀하게 증오하나 그 증오를 약자에게 투사하는 본성 등이 그것이다. 「三層집 이야기」(『先生과 皇太子』)는 강자 앞에서 비굴하고 약자에게 잔인한 인간본성을 적나라하게 그린다. 하숙집 사람들은 정체 모를 미국인 윌슨의 직업을 궁금해 한다. 결국 윌슨이 가난한 무직자라는 사실이 밝혀지자, 하숙집 사람들은 드러내 놓고 윌슨을 경멸하고 모욕한다. 숫제 월

---

35 홉스, 앞의 책, 139면.

슨을 "거지새끼", "그 새끼"로 칭하고, 흡사 군대에서 부하를 다루듯 거칠고 고압적인 태도로 그를 대한다. 결국 그들은 집단적으로 윌슨을 조롱해서 그가 하숙집을 떠나도록 만든다. 그런데 윌슨에 대한 이런 폭력은 미국에 대한 선망과 외포와 불가분의 관계에 있다. 하숙집 주인 오여사는 미국에 대한 막연한 선망을 가진 사람으로서, 오빠가 미국에 산다는 사실을 과시하며 거만의 근거로 삼는다. 또한 "얼핏 연상되는 서양 선교사라는 것은 내국인의 출입이 통제되는 특별한 구역에 별장과 같은 집을 가지고 있고 고급 승용차를 손수 몰고 가는 그런 모습"(255)이다. 힘을 가진 강자 미국과 서양 선교사는 선망의 대상이자 자랑의 근거이나, 힘없는 가난한 미국인은 경멸과 조롱의 대상이 된다. 이런 정황은 힘을 동경하고 선망하면서 힘 있는 자 앞에서는 약해지고 힘없는 자 앞에서는 강해지는 인간 본성을 표상한다.

그런데 여기에서 동경과 조롱의 대상이 모두 미국이라는 동일한 카테고리에 속한다는 사실이 주목을 요한다. 하숙집 사람들은 강자 미국에 대한 동경 이면에 존재하는 은밀한 시기와 증오를 힘없는 미국인 윌슨에 대한 경멸로 전치해서 투사한 것으로 볼 수 있다. 인간은 강자를 선망하지만, 내심에서는 그를 은밀하게 증오한다. 그러나 그것을 강자에게 직접적으로 표출하지 않고 약자에게 투사한다. 이 기제가 적나라하게 드러난 소설이 「鬪鷄」이다. 이 소설에서 종형이 뿌라마를 증오하는 명목상의 이유는 뿌라마가 강자로 군림하기 때문이다. 종형은 강자에 대한 증오를 가지고 있다고 볼 수 있는데, 그러한 종형도 결말 부분 서양 신부 앞에서는 부들부들 떨기만 한다. 실질적으로 서양 신부는 강자이고, 뿌라마는 약자이다. 실상 종형은 강자 앞에서는 비굴하면서 약자에게는 강자로 군림하며, 강자에 대한 증오를 약자에게 투사한 셈이다.[36] 「三層집 이야기」와 「鬪鷄」는 강자 앞에서 약하고 약자 앞에서 강한 인간 본성, 강자에 대한 미움을 약자에게 투사하는 인간 본성의 알레고리로 보인다. 이 본성의 근원에는 권력에의 의지가 있으며, 이것은 세계의 폭력을 유발한 한 원인이라 할 수 있다.

4. 공권력의 구조, 그 속성과 전략

앞서 논한 본성을 내재한 인간은 끊임없는 폭력과 투쟁의 순환 고리 안에 놓인다. 바로 이 점이 공권력 탄생의 기원이 된다. 홉스에 따르면, 폭력과 투쟁의 악순환은 인간의 자연 상태인데 이것에서 강력한 권력이 탄생했다. 인간의 자연 상태로 인한 전쟁, 즉 외적의 침입과 상호간의 권리 침해를 방지하기 위해서 강력한 힘이 필수불가결하다. 인간은 그 힘에 대한 두려움과 처벌에 대한 공포 때문에 투쟁을 그만둘 수 있다는 것이다. 이에 강력한 힘을 가진 합의체common wealth가 탄생한다. "공공의 평화와 안정을 위"한다는 명분은 이 합의체의 존재를 정당화한다.[37] 전능한 합의체는 조직과 체계, 즉 공권력을 마련하면서 권력의

---

36 이선영도 강자에 대한 종형의 "적대의식은 실제로는 강자가 아니라 약자에 대한 폭력으로 전치된다"고 논한다.(이선영, 앞의 글, 508면.) 그러나 이선영은 이를 인물의 폐쇄성을 논하는 가운데 언급하며, 권력에의 의지라는 인간 본성과 연관 짓지 않는다.

37 홉스, 앞의 책, 227-234면 참조. 홉스에 따르면, 인간은 비참한 전쟁 상태에서 벗어나고 각자 자신의 노동으로 마련한 양식을 향유하며 쾌적하게 살기 위하여, 모든 사람의 의지를 하나의 의지로 결집하여 하나의 합의체에 양도한다. 이 합의체가 리바어어던(Leviathan)이다. 합의체는 강대한 권력을 사용하여 국내의 평화를 유지하고 외적을 물리친다.

열세에 놓인 이들을 구속하고 지배한다.[38] 즉 공권력은 인간의 자연 상태의 귀결이라고 할 수 있다. 그런데 이 공권력은 정녕 인간의 복지를 위한 것인가? 루소에 따르면, 공권력의 탄생에 위의 명분이 작용한 것은 사실이지만, 그 명분의 배경에는 사유재산을 약탈자로부터 지키기 위한 부자의 이기심이 작동했다. 즉 부자들은 사유재산을 보호하기 위해 약자들의 힘을 결집해야 했고, 그래서 앞의 명분으로 정치제도와 법률을 탄생시켰다는 것이다. 이는 인간의 불평등의 한 기원을 이룬다.[39] 모든 법과 권력의 본질을 폭력으로 보는 견해[40]도 있다.

공권력은 송영 소설의 한 화두이다. 우선 송영은 공권력의 속성과 전략을 다각도로 성찰한다. 공권력의 속성으로 전능함과 은닉성, 개인에 대한 무심성, 영향 범위의 미세함과 광대함 등이 제시된다. 미덕으로 위장하기, 위계화와 서열화, 감시 등은 공권력의 전략으로 주목된다. 그런데 송영은 이런 공권력의 속성과 전략을 고찰하는 데 그치지 않는다. 송영은 권력자 개인을 문제 삼는 대신에 권력 관계를 창출하는 구조 자체를 문제 삼는다. 이 장에서는 송영의 소설에 나타난 공권력의 속성과 전략, 즉 공권력의 구조를 논구하고자 한다.

공권력의 다양한 속성 중 우선 그 전능함과 은닉성을 주목해 본다.

---

38 푸코에 따르면, 권력을 널리 보급시키는 것은 무한히 빈틈없이 만들어진 조직이다.(미셸 푸코, 오생근 역, 『감시와 처벌-감옥의 역사』, 나남출판, 2003, 342면 참조.)

39 루소, 앞의 책, 106-108면 참조.

40 발터 벤야민에 따르면, 법 정립은 "목적한 것을 법으로서 투입하는 순간 폭력을 물러나게 하는 것이 아니라 이제야 비로소 엄격한 의미에서, 그것도 직접적으로 법정립적인 폭력으로 만든다. 이러한 일은 그 법 정립이 폭력이 없는 독립된 어떤 목적이 아니라 그 폭력에 필연적이면서 내밀하게 연계된 목적을 법으로서 권력의 이름으로 투입하면서 일어난다. 법 정립은 권력의 설정이며 그 점에서 폭력을 직접 발현하는 행위이다."(발터 벤야민, 최성만 역, 『역사의 개념에 대하여/ 폭력비판을 위하여/ 초현실주의 외』, 길, 2008, 108면.)

공권력은 개인의 운명을 지배한다. 「시골 우체부」(『先生과 皇太子』)의 "나"는 아버지의 이동 발령장을 애타게 기다린다. 양일 부락에서 아버지는 알콜 중독에 빠져 폐인처럼 살고 있기에, "나"는 아버지의 전근에 모든 희망을 걸고 있다. "나"는 "보이지 않는 어떤 사람의 손"(267)을 상상한다. 그 손은 "도시의 책상 위에서 서류를 꾸미고 결재를 하고 그것을 발송하는 손"(267)이다. "그들이 발송하는 그 서류는 실상 우리 가족의 생활을 송두리째 뒤집어 버릴 수도 있고 우리를 천 길 절벽의 낭떠러지로 미끄러뜨릴 수도 있다. 반대로 그것은 우리에게 한 가닥 희망을 되돌려 줄 힘도 가지고 있었다."(268) 공권력은 개인에게 절망도 희망도 임의로 줄 수 있는 막강한 존재, 개인의 운명을 좌지우지하는 전능한 존재인 것이다. 개인의 행불행은 전적으로 공권력에 위탁된다. 그러나 그것은 "보이지 않는 먼 곳에서 마치 숨어 있는 사람처럼"(267) 작업을 수행하며 개인의 "시야가 미치지 못하는 전혀 불가사의한 곳"(268)에 있다. 개인은 공권력의 본질이나 작동 원리를 알지 못하고 그것에 어떠한 영향력도 미치지 못하며 그 앞에서 전적으로 무능하다. 그 본색이 은닉되어 있기에, 공권력에의 접근은 차단되며 영향을 미치려는 시도는 좌절되고, 따라서 공권력의 무소불위의 역능은 강화된다. 신비화와 정보 차단은 종종 권력자들의 주된 전략이 되어 왔다.

그 다음으로 볼 수 있는 공권력의 속성은 무심성이다. 전능한 공권력은 실상 개인의 운명에는 무심하다. 위의 소설에서 아버지의 이동 발령장은 "나"의 기대를 배반하며, 오랜 기다림 끝에도 오지 않는다. "나"는 "그들이 건망증이 매우 심한 사람들이 아닐까 하는 의구심에 사로잡히기도" 하고, "그들이 벌써 우리를 잊어먹지 않았다면 우리를 여태까지 이곳에 방치해 둘 까닭이 없으리라고"(268) 생각하면서 그들의 무관심을 의심하지만, 실제로 공권력은 개인의 사정에 무심하다. 개인은 공권력 앞에서 처리해야 할 하나의 사소한 일감에 불과하다. 개인의 복잡다단하고 장구한 사연은 공권력 앞에서 일개 서류 뭉치로 소실된다. 「季節」(『先生과 皇太子』)에서도 작가는 공권력의 무심성을 드러낸다. 기요는 군 이탈죄로 수년간 도피한 끝에 체포되어 군 파견대로 압송되는데, 파견대의 담당자인 대위는 체포된 기요를 단지 귀찮아 할 뿐이다. "대위는 더 묻기가 귀찮은지 다시 옆자리의 잡담 상대자 쪽으로 돌아 앉아 버렸다. 신고는 이렇게 간단하게 끝났다."(169) 수년간 도피 생활의 신산함, 체포에 따른 충격, 앞날에의 불안과 공포 등 개인적으로는 일대 파노라마를 수반하는 사건이 공권력 앞에서 한낱 귀찮고 번거로운 사무가 되어 버린다. 장구한 개별적인 사연을 가진 개인은 공권력 앞에서 익명의 원자일 뿐이다. 이런 개인의 고유한 정황에의 무시 혹은 무심은 공권력의 한 속성이다.

마지막으로 논할 공권력의 속성은 영향 영역의 미세함이다. 공권력은 미세한 곳까지 침투해 있다. 「마테오네 집」(『先生과 皇太子』)에서 "나"는 양일 부락을 찾아 추억을 곱씹으며 서정적인 시간을 보내다가 새벽녘에 느닷없이 경관의 방문을 받는다. 경관은 "나"를 의심하면서 방문의 용건을 심문하며 동행을 요구한다. 그 집의 어린 아들 병규가 "나"를 고발한 것이었다. "위장이 약한 아이처럼 비쩍 마른" 어린이조차 "히기져 보이는 눈으로 나의 반응을 열심히 지켜 보"며, "경계하고 있는 눈빛"(156)을 감추지 않는다. 순진무구해야 할 동심조차도 의심, 경계, 감시, 고발의 순환 고리 안에 놓여 있다. 이토록 공권력에서 가장 멀리 떨어진 동심에까지 공권력의 규율 구조가 침투해 있기에, 개인은 촘촘한 규율과 감시의 그물망 안에 놓여 있을 수밖에 없다. 공권력이 가장 미세한 곳까지 침투해 있다는 사실은 그 영향 범위의 광대함을 시사한다.

공권력의 규율 양식은 사회의 다른 모든 양식들 속으로 스며들어, 규율 구조를 확산한다. 결국 그것은 "가장 미세하고 가장 멀리 떨어진 요소들에까지 권력의 효과를 도달할 수 있게" 한다.[41] 현대 사회에서 개인은 하나의 톱니바퀴에 불과하며 권력의 효과에 포위된 채 규율 체제 안에 있다.[42] 공권력은 전제나 폭정의 형태로만 개인을 규율하고 감시하는 것이 아니다. 보다 부드러운 방식으로 위장한 채 개인의 미세한 일상 구석구석까지 규율과 감시의 촉수를 드리운다. 「美化作業」에서 서울 시장은 〈아름다운 수도 서울을 건설합시다〉라는 슬로건 아래 무허가 건축을 단속하겠다는 뜻의 담화문을 발표한다. 이 소설의 "나"는 미화작업을 수행하는 공권력에 의해 사람답게 살 권리를 박탈당한다. 무허가 건축을 단속하는 행위와 수도를 미화하겠다는 의지는 일견 비난할 여지가 없고, 정당한 것으로 보인다. 그러나 이 소설에서 공권력은 개인 집의 창문 크기까지 규제한다. 지극히 사소하고 일상적인 일에까지, 즉 이토록 미세한 곳까지 공권력이 침투한 사실은 공권력의 영향 범위의 광대함을 보여준다.

위의 소설에서 "미화"라는 슬로건은 의미심장하다. 그야말로 아름답게 한다는, 다분히 아름다운 명분은 개인을 규제하고 생성해내는 권

---

41 푸코, 앞의 책, 332면 참조.
42 위의 책, 334면 참조.

력의 의도[43]를 은폐한다. 세상을 아름답게 한다는 슬로건은 거의 모든 권력이 자신의 존재 정당성을 변호하기 위해서 내세우는 것이다. 앞서 언급한 "공공의 평화와 안전을 위해"[44]라는 아름다운 명분은 가장 고전적인 공권력의 전략이다. 여기에서 공권력의 전략으로서 미덕화(美德化)에 관해 성찰할 수 있다.[45] 미화, 보호, 배려, 복지 향상 등 미덕으로써 공권력은 자신의 부당함을 은폐한다. 공권력이 개인에게 일정한 보호와 도움을 베푸는 것은 사실이지만, 바로 그 보호와 도움으로써 자신의 폭력성을 은폐하며 존재를 정당화한다. 「님께서 오시는 날」(『先生과 皇太子』)은 개인에게 메시아적 존재로 인식되는 최고 권력자가 등장한다는 점에서, 주로 권력의 폭압에 주목하는 송영 소설 중에서는 이례적인 듯하다. 그러나 결국 개인이 권력에 품는 기대가 처참히 무산된다는 점에서는 다른 소설들과 동궤에 있다. 수감된 죄수들은 나중에 "각하"로 밝혀지는 귀빈을 정좌한 채 기다리면서 공연히 가슴이 설렌다. 그들은 "단지 각하와 가까운 거리에서 대면하게 된다는 사실만으로 마치 그들의 형기가 절반쯤 감형되는 것처럼 느끼"(142)며, 각하를 만나면 그 행운을 놓치지 않고 "자기의 무기형이 부당하다는 점을 호소"(143)하려고 한다. 최고 권력자가 모든 어려움을 해결해 줄 전지

---

43 푸코에 따르면, 개인은 권력에 의해 지식의 대상이 되고 정밀하고 구체적인 훈육을 받으며, 전략과 전술에 의거하여 세밀한 의도에 의해 만들어진다.(위의 책, 333-334면 참조.)

44 홉스, 앞의 책, 232면.

45 푸코에 따르면, 18세기의 경찰 조직은 여러 규율 기관들 사이에 매개망을 펼쳐, 그 기관들이 개입할 수 없는 장소에서 영향을 미치고, 규율화하지 않을 공간을 규율화하는 동시에 무력을 통하여 그 기관들을 보호해 주었다고 한다.(푸코, 앞의 책, 331면 참조.) 여기에서도 보호라는 아름다운 명분이 공권력의 부당함을 은폐하고 개인을 규제하는 전술을 위장하는 데 사용되었다.

전능한 능력자이자 개인의 사정에 섬세하게 관심을 기울이는 고결한 인격자로 인식되는 것이다.

인간을 옥죄는 공권력 체계의 수장이 실제로 자애로운 하느님처럼 인식되는 모습은 아이러니하다. 실상 개인은 공권력 앞에서 다분히 이율배반적이다. 당장 자신을 억압하는 공권력 전반에 불만을 품으면서도 실제로 눈앞에 나타난 최고 권력자에게는 호의와 존경심을 느끼며, 무언가를 기대한다. 전통적으로 권력에게는 개인을 보호하는 아버지와 같은 이미지가 있다.[46] '아버지로서의 권력'이라는 이미지 혹은 권력의 외견상의 자상함과 부드러움 때문에, 개인은 권력에 기대한다. 개인은 심지어 권력이 자신의 어려움을 궁극적으로 해결해 줄 전능한 존재라고까지 기대하지만, 이 기대는 자주 짓밟힌다. 결국 "각하"는 죄수들 앞에 모습을 드러내지 않은 채 서둘러 감옥을 떠나고, 수감자들을 기다리는 것은 전시용으로 받은 깨끗한 속옷과 침구를 반납해야 하는 당위뿐이다. 이렇듯 공권력의 수장에 대한 기대 심리를 조장한 것이 바로 공권력의 미덕화 전략이며, 소설의 결말에서 보듯 미덕은 이미지일 뿐 실현되지 않는다. 「季節」의 상사는 기요를 체포하여 압송하는 도중에, 그를 풀어줄 수 있다고 암시한다. 그런데 나중에 알고 보니 그는 언제나 누군가를 신고하기 직전에 그렇게 말했다는 것이다. 권력

---

46 황동하, 「소비에트 정치포스터에 나타난 스탈린 개인숭배의 '정치문화사'」, 『이화사학연구』 32, 이화사학연구소, 2005 참조. 황동하는 스탈린 개인숭배가 가능했던 원인을 논하면서, 러시아 인민들에게 널리 퍼진 '선량한 차르에 대한 신화'를 언급한다. 인민들은 기본적으로 차르가 신민을 인자하게 지배한다는 인식을 지니고 있었기 때문에 부정의와 억압은 지배자 그 자신이 아니라, 그의 사악한 조언자들 즉 귀족 및 관료들로부터 나온다고 믿었다.(위의 글, 258-259면 참조.) 이런 정황은 비단 러시아의 것만이 아니라, 전제 왕정이 있었던 곳이라면 대체로 유사할 것으로 보인다.

은 외면적으로 자애로움과 봉사 의지, 보호와 배려 등의 미덕을 내세우지만 실제로 그 미덕들은 부당함과 폭력성을 위장하는 데 이용된다. 상사의 친절은 미덕을 핑계로 억압을 은폐하는 공권력 일반의 위장술을 암시한다.

위계화와 서열화 역시 공권력의 전략이다. 송영 소설에서 사회는 위계질서로 촘촘히 조직되어 있고, 개인은 등급이 매겨져 서열화되어 있다. 「당신에게 祝福을」(『先生과 皇太子』)에서 보듯, 감옥 안에서도 엄연히 위계질서가 존재한다. "우리 장교 출신 죄수 패거리들은 선택받은 자의 오만과 만족에 뿌듯하게 상반신을 기대고 두 다리를 마음껏 뻗은 채 건너편 1호에서 벌어지는 사태를 느긋하게 음미하고 있었다. 물론 우리들도 같은 죄수임에는 틀림없었지만 법 앞에 아직 만인이 평등하지 못하듯이 철창 앞에 아직 모든 죄수들이 평등하지 못했으므로 우리의 휴식은 일견 당연하였다."(245) 감옥에서마저 엄연히 존재하는 위계질서는 사회 전체의 위계질서에 대한 알레고리이다.[47] 공권력은 서열이나 등급에 따라 개인을 분류한다. 공권력은 서열을 매김으로써 개인을 전체 체계의 일부로 자리매김하고, 규율에 대한 존중심을 북돋우며, 개인의 능력·수준·성질을 양으로 측정함으로써 개인을 동질화한다. 모든 차이들을 동일한 기준으로 수렴함으로써 비정상을 단죄하는 경계를 규정한다.[48] 즉 개인의 위계화와 서열화는 규율에 대한 복종을

---

47 이선영은 감옥의 위계질서에 주목하지만, 이를 사회의 위계질서에 대한 알레고리로 파악하지는 않는다.(이선영, 앞의 글, 516면 참조.)

48 분류, 서열화, 지위 배분은 규격화를 추진하며 동질성을 강제한다.(푸코, 앞의 책, 283-289면 참조.) 이 책의 "규율 담당 기구"라는 말을 이 논문에서는 맥락상 "공권력"이라는 말로 바꾸어 썼다.

유발하면서 권력 행사를 용이하게 할 뿐만 아니라, 개인을 전체 체계의 일부인 부품으로 만들면서 전반적으로 사회 전체의 동질성을 고양한다. 이러한 동질성의 세계에서 개성적인 차이가 무시되는 것은 물론이다.

감시는 공권력의 또 하나의 전략이다. 보는 위치와 보이는 처지를 가르는 것은 권력의 소유 유무이다. 보는 사람은 권력을 가진 자고, 보이는 자는 권력을 잃은 자이다. 푸코는 권력을 모든 것을 감시하는 건축 장치인 일망 감시시설panopticon에 비유한다.[49] 감시는 권력의 소유를 증명하는 행위이자 공권력의 중추적 활동이다. 송영 소설은 '감시당함'의 의식을 뚜렷하게 표출한다. 인물들은 자주 감시당하는 처지에 놓여 있다. 보이는 자의 위치에 처한 그들은 권력의 열세에 놓인 이들 일반의 감시당하는 정황을 암시한다. 가령 「先生과 皇太子」에서 정철훈은 감옥에서 늘 자신을 감시하는 눈을 의식하면서 웃지도 못하고 여유롭게 걷지도 못한다.[50] 감시의 눈길에서 자유로운 곳은 변소밖에 없다. 감옥은 감시하는 자와 감시당하는 자로 구성된 공간이고, 이는 사회 전반의 감시 체계를 암시한다. 「美化作業」에서도 집을 짓는 사람들은 늘 감시자들을 의식해야만 한다. 그들은 감시자들의 눈을 피하

---

49 중앙의 탑을 원형의 건물이 에워싸고 있다. 원형 건물 안에서는 아무것도 보지 못한 채 완전히 보이기만 하고 중앙탑 속에서는 모든 것을 볼 수 있지만 결코 보이지는 않는다.(위의 책, 312면 참조.)

50 철훈은 이렇게 생각한다. "자기의 능글맞은 웃음을 중사에게 보였고, 또 중사가 보는 앞에서 여유작작하게 걸어 왔던 것은 확실히 그의 실수였다. 2호에서 다른 놈은 그따위 웃음이나 걸음새를 흉내낼 수 없는 것이다. 그런데 요사이 와서 그는 가끔 착각을 일으킬 때가 있었다. 이를테면 적어도 2호에서는 자기 거동을 지켜보는 눈이 없으리라는 것이다. 하지만 중사의 일갈로 그는 정신이 번쩍 들었고 아직도 2호에는 그 눈이 있다는 걸 깨달았다."(『先生과 皇太子』, 31)

기 위해 공사를 신속하게 마치고, 밤에만 작업하기도 한다. 「마테오네 집」에서도 어린아이조차 "나"를 감시하고 있다. 이처럼 감시 체계에 대한 예민한 의식은 송영 소설 전반에 드러나는바, 감시는 공권력 일반의 속성에 대한 알레고리이다.

그런데 공권력을 논하면서, 권력자 혹은 권력의 집행자의 덕성을 비판하는 것은 문제의 핵심을 빗겨간다. 문제는 누가 권력을 쥐고 있느냐가 아니라, 권력자와 비권력자로 구성된 구조의 존재가 필수불가결하다는 점이다. 권력의 주체와 대상은 언제든 교환 가능한 채, 영속하는 것은 텅 빈 구조이다. 권력을 창출하는 것은 권력자가 아니라 텅 빈 구조이다. 그 텅 빈 구조에 권력의 주체와 대상이 종속되는 것이다. 「季節」(『先生과 皇太子』)에서 체포하는 자, 즉 공권력의 집행자인 상사는 군대 생활을 한탄하면서 "누구나 좋아서 하는 놈은 없다 이거야. 너나 나나 그리고 이 양반까지도. 이 양반은 싫다고 걷어차고 나가버렸지만 그러나 이 양반도 비록 본의는 아니겠지만 다시 돌아오고 있으니까 마찬가지 입장이지"(165-166)라고 말한다. 여기에서 작가는 공권력의 집행자와 피집행자의 동질성을 강조한다. 공권력 조직 안에서 권력을 가진 자나 박탈당한 자나 조직의 한 톱니바퀴인 점에서는 같은 입장이다. 억압하는 것은 권력의 주체가 아니라 조직, 즉 권력 관계를 창출하는 텅 빈 구조이다. 이 소설의 결말에서 기요를 호송하는 병장은 "기요와 서로 수갑을 나누어 차고 있었으므로 얼핏 보면 병장 자신도 흡사 호송되어가는 죄수처럼 보"(170)인다. 여기서도 권력의 주체와 대상의 동질성을 확인할 수 있다.

푸코에 따르면, 앞서 언급한 일망 감시시설에서 감시자는 얼마든지 대체 가능하다. 지정된 통제자들뿐만 아니라 누구든지 중앙탑에 와서 감시 기능을 수행할 수 있다. 이것은 권력을 자동적인 것, 비개성적인 것으로 만든다. 권력의 근원은 특정한 인격이 아니라 내적 메커니즘이 생성한 관계 속에 존재한다. 오직 보는 자와 보이는 자의 위치 차이를 규정하는 장치가 있을 뿐이다.[51] 감시 장치는 엄존하고 감시자는 언제나 교체 가능하다. 문제는 감시자의 인격이 아니라 감시 장치의 구조이다. 바꾸어 말하면 일개 권력자의 인격이 문제가 아니라 권력 관계를 창출하는 구조 자체의 영속성이 문제이다. 권력의 주체도 대상과 마찬가지로 이 구조에 종속된 존재일 뿐, 가공할 만한 것은 바로 텅 빈 구조 자체이다. 위에서 보았듯, 송영의 소설은 이 점까지 간파하고 있다.

5. 맺음말

이 논문은 탁월한 문학적 역량에도 불구하고 학술논의의 장에서 소외되어 온 송영의 1970년대 소설을 구조적으로 논구하자는 문제의식에서 비롯되었다. 특히 지금까지 간과된 송영 소설에 나타난 폭력의 기원과 공권력의 구조에 대해 천착하고자 했다. 송영의 소설에서 증오와 적의는 특정 원인에 따른 결과로서가 아니라, 자생적으로 생성된다. 이유 없는 증오와 적의는 맹목적이고 무용한 투쟁과 폭력의 악순환을 낳는다. 세계는 끊임없이 폭력을 전수하는 곳이며, 이전투구와 아귀다툼의 장이다.

---

51 누가 권력을 행사하느냐는 중요하지 않다. 이 장치를 움직이는 동기가 무엇이건 상관없다. 이 허구적인 관계로부터 예속이 기계적으로 생겨난다.(푸코, 앞의 책, 311-320면 참조.)

송영은 이러한 세계의 폭력의 기원을 인간의 본성에서 찾는다. 만족을 모르고 끝없이 더 많은 것을 추구하는 인간의 욕망이 세계의 폭력의 한 기원이 된다. 특히 인정 욕망과 우월 욕망은 경쟁심과 호승심을 낳는 면에서 폭력의 한 기원이다. 이는 우월감과 열등감 등 자기평가 의식과도 관련되지만, 의타성과도 불가분의 관계인바, 의타성 역시 폭력의 기원으로 제시된다. 또한 인간에 내재한 권력에의 의지 역시 인간의 전쟁 상태의 원흉으로 지목되는데, 특히 강자 앞에서 약하고 약자 앞에서 강한 인간 본성, 강자에 대한 증오를 약자에게 투사하는 인간 본성이 주목을 받는다.

폭력으로 점철된 세계의 귀결은 공권력이다. 송영 소설에 나타난 공권력은 개인의 운명을 좌지우지하는 전능한 존재이나, 그 본색이 개인에게 은닉되어 있으며, 실상 개인의 개별적인 정황에 무심하다. 공권력은 가장 미세한 곳까지 침투해 있는데, 이는 그 영향 범위의 광대함을 시사한다. 공권력은 각종 미덕으로써 그 폭력성과 억압성을 은폐한다. 또한 공권력은 개인을 위계화·서열화함으로써 권력 행사를 용이하게 하고 사회 전체의 동질성을 강화한다. 감시는 권력의 소유를 증명하는 행위이자 공권력의 중추적 활동이다. 그러나 송영 소설은 권력자의 인격을 문제 삼기보다는 권력 관계를 창출하는 구조 자체를 문제 삼는다. 권력의 주체와 대상 모두 텅 빈 구조에 종속된 점에서 같은 입장이다.

살펴본 바, 송영의 소설은 다분히 구체적이고 구조적으로 세계의 질서를 탐구한다. 일견 리얼리즘 소설인 그의 작품은 이면에 다층적인 관념적 의미를 풍부하게 내장한다. 즉 그의 소설은 관념적이지만, 단선적이지 않고 구조적이다. 따라서 그의 소설이 구체성을 결여하여 단편적인 수준에 머무른다는 문학사적 규정은 수정의 여지를 생성한다. 앞으로 송영 소설에 관한 후속연구가 활발해지기를 기대한다.

II부

근대적 동일성과
소설의 대응

저항과 투항

-송영의 1970년대 소설에 나타난 가짜·사기·도둑의 의미와 그 한계-

1. 머리말

문학사는 중단 없이 갱신되어야 한다. 문학사의 중앙 무대에 올랐던 주요 작가와 작품에 대한 재해석과 재평가 이외에도, 누락되었던 작가와 작품에 대한 발굴이 갱신 작업에 포함되어야 한다. 누락은 우선 작품에 대한 꼼꼼한 독해의 결여로 인한 오해에서 비롯된다. 꼼꼼한 독해뿐만 아니라 시대마다 변모하는 가치관에 의해서, 과거에 누락되었던 문학작품에 대한 평가가 새로워질 수 있는 가능성도 엄존한다. 이 논문은 우선 문학사의 공백을 메우는 데 일조하려는 취지에서, 1970년대 문학사에서 제 가치에 값하는 평가를 받지 못한 작가로서 송영(宋榮)에 주목한다. 송영은 1974년 첫 작품집 『先生과 皇太子』 이후, 『浮浪日記』(1977), 『지붕위의 寫眞師』(1980) 등 중단편 작품집과 『그대 눈뜨리』(1976), 『달빛아래 어릿광대』(1976), 『나의 新婦에게』(1976), 『땅콩껍질속의 戀歌』(1977), 『달리는 皇帝』(1978) 등 장편소설을 상재했으며, 1987년 「친구」로 현대문학상을 수상했다. 1970년대 한때 송영은 평단의 관심의 한가운데에 놓였던 작가였다.[1] 또한『나의 新婦에게』는 『서울신문』에,『달빛아래 어릿광대』는『여성동아』에,『그대 눈뜨리』는 『조선일보』에,『땅콩껍질속의 戀歌』는『주간경향』에 연재된 작품이었 다. 송영이 주요 일간지와 주간지 · 월간지에 왕성하게 소설을 연재했 다는 사실은 그가 독자의 호응을 받는 작가들 중 한 사람이었다는 점 을 일러준다.[2]

지금까지의 송영 소설에 대한 논의는 대체로 당대 평문과 작품집 해 설의 수준에 머무르고 있다.[3] 당대의 논의나 극히 드문 근래의 본격 학

---

1 1970년대 계간지『문학과지성』(이하『문지』)은 그의 소설(「季節」)을 재수록한 후 고무적 인 작품론을 게재하는 등 특별한 관심을 보였다.(김현, 「挫折과 人間的 삶」, 『문학과지성』 15, 1974. 봄)『문지』동인들은 1970년대 소설을 개관하는 글에서 종종 송영을 1970년대 를 대표하는 작가 중 한 사람으로 호명한다.(가령 오생근, 「韓國大衆文學의 展開」, 『문학 과지성』 29, 1977. 가을; 김치수, 「文學과 文學社會學」, 『문학과지성』 30, 1977. 겨울.) 또 한 송영의 첫 번째 소설집『先生과 皇太子』는 이문구, 황석영, 방영웅의 작품집과 더불어 창작과비평사의 '창비신서'의 일종으로 간행되었다. 이는 송영이 1970년대 대표적인 평론 가 군(群), 특히『문지』와『창작과비평』(이하『창비』) 양측에게서 주목받는 작가였음을 알 려준다.

2 1978년 월간『독서』9월호의 독서 취향 조사 결과에 따르면, 출판 희망 작가 순위에서 송 영은 한수산, 최인호, 김수현, 박완서, 조해일, 안병욱의 뒤를 이어 7위를 차지한다. 이는 이어령, 김남조, 이병주, 김주영, 이청준, 박경리보다 높은 순위였다.(윤금선, 「1970년대 독서 대중화 운동 연구-중 · 후반기를 중심으로」, 『국어교육연구』 20, 서울대 국어교육연 구소, 2007, 357면 참조.)

3 김현, 앞의 글; 김인환, 「囚人의 視線」, 『창작과비평』 35, 1975. 봄; 안삼환, 「産業社會의 批 判的 同行者들」, 『문학과지성』 30, 1977. 겨울; 김주연, 「窓 속의 理想主義-송영論」, 『변동 사회와 작가』, 문학과지성사, 1979; 김병익, 「實存, 그 存在論的 憂愁」, 『삼성판 한국현대 문학전집 54: 송영 · 조해일』 해설, 삼성출판사, 1981; 박동규, 「自由와 삶의 複合的 樣態」, 『제3세대 한국문학 5: 송영』 해설, 삼성출판사, 1984; 이태동, 「자의식의 비극적 시선-송 영論」, 『한국현대소설의 위상』, 문예출판사, 1986; 김치수, 「방황하는 젊음의 세계-송영의 소설」, 『공감의 비평을 위하여』, 문학과지성사, 1991; 장경렬, 「'의미 세우기'에의 저항-송 영의 문학과 그의 '탈의미화' 전략」, 송영, 『침입자』 해설, 청아출판사, 1994; 장석주, 「송영, 내향성의 문학」, 『20세기 한국문학의 탐험』, 시공사, 2000; 정은경, 「어떻게 '비'인간적인 상황을 벗어날 것인가」, 송영, 『선생과 황태자』 해설, 책세상, 2007.

술논의[4] 모두 주로 첫 작품집 『先生과 皇太子』 수록 소설을 연구대상으로 삼는다. 두 번째 작품집 『浮浪日記』 이후의 중단편집들, 독자들의 반향을 얻었으나 중간소설로 분류되는 장편소설들은 현재는 물론 당대 논의의 장에서도 소외되었다. 이 논문은 1970년대 송영의 작품을 포괄적으로 다루면서 단편소설과 장편소설을 관통하는 몇 가지 원리를 탐구해 보고자 한다.

그런데 여기에서 『先生과 皇太子』 이외의 작품들이 논단에서 소외된 원인을 고찰할 필요가 있다. 당대 지배적인 문단 이데올로기는 『창비』측의 '민중을 주목하라'와 『문지』측의 '사회의 구조적 모순을 묘파하라'로 대별된다.[5] 두 번째 작품집 이후의 중·단편소설들은 일견 당대의 지배적인 문단 이데올로기에서 이탈한 듯 보였고, 장편소설들은 논의할 가치가 없는 대중소설로 분류되었기 때문에 논단에서 소외되었을 것이라고 추측할 수 있다. 그러나 과연 그들은 그렇게 독자의 심심파적에만 소용되는 '시시한' 소설들이었는가? 일례로 예의 '소외된' 소설들에는 사기꾼과 도둑이 다수 등장하고 거짓과 가짜를 찬미하는 사유가 자주 나타난다. 이런 일견 가벼움은 불량함으로 비춰져 엄숙하고 진중한 1970년대 논자들에게 부정적으로 인식되었을 것이다. 그러나 이 불량함이 바로 현실에 대한 저항 의지와 전복적 에너지를 함유한다고 보는 관점이 이 논문의 출발점이다.

송영의 1970년대 소설에 나타난 당대 현실에 대한 저항의 양상을,

---

4 이선영, 「가두는 세계와 열어내는 문학-송영의 『선생과 황태자』를 중심으로」, 『우리문학연구』 31, 우리문학회, 2010.
5 박수현, 「1970년대 한국 소설과 망탈리테」, 고려대 박사논문, 2011, 28-55면 참조.

특히 '가짜'와 '사기'와 '도둑'이라는 반복적인 모티프를 통해 논의하는 것이 이 논문의 첫 번째 목적이다. 이를 위해 『先生과 皇太子』뿐만 아니라, 그간 논단에서 소외되었던 중단편집 『浮浪日記』, 『지붕위의 寫眞師』와 장편소설 『땅콩껍질속의 戀歌』, 『달리는 皇帝』를 텍스트로 삼는다.[6] 그러나 저항의 짝패는 투항이다. 영원히 지속되는 투사적 저항이란 소설의 운명에 잘 어울리지 않는다. 송영 소설은 시종 저항으로 일관하지 않고, 당대 발전주의에 투항하는 기미도 보이거니와, 이 지점을 고구하는 것이 이 논문의 두 번째 목적이다. 이 논문은 송영 소설에 나타난 당대 현실에 대한 저항과 그에 내재된 한계를 살펴보고, 저항과 투항이 교착되는 양상을 논구하고자 한다.

주지하는 바 박정희 정권은 근대화와 경제 발전이라는 슬로건 아래 전례 없는 국가 중심의 개발 정책을 주도했다. 박정희 정권은 쿠데타 직후부터 '선건설 후통일'을 주장하면서 경제 발전을 강조했다. 경제 발전을 외쳤던 구호는 집권 전반기에 걸쳐서 대표적으로는 '자립 경제'였지만, 1964~1971년에는 '수출입국'이나 '수출제일주의'라는 구호가, 1972~1979년에는 '국력 배양', '고도성장과 안정', '중화학공업화'라는 구호가 지배적이었다.[7] 이데올로기로서 발전주의developmentalism는 근대화modernization와 경제 성장을 핵심적 내용으로 한다. 이는 양적인

6　이 논문의 대상 텍스트의 서지사항은 다음과 같다. 송영, 『先生과 皇太子』, 창작과비평사, 1974; 송영, 『浮浪日記』, 열화당, 1977; 송영, 『땅콩껍질속의 戀歌』, 수문서관, 1977; 송영, 『달리는 皇帝』, 문학과지성사, 1978; 송영, 『지붕위의 寫眞師』, 백미사, 1980. 앞으로 이 책들에서 인용 시 본문에 작품명을 밝히고 인용문 말미 괄호 안에 면수만을 기입한다. 중·단편소설의 경우 작품명 옆의 괄호 안에 수록 책 제목을 기입한다.

7　전재호, 「박정희 체제의 민족주의 연구-담론과 정책을 중심으로」, 서강대 정치외교학과 박사논문, 1998, 75면 참조.

경제 성장의 추구, 서구 자본주의의 발전 모델 추종, 국가 주도의 국민 동원 등을 함의하며, 제2차 세계대전 후 미국 주도하의 세계 질서 속에서 자본주의적 경제 개발을 추진한 후발 자본주의 국가의 발전주의 패러다임의 한국적 형태이다. 박정희의 조국 근대화 개념은 경제적 자립, 공업화와 사실상 일치한다. 이런 발전주의는 박정권 초반기에 농민들은 물론, 지식인들에게도 상당한 공감을 얻었다. 탈빈곤의 시급성을 인지하고 있었던 당시 지식인들은, 근대화를 거의 공업화와 산업화로 이해했다.[8] 박정권의 경제제일주의는 외연적 성장제일주의를 의미했다.[9] 경제 발전은 자유와 평등 이외에도 다양한 민주적 가치들의 실

---

8 김동춘, 「1960, 70년대 민주화운동세력의 대항이데올로기」, 역사문제연구소 편, 『한국정치의 지배이데올로기와 대항이데올로기』, 역사비평사, 1994, 228-230면 참조. 1960년대 중반 지식인들은 대통령의 임무가 국민 생활의 안정과 경제 성장과 공업화라고 인정하고 있었다. 4·19 이후 민중의 현실 타개 욕구가 비등했으며, 지배 집단은 그러한 열망을 자신의 계급 이해 및 권력 유지 의도와 접합하는 데 성공했다. 즉 발전주의 논리는 민중의 탈빈곤 열망을 포섭하면서, 이것을 지배블록의 이해에 맞게 특정 방향으로 접합한 것이었다.(위의 글, 230-233면 참조.)

9 김용복, 「개발독재는 불가피한 필요악이었나」, 한국정치연구회 편, 『박정희를 넘어서』, 푸른숲, 1998, 280면 참조. 가시적 결과를 중시하는 성장제일주의는 경제 규모의 양적 확대, GNP 지상주의, 수출 목표액 제시 등으로 표출되었다. 그러나 성장제일주의는 생산력 발전이 지고의 가치라는 생산력 만능주의, 목적을 위해서는 수단·과정·절차는 중요하지 않다는 성과제일주의에 기초했다. 성장제일주의는 목표 달성을 위한 쉬운 방법으로 재벌에 의존하였으며, 중소기업의 육성을 통한 경제적 하부 토대의 구축과 유연성 확보에는 실패했다. 대외적으로는 단기적 수출 목표액 달성에 주력했기에 외국 자본에 종속되는 결과를 초래했다. 또한 급속한 양적 확대의 추구는 산업구조의 고도화를 지향하는 중화학 정책에 반영되었다. 박정희 체제는 1973년부터 중화학공업화를 추진하는데, 이는 다음의 문제점을 낳았다. 가시적 성과를 위한 중화학 투자의 단기간 집중은 중복·과잉투자 문제를 초래했다. 집중적 투자는 손쉬운 대기업 위주로 진행되어 재벌의 팽창으로 귀결되었다. 이 과정에서 정경유착이 구조화되어 부정부패를 양산했고 기업 경쟁력을 약화시켰다. 또한 중화학의 투자가 지역적으로 편중되어 지역주의가 심화되었다.(위의 글, 280-290면 참조.)

현을 훗날로 유예하는 데 강력한 알리바이를 제공했다. 그 와중에 재벌의 비대화, 지역 발전의 불균형, 농촌의 공동화, 노동자와 농민의 빈곤, 기회주의와 출세주의의 만연 등 발전주의의 폐해들도 엄존했다.

1970년대의 정치 · 사회 · 문학적 현상을 관통하는 심성구조mentalité로서 근대적 동일성은 주목을 요한다. 우선 발전주의 자체가 경제 발전이라는 단 하나의 목표로 향하는 대열에서 모든 것을 동일한 척도에 의한 양적인 수치로 단순 환원하는 점에서 근대적 동일성과 유관하다. 근대적 동일성은 정치 · 사회 담론과 문학 담론을 잠식한 각종 이데올로기와 사유구조의 내적 구성 원리로서 사회 전반에 억압적 분위기를 형성했다. 가령 애국주의, 영웅주의, 대의명분주의 등 각종 '엄숙한' 이데올로기들이 1970년대 사회 전반과 작가의식을 잠식했는데, 이들의 심층적 토대는 근대적 동일성이다. 정권에 저항하고자 한 민족문학 진영까지도 진보적 시간관과 목적 지향적 사유구조, 전유의 사유구조를 권력층의 담론과 동일하게 공유하는 점에서 근대적 동일성의 자장 아래에 있었다. 한편 민중소설들은 민중을 대상화함으로써 근대적 동일성을 심층에 내장한다. 사회의 구조적 모순에 주목하라는 이데올로기와 변증법적 사유구조를 반복적으로 표출한 『문지』 역시 근대적 동일성의 자장 안에 놓인 것은 마찬가지였다.[10] 정치권에서는 경제 발전을

---

10 상기 이데올로기 · 사유구조의 심층적 토대가 근대적 동일성이라는 명제에 대한 상세한 논증은 박수현, 「1970년대 한국 소설과 망탈리테」, 210-215면 참조. 한편 이데올로기와 사유구조뿐만 아니라 당대 최선으로 여겨졌던 문학 창작방법 역시 근대적 동일성과 유관하다. 1970년대 소설을 대표하는 민중소설이나 사회의 구조적 모순을 묘파하는 소설은 사회적 상상력으로 충일한 리얼리즘 소설이다. 그런데 사회적 리얼리즘의 방법 자체가 사회의 광막한 실체를 사상하고 사회의 구조적 모순이나 민중의 실상을 정형화의 틀 안에서 이해하고 표상하는 면에서 근대적 동일성의 자장 안에 놓인다. 또한 1970년대 리얼리즘 작가

소리 높여 외치면서 다양성과 자유를 억압하고, 문단에서는 사회의 구조적 모순을 묘파하고 민중에 주목하라는 이데올로기를 강도 높게 외치면서 기준에 못 미치는 소설들을 제외했다. 이른바 큰 목소리들과 강인한 아버지들의 시대, 투사와 이데올로그들의 시대였다.

이런 성인의 질서에 쉬이 피로를 느낀 이들은 감수성 예민한 청년들이었다. 세계는 부조리와 모순으로 가득 차 있지만, 그를 극복하기 위해서 요구되는 것은 영웅적인 강인함이었다. 세계의 폭압적 질서도 그를 초극하기 위한 영웅적 강인함도 체화할 수 없었던 청년들은 청바지 · 통기타 · 생맥주로 대별되는 청년문화로 이탈했다. 체제 옹호 집단도 반체제 집단도 따라가기에는 벅찬 외포스러운 아버지이자 생기를 억누르는 엄한 아버지였고, 청년들은 아버지 되기를 주저하거나 거부했다. 문단에서 근대적 동일성에 저항하고자 하는 시도는 의외로 서자(庶子) 취급을 받았던 중간소설(中間小說)[11]들에서 찾아진다. 1970년대에

는 모든 것을 보고 알고 말하는 사람이다. 이런 위치 자체가 작가의 비대한 권력을 암시하며, 이 역시 주체의 무소불위적 권력을 근본 전제로 하는 근대적 동일성과 친연관계에 놓인다. 리얼리즘 문학과 억압적 사회 체제는 동일한 내적 구조를 지니는바, 억압적 사회 체제의 무소불위적 통치자나, 리얼리즘 문학의 무소불위의 작가나 지대한 권력을 지닌 점에서 유사하다. 리얼리즘의 중핵인 재현 자체가 궁극적으로 타자를 대상화하며 동일성에 포섭하는 행위이다. 리얼리즘의 이상인 총체성과 파시즘의 유일한 최고 권력은 다양한 가능성을 하나로 수렴하는 점에서 닮았다. 파시즘적 정체(政體)와 리얼리즘은 그 심층적 토대에서 근대적 동일성과 유관하다. 이는 1987년 민주화 이후 한국에서 리얼리즘 소설이 쇠퇴한 현상과도 연관 깊다.(위의 글, 210-215면 참조.)

11 중간소설은 본격소설과 통속소설의 중간에 있는 제3의 갈래인 소설이다. 높은 판매고를 보이되 문학성도 갖춘, 그러나 대단히 본격적인 문학성은 결여한 이른바 "고상한 오락소설"이라고 할 수 있다. 중간소설들은 교양 있는 독자들을 포함하여 많은 독자들을 소설 쪽으로 유인했다는 긍정적인 의미를 갖기도 했고, 중간소설 작가들이 형성한 두터운 독자층은 나중에 상품성과 예술성이 동시에 뛰어난 작품들의 창작을 촉진하는 바람직한 결과도 가져올 수 있었다.(조남현, 「1970년대 소설의 몇 갈래」, 김윤식 · 김우종 외, 『한국현대문

전례 없이 개화했던 중간소설의 존재들은 근대적 동일성의 무거운 구름 아래 청년들이 느꼈던 피로와 저항 의지를 대변한다. 이데올로그가 될 수 없었던 그들은 적극적 저항이 아니라 소극적 저항으로 일관했지만, 소극적 저항이기에 근대적 동일성의 자장 안으로 포섭되는 것을 피할 수 있었다. 송영의 소설에서 찾아볼 수 있는 것도 이러한 근대적 동일성과 사회의 억압적 질서에 대한 저항이다. 이 논문은 송영의 소설에서 근대적 동일성과 발전주의에 대한 소극적이지만 간과할 수 없는 저항이 어떤 식으로 이루어지는지, 또 그 한계는 무엇인지 살펴보고자 한다.

송영 소설에 대한 이러한 탐구는 최인호, 조선작, 조해일, 박범신, 한수산 등의 작품, 이른바 중간소설들의 연구에도 참조점을 제공할 수 있을 것이다. 지금까지 1970년대 문학 장을 논하는 자리에서 중간소설의 존재는 비교적 간과되어 왔다. 민중소설과 사회의 구조적 모순을 묘파하는 소설들이 화려한 조명을 받는 가운데, 전례 없이 높은 판매고를 보이되 본격소설에는 못 미치고 통속소설이라고 폄하하기에는 아쉬운 중간소설들은 희미한 조명만을 받았을 뿐이다.[12] 그런데 문학사적 서술에서는 예외적으로 조남현은 1970년대의 소설을 개관하는 글에서, '1970년대 작가'라는 용어를 언급하며 글을 시작한다. '1970년

학사』, 현대문학, 2005, 503-506면 참조.)

12 일례로 권영민은 문학사에서 조선작, 조해일, 한수산의 작품을 대중소설로 명명한다. 그는 이들의 대중소설적인 가치를 완전히 부정적으로 평가하지는 않지만, 대중소설 이상의 가치를 찾지 않는다.(권영민, 『한국현대문학사 1945~1990』, 민음사, 1997, 296-297면 참조.) 김윤식과 정호웅도 최인호, 한수산, 조해일, 조선작 등의 소설을 탐구 정신을 결여하고 상업주의에 편승한, 본격문학에 못 미치는 미달태로 보는 관점을 고수한다.(김윤식 · 정호웅, 『한국소설사』, 문학동네, 2000, 444-449면 참조.)

대 작가'란 '신기록을 낳은 작가들'이라는 뉘앙스를 풍기며, 전례 없이 높은 판매고를 보인 점, 새로운 세계관 혹은 감수성을 터트린 점, 작가의 기본 입상을 사상가보다는 장인(匠人) 쪽으로 정립한 점이 그 특징이라고 논한다.[13] 조남현이 1970년대 소설을 개관하는 글의 포문을 중간소설의 존재를 언급하면서 열었다는 점은 의미심장하다. 중간소설의 존재는 간과할 수 없는 1970년대적 현상이었다.[14] 송영 소설에 대한 이 논문의 접근 방법은 중간소설이 어떻게 독자들에게 설득력을 가질 수 있었는지, 왜 하필 1970년대에 중간소설이 유례없이 높은 판매고를 보일 수 있었는지, 단지 통속소설이라고 폄하하기를 주저하게 만드는 중간소설 내부의 전복적 에너지는 무엇인지, 그럼에도 불구하고 그들이 본격소설이 될 수 없는 이유는 무엇인지, 이런 문제들을 해결하는 데 단초를 제공할 수 있을 것이다. 중간소설에 대한 상기 문제들에 대한 답변은 단지 그들이 "독자들의 도피충동을 충족시"[15]킬 수 있었다는 것 이외에도 다양할 수 있고, 다양해야만 한다.

---

13 조남현, 앞의 글, 503-504면 참조.

14 오경복에 따르면, 1970년대의 유례없는 베스트셀러 현상은 산업화로 생긴 여가의 활용책으로 유용한 읽을거리를 찾는 교육받은 독자의 독서 욕구, 자본주의의 유입으로·인한 대중적·상업적 출판 홍보 전략에 힘입은 바 크다. 1970년대의 독자는 현실에서 도피하여 통속적인 작품에서 위안을 얻으려는 1950년대의 수동적 독자와는 달리, 현실 문제에 대한 관심과 지적 교양을 갖춘, 수준 있는 '중간독자'였다.(오경복, 「한국 근현대 베스트셀러문학에 나타난 독서의 사회사-1970년대의 소비적 사랑의 대리체험적 독서」, 『비교한국학』 13-1, 국제비교한국학회, 2005, 2-4면 참조.)

15 조남현, 앞의 글, 506면.

2. 이분법의 거부와 근대적 이성에 대한 저항

'진짜'와 '가짜'는 송영 소설에 반복적으로 등장하는 상투어이다. 상투어는 작가의식의 지향을 일러주는 중대한 단서이다. 때로 송영 소설은 가짜를 옹호하거나 예찬한다. 송영은 가짜라고 선고하는 목소리에 대한 공포와 거부를 드러내며, 진짜와 가짜를 명백히 가르는 의식에 대한 의심을 표출한다. 그는 진짜와 가짜가 명백히 나누어지는 이분법적 세계, 분명함과 확실함이 미덕으로 통용되는 세계를 부정적으로 바라본다. 즉 이분법과 분명성과 확실성을 반성적으로 성찰하는 것이다. 이는 근대적 이성에 대한 반성으로 읽을 수 있다. 하나의 진리에 대한 집착은 근대적 이성에게 본질적이다. 근대적 이성의 노력은 "'신비스러운 하나'를 만들어내려는"[16] 시도이다. 이렇듯 근대적 이성은 동일성의 추구를 본질로 한다. 따라서 근대적 이성에 대한 반성은 머리말에서 논했듯 당대에 미만했던 근대적 동일성의 심성구조에 대한 저항으로 해석할 수 있다. 즉 송영 소설에서 근대적 동일성에 대한 저항은 우선 근대적 이성에 대한 거부 내지는 반성으로 표출되는 것이다. 아래에서 이를 상세히 고찰해 보려고 한다.

「武官의 빛」(『先生과 皇太子』)의 수사계장 아들은 습관적으로 어떤 사물이나 인물을 "가짜"라고 규정하는 습벽을 가지고 있다. 가령 "나"는 위대한 장군의 초상 앞에서 장군을 존경하고 자신도 그런 그림을 그리고 싶은 꿈을 꾸지만, 수사계장 아들은 "저런 것은 모두 가짜"(211)라

---

16 막스 호르크하이머 · 테오도르 아도르노, 김유동 · 주경식 · 이상훈 역, 『계몽의 변증법』, 문예출판사, 1996, 72면.

고 단언한다. 그는 늘상 "가짜, 가짜라고 되풀이 말"(213)한다. 수사계장 아들은 진짜와 가짜로 엄격하게 나누어진 세계에 살고 있다. 이 세계는 중간과 의심과 모호함을 허용하지 않는 이분법적 세계, 분명하고 확실한 세계이다. 진짜와 가짜를 명확히 가르는 의식은 이성에 대한 전폭적인 맹신을 그 전제로 하는 면에서 전횡적이며, 하나의 진짜가 존재함을 확신하는 면에서 독단적이다. 이 의식은 이른바 진짜가 실상은 진짜가 아닐 수도 있다는 반성적 사유를 허용하지 않으며 진짜와 가짜 어디에도 포획되지 않는 중간적 존재가 있다는 사실을 무시한다.

하나의 진짜의 존재에 대한 확신과 가짜에 대한 가차 없는 처단, 그 모든 판단의 확실성에 대한 순결한 믿음은 근대적 이성의 속성이다. 호르크하이머와 아도르노에 따르면, 계몽적 이성은 모든 것을 통일적으로 파악하려고 하며, 세부에 이르기까지 모든 것을 포획할 수 있는 체계를 추구한다. 그것은 언제나 동일성을 지향하고, 불연속성 그리고 결합될 수 없는 것을 거부한다. 숫자로 환원될 수 없는 것, 결국에는 "하나"가 될 수 없는 것은 가상으로 여긴다. "단일성"은 계몽적 이성의 핵심적 명제이다.[17] 계몽적 이성은 동일성에 대한 강한 열망을 지닌다. 주지하다시피 계몽적 이성은 근대성의 중핵이다. 동일성을 추구하는 근대적 이성은 이분법적 사유구조를 낳는다. 이분법적 사유구조는 진짜와 가짜의 명백한 구분에 대한 맹신을 그 중핵으로 하며, 진짜와 가짜의 명백한 구분은 하나의 진리에 대한 확신을 전제로 하기 때문이다. 그런 면에서 「武官의 빛」에서 수사계장 아들의 가짜에 대한 선고와 처단은 근대적 이성 혹은 근대적 동일성에 대한 알레고리로 볼 수

---

17 위의 책, 28-30면 참조.

있다.

  문제는 이 소설의 수사계장 아들의 경우에서처럼, 그것이 세계의 폭력과 밀접한 연관을 맺는다는 사실이다. 가령 그는 인형의 뱃속을 칼로 난폭하게 후벼대어 뱃속에 가득 찬 헝겊 조각을 밖으로 쏟아내면서 "이것도 가짜란 말야"(213)라고 선언한다. 이외에도 그는 각종 폭력 행위를 저지르며, "나"에게 성인 세계의 폭력을 상징하는 인물로 인식된다. 폭력을 구현하는 인물이 명백한 이분법의 세계에 살고 있다는 사실은 근대적 이성의 폭력성을 암시한다. 실제로 망설임과 의심을 허하지 않는 근대적 동일성은 근대적 폭력의 한 기원으로 성찰되어 왔다. 근대적 동일성은 종종 사유를 획일화한다. 근대적 동일성은 "개별적인 것"을 모두 무엇인지도 모르는 "전체"에 굴복시킨다.[18] 모든 것을 전유하여 동일성을 강화하고자 했던 그 논리는 바로 하나의 진리로 등극해야만 했다. 이 진리는 다른 진리의 존재를 용납하지 않는다. 근대적 동일성의 세계에서는 "더 많은 다수의 진리, 다수의 구원 가능성이 아니라 언제나 오직 하나의 진리, 하나의 구원 가능성만이 존재"하며, "하나의 진리가 배타성을 요구하는 이외에 다른 방식으로 작용한다는 것은 가능하지 않다."[19] 이런 면에서 근대적 동일성은 파시즘과 유관하다.[20]

---

18 위의 책, 74면 참조. "왜냐하면 계몽은 어떤 「체계」 못지않게 전체주의적이기 때문이다."(위의 책, 53면.)

19 볼프강 벨슈, 주은우 역, 「근대, 모던, 포스트모던」, 김성기 편, 『모더니티란 무엇인가』, 민음사, 1999, 415-416면. 벨슈는 계몽적 근대의 속성에 대해, "단수성과 보편성이 가장 깊숙이 존재하는 고유의 속성이며 다원성과 특수성은 완전히 낯선 것이"(위의 글, 416면)라고 말한다.

20 네오클레우스는 단적으로 "파시즘이 모더니티의 두드러진 특징"(마크 네오클레우스, 정

세계의 폭력이 전수되듯이, 진짜와 가짜를 의심 없이 가르는 이분법도 전수된다. 이 소설에서 "나"는 수사계장 아들에게 영향을 받아 담임 선생님의 얼굴을 보고 "저 얼굴이야말로 가짜일는지도 모른다고 혼자 속으로 중얼거"리며, 마침내 "저것은 가짜 얼굴이야"(215)라고 선언한다. "그 얼굴은 단순히 거죽에만 위장하고 있는 가짜에 불과한 것이며 그 거죽을 들추어보면 교활한 속임수로 호인인 나의 아버지를 곤경에 몰아넣고, 변두리의 촌락에서 매일처럼 일어나는 살륙과 방화를 교사하는 푸락치의 얼굴이 도사리고 있을 게다."(218) "내"가 이렇게 판단하기 시작한 후 얼마 지나지 않아 담임 선생님은 K당의 푸락치라는 의심을 벗지 못한 채 처형당한다. 이 소설에서 담임 선생님은 이해할 수 없는 세계의 폭력의 희생자로 묘파된다. 그를 폭력의 제물로 만든 것은 사려 깊지 못한 이분법적 사고이다. 현실적으로 담임 선생님의 희생은 한국전쟁 당시 적(敵)과 아(我)로 손쉽게 나누는 이분법의 귀결이거니와, "내"가 그를 "가짜"라고 단언한 일과 그의 처형이 맞물려 있다는 사실은 "나"의 이분법이 그의 처형에 일조했다는 알레고리적 의미를 품고 있다. 여기에서 "나"의 이분법적 사고는 근대적 이성을 암시하는데, 이것이 한 인간에게 폭력으로 작용했다는 설정은 근대적 이성이 폭력의 한 기원이라는 성찰을 드러낸다. 꿈 많았던 "내"가 수사계장 아들을 본 따서 누군가를 "가짜"로 규정하기 시작하는 장면은 어린 소년인 "나" 역시 전형적인 근대적 이성의 세계, 즉 맹목적인 폭력의 세계에 입사했음을 보여준다.[21]

준영 역, 『파시즘』, 이후, 2002, 19면)이라고 말한다.

21 「三層집 이야기」(『先生과 皇太子』)에서도 미국인 윌슨에 대한 하숙집 사람들의 폭력은 가

이분법은 분명함과 확실함에 대한 맹신과 일맥상통한다. 송영 소설에서 분명함과 확실함은 자주 부정적 자질로 제시된다. 「맙소사! 하나님」(『浮浪日記』)에서 사이비 목사는 자신의 성공 비결로 분명함을 든다. 당시 다른 교회들은 소위 진보적인 성서 해석을 내세우며 일정한 자유와 일탈을 허용했으나, 그는 "성서의 율법에 대한 철저한 수호"(125)를 자신의 차별화 전략으로 삼았다. 그의 계산대로 그의 교회의 "정결주의와 순결성"(125)은 신도를 끌어 모으는 무기가 된다. 사이비 목사는 이렇게 단언한다. "세상의 교회들이 이것이냐 저것이냐 하고 시간을 허비하는 데 비하여 나의 율법과 마귀에 대한 싸움은 얼마나 뚜렷하고 분명한 지표입니까? 나의 메뉴가 갈팡질팡하던 그 젊은 양들을 쉽게 사로잡았던 것은 너무나도 당연하지요."(125) "하나님은 이와같이 분명하고 확실합니다."(131) 의심과 다양성을 허용하지 않는 분명함과 확실함은 송영이 못 견디는 세계의 한 특질을 형성한다. 분명함과 확실함은 근대적 동일성의 한 자질이다. 이 소설에서 사이비 목사는 사리사욕에 밝고 개인의 자유로운 사랑을 강제로 억압하는 등 폭력적인 인물로 형상화된다. 여기에서도 근대적 동일성과 폭력의 친연관계를 확인할 수 있다.

진짜와 가짜를 명백하게 가르는 이분법과 분명하고 확실함을 목청 높여 주장하는 목소리의 내적 원리는 근대적 동일성이다. 송영은 당대 미만한 근대적 동일성의 폭력성을 감지하고 또 견디지 못한다. 송영이

짜를 처단하는 의식에서 비롯되었다. 하숙집 사람들은 "가짜일지도 모르는 인간에게 속고 있다는"(256) 불쾌감 때문에 윌슨의 정체를 집요하게 추적했고, 이는 윌슨에 대한 폭력으로 이어졌다. 여기에서도 가짜를 처단하려는 이분법적 사고가 폭력의 기원이라는 작가의 식이 드러난다.

보기에, 진짜와 가짜는 명백하게 구분될 수 없거니와 그것을 가르는 목소리는 인간을 구속하는 일개 권력의 발현이다. 가짜를 의심 없이 처단하는 권력이야말로 세상에 만연한 폭력의 기원일 수 있다. 그렇다면 차라리 가짜가 더 참답지 않겠는가? 송영의 소설은 이렇게 묻는 지점까지 나아간다. 근대적 동일성에 대한 저항은 차라리 가짜를 옹호하는 의식으로 발전한다. 가령 『달리는 皇帝』에서 안병도는 여자를 "좋아하면 좋아할수록 가짜 행세하는 것, 이게 진실이라"(195)고 역설하고, 도일은 광고 벽보에 쓸 이력이 "진짜면 어떻고 가짜면 어때?"(249)라며 진짜와 가짜의 경계를 넘는 데 대범함을 과시한다.[22]

장편소설 『땅콩껍질속의 戀歌』의 연인들은 계약 동거를 시도한다. "나"와 주리는 우연히 방을 같이 쓰면서 부부 행세를 하게 된다. "나"는 주리에게 방을 제공하고, 주리는 "나"에게 가사 서비스를 제공하기로 계약한다. 동시에 그들은 방을 가른 경계선을 넘지 않기로, 즉 사랑에 빠지지 않기로 약속한다. "진짜"와 "가짜"는 이 소설 전반에 걸쳐서 반복적으로 발화되는 상투어이다. 예컨대 주리를 책임지겠다는 "나"의 말에 주리는 "우린 어디까지나 가짜예요. 진짜가 될 수는 없다구요"(169)라고 말하면서 화를 낸다. 또 주리는 "나같은 가짜에게 코우트 사줄 생각 같은 건 집어치우고 빨리 엄마 말씀 따라 진짜를 찾으시라구요. 그래야 진짜에게 진짜 코우트도 사줄 수 있을 거 아니에요?"(178)라고 말한다.[23] 진짜와 가짜가 이렇게 상투어로 쓰이는 현상

---

22 도일은 또한 오세실리아 양에게 거짓말을 권하면서 "그건 속임수가 아닙니다. 절대로 아니에요. 의사를 생각해 보십쇼. (중략) 치료에 도움이 되는 일이라면 그는 어떤 거짓말도 서슴지 않습니다"(459)라며 합리화한다.

23 또한 주리의 약혼자를 소개받는 "내"가 화를 내자, 주리는 "이건 진짜예요. 정말 진짜란 말

은 진짜와 가짜의 이분법이 작가의식에서 중대한 핵으로 자리 잡고 있음을 보여준다. 또한 진짜와 가짜의 구분에 대한 주리의 신경질적인 집착은 집요하게 하나의 진실을 추구하는 근대적 동일성의 강박증을 암시한다. 회사 야유회에서 올드미스 장미애가 "나"와 주리가 가짜 부부라는 사실을 눈치 챈 듯 행동하자, "나는 장미애가 가증스러웠다."(141) "나"의 증오는 진짜와 가짜를 적발하는 사람에 대한 적대를 뜻하며, 나아가 근대적 동일성의 횡포에 대한 저항이라는 알레고리적 의미를 띤다.

그런데 원래 "가짜"였던 이들은 시간의 흐름에 따라 진짜로 사랑하게 된다. 그러나 주리는 그 감정을 인정하지 않고 다른 남자와의 결혼을 추진한다. 가짜로 시작된 관계가 진짜가 될 수 없다고 생각했기 때문이다. 다음의 (가)는 주리와 "나"의 대화이고, (나)는 "나"와 양명수의 대화이다.

(가) "(전략) 우린 연극으로 시작했어요. 별로 심각하지 않게, 별로 기대도 갖지 않고 말예요. 그걸 갑자기 바꿀 수 없어요. 어색하고 불행해져요. 불행해진단 예감만 앞서요. 연극은 연극으로 끝내는 게 좋아요."
"하지만 연극이 진짜가 될 수도 있다는 걸 당신은 모르는군. 난 그게 좋은 결과라고 생각했는데."(223)

(나) "그렇긴 하죠. 그러나 우리는 처음부터 약속이 절대로 결혼을 전제로하지는 않았으니까요. 결국 그 약속대로 지킨 데 불과해요. 이혼은

예요."(220)라고 항변한다.

아닙니다."

"그러나 설사 그런 약속이 있었다고 해도 결과적으로 결합할 수도 있

었던 것 아니겠소? 더구나 두 분은 누구보다 금실이 좋았고 어울리

는 한쌍이었는데 말이죠."

"그렇긴 합니다. 그건 박사님 의견에 나도 전적으로 동감이예요. 그러

나-"

"그러나 약속을, 다만 약속을 지키기 위해 김형은 그런 짓을 저질렀

군요. 그건 위선이야. 김형답잖은 위선이라구."(242)

(나)에서 제삼자인 양명수가 파악하듯이 그들은 "누구보다 금실이 좋았고 어울리는 한쌍"이었다. 관계의 실상은 그들이 서로 사랑했다는 사실이다. 그러나 (가)에서 보듯, 주리는 연극으로 시작된 관계는 연극으로 끝내야 옳다고 생각하면서 자신의 진실한 감정을 속이고 다른 남자와 결혼하려는 결정을 합리화한다. 진짜와 가짜를 명백히 구분해야 한다고 믿는 주리는 관계의 실상을 보지 못한다. 단 한 오라기의 가짜의 틈입도 허용하지 않으려는 주리의 의식은 강박적인 근대적 동일성을 암시하며, 실상 부자연스럽게 보인다. 주리가 다른 남자를 선택한 이유는 단지 그 관계가 "결혼하자"는 선언을 시초부터 동반했기 때문이다. 그녀는 그 남자를 오래 사귄 것도, 그를 많이 아는 것도 아니었다. 허울뿐인 규정에 연연하는 주리는 형식에 구속된 근대적 동일성의 한 단면을 암시한다. 근대적 동일성은 로고스 즉 말과 논리와 체계를 중핵으로 하는데, 보기에 따라 그것은 허울뿐인 형식이다. (나)에서 보듯 양명수는 그들의 결별이 단지 약속을 지키기 위한 것, 한낱 위선에 불과한 것으로 파악한다. 여기에서 약속이란 로고스, 즉 말·논

리·체계에 대한 알레고리로 보인다. 양명수가 약속을 위선으로 규정한 사실은 근대적 이성의 허구성에 대한 성찰을 함의한다.

이에 반해 (가)에서 보듯 "나"는 "연극이 진짜가 될 수도 있다는 걸" 믿지만, 주리를 설득하기에는 역부족이다. "나"는 가짜로 시작했어도 진짜 사랑이 가능하다고 믿는다. "나"는 진짜와 가짜가 명백히 구분되지 않는 세계에 살고 있다. 실제로 주리에 대한 그의 감정은 망설임과 혼란과 의심으로 점철된 채 발전되어 왔다. 그러나 그의 감정은 진실한 사랑이라고 불러 마땅한 것이었다. 송영이 보기에 진실은 망설임과 혼란과 의심을 동반한다. 이는 근대적 이성의 횡포에 대한 대척점, 혹은 탈근대성이라고 보아도 크게 틀리지 않을 것이다. 이 소설에서는 "나"와 주리의 가짜 관계가 실상 더 진실하다는 작가의 전언이 두드러진다. 송영은 진짜와 가짜를 가르는 형식상의 규정 너머에 진실이 있음을 강변한다. 가짜 예찬으로도 볼 수 있는 이런 작가의 태도는 진짜와 가짜를 명백히 가르는 이분법, 근대적 이성, 나아가 당대 미만한 근대적 동일성의 심성구조에 대한 피로 혹은 저항의 귀결로 보인다.

3. 세계의 폭력성에 대한 모방과 조롱

송영 소설에 대거 등장하는 사기꾼과 도둑은 자신의 부도덕성보다는 당하는 사람들의 윤리적 결함을 부각한다. 사기와 도둑질의 전제조건은 당하는 사람들의 악덕이다. 당하는 사람들은 자신들의 결함으로 인해 비행(非行)의 대상이 되며, 결국 자승자박하는 셈이 된다. 즉 사기와 도둑질은 당하는 사람들의 윤리적 결함이나 악덕을 비춰주는 거울 혹은 조명등 노릇을 한다. 여기에서 당하는 인물의 악덕은 개인의 악덕만을 의미하는 것이 아니라, 세계의 악덕을 의미한다. 즉 송영 소설의 사기꾼과 도둑은 세계의 폭력성을 거의 동일하지만 아주 똑같지는 않게 모방하면서 그 결함을 겨누고 조롱한다.[24] 단지 조롱할 뿐만 아니라, 사기꾼과 도둑은 당한 '당신들이 바로 사기꾼이요, 도둑'이라는 선고까지 내린다. 이 지점에서 모방은 공격성까지 띤다. 세계의 폭력성은 파쇄하기 힘들어 보인다. 송영은 이 견고한 질서에 직격탄을 날리지 않고, 우회적인 방식으로 균열을 낸다. 송영 소설에서 중대한 모티프인 사기와 도둑질은 견고한 세계의 질서에 구멍을 내는 전략으로 기능한다.

앞으로 살펴볼 소설들에서 사기꾼과 도둑이 주로 겨냥하는 것은 출세지상주의, 물신주의, 권력 지향성, 위계구조 등이다. 그런데 이들이 당대적 의미를 지닌다는 점은 주목을 요한다. 발전주의는 경제 성장을 지고의 선으로 설정하고, 그 단일한 목표를 향한 대열에서 모든 것을 동일한 척도에 의한 양적인 수치로 단순 환원하는 점에서 근대적 동일성과 유관하다. 동일한 목표를 향한 일사불란한 전진의 대열에서, 목적을 위해서 수단·과정·절차는 상관없다는 사고방식[25]이 싹텄다. 이는 출세지상주의, 이기주의, 기회주의의 만연과도 관련 깊다. 물신주

---

24 호미 바바에 따르면 식민지는 제국 본토의 문화를 끊임없이 모방하지만, 모방은 거의 동일하지만 아주 똑같지는 않은 양가성을 보인다. 이로써 모방은 잠재적이고 전략적인, 반란적인 항의를 포함하게 되고, 권위의 형식들을 탈권위화하며 마침내 위협으로까지 전환된다.(호미 바바, 나병철 역,『문화의 위치』, 소명출판, 2012, 208-211면 참조.) 이런 모방의 전략은 식민지뿐만 아니라 권력구조가 존재하는 곳이라면 발생할 수 있다. 권력의 열세에 놓인 이는 권력의 주체를 모방하면서 그를 조롱하고 위협할 수 있다.
25 김용복, 앞의 글, 280면 참조.

의 역시 경제 성장에 지대한 가치를 부여하는 발전주의의 필연적 귀결이다. 또한 1972년의 유신 선포로 국가의 병영화가 추진됨[26]에 따라, 군대식 위계구조는 전일적으로 사회에 미만했는데, 위계구조 역시 동일한 척도에 의한 수직적 자리 배분이라는 점에서 근대적 동일성과 유관하다. 사회에 미만한 수직적 위계구조는 인간의 권력 지향성을 증폭시켰다. 이렇듯 출세지상주의, 물신주의, 권력 지향성, 위계구조 등 1970년대에 만연했던 바람직하지 못한 현상들은 발전주의 그리고 근대적 동일성과 유관하거니와, 이는 일종의 폭력성을 띤다. 따라서 세계의 폭력성에 대한 모방과 조롱은 당대 발전주의와 근대적 동일성의 심성구조에 대한 저항의 의미까지 띤다고 해석할 수 있다.

「浮浪日記」(『浮浪日記』)의 "나"는 오랜 부랑 끝에 미술학원에 취직하는데, 미술교육가로 거짓 행세하면서 학생 모집에 탁월한 능력을 발휘한다. 아이들이 천부적인 재능을 가졌다고 자모들에게 거짓말하는 것이 그의 비결이었다. 이런 달콤한 거짓말에 자모들은 기대를 품고 아이들을 맡긴다. "나"는 뛰어난 영업성과를 올리며, 아이들의 재능을 상담해 준다는 핑계로 자모들로부터 각종 향응을 제공받는다. 거짓말은 점점 정도가 심해져서, "나"는 야외 사생대회 날에 아이들이 틀림없이 수상하리라고 장담하게까지 된다. "나"는 심사위원들과 인맥을

---

26 박정희 정권기 개인은 군대에서 군대식 노동 규율을 몸에 익혀 사회에서 이를 기계적으로 적용했다. 더불어 사회에서는 병역 특례 제도와 교련 교육·예비군제·민방위제를 통해 군대식의 무조건 복종 생활을 몸에 익혀야 했다. '노동자 군인'과 '군인 노동자'가 바로 박정희 시대 개인이 규율화되고 주체화되는 두 가지 형태였다. 이것이 "싸우며 일하고, 일하며 싸운다"는 구호의 의미였다. 사회의 군대화는 사회 근대화의 핵심 수단으로 활용되었고, 이는 박정희식 산업화의 특징이었다.(신병식, 「징병제의 강화와 '조국 군대화(軍隊化)'」, 공제욱 편, 『국가와 일상-박정희 시대』, 한울, 2008, 78면 참조.)

형성하고 있다는 거짓말로 장담을 합리화한다. 사생대회 날 "나"는 기대에 부푼 자모들로부터 온갖 향응을 제공받고 심사위원들의 지인임을 믿게 하기 위하여 우스꽝스러운 연극을 거듭한다. 이 소설에서 "나"의 사기 행각은 물론 부도덕하지만, 자모들의 윤리적 결함 없이는 성립할 수 없었다. 우선 "나"의 사기는 자모들의 과잉 교육열을 비꼰다. 탐욕에 가까운 과잉 교육열은 "나"의 사기를 가능케 하는 기반을 형성한다. "나"는 사기 행각을 멈출 수 없는 이유를 이렇게 변명한다. "정말 이제 와서 자식 자랑에 모든 것을 바치고 하는 그 자모님들을 실망시킬 수는 없었다. 그것은 일종의 악덕이며 무책임한 배신이었다."(87-88) 자모들은 "나"의 거짓말에 속았다기보다 자식을 향한 비뚤어진 탐욕에 스스로 속았다고 할 수 있다. 그들은 자신들의 탐욕으로 자승자박한 셈이다.

그런데 "나"의 사기가 겨냥하는 것은 당대의 과잉 교육열만은 아니다. 다음은 사생대회에서 수상을 바라는 자모들이 "나"에게 하는 말들이다.

"일등이나 특상이 아니면 상을 받아 오지 말라고 제가 아이에게 말했어요. 제가 지나친 말을 했습니까? 선생님, 이번에 특상을 받는다면 아예 미술 전공을 시킬까 해요. 선생님도 지난번 말씀하셨죠?"
"어떻습니까? 선생님, 다른 애들 그림을 보면 우리 애가 어디가 다른지 잘 알 도리가 없는데 그래도 이번 시합에는 저애의 남다른 재주가 증명되겠습니까?"(87)

위에서 보듯, 자모들은 자신의 아이가 남보다 우월하기를, 반드시 일등하기를 바란다. 타인들과 평화롭게 공존하기보다 타인들을 찍어 누르기를 바라고, 일등 아니면 가치 없다고 생각한다. 이런 가치관은 약육강식과 이전투구 등 성인 세계의 폭력성과 유관하다. 자모들은 세계의 폭력성을 형성하는 가치관을 자식들에게 아무런 반성 없이 주입하며 전수한다. 또한 남들을 찍어 누르기를 바라고, 일등만을 가치 있게 생각하는 비뚤어진 욕심은 출세지상주의와도 통한다. 이는 타인과의 연대의식 내지는 공동체에 대한 책임을 무시한 채 '나만 출세하면 그만'이라는 탐욕스러운 이기주의의 발현이다. 이러한 이기적인 출세지상주의는 발전주의적 심성으로 볼 수 있다. 또한 여기에서 평등하고 다양한 가치가 존재하는 것이 아니라, "일등"으로 표상되는 단 하나의 가치가 존재하며, 그 아래로 모든 가치는 위계화되어 있다. 이는 하나의 가치로 표백된 근대적 동일성의 세계이며 그 안에서 다른 다양한 가치는 사상된다. 그리고 우월함과 일등을 추구하는 심리 이면에는 권력 지향성이 존재하는데, 이 역시 근대적 동일성과 유관하다. 송영의 사기는 단지 자모들의 윤리적 결함뿐만 아니라 이런 발전주의적 심성 또는 근대적 동일성을 겨냥한다.

이 소설에서 "나"는 여관의 조바로 일하다가 국회의원 비서 행세를 하게 된다. 이것은 분명히 사기이지만, 이 사기 역시 부정적인 인간성을 겨냥한다. "나"를 의원의 비서로 소개받은 "사내들과 계집들은 금방 무엇으로 뒷통수를 얻어맞은 사람들처럼 모두 벌떡 일어서려고 하다가 가까스로 도로 주저앉았다."(49) "나"의 사기 행각이 가능했던 이유는 사기당한 사람들이 강한 인간 앞에서 약해지는 성향, 그리고 인간의 본연적 가치보다 외형적인 가치를 중시하는 성향을 지녔기 때문이다. 즉 "나"의 사기는 인간의 권력 지향성과 인간관계에 미만한 물신주의를 겨냥한다. 또한 "나"는 의원의 비서로 행세한 덕에 미스 장과 가까이 지낼 수 있었고, 몇 차례 여관 출입까지 하게 된다. 이에 산도로부터 얻은 말쑥한 양복 덕을 톡톡히 본다. "그 양복은 나에게는 하나의 신분이었다. 그 옷을 벗어 버리면 나는 금방 조바로 전락하였고 외출하기 위해 그 옷을 다시 입었을 때 나는 곧 의원의 비서가 되어 있었다."(51) "양복"이 의미하는 것은 인간의 외형적·물적 가치 일반이다. 이 소설의 사기 역시 외모, 즉 지위나 재산 등 비본질적이고 물신화된 가치로 사람을 판단하는 인간성을 조롱한다. 이상 "나"에게 속은 사람들은 힘을 지향하며 힘 있는 사람 앞에서 비굴해지는 인간성, 물신적 잣대로써 사람의 가치를 판단하는 인간성에 자승자박당한 셈이다. 이들의 결함은 당대 미만했던 권력 지향성과 물신주의에 대한 알레고리로 볼 수 있다.

「저녁 公園에서」(『先生과 皇太子』)의 "그 남자"는 결혼한다는 거짓말로 형들과 누나들에게 돈을 뜯어낸다. "서울에는 두 명의 형네 가족과 역시 두 명의 누넘네 가족들이 있지마는 아무도 나를 거들떠보지는 않지요. 그 이유야 뻔하지요. 내가 학력도 직업도 없는, 그야 말로 아무짝에도 소용이 되지 않을 놈이기 때문이겠죠. 형제지간의 의리? 그런 것이야 가지고 있는 사람이나 가지고 있지, 사실 요즘 세상이야 피차에 쓸모가 없다고 생각되면 남이나 매한가지죠."(276) 가족 간에도 학력도 직업도 없는 무력한 형제는 존재 가치를 상실한다. 인간을 이용가치 여부로 분류하고 이용가치가 없는 사람에게는 박정한 인간성, 이런 인간성이 형제간의 의리까지 잠식한 세태, "그 남자"의 사기는 이들을 겨냥한다. 잘못은 속아 넘어간 사람에게도 있다. 송영의 사기꾼들은 당대인의 권력 지향성과 물신주의를 모방하면서 조롱한다. 이 장의 서두에서 언급했듯 물신주의는 발전주의와, 권력 지향성은 근대적 동일성과 유관하다. 즉 물신주의와 권력 지향성에 대한 공격은 발전주의와 근대적 동일성에 대한 저항으로 해석할 여지가 있다.

도둑 역시 사기꾼과 동일한 위치에 자리한다. 『달리는 皇帝』의 도일은 부잣집에 가정교사로 취직한다. 부임 첫날부터 그는 교회에 출석하라는 압력을 받고 예배에 참석한다. 제자 동철은 헌금하라며 봉투를 건네는데 도일은 그 돈을 가로챈다. 무일푼이었던 그에게는 데이트 비용이 없었기 때문이었다. 이 소설에서 도일의 도둑질은 분명히 악덕이지만, 이면에서는 당대 교인의 행태를 향해 칼날을 겨눈다. 즉 도둑질은 우선 일상에서는 부자의 사회적 책임에 소홀하면서 교회에는 헌금을 아끼지 않는 부자의 행태를 겨냥한다. 한편 도일의 고용주 가족들은 신앙을 가지고 있지 않은 도일에게 교회 출석을 강권한다. 전도라는 미명 아래에는 권력의 열세에 놓인 이에 대한 권력 행사를 당연하게 여기는 의식이 놓여 있다. 도일의 도둑질은 권력의 열세에 놓인 이들을 지배하고 조종하는 것을 당연시하는 인간의 권력 지향성을 또한 겨냥하며 조롱한다. 고용주와 피고용인 간의 권력구조는 사회에 만연한 위계구조에 대한 알레고리이다. 도둑질은 권력의 크기에 따라 위계적으로 구획된 견고한 사회 질서에 구멍을 내며, 그것을 조롱하고 위협한다. 앞에서 논했듯 위계구조의 내적 구성 원리는 근대적 동일성인데, 도둑질은 근대적 동일성에 대한 저항이라는 의미까지 내포한다.

「非行」(『지붕위의 寫眞師』)은 도둑을 이상화하는 작가의식을 노골적으로 드러낸다. 소설가 "나"는 소설을 쓰기 위해 싸구려 여관에 투숙한다. 얼마 후 K공단에 칼빈 강도가 출현하여 공단의 노임을 강탈하고 도주한다. 여러 정황으로 미루어 "나"는 그 강도가 옆방 남자 안건술임을 짐작한다. 여기에서 "내"가 안건술에게 품는 호감이 주목을 요한다. 가령 "나는 내심 그의 용의주도한 잠적에 탄복"하고 그를 "스케일이 큰 사나이"(118)로 여긴다. 안건술이 강탈한 것은 공단의 노임이었다. 당시 공단은 발전주의의 총화이자 불균형한 경제 발전 정책, 비인간적인 노동 환경, 노동자들의 착취 등 사회의 모순과 부조리가 집약된 공간이었다. 공단의 공격은 당대 발전주의의 부정성에 대한 공격을 의미한다. 시대의 도도한 흐름인 발전주의와 그에 따른 부조리와 모순에 적극적으로 대항하지 못하는 소설가는 '도둑질'이라는 소극적인 방식으로 견고한 질서에 균열을 내기를 희망한다. 앞의 소설들에서 당대적 질서에 대한 저항이 알레고리적이었다면, 이 소설에서의 저항은 직접적이다. 이 소설의 도둑은 공단을 공격함으로써 당대 발전주의를 정면에서 조롱한다.[27]

"내"가 안건술을 찬양하는 또 다른 이유는 소설 쓰기의 무력함에 대한 자각 때문이다. 결말에서 안건술은 "나"에게 소설을 썼느냐고 묻는데, "나"는 "그 동안 아무런 일도 하지 못했다고 말했다. 그 말을 하는

---

[27] 또한 "나"의 안건술에 대한 호감은 그의 성품에 대한 신뢰에서도 비롯된다. 안건술의 성품은 겸손, 온화, 한량다움, 소년 같은 천진함, 여유, 느긋함, 겸손으로 규정된다. "그러나 나는 안 건술에 관해 나 나름으로 믿는 바가 있었다. 그는 나를 실망시키지 않을 것이었다. 첫날 내 방문을 노크하던 때의 그의 겸손하고 온화하던 태도, 여관 베란다에서 라디오의 야구 중계를 듣고 있던 그의 다분히 한량(閑良)다운 거동, 콜라와 사이다를 손수 사 오던 때의 소년 같은 극성스러움, 그런 순간적인 기억이 나의 기대를 뒷받쳐 주고 있었다. 그것은 강도만이 보일 수 있는 여유이며 느긋한 태도였다. 강도만이 그런 겸손을 타인에게 선뜻 베풀 수 있는 것이었다."(118) 이런 성품은 이전투구와 아귀다툼으로 대별되는 발전주의적 심성과는 대비된다. 송영은 전작에 걸쳐 이전투구와 아귀다툼으로 표상되는 각박하고 폭력적인 인간성에 혐오를 표한 바 있다. 예의 안건술의 성품은 세계의 폭력성의 대척점에 놓인다. 여기에서도 도둑 안건술을 세계의 폭력성에 구멍을 내는 존재로 자리매김하려는 작가의 의도가 드러난다.

순간 나 자신이 사기꾼처럼 느껴졌다. 내가 강도라고 지목하는 인간 앞에서 나는 그보다 더 질이 나쁜 사기꾼이 되어 버린 셈이었다."(125-126) 이 진술은 글쓰기가 사회의 모순과 부조리를 해결하는 데 어떠한 위력도 발휘할 수 없다는 자각을 드러낸다. 더구나 "나"는 그 일마저 해내지 못하고 있다. 소설 쓰기를 지식인들의 작업 일반에 대한 알레고리로 볼 때, "나"의 무력은 지식인 일반의 무력을 암시한다. 말과 글을 업으로 삼는 지식인들이 이토록 무력할 때 차라리 강도짓이 지식인의 작업보다 낫다고, 작가는 생각하는 것으로 보인다. 작가는 강도짓도 못하는 지식인들의 무력함을 한탄하는 셈이다. 지식인의 무력함에 대한 자각은 또한 송영이 적극적이 아니라 소극적인 저항 전략을 취한 연유를 설명해준다. 자신의 무력함을 이토록 절감하는 작가가 투사가 될 수는 없었을 것이다.

4. 발전주의로의 투항

지금까지 논의했듯 송영 소설은 이분법을 거부하면서 근대적 동일성에 저항하고, 당대의 폭력성을 모방하는 동시에 공격함으로써 발전주의와 근대적 동일성에 저항했다. 이러한 저항 의지는 분명히 전복성을 띠고 있었다. 그러나 이런 저항 의지와 전복성은 시종일관 관철되었는가? 결론부터 말하자면 송영 소설은 당대 발전주의의 감염력에서 자유롭지 못하다. 저항 의지와 전복적 에너지를 만만치 않게 내장한 송영 소설이 한계를 보이는 것은 바로 이 지점이다. 이는 송영의 소설이 결국 중간소설로 지칭될 수밖에 없었던 이유와도 통한다. 소설의 상업성에의 투항은 "과장된 수사, 팽팽한 속도감, 관능적인 분위기, 생동하는 문체, 흥미 만점의 구성, 우상 파괴적인 제스처"[28] 등 서술 전략으로만 설명되지 않는다. 작가적 무의식 차원에서 그것을 설명할 수 있다. 이른바 상업적 소설은 서술 전략에서 상업적이기도 하지만, 작품 내적으로도 상업주의에 감염된 작가의식을 노출하는 것이다. 작가가 의식 차원에서는 발전주의에 저항했어도 무의식 차원에서 그것을 수용하고 있다는 사실은 가끔은 노골적으로 드러나고, 그 보다는 자주 미미한 화소의 배치를 통해 은닉된 채 드러난다. 이런 정황을 아래에서 상세히 고찰하려고 한다.

「浮浪日記」(『浮浪日記』)의 "나"는 결말에서 사기 행각이 발각될 것을 두려워하며 자모들로부터 도망친다. 그때 "나"는 다음과 같이 사기 행각을 합리화한다. "따지고 보면 처음부터 내게 잘못이 없다고 할 수 있었다. 내가 처음에 거짓을 지껄이기 시작한 것은 오로지 그 미술원에서 쫓겨나지 않기 위해서, 다시 말하면 빵과 안식처를 잃지 않기 위해서였고 다음에 그것을 더욱 조장하고 키워준 것은 홍씨와 자모님들 자신이 아닌가."(99) 그는 빵과 안식처를 잃지 않기 위해서 사기 행각을 시작했으니 잘못이 없다고 항변한다. '먹고 살기 위해서' 어쩔 수 없었다는 말은 일견 설득력을 가진다. 그 앞에서 각종 비난은 고개를 숙일 것 같다. "나"의 변명은 바로 그 점을 노린다. 그러나 '먹고 살기 위해서'라는 명분이 모든 비판을 침묵시키고 각종 비행을 무사통과시키는 면죄부로 통용될 것이라는 전제는 주의를 요한다. 이것은 바로 '잘 살

28 이동하, 「도피와 긍정」, 『집 없는 시대의 문학』, 정음사, 1985, 95면; 김윤식·정호웅, 앞의 책, 448면에서 재인용.

아보기 위해서' 각종 부조리와 부정을 못 본 척했던 유신시대의 발전주의적 심성구조와 동형(同形)이다. 주지하다시피 발전주의의 적지 않은 부작용을 무사통과시켜 주었던 명분은 바로 '잘 살아보세'라는 구호[29]였다. '먹고 살기 위해서'라는 명분이 부도덕에 대한 결정적인 면책 사유가 된다는 발상의 전제는 발전주의를 의심 없이 수용한 무의식이다. "나"의 사기 행각은 당대 발전주의적 폭력성을 모방하면서 공격하기도 했지만, 한편으로는 발전주의의 감염력에서 자유로울 수 없었다.

"나"는 미술교육가로 거짓 행세하면서 이렇게 말한다. "전문가가 아닌 사람이, 아니 그림과는 전혀 인연이 없었던 사람이 그런 일을 쉽사리 하는 데에는 물론 그만한 용기가 필요했다. 그렇다. 무엇보다도 필요한 것은 용기이며 이 용기는 궁지에 몰린 사람이 아니고는 발휘할 수 없는 극악스런 그것이었다."(80) 용기는 전문가가 아닌 사람을 전

---

29 주지하다시피 〈잘 살아보세〉는 박정희 정권기를 풍미한 구호이자 대표적인 건전가요의 제목이다. 박정권은 5·16 쿠데타 1주년 기념식상에서 한운사 작사·김희조 작곡의 건전가요 〈잘 살아보세〉를 발표하고 보급했다. 이 노래는 박정희가 작사했다는 〈새마을 노래〉나 〈나의 조국〉과 함께, 텔레비전 방송이 시작되기 전에 애국가에 이어 꼭 방송되었다.(한만수, 『잠시 검열이 있겠습니다』, 개마고원, 2012, 258면 참조.) 1972년 공보부는 '건전가요 제정 및 선전보급을 위한 개창운동' 사업 내용을 발표하고 '건전가요 육성과 보급'에 주력할 단체로 '새노래부르기회'를 창립한다. 서울시는 200명 이상 직원을 가진 관공서나 기업체 등에 직장 합창단 조직과 어머니 합창단이나 어린이 합창단의 조직을 지시하고 이와 더불어 〈잘 살아보세〉나 〈일터로 가자〉 등이 수록된 건전가요 레코드를 배포했다. 이에 각급 새마을 합창단이 조직되었고, 1972년 3월 한 달 동안 서울시의 새마을 사업 중 가장 많은 실적을 올린 사업으로 합창 운동이 꼽히기도 했다.(송화숙, 「박정희, 국가 근대화 프로젝트와 음악」, 민은기 편, 『독재자의 노래』, 한울, 2012, 258면 참조.) 1970년 연초 기자회견에서 1960년대를 어떻게 회고하느냐는 기자단 질문에, 박정희는 지난 1960년대가 "민족 자각의 연대"였다고 단언하는데, 이때 "이제부터 우리도 좀 정신차려서 잘 살아 봐야 되겠다", "또 우리가 노력하면 충분히 잘 살 수 있다"가 민족 자각의 내용이다.(「연초 기자회견」, 1970. 1. 9., 대통령비서실 편, 『박정희대통령연설문집』 7, 14면 참조.)

문가로 행세하게 한다. 비전문가도 용기만 있으면 전문가로 행세할 수 있다는 발상에서 '하면 된다'라는 1970년대적 구호[30]의 감염력이 간파된다. 용기가 결국 사기 행각의 모태가 되었듯, '하면 된다' 정신은 각종 무리한 정책과 사업의 배경이 되었다. 실제로 1970년대 한국의 정치경제사에서는 '하면 된다'는 용감한 의식에 의해 배태된 무리수들을 드물지 않게 목격할 수 있다. 용기는 극악스러운 것이지만, 궁지에 몰렸기 때문에 발생한 것이다. 먹고 사는 수단의 부재를 뜻하는 '궁지'는 극악스러움과 사기 행각을 정당화한다. 이 지점에서 먹고 살기 위해서 극악스러워져도 좋고, '하면 된다'의 정신으로 무리수를 두어도 좋다는 의식이 드러난다. 또한 "만리동에서 숙박을 하는 동안 나는 낮에는 종일토록 서울 천지를 싸돌아다녔다. (중략) 하기야 나는 막연한 기대를 안고 있었던 것은 사실이다. 말하자면 부지런한 자에게는 복이 있을지도 모른다는 생각이었다. 열심히 싸돌아다니는 놈들에게는 하다못해 휴지뭉치라도 얻어걸릴지 모르는 일이었다."(59) 여기에서 "나"는 "부지런"과 "열심"이 자신을 구원하리라고 생각한다. 이 믿음은 '근면'과 '성실'과 '자조'를 모토로 삼았던 1970년대의 발전주의[31]의 감염력을 내장한다. 이렇게 발전주의에 감염된 작가의식은 두드러지지는 않지만, 미미하게 반복적으로 나타난다. 이상은 발전주의에 감염된 작가의식이 미미한 화소의 배치를 통해 은닉된 형태로 노출되는 경우다.

---

30 박정희가 손수 저서에서 "하면 되는 것이다"(박정희, 『國家와 革命과 나』, 향문사, 1963, 268면)라고 결연하게 다짐한 이후, '하면 된다'라는 구호는 박정희 정권기를 풍미했다.

31 박정희는 저서에서 이렇게 쓴다. "우리가 실현하려는 것은 (중략) 正直과 誠實과 勤勉을 숭상하는 생산적인 社會이다."(박정희, 『民族中興의 길』, 광명출판사, 1978, 151-152면.) 그는 미래 사회의 청사진을 그리면서 정직, 성실, 근면의 미덕을 전면화한다. 한편 근면·자조·협동은 1970년대를 풍미한 새마을 정신이기도 하다.(위의 책, 97-108면 참조.)

이는 거의 무의식적 차원에서의 감염이라 할 수 있다.

그런데 『달리는 皇帝』에서 발전주의에 감염된 작가의식은 노골적으로 드러난다. 이 소설에서 먹고 사는 일은 핵심적 모티프이다. 부랑을 거듭하던 도일은 결말에서 세진무역의 대표로 부임하고, 사랑할 여자를 찾는다. 주인공이 경제적 논리에서 최고의 자리에 오르고, 안정된 가정을 기약하는 것으로 소설이 끝나는 것이다. 작가는 심지어 이런 상황을 "낙원"으로 지칭한다. 이 소설이 신문 연재소설임[32]을 감안하더라도, 발전주의로의 투항은 노골적이다. 결말만 그러한 것이 아니라, 소설 전반에 걸쳐 발전주의는 위력을 발휘한다. 가령 도일은 안병도와 함께 포주 사업을 기획하면서 이렇게 생각한다. "동대문 일대에서 일류의 뚜장이가 되어 본다는 꿈은 확실히 화려하고 유혹적인 꿈일 수 있었다. 그것은 다만 달콤한 생각일 뿐 아니라 지폐와 직결되는 사업이기 때문에 더욱 매력 있는 계획인 셈이다."(217) 도일은 포주가 되려는 꿈에 도덕적 자괴보다는 다만 유혹과 매력을 느낄 뿐이다. 송영 소설이 드물지 않게 보였던, 세계의 폭력성을 모방하면서 세계를 공격한다는 전략으로 해명되지 않을 만큼 부(富)에 대한 꿈은 노골적이다. 그러면서 도일은 여자들의 용모와 성격, 과거 이력을 엄격하고 꼼꼼하게 따져서 "일등품"으로만 선발하려고 한다. "어느 세계에나 품질은 엄격하게 구별되어 있으며 그 품질에 따라 가격에 엄청난 차이가 있게 마련이다. 인간인들 그것이 상품이 되어 있는 이상 예외일 수는 없을 것이다."(218) 여기에서 도일은 여자들을 상품으로 보며, 그것을 반성적으로 사유하지 않는다. 이 역시 자본주의의 방식으로 자본주의를 파

---

32 『달리는 皇帝』는 1978년 『한국일보』에 연재된 장편소설이다.

쇄하는 전략으로 보기에는 무리가 있다. 작가의식이 사람을 상품가치로 보는 자본주의의 방식에 결탁하고 투항했다는 혐의가 짙다.

발전주의와 자본주의에 무력하게 투항하고 만 듯한 이러한 정황은 신문 연재소설의 한계일 수도 있다. 그러나 이는 저항은 하면서도 투사는 될 수 없었던 작가의 피로감의 귀결로 보인다. 피로에 쉽사리 굴복한 이러한 연약함은 결국 송영 소설이 전복적 에너지를 내장했음에도 불구하고 중간소설이라는 다소 폄하적인 카테고리 안에 자리하게 된 한 계기일 것으로 추리할 수 있다. 그러나 이러한 투항의 단면을 발견할 수 있다고 해서, 그의 저항 의지까지 묵살해서는 안 될 것이다. 또한 투항은 최종 결과라기보다 과정에 놓인 것이었고, 송영의 소설 전반은 저항과 투항 사이의 분열로 가득 차 있다. 분열을 모르는 채 일로매진하는 투사보다는 분열을 거듭하며 좌충우돌하는 존재가 소설가의 정직한 본령에 가깝게 보인다.

5. 맺음말

이 논문은 지금까지 문학사에서 간과되었던 송영의 소설에 주목하고, 특히 당대에서도 논단에서 소외되었던 두 번째 창작집 이후의 중단편 소설집과 장편소설들을 논의의 대상에 포함했다. 반복적인 모티프인 가짜·사기·도둑의 의미를 해명함으로써, 1970년대 미만했던 발전주의와 근대적 동일성의 심성구조에 대한 저항과 투항의 양상을 논구하는 것이 이 논문의 목적이었다. 송영 소설에서 '진짜'와 '가짜'는 상투어로 등장하고, '가짜'를 옹호하는 의식마저 발견된다. 송영은 진짜와 가짜를 명백히 가르는 의식을 의심하고, 가짜를 단호히 처단하는 권력을 혐오하며, 분명하고 확실한 세계를 거부한다. 즉 송영의 소설은 이분법을 거부함으로써 근대적 이성의 횡포에 저항하는데, 이는 당대 미만했던 근대적 동일성의 심성구조에 대한 저항으로도 해석할 수 있다.

송영 소설에 대거 등장하는 사기꾼과 도둑은 당대의 폭력성을 거의 동일하지만 아주 똑같지는 않게 모방하면서 조롱하고 위협한다. 출세지상주의, 물신주의, 권력 지향성, 위계구조 등이 조롱의 대상이 되는데, 이들은 당대 미만했던 발전주의와 근대적 동일성과 관련 깊은바, 결국 사기꾼과 도둑이 겨냥하는 것은 발전주의 내지 근대적 동일성이라고 볼 수 있다. 만만치 않은 저항 의지와 전복적 에너지를 내장했음에도 송영 소설은 당대 발전주의에 투항하는 면모도 보인다. 이는 '먹고 살기 위해서'라는 명분을 각종 비행에 대한 면죄부로 전제하고, '하면 된다'의 정신과 근면·성실·자조의 미덕을 지당하게 수용하며, 때로 자본주의적 가치를 전면화하는 모습에서 발견된다. 그러나 투항은 최종 결과가 아니라 과정적인 것으로서, 전체 소설에서 송영은 저항과 투항 사이에서 분열을 거듭한다고 보인다.

김주영 단편소설의 반(反)근대성 연구

1. 머리말

1970년대 한국은 괄목할 만한 경제 성장을 이루었고, 급속한 산업화 과정에서 다각도의 지질변동을 체험했다. "한국사회는 전반적으로 근대적 성장을 꾀"[1]하였고, 근대화에 대한 관심과 우려는 황석영, 이문구, 최인호, 조선작, 조해일 등 유수한 1970년대 작가들의 중대한 화두 중 하나였다. 이 논문은 우선 근대화에 대한 비판적 관심을 표명한 1970년대 작가군 중 김주영에 주목하고자 한다. 김주영은 1970년 「여름사냥」과 1971년 「휴면기」로 등단한 이래 1970년대에 왕성한 창작 활동을 벌이다가, 1981년 대하소설 『객주』를 출간했다. 이후 『천둥소리』, 『화척』, 『홍어』, 『고기잡이는 갈대를 꺾지 않는다』 등 문제작들을 지속적으로 발표했다. 김주영은 1970년대에 단편소설을 왕성하게 창

---

1   권영민, 『한국현대문학사 1945~1990』, 민음사, 1997, 288면.

작했으나[2], 이들에 대한 학계의 본격적인 관심은 아직 촉발되지 않았다고 할 수 있다.[3] 아직까지 당대의 서평과 작품집 해설 등이 선행연구의 대종을 이룬다.[4] 이러한 사정 역시 이 논문이 김주영의 1970년대

2   김주영의 단편소설은 대부분 1970년대에 발표되었다. 일례로 2001년 문이당에서 총3권으로 발간된 중단편전집은 37편의 중단편소설을 수록하였는데, 이 중 「외촌장 기행」, 「새를 찾아서」, 「쇠둘레를 찾아서」 세 편을 제외하고는 모두 1970년대에 발표된 작품들이다.

3   김주영의 단편소설을 다룬 본격 학술논의로 최현주, 「김주영 성장소설의 함의와 해석」(『한국언어문학』 47, 한국언어문학회, 2001)과 박수현, 「거부와 공포-김주영의 단편소설 연구」(『인문과학연구』 40, 강원대 인문과학연구소, 2014)가 있다. 후자는 졸고로서, 필자는 졸고에서 김주영에 관한 연구사 목록을 정리한 바 있다. 예의 연구사 목록을 독자의 편의를 위해서, 다음과 각주 4번에서 다시 제시한다. 김주영의 단편소설을 연구대상으로 삼은 석사논문은 다음과 같다. 박성원, 「반(反)성장소설 연구-김주영과 최인호 소설을 중심으로」, 동국대 석사논문, 1999; 김옥선, 「김주영 소설의 문학적 실천 변모 양상 연구」, 경성대 석사논문, 2004; 한영주, 「김주영 성장소설 연구-부권 부재 상황을 중심으로」, 중앙대 석사논문, 2009; 유석천, 「김주영 단편소설의 인물 연구」, 중앙대 석사논문, 2009. 김주영을 부분적으로 언급한 박사논문으로 박수현, 「1970년대 한국 소설과 망탈리테」(고려대 박사논문, 2011)가 있다. 박수현은 박사논문에서 1970년대 소설의 민중 표상에 대한 논의의 일환으로 김주영을 제한적으로 다루었는데, 이 관점은 본고의 방향과 다르다. 석사논문과 필자의 선행연구 이외에 김주영의 단편소설에 관한 본격 학술논의는 작가의 가치와 위상을 고려할 때 풍성하지 않다.

4   다음은 김주영 단편소설에 관한 당대의 평문과 서평이다. 김주연, 「社會變動과 諷刺」, 『문학과지성』 17, 1974. 가을; 이보영, 「失鄕文學의 樣相」, 『문학과지성』 23, 1976. 봄; 장문평, 「悲劇的 認識의 對照的 反映」, 『창작과비평』 40, 1976. 여름; 김병익, 「現實과 시니시즘」, 『창작과비평』 42, 1976. 겨울; 천이두, 「斜視와 正視」, 『문학과지성』 30, 1977. 겨울. 작품집과 선집 해설로 다음이 있다. 김주연, 「農村과 都市 사이에서」, 김주영, 『여름사냥』 해설, 영풍문화사, 1976; 정규웅, 「疎外된 삶에의 愛情-金周榮의 作品世界」, 김주영, 『신한국문제작가선집 9: 김주영 선집』 해설, 어문각, 1978; 정규웅, 「소외된 삶에의 人間愛」, 김주영, 『바보 硏究』 해설, 삼중당, 1979; 김주연, 「諷刺의 暗示的 小說手法」, 김주영, 『도둑견습』 해설, 범우사, 1979; 김사인, 「金周榮의 풍자적 단편들」, 『제3세대 한국문학 18』, 삼성출판사, 1983; 김화영, 「겨울하늘을 나는 새의 문학」, 김주영, 『새를 찾아서』 해설, 나남출판, 1991; 김사인, 「풍자와 그 극복-金周榮의 초기 단편」, 김주영 외, 『한국문학전집 36』, 삼성출판사, 1993; 윤병로, 「金周榮의 작품세계-자기존재 확인 통한 휴머니즘」, 김주영, 『여름사냥』 해설, 일신서적출판사, 1994; 양진오, 「국외인의 현실주의」, 김주영, 『한국소설문학대계 70: 김주영』 해설, 동아출판사, 1995; 김주연, 「어릿광대의 사랑과 슬픔」, 김주영, 『김주영 중단편전집 1: 도둑견습』 해설, 문이당, 2001; 하응백, 「의리(義理)의 소설, 소설의 의

단편소설들에 대한 관심을 환기하고자 하는 이유이다.

김주영 단편소설에 관한 선행연구에서, 도시화와 산업화에 대한 비판의식은 그의 소설세계를 해명하는 가장 뚜렷한 지표로 논의되어 왔다.[5] 상기 거론한 1970년대 작가들과 동궤에서 김주영은 근대화로 대변되는 사회적 현실에 비판적이었는데, 그의 근대화 비판이 사회적 현실 이상의 것을 겨냥한다고 보는 것이 이 논문의 착안점이다. 김주영 소설의 근대화 비판은 보다 근본적인 차원에서 수행된다. 즉 김주영 소설은 경제적·사회적 근대화뿐만 아니라 근대적 이성과 근대적 시간의식 등 근대성 자체에 반감을 보이는바, 이 논문은 지금까지 연구에서 간과된 이 지점을 논구하고자 한다. 한편 근대성에 대한 대안으로 작가가 희구하는 세계에 대해서도 지금까지 본격적으로 논의된 바 없거니와[6], 이 논문은 그 작업까지 수행하고자 한다. 즉 이 논문은 김

리」, 김주영, 『김주영 중단편전집 2: 여자를 찾습니다』 해설, 문이당, 2001; 이경호, 「내성 (耐性)과 부정(否定)의 생명력」, 김주영, 『김주영 중단편전집 3: 외촌장 기행』 해설, 문이당, 2001; 정주아, 「도시 속 악동의 불순한 생명력」, 김주영, 『여자를 찾습니다』 해설, 책세상, 2007. 이밖에 눈길을 끄는 후일의 평문은 다음과 같다. 김경수, 「김주영 소설을 보는 시각」, 『작가세계』 11, 1991. 겨울; 김만수, 「〈집〉과 〈여행〉의 단편미학」, 『작가세계』 11, 1991. 겨울; 장경렬, 「반(反)성장소설로서의 성장소설」, 『작가세계』 11, 1991. 겨울.

5   계간지 『文學과知性』은 「貳章童話」를 1974년 가을호에 재수록하면서 김주영에게 특별한 관심을 표명했다. 같은 호에 실린 김주연의 리뷰는 김주영에 관한 거의 최초의 논의인데, 이 논의에서부터 '물질주의 일변도로 변하는 사회 현실에 대한 비판'은 김주영 소설의 중핵으로 부상한다. 김주연은 김주영이 도시화·물량화로 치닫는 현실을 조롱하면서 근대화를 겨냥한다고 논한다.(김주연, 「社會變動과 諷刺」, 706-711면 참조.) 이후 제출된 작품집 해설과 서평 등에서 산업화·근대화 비판은 김주영 소설의 대표적인 특징으로 논의되어 왔다. 가령 김병익, 앞의 글; 정규웅, 앞의 글들; 윤병로, 앞의 글; 김화영, 앞의 글; 양진오, 앞의 글; 정주아, 앞의 글; 김만수, 앞의 글.

6   이 논문의 논점과 유사한 관점을 견지한 연구로 윤정화와 김옥선의 것이 있다. 윤정화는 『객주』에 대중의 복고적 욕망이 투사되었다고 본다. 주변부 인물의 등장, 복수의 규율로 대변되는 전근대적 규율 체제에 대한 향수, 대원위로 대표되는 전근대적 질서에의 지

주영의 특질로서 사회적 근대화에 대한 비판의식을 읽는 기존 관점을 넘어서, 보다 근본적인 차원의 근대성 비판과 반근대 전략을 논하려고 한다.[7]

2. 근대적 이성의 부정과 운명의식

주지하는 바 경제적·사회적 근대화를 추동하는 근본 동력은 근대적 이성이며, 근대적 이성은 근대성의 요체이다. 일반적으로 근대성은 수

향성 등이 복고적이라는 것이다.(윤정화, 「1980년대 역사소설 『객주』에 투사된 대중의 復古的 욕망과 유랑적 정체성 연구」, 『한국문학이론과 비평』 57, 한국문학이론과 비평학회, 2012 참조.) 얼핏 복고적 욕망과 반근대성의 의미 자질이 유사한 듯하지만, 이 논문은 근대적 이성에 대한 반감, 과거 지향적 시간의식, 가족주의에서 반근대성을 찾는다는 점에서 윤정화와 방향을 달리 한다. 무엇보다 이 논문은 김주영의 단편소설을 연구하는바, 연구대상이 윤정화의 논문과 다르다. 또한 김옥선은 김주영의 1980~1990년대 장편소설 『아들의 겨울』, 『고기잡이는 갈대를 꺾지 않는다』, 『천둥소리』, 『홍어』를 중심으로 소략하나마 근대성 전복 전략에 주목하는데, 미성장 상태에 머무르는 악동들과 전통적인 도덕률을 고수하는 어머니들에게서 그것을 읽는다.(김옥선, 앞의 글, 60-69면 참조.) 김옥선의 논의는 타당하나 김주영의 반근대성에 관해서는 더 논할 사안이 많고, 위의 논의는 김주영의 1970년대 단편소설에서 반근대성을 읽지는 않았다. 이 논문은 김옥선의 논의에서 다루어지지 않은 계산적 이성에 대한 거부, 운명의식, 전통적 업에의 애착, 과거 지향적 시간의식 등까지 다루려고 한다. 상기 두 연구는 1980년대 이후의 김주영의 대하소설과 장편소설을 다루고 이 논문은 1970년대 단편소설을 대상으로 삼는바, 이 논문의 작업은 1980년대 이후 대하소설과 장편소설의 원형이 되는 자질을 밝히는 데 일조할 것으로 기대된다.

7 텍스트는 1970년대 출간된 작품집의 초판본들이다. 김주영, 『女子를 찾습니다』, 한진출판사, 1975; 김주영, 『여름사냥』, 영풍문화사, 1976; 김주영, 『즐거운 우리집』, 수상사 출판부, 1978; 김주영, 『칼과 뿌리』, 열화당, 1977. 그러나 이 소설집에서 누락된 작품은 선집이나 전집을 참조했다. 김주영 외, 『정통한국문학대계 43』, 어문각, 1989; 김주영, 『외촌장 기행』, 문이당, 2001. 앞으로 이 책들에서 인용 시 작품 제목 옆 괄호 안에 수록 단행본 제목과 면수만을 기입한다.

학적 이성, 이성 중심주의, 데카르트에 의해 주창되고 뉴턴에 의해 체계화된 기계적 세계관, 자연을 지배하는 하나의 법칙의 발견, 인과율과 합리성 등의 자질로 규정된다. 근대성에서 무엇보다 중요한 것은 계몽에 대한 열광과 진보에 대한 믿음이다.[8] "세계의 총체를 객관적인 인과관련의 계열로서 파악하고 또 이것을 계량(수식화)할 수 있다는 이념"[9], 즉 합리적·계몽적 이성에 대한 믿음은 근대성의 근간이다. 계몽적 이성은 모든 것을 통일적으로 파악하려고 하며, 모든 것을 도출해낼 수 있는 체계를 추구한다. 그것은 언제나 동일한 것을 지향하고, 불연속성, 그리고 결합될 수 없는 것에 대해 적대적이다.[10] 이렇게 인과율과 합리성에 대한 믿음을 기반으로 세계를 계측 가능한 것으로 여기는 이성에 대한 반감은 김주영 소설에서 빈번하게 발견된다. 다음에서 김주영 소설에서 근대적 이성에 대한 반감이 드러나는 양상을 고찰하고자 한다.

작가는 소설 「달맞이꽃」(『외촌장 기행』)에서 아내의 성격을 다음과 같이 묘사한다.

아내에게는 미래가 있었다. 그녀가 획책하고 있는 냉철한 미래는 삼각형의 세 변 중에서 두 변끼리는 서로 만나게 된다는 공식 위에서만 이루어

---

8 이성환, 「근대와 탈근대」, 김성기 편, 『모더니티란 무엇인가』, 민음사, 1999, 169-174면 참조. 필자는 선행연구에서 근대성과 진보적 시간관의 개념을 탐색한 바 있다.(박수현, 「1970년대 한국 소설과 망탈리테」) 다음의 근대성과 진보적 시간관에 관한 개념 규정은 위의 글을 부분적으로 참조.

9 김윤식, 『한국문학의 근대성 비판』, 문예출판사, 1993, 24면.

10 막스 호르크하이머·테오도르 아도르노, 김유동·주경식·이상훈 역, 『계몽의 변증법』, 문예출판사, 1996, 28-30면 참조.

지고 있기 때문에 그녀가 내뱉는 말 한마디조차도 언제나 두 변은 서로 만나고 있었다. 나처럼 '글쎄…… 또……'라는 식의 표현은 없었다. 그녀는 알고 있었다. 두부 한 모는 직사각형이며 그 값은 1백원이다. 그것이 그녀의 미래였다. 그녀는 가장 부정확한 오리무중의 미래를 확실히 알고 있었고 그 확실한 미래에 냉정한 확신을 걸고 있었다. 그녀는 확신을 걸고 있는 미래를 위해서 어지간히도 나를 족치고 있었다.(220)

위에서 아내는 "삼각형의 세 변 중에서 두 변끼리는 서로 만나게 된다는 공식"을 철저히 신봉하는 인물로 그려진다. 수학적 이성의 진리성을 신봉하며, 합리적 체계의 바깥을 인정하지 않는 아내는 근대적 이성을 체현한다. 아내는 또한 "가장 부정확한 오리무중의 미래를 확실히 알고 있었고 그 확실한 미래에 냉정한 확신을" 거는 인물로 묘파된다. 미래의 계측 가능성에 대한 믿음과 계측된 미래의 실현에 대한 확신 역시 근대적 이성의 속성이다. 근대성의 세계에서 인간은 합리적 이성의 그물로 불확실한 미래를 포획할 수 있다고 믿는다. 아내는 지금 국민학교 3학년인 딸이 시집갈 때 가지고 갈 놋대야를 벌써 사두었다. 그때쯤이면 "희한하고 귀한 물건이 될"(220) 것이라고 계산하였기 때문이다. 여기에서도 아내는 냉철한 계산을 맹신하고 의외성을 인정하지 않는 근대적 이성을 구현한다.

이에 반해 "나"는 "'글쎄…… 또……'라는 식의 표현"으로 대변되듯, 머뭇거리고 주저한다. 인생의 확실성과 계측 가능성을 부정하는 그는, 근대적 이성의 반대 자리에 놓인다. "나"는 줄곧 아내에게 불편함을 느끼며, 아내의 사유구조를 직설적으로 비판하기도 한다. "아내의 그런 냉정한 관찰력과 현실관 속에는 어떤 맹목성이 도사리고 있다는 생각이 들었다. 그 맹목성 속에는 커다란 구멍이 있었다. 그 구멍의 실체가 무엇인지 나는 알 수 없었다. (중략) 그러므로 아내의 현실은 꽃장수가 다 키워서 시장으로 가지고 나온 화분처럼 선뜻 돈 내고 내 것으로 만들어진, 진열하기는 주저되는 위화감이 있었다."(223) 여기에서 "나"는 아내의 "냉정한 관찰력과 현실관"이 "맹목"이라고 직설적으로 비판하며, 맹목성 속에 커다란 구멍이 있다고 진술함으로써 아내식의 명철한 이성의 허구성을 지적한다. 이러한 아내의 명석판명한 이성에 대한 비판은 근대적 이성에 대한 비판과 동궤에 놓인다. 이 소설 전반에 걸쳐 아내는 부정적인 인물로 그려지고, 결말에서 "나"에게 버림받는다. 이렇게 부정적인 아내의 표상은 근대적 이성에 대한 작가의 반감을 드러내거니와, 작가는 계측 가능성을 본질로 삼는 근대적 이성을 거부함으로써 반근대성을 드러낸다.[11]

한편 「馬君寓話」, 「무동타기」, 「비행기타기」, 「貳章童話」, 「錦衣還鄉」, 「방문객」 등 일련의 작품들은 '출세를 꿈꾸었던 촌놈들의 실패담'으로서 김주영의 출세작에 해당한다. 초창기의 연구사는 이 소설들이 "약은 척 하다가 더 약은 사람에게 참패하는 우스꽝스런 세태풍자"[12]이자, 도시화에 대한 비판[13]이라고 간파하는데, 이는 지금까지 교과서

---

11 김주영 소설에서 드물지 않게 젊은 여인은 근대적 이성을 체현한 인물로 그려진다. 가령 「천궁의 칼」(『외촌장 기행』)에서 묘희는 "도마 위의 무 토막을 자르듯 시간을 자르는 데 익숙한" 여자로 묘파된다. "시간을 설거지해 치우는 그녀의 모습은 단련되어 있었"(111) 다. 그녀는 어머니를 뵈러 가는 길에 "한 시간 반의 허송이 무조건 싫었기 때문"(111)에 버스를 택하는 등 철저한 시간관념을 가지고 있다. 시간에 대한 철저한 의식도 근대적 이성의 속성이다.

12 김병익, 앞의 글, 540면.

13 김주연, 「社會變動과 諷刺」, 706-710면 참조.

적인 권위를 수반하며 정설로 인정되고 있다. 그러나 상기한 김주영의 대표작들은 다른 해석의 여지를 남긴다. 이 소설들에서 주목되는 것은 '제 꾀에 제가 넘어가는'[14] 인물이다. 여기에서 인물들의 꾀란 근대적 이성으로 해석할 수 있다. 「馬君寓話」(『女子를 찾습니다』)의 마규석은 출세하기 위해서 우선 오상철 과장을 "잡아먹어야 한다고 어금니를 사려"(10) 무는데 그 목표를 위해서 치밀한 계산 아래 행동한다. 오과장을 대폿집으로 유인하는 것은 물론, 그의 모교 야구 대진표를 기억해 두었다가 서울 운동장으로 끌고 가서 응원에 열중해 주는 척하고, 방사에 동행한다. 이후 방사를 요청하는 오과장에게 "이런 경우 자칫하면 상대방으로 하여금 개성없고 머저리같은 놈으로 추락당해버릴 우려가 다분히 있음으로 하여" "어떤 땐 쾌히 그러나 간혹은 단호히 거절해 보임으로써 그를 조금씩 무안하게 만들고 또 심리적으로 압박해 들어갔다."(12)

여기에서 보듯 마규석의 계산은 조직적이고 복합적이다. 이 모든 작전 아래에는 치밀한 이해타산과 목적을 위해서 수단을 견고하게 조직하는 구조적 사유, 그리고 자신의 계측대로 미래를 조형할 수 있다는 믿음이 존재한다. 「무동타기」의 박지발은 도덕적인 근거를 들어 면민들의 지원을 유도해서 "막곡동정화추진위원회"를 설립하지만, 실은 미군 부대에서 유출되는 도깨비 물건을 암거래하기 위한 전진 기지를 만들려는 은밀한 목적을 품고 있다. 「비행기 타기」(『여름사냥』)의 최억돌은 비행장 정지작업을 자진해서 떠맡는다. 공을 세워서 군청, 도청, 중앙부서로 승진을 거듭해서 옮겨 앉고 싶었기 때문이다. 목표를 위해

---

14 박수현, 「1970년대 한국 소설과 망탈리테」, 116-120면 참조.

서 면민들을 이용하고 동원하려는 것이 그의 계획의 핵심이다. 박지발과 최억돌 역시 면밀한 이해타산과 목적을 위해 수단을 구조적으로 동원하는 사유구조에 의해 행동한다.

여기에서 출세욕의 화신들의 '꾀'는 근대적 이성에 대한 제유로 해석할 수 있다.[15] 이들 소설에서 마규석, 박지발, 최억돌은 출세라는 목표를 위해 매사를 치밀하게 계산하고 기획한다. 계산과 기획 자체가 근대적 이성의 주요 활동과 동궤에 놓이거니와, 계산과 기획으로 불확실한 삶의 운동을 통어할 수 있다는 믿음은 근대적 이성의 본질적 속성이다. 또한 이들의 다층적인 계산과 기획은 타인들의 이용과 착취를 근간으로 하고 있다. 알려진 바, 계몽적 이성은 다른 모든 도구를 제작하기 위한 보편적인 도구로 사용된다. 이성은 "철저히 목적지향적"이고, "목표를 위한 순수한 기관"이 된다. 계몽적 이성은 이렇게 오로지 기능만을 고려하면서 배타성을 초래하고 강화한다.[16] 즉 근대적 이성은 목적과 수단으로 구조화되며, 수단을 목적을 위해 도구적으로 사용한다. 근대적 이성은 무언가의 착취를 근본적 속성으로 가진다고까지 말할 수 있다.

출세를 꿈꾸는 촌놈들은 출세라는 목적을 위해서 다른 인물과 자신

---

15 출세라는 목표를 향해 끊임없이 계산하고 궁리하는 이들의 행태가 근대적 속성이라는 사실은 직설적으로 언급되기도 한다. 가령 「비행기 타기」(『여름사냥』)의 최억돌은 이렇게 말한다. "자신의 승진이나 영달이란, 감나무 밑에 입 벌리고 누워 있는 식의 요행이나 바라는 전근대적인 방법으론 결코 쟁취할 수 없다는 사실을 그는 알고 있는 터이었다."(57) 여기에서 이성의 계측 없이 요행이나 바라는 것은 "전근대적 방법"이라고 직설적으로 명시된다. 그는 치밀한 계산과 이해타산에서 비롯된 꼼수들을 스스로 근대적 방법으로 인식하고 있는 것이다.

16 호르크하이머·아도르노, 앞의 책, 60면 참조.

의 행동을 철저한 수단으로 이용할 것을 기획한다. 이에 그들의 행태는 근대적 이성의 대표적 양태를 구현한다고 볼 수 있는 것이다. 또한 그들의 계산과 기획 이면에는 「달맞이꽃」의 아내와 같이, 자신의 헤아림으로 미래를 포획할 수 있다는 전제와 자신감이 놓여 있다. 이는 이성의 역능으로 미래를 지배할 수 있다는 확신으로서, 그 역시 근대적 이성의 속성이다.[17] 주지하다시피 이들의 계산과 기획은 하나같이 실패한다. 기존 연구사는 대체로 이들의 실패에서 그들을 함정에 빠트린 더 견고한 사회구조에 대한 비판을 읽었으나[18], 이 논문은 근대적 이성에 대한 작가의 반감을 읽는다. 작가는 출세욕에 전율하는 인물들의 계산과 기획의 허구성을 그려냄으로써, 근대적 이성의 허약함을 폭로한다. 이처럼 '출세를 꿈꾸는 촌놈들의 실패담'은 근대적 이성의 폐해를 드러냄으로써 작가의 반근대성을 누설한다고 해석될 수 있다.

한편 김주영 소설에서 간과할 수 없는 또 하나의 모티프는 운명의식이다. 가령 「熱氣」(『정통한국문학대계 43』)에서 "나"는 암퇘지를 사육하고 미친 병사를 가두는 등 번잡한 여름을 보내는데, 우여곡절 끝에 미친 병사를 아내에게 돌려보낸다. 결말에서 미쳤던 병사의 아내는 임신한 몸으로 "나"를 찾아온다. 이때 "나"는 "한 산골의 촌부가 갖고 싶어하

---

17 진보의 신념은 오늘이 어제보다 발전했고 내일이 오늘보다 나아지리라는 믿음이다. 그것은 이성의 위력에 대한 신뢰를 근간으로 하고, 인간을 위해 이용 가능한 도구로서 자연을 인식하는 사고방식과 연관된다.(윤평중, 『푸코와 하버마스를 넘어서』, 교보문고, 1992, 25-26면 참조.) 이처럼 도구적 이성과 진보의 신념은 근대성의 중핵 중 하나이다.

18 김주연, 앞의 글들; 김병익, 앞의 글; 정규웅, 앞의 글들; 윤병로, 앞의 글; 양진오, 앞의 글; 정주아, 앞의 글. 필자는 다른 글에서 촌놈들의 실패담 근저에 아버지에 대한 공포가 놓여 있다고 논한 바 있다.(박수현, 「거부와 공포-김주영의 단편소설 연구」) 이는 선행연구와 다른 관점이며 본고의 논의와도 방향이 다르다.

던 잉태의 소망을 위해, 그것이 설령 그녀의 잉태와는 연관되지 않는 전연 별개의 동작이라 하더라도 오랜 세월은 또 남모르는 곳에서 진통을 겪는다는 것, 그리하여 여름은 그렇게 뜨거웠으며 내가 암톨을 사육해야 했고 많은 병사들이 그것을 찾아 헤매어야 했으며, 아니 벌써 오랜 옛날 그 최 노인의 방물전을 우리들이 찾아갔을 때부터 그것은 벌써 시작되고 있었다는 느낌이 드는 것이었다."(399)

여기에서 한 여인의 임신은 뜨거운 여름, 암톨의 사육, 암톨의 실종, 병사들의 수색, 오래 전 최 노인과의 만남 등 오랜 세월에 거친 다양한 사건이 얽히고설킨 결과로 인식된다. 헤아릴 수 없는 인연의 힘이 복합적으로 작용하여 여인의 임신이라는 결과를 낳았다는 것이다. 작가는 여인의 임신이라는 사소한 사실 배후에 오랜 세월에 걸친 신비한 힘의 역학 관계를 배치하는바, 이는 전통적인 운명의식을 시사한다. 합리적 이성으로는 뜨거운 여름, 암톨의 사육과 실종, 병사의 수색, 유년 시절 최노인과의 만남을 연결하는 고리를 찾아낼 수 없다. 오직 신비하고 거대한 힘을 상상함으로써 연결고리를 만들어낼 수 있을 뿐이다. 여기에서 신비하고 거대한 힘이란 운명을 지칭하는바, 비합리적임에 분명하고, 명석판명한 근대적 이성의 반대항에 놓인다. 이렇게 김주영 소설에 나타난 운명의식 역시 근대적 이성의 반대 자질로 볼 수 있다.

운명의식은 불행을 맞은 인물들에게서 곤잘 발현된다. 「익는 산머루」(『즐거운 우리집』)의 순덕은 식모살이하던 집에서 억울하게 쫓겨나는데, 자신의 억울함을 호소하기는커녕 불행의 탓을 신령님 뜻으로 돌린다. "원수끼리 워찌 한솥밥을 묵고 살겠노. 이게 다 신령님뜻이다. (중략) 니가 신령님 대신으로 그런 말을 외어바치게 했는기라. 니 죄도 아이고 내 죄도 아잉기라 신령님 뜻인기라."(119) 순덕은 불행의 원천을 자신이나 가해자에게서 찾으려 하지 않고 "신령님 뜻"에서만 발견한다. 여기에서 "신령님 뜻"을 "운명"으로 바꾸어도 의미는 같다.

「깊은 江」(『정통한국문학대계 43』)에서 장가의 딸은 식모살이 하다가 임신한 채 홀로 집으로 돌아왔는데, 낳은 아이마저 죽어버린다. 거듭된 불행으로 우는 딸에게 장가는 "이것도 운명이"(383)라며 달랜다. 두 소설에서 불행을 맞이한 인물들은 불행의 탓을 합리적으로 계측하려 하지 않고, 운명의 힘으로 돌려 버린다. 우선 운명의식은 불행을 이겨낼 수 있는 힘을 제공한다. 인물들은 불행을 운명의 뜻으로 수용하면서 자신과 타자에 대한 분노를 순치하는 것이다. 이러한 운명의식은 한국인의 전통적인 가치관에 속하는바,[19] 운명의식을 표출하는 작가의식은 전통적인 것에의 경사를 보여준다. 전통에의 경사는 근대성의 반대항에 놓이거니와, 이 역시 김주영의 반근대성이 발현되는 회로이다.

한편 여기에서 운명이란 비이성적인 힘의 궁극이다. 인물들은 불행의 원인을 합리적으로 분석하지 않고, 시시비비를 치밀하게 따지지 않는다. 합리적 분석과 시시비비의 계측은 근대적 이성의 자질에 속한

---

19 주지하다시피 초자연적 존재를 신성시하고 그에 의해 부여된 질서를 절대적인 것으로 받아들이며 그에 순응하는 것은 동양의 전통적 가치관이다. 초자연적 존재나 질서에 도전하거나 대결하지 않고, 초자연적 존재를 향한 간절한 기원과 치성을 통해 화해에 이름으로써 문제를 해결하고 질서를 회복하고자 하는 것이 또한 그 가치관의 핵심이다.(윤승준, 「설화를 통해 본 아시아인의 가치관」, 『동양학』 54, 단국대 동양학연구원, 2013, 25면 참조.) 윤천근은 전통적 운명의식의 특징을 이렇게 설명한다. 우리 민족은 하늘을 그냥 하늘이 아니라 '나의 하늘'로 인식하기 때문에, 절대적 권능을 갖는 하늘이 나의 운명을 좋은 것으로 마련하여 둘 것을 기대한다. 이것이 우리 민족의 낭만주의적 하늘 인식의 토대이다. 우리 민족은 운명의 절대성을 전제하면서도 그 운명을 적으로 돌리거나, 운명의 가혹함 앞에서 날개를 꺾지 않고 끝없는 노력과 정성을 보여주게 된다.(윤천근, 「한국인의 운명적 하늘관」, 『동서철학연구』 58, 한국동서철학회, 2010, 254면 참조.)

다. 운명은 헤아릴 수 없는 인생의 운동을 관장하는 비이성적인 거대한 힘이다. 운명이란 설명할 수 없는 인생의 섭리를 포괄하는 말이다. 운명은 곧 '헤아릴 수 없음'을 통칭하는 말이며, 계측 불가능성은 운명의 근본 자질이다. 김주영 소설에서 비이성적인 운명의 힘은 근대적 이성의 활동과 역능을 능가한다. 이러한 비합리적인 운명에의 의탁은 근대성의 반대항에 놓인다. 작가는 운명의 절대적 힘에 호의와 신뢰를 표함으로써 근대적 이성에 반대하는 것이다.

3. 전통적인 업과 회귀적 시간관

김주영 소설은 전통적인 업(業)에 고착하는 인물들에게 주목할 만한 애정을 표한다. 전통적인 업은 천직(天職)이자 천업(賤業)으로 나타난다. 사회의 중심부에 놓이지 않은 비천하나 전통적인 업에 대한 관심과 그 업을 이어가는 이들에 대한 애정은 김주영 소설의 중요한 특징이거니와, 이러한 의식이 보부상들의 거대한 파노라마인『객주』를 탄생케 한 원동력이 되었을 것으로 보인다. 이는 과거에 대한 간절한 향수와도 동궤에 놓인다. 김주영은 현재의 비밀을 해명하고 난국을 해결해 줄 단서를 저장한 곳으로서, 과거를 끊임없이 소환한다. 다음에서 전통적 업과 과거에의 고착이 나타나는 양상과 그 의미를 고찰하고자 한다. 이는 머리말에서 논한바, 근대성에 대한 부정이 표출되는 양상을 살피는 작업이기도 하다.

「깊은 江」(『정통한국문학대계 43』)의 장가(張哥)는 뱃사공이라는 업을 소중한 천직으로 여기고, 이어나가려고 한다. 강에 다리가 놓인다는 소문이 퍼지고 젊은이들이 불도저를 몰고 오가지만, 그는 나루터를 떠날 생각조차 못한다. "나루지기가 강을 버리고 어디로 간단 말인가."(385) 그는 "다리"로 표상되는 근대화의 흐름에 편승하지 않는다. 다리를 놓는 공사와 그 공사를 담당하는 젊은이들은 근대화의 시대적 흐름을 의미한다. 이들이 딸을 강간했다는 설정은 근대를 폭력으로 인식하는 작가의식을 보여준다. 실상 뱃사공 등 전통적인 업을 이어가는 이들에게는 근대화가 자신의 생존을 위협하는 폭력 이상도 이하도 아니었을 것이다. 폭력적인 근대에 대항하여 전통적인 업에 대한 애착과 고집으로 일관한 뱃사공의 의연함은 근대에의 편승을 거부하는 뚜렷한 의지를 보여준다. 작가는 근대에의 편승을 거부하는 인물을 그림으로써 근대에 반대한다.

주목할 것은 전통적 업에 고착하는 장가의 태도가 다분히 미화된다는 점이다. 배가 물살에 휩쓸릴 때 그는 배를 버리고 물로 뛰어든다면 헤엄쳐서 살 수 있었지만 "배를 물 가운데 둔 채, 물로 뛰어들 수가 없었다."(388) 배를 잃는 것은 "죄를 짓는 일이기 때문"(388)이었다. 결국 배를 버리지 못한 장가는 물살에 휩쓸려 죽고 만다. 장가는 목숨을 버리고서라도 배를 지키는데, 이는 배에 대한 더없이 지순한 애정을 보여준다. 작가는 장가의 애정의 지순함과 절절함을 부각하면서 장가를 다분히 미화한다. 즉 업에 대한 고집과 반근대성을 미화하는 것이다. 작가는 업에의 고집을 지닌 이, 즉 반근대성을 구현하는 인물의 높은 도덕적 위상을 보여줌으로써 반근대적 가치를 더욱 열렬하게 옹호한다. 결말에서 딸 칠례는 아버지의 업을 이어받아 뱃사공이 되겠다고 결심한다. 이는 아무리 쓸모없게 되었더라도 업이 면면하게 이어짐을 보여주면서 업의 질긴 생명력을 과시한다. 작가는 이로써 근대에 대항하는 전통적인 업에의 고집이 한낱 도로로 끝나지 않았음을 보여주며, 반근대성 옹호에 방점을 찍는다.

「천궁의 칼」(『외촌장 기행』)의 어머니는 비록 세상이 바뀌었고 자식이 출세했어도, 백정인 남편의 업에 대한 인식을 고스란히 이어받아 백정의 처세법을 고수하려고 한다. "백정의 자손이 업을 바꾸면 대가 끊기거나 병신이 태어나는 법이다. 난 그걸 보아왔지. 너의 삼촌도 그랬었고 사촌도 그랬었다. 곰배팔이가 태어나고 벙어리가 태어나지 않았느냐. 그게 다 칼을 받지 않으려고 발버둥을 치다가 받은 업보란다. 백정은 백정의 주장대로 살아야 하고 면장을 하던 사람은 면장의 주장대로 살아야 하는 법이다."(118) 어머니의 이 말은 '백정이라는 업'의 윤리에 대한 그녀의 고착을 보여준다. 어머니는 아들의 출세를 자랑스러워하기는커녕 인정하려고도 하지 않는다. 출세한 아들에 대한 존경심으로 마을 사람들이 어머니에 대한 예우를 갖추기 시작했는데도, 어머니는 그것을 옳지 않은 일로 여긴다.[20] 출세한 아들은 근대적 가치를 구현하는바, 그에 대한 어머니의 부정은 근대적 가치에 대한 저항을 표출한다. 어머니는 출세한 아들을 인정하여 자신을 예우하는 마을 사람들조차 "잘못된 세상"이라고 비판한다. 마을 사람들은 전근대적 신분제도보다 출세라는 자본주의적 가치를 앞자리에 놓은 면에서, 역시 근대적 가치를 구현한다. 어머니는 그러한 마을 사람들의 의식세계를 부정하면서 역시 근대적 가치에 반발하는 것이다. 이러한 어머니의 의식을

---

20 "옛날에는 우리 육고간에 와서 여보게들 돝고기 한 칼 주게, 하던 사람들이 지금 와서 내게 길을 비켜 주다니 이게 잘못된 세상이지. 어떻게 넌 세상이 달라졌다는 게냐. 사람이란 백정이든 양반이든 엄연히 뼈대가 있고 조상이 있지 않느냐. 그걸 속이고 살아가는 건 사는 게 아니다. 그게 바로 뿌리가 뽑혀 허공을 도는 게지."(118-119)

통해 작가는 근대적 가치에 반대를 표명한다. 특히 여기에서 어머니가 백정이라는 업에 고착된 인물이라는 점을 고려할 때 작가가 전통적 업에의 고착을 근대적 가치에 반발하는 한 회로로 사용하고 있음을 알 수 있다.

　한편 부유한 묘희네 집과 꽃꽂이 전문가인 묘희의 어머니 역시 근대적 가치를 구현한다. 그러나 묘희의 어머니는 초면인 "나"에게 월급 액수부터 물어보고 시어머니를 구박하는 등 부박하고 천박한 인물로 묘사된다. 묘희네 집은 유기장이었던 증조할아버지가 선혜청 당상관이라고 거짓말해 왔다. 근대적 가치를 구현하는 묘희네 집은 조상의 업을 부정하고 도덕적으로도 열등하다. 여기에서 근대-조상의 업 부정-천박함의 자질을 동궤에 놓는 작가의식을 볼 수 있다. 이를 뒤집으면 전통적 업을 숭상하는 것은 반근대적이며 아름답다는 논제가 도출되며, 이것이 작가 김주영의 의식이다. 묘희네 집과 "나"의 어머니는 완벽한 대조를 이룬다. 앞의 장가의 경우와 마찬가지로, 작가는 전근대적 신분제도에 대한 집착으로도 보이는 어머니의 의식을 다분히 미화한다. 묘희는 어머니를, "이제 우리들에게서 마지막 남은 어머니"(125)라고 평가한다. 근대를 대변하는 묘희에 의해 어머니가 명예롭게 평가된다는 설정은 어머니에 대한 작가의 미화 의지를 보여준다. 결말에 그려진 어머니의 죽음 역시 미화의 기미를 담지한다. 작가는 근대성을 구현하는 묘희네 집과 반근대성을 구현하는 어머니를 대비하고, 후자를 미화함으로써 근대적 가치에 대한 반감을 여실하게 드러낸다. 이때 전통적 업에 대한 태도는 미화와 반감을 가르는 중심적 기준으로 기능한다.

　「달맞이꽃」(『외촌장 기행』)에서 "나"는 옛날의 도부꾼을 찾아 여행을 떠나지만, 만날 수가 없었다. 그는 실패를 거듭하지만 끈질기게 여행을 떠난다. 여행을 떠나는 진짜 목적은 실은 "나"에게도 알려지지 않는다. 소설 전반에서 작가는 "나"의 진짜 목적을 은닉한 채 독자에게 궁금증만을 유발한다. 이윽고 "나"는 여행지에서 어린 시절 소꿉동무 선옥을 만나고, 과거의 한 장면을 떠올린다. "범태아부지는 새우젓 파는 장수인데 뭘." "새우젓통을 지고 이 장 저 장 댕기는 도부꾼 말이야"(236) 이 말에 상처받아서 유년의 "나"는 선옥의 얼굴을 날카로운 이징가미로 그어 버렸다. 이렇게 과거와 해후한 이후, 그는 지겹고 긴 여행을 마무리할 때가 왔고 아내에게 돌아갈 수 없다는 결론과 만난다. 소설의 서두에서 "나"는 여행의 진짜 목적을 스스로도 모르는 채 옛날의 도부꾼을 만나는 것이 목적이라고 믿었다. 결말에서야 비로소 "나"는 과거의 자신과 해후하고, 아버지의 업을 발견하는 것이 여행의 진짜 목적이었음을 깨닫는다. 내내 모호했던 여행의 목적은 아버지의 업을 발견하는 것이었음이 밝혀지는 것이다. 여기에서도 아버지의 업은 인정하고 기억해야 할 중대한 가치로 부상한다. 소설의 결말이 아버지의 업에 대한 미화로 귀결되었다는 사실은, 전통적 업에 대한 작가의 지순한 애정을 보여준다. 아버지의 업은 전근대적 가치를 의미하며, 앞에서 보았듯이 출세한 아내는 근대적 가치를 구현한다. 작가는 전통적인 업에의 고착이라는 회로를 거쳐, 근대에 대한 반발을 도모한다.

또한 이 소설의 큰 줄기는 결국 과거의 흔적을 쫓는 일이다. "나"의 여행 자체가 과거의 자신을 만나기 위한 여정이며, 과거와의 해후는 은닉되었던 여행의 진짜 목적이었다. 이 소설에서 뿐만 아니라 「깊은 江」의 장가나 「천궁의 칼」의 어머니 모두 과거의 시간을 살거나 과거로 회귀한다. 근대화의 추세에 편승하지 않은 채 전통적 업에 고착하는 이들은 결국 '발전하는 시대'라는 개념을 인정하지 않는다. 그들은 변화한 현재와 발전할 미래를 모두 부정하며 오로지 과거만이 그들에게 영향력을 행사한다. 이러한 과거 회귀적 인물들에게 작가는 무한한 경의와 애정을 표한다. 이러한 작가의식 역시 다분히 과거 회귀적이다. 주지하다시피 근대의 시간은 미래를 추구하며, 진보적 시간관은 근대성의 중핵이다.[21] 그런데 김주영 소설에 나타난 과거에 대한 집착에 가까운 동경은 진보적 시간관과 정확히 반대항에 놓인다. 김주영은 과거에 대한 향수와 애착을 통해 진보적 시간관을 부정한다. 즉 근대성의 본질적 구성 원리인 진보적 시간관을 부정하면서 근대성을 내부적이고 근원적으로 비판하는 것이다. 이것이 김주영 소설에서 반근대성이 발현되는 또 하나의 양상이다.[22]

---

21 진보적 시간관이란 역사가 진보한다고 믿고, 시간을 목표를 향해 발전 내지 진보하는 직선적인 과정으로 상정하는 사유구조이다.(이진경, 『근대적 시 · 공간의 탄생』, 그린비, 2010, 284면 참조.) 진보 관념은 이성의 진보는 물론이고 미래의 경제적 · 사회적 발전도 필수불가결하게 의식한다. 진보에 대한 신념은 눈부신 미래에 대한 필연적인 사랑을 의미한다. 진보 관념은 근대성의 중심에 위치한다.(알랭 투렌, 정수복 · 이기현 역, 『현대성 비판』, 문예출판사, 1996, 93면 참조.)

22 필자는 선행연구에서 막강한 아버지에 대한 거부와 공포를 김주영 소설의 주축으로 파악한 바 있다. 이는 사회 시스템이 과도하게 공고한 것으로 표상된 이유를 해명해 준다. 이때 아버지에 대한 공포는 대체로 유년기 의붓아버지의 심상에서 비롯된 것으로 보인다.(박수현, 「거부와 공포-김주영의 단편소설 연구」 참조.) 한편 본고에서 논한 반근대성 특히 과거 회귀적 시간의식은 친아버지에 대한 그리움과 연관된 것으로 보인다. 직접적으로 드러나는 '아버지의 업 찾기' 모티프가 또한 이를 입증한다. 그렇다면 전체적으로 의부에 대한 공포와 친부에 대한 그리움이 김주영 소설을 규정한다고 볼 수도 있다. 대체로 의부가 근대성의 자질로, 친부는 반근대성의 자질로 변주되는 모습도 특기할 만하다. 김주영의 의부와 친부에 관한 전기적 사실은 위의 글 참조.

4. 가족주의와 모성 신화

앞서 보았듯 김주영 소설에서 전통적 업과 과거에 대한 애착은 진보적 시간관을 부정하면서 근대성을 내파한다. 뿐만 아니라 이들은 근대에 대한 대안으로 상상된다고도 볼 수 있다. 근대에 대한 반발과 대안 추구는 김주영의 화두이거니와, 이 장에서는 또 다른 반근대적 이상향을 논구해 본다. 김주영 소설의 결말은 빈번하게 '가족'의 가치를 강조하는 것으로 맺어진다. 이러한 결말 처리 방식은 지나치게 반복되어 거의 습관적으로 나타나기에, 작가의 특정한 근원적 태도 혹은 신념의 존재를 암시한다. 그 태도 혹은 신념을 이른바 가족주의라 일컬을 수 있을 것이다. 가족주의란 "가족에 대한 애착 내지 관심이 다른 意慾과 動機를 압도하고 행동의 주도권을 잡는 생활태도"[23]이다. 전통적으로 가족주의에서 가장 중요한 것은 가문의 계승과 혈연의식이다.[24] 한국의 가족주의는 혈연관계와 가족 윤리를 인륜의 근본으로서 숭상한 유교사상의 후원 아래 성장하였고, 본래 봉건적 가족제도를 바탕으로 형성되었기에 수직적 인간관계, 권위주의적 태도, 가부장적 권위주의 등을 수반했다.[25] 다음에서 우선 김주영 소설에서 나타난 가족주의의 양상을 고찰하고, 그것이 근대적 가치와 어떻게 대립하는지 논구하고자 한다.

---

23 김태길, 『韓國人의 價値觀研究』, 문음사, 1982, 164-165면.
24 그밖에도 부모에 대한 효도, 부부의 차별 의식, 형제의 서열 의식, 가족의 교육적 기능, 그리고 가족의 경제적 협력 등이 가족주의의 주요한 내용이다.(한남제, 『現代韓國家族研究』, 일지사, 1989, 72면 참조.)
25 김태길, 앞의 책, 164-165면 참조.

위에서 논했듯 혈연의식은 가족주의의 핵심 내용이다. 가장권 계승의 중요성은 많이 탈색되었지만, 현대에 들어서도 자녀가 있어야 가문의 대를 이어갈 수 있다는 생각은 한동안 변하지 않았다.[26] 이처럼 자식은 혈연의 핵심 인자이며 혈연의 중핵인 자식에 대한 무한한 의미 부여는 가족주의의 근간인바, 김주영 소설에서도 자식은 중대한 위치를 점한다. 많은 소설의 결말이 자식의 가치를 강조하는 것으로 맺어진다. 자식은 근대적 가치와 대립 구도를 형성하며 근대적 가치를 궤멸하는 용병으로서 기능한다.

가령 「서울 求景」(『즐거운 우리집』)에서 눈도 귀도 어두운 시골 노모는 서울 아들네 집에 다니러 왔는데, 매사 실수를 연발하면서 서울의 낯선 면면 앞에서 촌뜨기 행세만 한다. 바보나 다름없어 보였던 노모는 결말에서 아들의 한쪽 따귀를 올려붙이며 일갈한다. "이 창경원 원숭이보다 못한 놈, 이놈아 원숭이도 내지르는 새끼를 그래 장가간지 5년이 되는 자식이 아직 자식새끼 하나 없냐?"(146) 장님이나 귀머거리에 가까웠던 시골 노모는 그저 촌뜨기 이상도 이하도 아니었으나, 결말의 이 일갈로 아들을 보기 좋게 몰아세운다. 이 소설에서 약삭빠른 성격으로 출세한 아들과 인텔리 며느리, 그리고 번잡한 문명을 구가하는 서울은 근대적 가치를 대변한다. 자식이 없으면 원숭이만도 못하다는 노모의 전언은 곧 자식을 수위의 가치로 인식하는 가족주의를 내장

---

26 신수진에 따르면 이러한 의식구조는 1980년대까지도 이어졌다.(신수진, 「한국의 사회변동과 가족주의 전통」, 『한국가족관계학회지』 4-1, 한국가족관계학회, 1999, 180면 참조.) 자식을 대를 잇기 위한 수단 혹은 가족 생산 체제 속의 도제적 존재가 아닌, 장기간의 온정적 보살핌을 필요로 하는, 부모의 정서적 충족의 근거로 바라보기 시작한 것은 보다 훗날의 일이다.(위의 글, 183면 참조.)

하는데, 노모는 이 말 한마디로 아들과 며느리, 서울로 대변되는 근대적 가치를 궤멸한다. 작가는 자식의 가치를 근대성을 무력화하는 효과적인 무기로 사용하며, 이러한 작가의식의 근간에는 가족주의가 놓여 있다.

「課外修業」(『여름사냥』)에서 중국집 허드렛일꾼 "나"는 출세욕에 들뜬 촌놈이었으나, 애인과 주인아저씨가 눈이 맞아 달아나자 주인아주머니를 돌보아야겠다고 결심한다. 임신 중이었던 아주머니가 태교를 고려하여 배신한 남편에 대한 험담을 최대한 자제하는 모습에 감동받았기 때문이었다. "아줌마의 그런 안간힘과 그 안간힘에 매달린 새 생명의 체중이 내 팔을 잡고 있는 그의 두 손 끝에 천근으로 내려와 맺힌 것을 느낄 수 있었습니다. 나는 그 손을 뿌리치고 일어서 버릴 기력이 없었습니다. 그것은 내가 가수가 되려는 허황된 꿈보다는 몇 천 배나 더 확실하고 큰 힘인 것 같았습니다. 그따위 시시껄렁한 욕망쯤이야 아줌마의 두 손아귀 속에서 산산이 부서져 박살나던 것을 나는 의식하고 있었습니다."(173) 여기에서 중요한 것은 "나"와 새 생명의 친자 관계가 아니라 자식과 그 어미를 돌보는 일이 가장 숭고한 가치로 인식되고 있다는 사실이다. 자식과 그 어미를 돌보는 일이 무엇보다 숭고하다는 생각은 전통적인 가족주의와 멀지 않다. 이는 "가수가 되려는 허황한 꿈"을 능가한다. 여기에서 "가수가 되려는 허황한 꿈"은 김주영의 대표작에서의 출세욕과 더불어 근대적 가치이다. 작가는 자식과 그 어미를 돌보는 일을 근대적 출세 욕망보다 앞자리에 놓음으로써, 자식의 가치를 근대성에 반대하는 용병으로 사용한다. 「外出」(『女子를 찾습니다』)의 결말 역시 도둑이 강간한 여자가 자신의 아이를 뱄다는 사실을 알고서 사랑을 고백하는 장면이다. 이 역시 자식을 수위에 두는 작가의식을 누설한다. 이렇게 김주영은 자식의 가치를 부각하는 결말을 애용한다. 자식의 존재는 문제를 해결하고 갈등을 풀어내는 거점으로 기능하는 것이다. 자식은 모든 가치의 수위에 놓인 단 하나의 위대한 숭고이다. 특히 자식은 다양한 근대적 가치들과 대립하면서 근대의 부정성을 극복하는 대안으로 제시된다.

「겨울새」(『즐거운 우리집』)의 결말에서도 자식은 모든 갈등을 해결하고 뒤얽힌 상황을 정리한다. 난옥은 구타를 일삼던 첫 번째 남편에게서 도망친 뒤, "천성이 화냥년이고 타고난 색골"(197)이라고 손가락질을 받을 정도로 여러 남자를 전전한다. 일자무식인 까닭에 재산을 여러 번 남의 손에 빼앗길 뻔했는데, 마지막으로 믿었던 정부(情夫)에게조차 사기를 당했다는 사실을 깨닫자 그녀는 첫 남편의 자식을 찾아간다. 그녀는 그를 낳지 않았으나 오로지 정식 혼례를 치른 남편의 아들이라는 이유만으로 그를 아들로 여긴다. 그런데 아들 역시 그녀의 논문서를 몽땅 들고 떠나버린다. 그런데 그녀는 아들을 원망하지 않는다. 원망하지 않을 뿐만 아니라 즐겁고 뿌듯하다. "좋든 글렀든 아들이 애비를 닮았다는 게 이상하게도 그녀에겐 즐거웠다."(228) 부자관계 즉 혈연의 발견이 그녀에게 즐거움을 제공한 것이다. 그 즐거움은 재산의 상실에 따른 억울함을 능가하며, 이러한 결말은 혈연에 무한한 가치를 부여한다. 혈연은 부박하고 타산적인 인간관계와 대비되면서 일종의 이상향적 대안으로 제시된다.

그녀가 겹친 배반으로 인해 환멸을 느끼기는커녕 즐거워하는 이유는 아들과 첫 남편의 혈연을 발견했기 때문만이 아니라 "자기 아들"을 찾았기 때문이기도 하다. 그녀는 문제의 아들을 "자기 아들"로 여긴다. "자기 아들이 아니고서야 그렇게 뻔뻔스럽게 말 한마디 남기지 않고 돈을 손에 쥐는대로 떠날 수가 없겠기 때문이었다. 그가 자기의 아들이 아닌 다음에서 어떻게 이처럼 분하지 않을 수 있으며, 어디 가서 호소하고 싶은, 어디 가서 억울함을 호소해야겠다는 마음이 생기지 않을 수 있겠는가."(229) 여기에서 그녀가 그를 "자기 아들"로 인식했다는 사실이 중요하다. 아들이 뻔뻔스럽게 돈을 강탈해 간 사실이나 그녀가 돈을 잃어도 억울하지 않은 사실이 바로 그가 "자기 아들"임을 입증해 준다는 것이다. 그녀는 친자가 아닌 그를 혈연관계로 애써 연결하며, 그는 그녀의 친아들과 동궤에 놓인다. 아들을 찾았다는 기쁨 앞에서는 재산의 손실이나 아들의 패악이 전혀 중요하지 않은 문제가 된다. 그녀는 아들의 패악마저 혈연의 근거로 삼고, 자기 자식이라는 이유로 패악을 용서하거니와, 그녀의 의식은 자식을 단 하나의 위대한 숭고로 여기는 가족주의를 보여준다. 그녀의 처신은 '자식임'이 모든 과오를 덮어주는 알리바이가 된다는 신념에 근거하는데, 이 역시 가족주의적 발상이다. 아들이 떠나서 며느리 혼자 집에 남았지만, 그녀는 바로 그 집이 여생을 보내고 죽음을 맞이할 곳이라고 깨닫는다. 그녀는 "이 세상 끝이 바로 이 집구석이란 걸 진들 알게 될"(229) 거라며 화난 며느리를 달랜다. '이 세상 끝이 바로 집'이라는 말만큼 가족주의를 적절하게 대변하는 말도 따로 없다.

한편 부부애를 강조하는 결말 역시 김주영 소설에 반복적으로 나타난다. 작가는 소설 전반에 걸쳐 현실의 비극적 국면을 만만치 않게 탐색해 나가다가, 결말에서 부부애를 최후의 구원처로 부각하는데, 이 역시 가족주의를 내장한다. 「滯留日記」(『여름사냥』)의 "나"는 차폐적인 일상에 지쳐 각종 파괴 행위를 꿈꾸던 와중에 교도소 담벼락 앞에서 편지 한 장을 발견한다. 수감자가 아내에게 쓴 것으로, 엉터리 맞춤법으로 절절한 염려와 애정을 가득 담은 편지였다. 글쓴이는 편지를 발견한 이가 그것을 아내에게 부쳐 줄 것을 부탁하고 있었다. 편지를 잊은 채 "나"는 왼종일 거짓말하고 소극적인 악행을 일삼으며 오입하러 가는 등 일상에서의 일탈에 몰두하다가, "유독 오늘만은 이 망나니 같은 하루가 미처 끝나지 않았다는 미지근함"을 느끼고, "무엇인가 할 일이 내 주위에 남아 있다"고 생각하면서 결국 깨닫는다. "내 일상의 곤욕이 더 이상 내 몸에 만연되기 전에 그 봉투를 우체통에 넣어야 한다."(247)

이 소설의 결말은 "내"가 수감자의 편지를 부치기 위해서 통금 사이렌이 울렸음에도 "난생 처음으로" 뜀박질을 시작하는 장면이다. 결말 이전에 "나"는 거짓말, 비행, 오입 등 파괴적 행위로 도시적 일상의 차폐성에 균열을 내는 일에만 몰두했다. 근대적 일상에 균열을 내고 싶은 욕망 역시 근대적 일상의 부산물이기에, 근대적 가치에 속한다고 볼 수 있다. 이 근대적 부정성 앞에서 아내에 대한 절절한 애정을 담은 편지는 근대적 부정성에 대한 유일한 대안으로 제시된다. 부부애는 '근대적 일상에 구멍 내기'를 능가하여 근대적 일상에 대항하는 진정한 대안적 가치로 부각된다. 즉 근대적 일상에 대한 파괴욕이 대안이 아니라, 부부애가 대안인 것이다. 이 소설의 결말은 부부애를 숭고한 것, 모든 부조리와 타락에 맞서 수호해야 할 최후의 보루, 궁극의 구원처로 부각한다. 부부애는 일상의 차폐성과 그로 인한 파괴욕 등 근대의 부정성을 무력화하는 절대적 가치로 등장한다.

김주영 소설에서 아내의 사랑으로 결말을 맺은 사례는 무수히 많다. 「칼과 뿌리」(『칼과 뿌리』)에서 공무원들에게 수탈당하고 노름으로 수중의 돈을 모두 잃은 윤식에게 희망을 준 것은 아내의 사랑이다. 「錦衣

還鄕」(『여름사냥』)에서 만사에 실패하고 감옥에 갇혔다가 출소한 달수에게 희망을 준 사람 역시 죽자였다. 결말에서 달수와 죽자는 "우리"로 연결되고 서로 "여보"라고 부르기 시작한다. 이 부부됨의 확인이 달수에게 구원처가 되었다. 「칼과 뿌리」에서 윤식을 좌절케 한 사회의 비리, 「錦衣還鄕」에서 달수를 들뜨게 한 출세욕은 모두 근대적 가치를 가리킨다. 이 소설들에서 부부애는 근대적 부정성에 상처받고 훼손된 인간을 위무하는 최후의 구원처로 상정됨으로써 근대성에 반발한다. 부부애를 마지막 희망으로 인식하는 의식 역시 가족주의의 일환이라 볼 수 있다.

살펴보았듯 김주영 소설에서 가족은 근대적 부정성에 대항하는, 대안적 이상향으로 제시된다. 가족주의는 한국 사회의 비합리성이나 보수성의 원천으로 거론되기도 하고[27], 유교적 전통과 밀접한 연관을 가진다.[28] 가족주의는 대체로 가부장적 가족주의로서[29], 단적으로 "근대 속의 전근대적 영지"[30]일 수 있다. 이상 가족주의는 대체로 전근대적인 것으로 논의되나, 전근대성은 반근대성의 한 가능성일 수 있다. 가족

---

27 조혜정, 「한국의 사회변동과 가족주의」, 『한국문화인류학』 17, 한국문화인류학회, 1985, 82면 참조.

28 조선 왕조의 지배 이데올로기인 성리학은 '가족주의'로 불리는 문화적 원리를 만들어 부계 중심 가부장권에 대한 절대적인 믿음을 조장했다. 한국의 전통적 가족주의는 부계 혈연의 배타적 가족, 가족 내 역할의 위계성, 가통의 계승과 발전을 중요시한다. 이는 유교적 가(家) 개념이 현실에서 구체화된 것이다. 한국의 경우 유교적 가 개념은 부계 혈연에 근거한 가족에 국한된 특성을 가지며, 한국인들의 세계관 자체를 뒷받침하는 기능을 한다.(신수진, 앞의 글, 166면 참조.)

29 가족주의는 많은 경우 가부장적 가족주의와 동궤의 것으로 인식된다.(한남제, 앞의 책, 69면; 이득재, 『가족주의는 야만이다』, 소나무, 2001, 231-232면 참조.)

30 임옥희, 「청바지를 걸친 중세의 우화들-신화와 계몽의 변증법」, 『당대비평』 10, 생각의나무, 2000, 180면.

주의는 그 전근대성으로 인해 근대성에 대한 반대를 표명하는 한 거점으로 기능할 수 있는 것이다. 근대 이전의, 근대와 대립되는 것에 대한 호의와 향수는 곧 근대에 대한 반발에서 비롯되기 때문이다. 앞장에서 본 전통적인 업과 과거에의 애착 역시 전근대적이나, 작가는 전근대적인 것으로써 근대에 대항한다. 김주영 소설에서 전근대적인 것은 반근대의 첨병으로 활약하거니와, 다음에서 볼 모성 역시 그러하다.

「겨울새」(『즐거운 우리집』)에서 난옥은 친자식이 아닌 남편의 자식의 패악까지 사랑으로 덮는, 평범하지 않은 모성을 보여준다. 그녀의 비범한 여성성은 첫 남편에 대한 태도에서도 나타난다. 구타와 외도를 일삼았던 첫 남편은 결말에서 절절한 그리움의 대상으로 부각된다. "그동안을 얼마나 기다렸던 남편이었던가. 그렇게도 보기 싫던 남편이었으면 또 그렇게 그리웁지나 말아야지."(228-229) 첫 남편은 외도와 폭행을 일삼는 전형적인 나쁜 남편이었지만, 그녀는 정식 혼례를 통해 맞은 남자라는 이유 하나만으로 그에게 지순한 애정을 오랫동안 간직해 왔다. 그녀는 인고와 헌신과 정절의 표상으로 그려지며, 이러한 자질은 전통적인 여성의 미덕이다. 그녀는 전근대적인 이상적 여성성을 구현하며,[31] 작가는 이러한 그녀의 자질을 다분히 미화한다. 기존 연구사는 이러한 모성적 여성을 미덕의 구현체로서, 긍정적으로 혹은 미학적으로 인식하였고[32] 그것이 바로 작가가 의도한 바였을 것이다. 여기

---

31 훌륭하지 못했던 첫 남편에 대한 그녀의 사랑은 남성적 판타지를 표출한다는 의심에서 자유롭지 못하지만 이 문제는 다른 지면을 요구하기에 일단 논외로 한다.

32 이경호에 의하면, 김주영 소설에서 모성애를 중심으로 한 여성성은 자연과 고향과 삼위일체를 이루면서 삶의 운명과 생명, 그리고 종교에 대한 생각을 깊이 끌어내는 문학의 모티프로 활용된다. 이경호는 이러한 여성성이 '내성의 생명력'을 내포한다면서, 그것을 긍정적으로 평가한다.(이경호, 앞의 글, 322-328면 참조.) 김화영은 불행하지만 환난 속에서

에서 작가가 전근대적 여성성 혹은 모성에 특별한 향수를 품고 있다는 사실이 드러나며, 이 역시 근대적 부정성에 대한 한 대안적 이상향으로 제시된다.

비상식적인 자식 사랑이나 첫 남편에 대한 변치 않는 애정 모두 모성적 여성성을 강조하는바, 이 소설은 다분히 모성을 신화화한다. 모성 신화와 반근대성은 예로부터 친연관계를 형성했다. 펠스키에 따르면, 전근대에 대한 향수병에 걸린 사람들은 모성을 열렬히 그리워했다. 오랫동안 모성은 근대의 혼돈과 불안정성에서 달아나고 싶은 사람들에게 구원의 천국을 제공한 것이다. 모성적 여성성은 근대의 남성이 더 이상 소유하지 못하는 전체성과 자족적인 완전함의 기표로 기능한다.[33] 여성은 근대적 남성이 되찾아야만 하는 잃어버린 진실의 저장고였고, 산업화 이전의 세계에 대한 근대적 동경 속에서 근대성이 아닌 모든 것, 즉 도시 남성의 자기 소외의 반(反)명제를 대표하는 것이었다.[34] 즉 모성은 전근대적 혹은 반근대적 가치를 대변하는 것으로서, 근대성에 지친 남성들에게 영원한 노스텔지어를 제공해 왔다. 남성들은 모성을 열렬히 희구하면서 근대성에 대한 저항을 도모했던 것이다. 김주영 역시 모성에 대한 동경과 향수라는 회로를 거쳐 근대성에 반대하고 대안적 이상향을 꿈꾼다. 김주영 소설에서 부각되는 모성 신화는 반근대성이 표출되는 한 통로인 것이다.

끈질긴 생명력으로 살아남는 여인들을 "긍정적 성격의 여자들"이라 평가하며, 그들이 김주영 소설의 건강한 사랑의 생명력의 기원이라고 파악한다.(김화영, 앞의 글, 458~462면 참조.)

33 리타 펠스키, 김영찬·심진경 역, 『근대성의 젠더』, 자음과모음, 2010, 89면 참조.
34 위의 책, 103면 참조.

5. 맺음말

김주영 소설은 이성의 계측 가능성을 신봉하는 인물을 부정적으로 그리면서 근대적 이성에 반발한다. 특히 그의 출세작인 일련의 '출세를 꿈꾸는 촌놈들의 실패담'에서 인물들의 '꾀'는 목적을 위한 수단으로 사용되는 도구적 이성에 대한 제유로서, 이성의 역능으로 미래를 지배할 수 있다는 확신에 기반하는바, 촌놈들의 실패는 근대적 이성의 부정성을 드러낸다. 김주영은 전통적인 운명의식에 호의를 표하거니와, 이는 전통에의 경사를 드러냄으로써 근대에 반발한다. 또한 계측 불가능성과 비합리성을 근간으로 하는 운명의식은 근대적 이성과 대립항에 놓이므로, 운명에 대한 존중은 곧 근대적 이성에 대한 반발을 표출한다고 볼 수 있다.

김주영 소설에서 전통적 업은 근대적 가치들과 대립하면서 근대적 부정성을 드러낸다. 작가는 전통적 업에 고착하는 인물들을 다분히 미화하면서 반근대성을 표출한다. 과거와의 해후는 중대한 모티프이거니와, 작가는 종종 현재의 난국을 해결할 단서를 저장한 곳으로서 과거를 소환한다. 전통적 업에 고착하는 인물이나 과거를 더듬는 인물들 모두 발전하는 현재와 미래를 외면함으로써 근대성의 본질인 진보적 시간관을 부정한다. 이는 근대성의 본질을 부정하며 근대성을 내부에서 파쇄하는 한 방식이다.

김주영 소설은 자식과 부부애를 강조하는 결말을 거의 습관적으로 애용한다. 자식은 모든 갈등을 해결하는 위대한 숭고로 현현하며, 부부애는 최후의 구원 가능성으로 부상한다. 자식과 부부애 역시 근대적 가치들과 대립하면서 근대적 부정성을 폭로할 뿐만 아니라, 근대적 부정성에 대항하는 대안적 이상향으로 상상된다. 특히 모성에 대한 향수는 김주영 소설에서 중요한 위치를 점하는데, 이는 전근대에서 근대성에 반대하는 거점을 찾으려는 의식의 발로라고 보인다.

III부

도덕주의의 우주

조해일의 소설과 도덕주의

1. 머리말

1970년대 한국 소설은 사회적 상상력으로 충일하였다.[1] 사회비판적
문학의 개화에 계간지 『창작과비평』(이하 『창비』)과 『문학과지성』(이하
『문지』)이 미친 영향력은 지대했다. 사회비판의 당위에 대한 『창비』의
신념은 잘 알려져 있거니와, 『문지』 역시 '사회의 구조적 모순을 묘파
하기'를 문학의 제일 강령으로 삼았다.[2] 이 논문은 1970년대 평단의 화
려한 조명을 받았던 작가로 조해일에 주목한다. 평자들은 1970년대를

---

1   권영민, 『한국현대문학사 1945~1990』, 민음사, 1997, 288면 참조.
2   박수현, 「1970년대 계간지 『文學과 知性』 연구-비평의식의 심층구조를 중심으로」, 『우리
     어문연구』 33, 우리어문학회, 2009 참조. 『문지』와 『창비』는 세부적 문학론에서 차이를 보
     이고 그 차이는 이미 상당히 널리 알려져 있다. 그러나 이 논문은 지금까지 비교적 간과되
     어 왔던, 두 계간지가 공유하는 근본적 토대에 보다 주목하는바, 두 매체가 공히 사회비판
     의식을 중추적 화두로 여긴 점을 중요하게 조명한다. 차이의 섬세한 규명보다, 차이들에
     도 불구하고 공유되는 근본 토대에 대한 조명을 긴요한 작업으로 보는 것이 이 논문의 기
     본 취지이다.

대표하는 작가로 조해일을 꼽기에 주저하지 않았으며[3], 특히『문지』는 그의 소설을 세 차례나 재수록하는 등 이례적인 관심을 표명했다.[4] 조해일은 작품에서 사회비판 의식을 누구보다도 충실하게 구현했다. 이 것이 그가 당대 논단의 화려한 조명을 받는 데 가장 중요하게 기여했다고 보인다. 그러나 현재의 논단은 그를 1970년대의 대표적 베스트셀러『겨울 女子』의 작가로만 기억한다. 조해일은 당대의 화려한 조명과 문학사에서의 홀대라는 이율배반적인 운명에 처한 대표적인 작가이다. 이 논문은 우선 조해일의 본격소설을 심도 깊게 논구해 보고자한다.

조해일에 관한 본격 학술연구는『겨울 女子』에만 집중되었거나[5], 여성 표상 등 특수한 문제에 천착하거나[6], 등단작 한 편만을 분석한다.[7]

---

3 1970년대의 평론가들은 당대 소설에 대한 개괄적인 논의에서 조해일을 중요하게 언급하거나 황석영 · 최인호와 더불어 그를 '70년대 작가'라고 일컫는다. '70년대 작가'라는 호명은 1970년대를 대표하는 작가라는 의미를 지닌다. 이런 평론은 다음과 같다. 김주연, 「70年代作家의 視點」,『變動社會와 作家』, 문학과지성사, 1979; 김주연, 「新聞小說과 젊은 作家들」, 위의 책; 김병익, 「近作 政治小說의 理解」,『문학과지성』 19, 1975. 봄; 오생근, 「韓國大衆文學의 展開」,『문학과지성』 29, 1977. 가을; 김치수, 「文學과 文學社會學」,『문학과지성』 30, 1977. 겨울.

4 『문지』는 조해일의 「임꺽정」을 제13호에, 「임꺽정 3」을 제20호에, 「무쇠탈 2」을 제28호에 재수록했다.『문지』의 재수록 제도의 의의에 관해서는 박수현, 앞의 글 참조.

5 곽승숙, 「1970년대 신문연재소설의 여성 인물과 '연애' 양상 연구-『별들의 고향』,『겨울여자』를 중심으로」,『여성학논집』 23-2, 이화여대 한국여성연구원, 2006; 김영옥, 「70년대 근대화의 전개와 여성의 몸」,『여성학논집』 18, 이화여대 한국여성연구원, 2001; 이정옥, 「산업화의 명암과 성적 욕망의 서사-1970년대 '창녀문학'에 나타난 여성 섹슈얼리티의 두가지 양상」,『한국문학논총』 29, 한국문학회, 2001; 조명기, 「1970년대 대중소설의 한 양상-조해일의『겨울 女子』를 중심으로」,『대중서사연구』 10, 대중서사학회, 2003. 위에서 조명기의 논문을 제외한 모든 논의는『겨울 女子』에 나타난 여성 표상을 문제 삼는다.

6 김원규, 「1970년대 서사담론에 나타난 여성하위주체-조해일의 「왕십리」, 「아메리카」를 중심으로」,『한국문예비평연구』 24, 한국현대문예비평학회, 2007.

7 오태호, 「조해일의 「매일 죽는 사람」에 나타난 죽음 모티프 연구」,『우리어문연구』 37, 우

최근에 조해일 단편소설의 성격을 작가의식의 변모 양상에 따라 전체적으로 분석한 연구[8]가 제출되었으나, 아직까지 조해일 본격소설에 대한 연구의 대종은 당대의 평론과 작품집 해설 수준에 머무른다. 당대의 논의를 살펴보면, 김병익은 초창기 논의에서 조해일 소설에 나타난 지식인의 자기 각성을 긍정적으로 평가한[9] 후, 작가가 "우리가 사랑하며 찬탄하여 마지 않는 〈평범한 영웅들〉"[10]을 통해 "영웅화한 인간의 건강함"[11]을 그리며 "非理와 抑壓의 현실"[12]을 비판한다고 논한다. 이상 선행연구에서 간파된 조해일 소설의 핵심은 사회비판, 영웅적 인물, 인물의 각성으로 요약할 수 있다.[13] 조해일의 소설이 사회의 부정

리어문학회, 2010.

8   박수현, 「조해일의 단편소설 연구-작가의식의 변모양상을 포함하여」, 『현대소설연구』 53, 한국현대소설학회, 2013. 위의 논문은 필자의 글이기에, 본고의 연구사 분류 체계는 위의 논문의 그것과 동일하다. 그러나 본고에서는 전체 연구사를 위의 논문에 비해서 보다 간략하게 정리하고, 본고의 문제의식과 관련된 연구사 부분을 새롭게 추가해서 정리했다. 상세한 연구사 개관은 위의 글, 146-149면 참조. 본고는 위의 논문의 문제의식을 확장하고 다른 각도에서 접근한 글이다.

9   김병익, 「受惠國知識人의 自己認識-趙海一의 『아메리카』를 중심으로」, 『문학과지성』 9, 1972. 가을.

10 김병익, 「호모·파벨의 고통」, 조해일, 『아메리카』 해설, 민음사, 1974, 368면.

11 위의 글, 371면.

12 위의 글, 373면.

13 본격 학술논의는 아니지만 작품집 해설이나 서평의 형태로 이 논점을 공유한 후속연구는 다음과 같다. 오생근, 「個人意識의 克服」, 『문학과지성』 16, 1974. 여름; 김윤식, 「趙海一小說集 『아메리카』」, 『창작과비평』 33, 1974. 가을; 권영민, 「內容과 手法의 多樣性」, 송영·조해일, 『삼성판 한국현대문학전집 54』 해설, 삼성출판사, 1981; 홍정선, 「현실로서의 비현실」, 조해일, 『무쇠탈』 해설, 솔, 1991; 신철하, 「한 현실주의자의 상상세계」, 조해일·서영은, 『한국소설문학대계 65』 해설, 동아출판사, 1995; 서영인, 「1970년대의 서울, 현실의 발견과 압축」, 조해일, 『아메리카』 해설, 책세상, 2007. 이외에 알레고리로 대변되는 형식적 특성에 관한 최초의 지적으로 김병익, 「過去의 言語와 未來의 言語-趙海一의 近作들」(『문학과지성』 13, 1973. 가을)이 있다. 또한 비교적 덜 주목받았던 개별 작품집과 장편소설에 대한 작품 해설과 서평이 있는데, 연애소설 『왕십리』에 주목한 논의는 다음과

성에 대한 비판적 시선을 견지하고 바람직하거나 영웅적인 인물을 형상화하며, 인물의 각성에 주목한다는 선행연구의 논점에 이 논문은 동의한다. 그러나 선행연구들은 조해일 소설의 이런 특성을 한결같이 긍정적으로 평가한다.[14] 이제 다른 각도의 접근이 필요하다는 문제의식에서, 이 논문은 바람직해 보이는 이런 자질들을 반성적으로 고찰하고자 한다. 이 논문은 사회비판과 영웅적 인물, 인물의 각성에 주목하는 작가의식의 이면을 파헤쳐 보고자 한다.

흥미로운 것은 이러한 조해일 소설의 자질에 대한 지적이 작가의 건강함 내지는 윤리성에 대한 상찬과 병행한다는 것이다. 가령 김병익은 조해일을 "이 건강한 작가"[15]로 호명하기에 주저하지 않으며, 홍정선은 조해일의 "윤리적 태도"[16]를 소설에 박력을 부여하는 원동력으로 파악한다.[17] 뿐만 아니라 조해일 소설의 도덕성은 독자의 도덕성까지 고무한다는 면에서 긍정적인 평가를 받는다. 가령 김병익은 조해일 소설의 "천진함이 우리를 희망차고 신뢰하게 하는 삶의 근원적인 태도

같다. 김병익, 「가난한 사람들의 가난한 사랑」, 조해일, 『往十里』 해설, 삼중당, 1975; 이상섭, 「세 개의 領域」, 『문학과지성』 22, 1975. 겨울; 진형준, 「戀愛의 풍속도」, 조해일, 『왕십리』 해설, 솔, 1993. 연작소설 『임꺽정에 관한 일곱 개의 이야기』에 관한 논의로 김현, 「덧붙이기와 바꾸기-임꺽정 이야기의 변용」(조해일, 『임꺽정에 관한 일곱 개의 이야기』 해설, 책세상, 1986)이, 장편소설 『갈 수 없는 나라』에 관한 논의로 조동민, 「날개 잃은 天使의 悲歌」(조해일, 『현대의 한국문학 10』, 범한출판사, 1986)가 있다.

14 조해일 소설에 나타난 여성 표상에 관한 비판적 연구는 적지 않게 존재한다.(곽승숙, 앞의 글; 김원규, 앞의 글; 김영옥, 앞의 글; 이정옥, 앞의 글.) 그러나 그의 사회비판 의식을 비판적으로 파악한 연구는 없다.

15 김병익, 「호모 · 파벨의 고통」, 373면.

16 홍정선, 앞의 글, 382면.

17 조해일이 "완강한 理想主義者"(김주연, 「70年代作家의 視點」, 42면)라는 규정도 같은 맥락에 있다.

임을 확신시키면서 이 시대의 불행에 고민하고 不條理의 극복에 함께 일어서 줄 것을 설득한다"[18]고 논한다. 사회를 비판하는 작가의식이 도덕적인 것으로 인정받고, 그것이 독자의 도덕성까지 고무하는 면에서 상찬받는 현상은 주목을 요한다. 이는 우선 조해일의 도덕 지향성을 일러준다.

실상 사회비판에 몰두하는 문학은 높은 수준의 도덕성을 수반한다고 자동적으로 인식되는 경향이 있다. 사회비판을 가능하게 하는 것은 뚜렷한 선악 분별 감각, 즉 도덕이기 때문이다. 이선영에 따르면, 도덕은 사회비판적 문학의 중핵이다. 사회비판은 숭고하고 올바른 도덕의식을 모태로 삼는다고 알려져 있다. 사회비판적 문학의 신념은 훌륭한 문학은 사회와 독자와의 관계에서 도덕적이고, 인생에 대해 가치평가적 반응을 나타낸다는 점에서 도덕적이라는 것이다. 사회비판적 문학은 문학이 일종의 도덕적 경험이라는 전제를 지당한 것으로 인정한다.[19] 이 논문 역시 사회비판적 문학의 핵심에 도덕 지향성이 놓여 있다고 파악한다. 그러나 이 논문은 그 도덕 지향성의 이면을 따져 보려고 하며, 그것을 사회비판적 문학의 정수를 보인 조해일의 소설을 통해 고구하고자 한다.

위의 선행연구에서, 작가의 도덕성을 상찬하고 그것이 독자의 도덕성을 고무하는 면에서 더욱 상찬하는 평단의 태도는 작가와 문학은 도

---

18 김병익, 「호모·파벨의 고통」, 383면.

19 이선영 편, 『문학비평의 방법과 실제』, 삼지원, 2011, 75-76면 참조. 이선영은 사회·문화적 비평가들의 주장을 정리하는 가운데 도덕을 사회·문화적 비평의 핵심으로 파악했다. 이 논문은 '사회·문화적 비평'이라는 용어를 '사회비판적 문학'으로 바꾸어 정리했다. 이렇게 용어를 교체해도 의미의 차이가 없다고 판단했기 때문이다.

덕적이어야 한다고 믿는 이데올로기, 작가와 문학에게 높은 수준의 도덕성을 요구하는 이데올로기의 존재를 암시한다. 또한 전술한 바 문학이 도덕적 경험이라는 사회비판적 문학의 신념 역시 일종의 이데올로기로 볼 수 있다. 이 논문은 이러한 이데올로기를 도덕주의[20]로 지칭할 것을 제안한다. 이 논문은 도덕주의를 문학이 도덕적이어야 한다고 믿는 이데올로기로 규정하고자 한다. 이 이데올로기는 다음과 같은 신념들을 더불어 거느린다. 작가는 도덕적으로 존경할 만한 발언을 해야 하며, 심지어 도덕적인 인물을 그려야 바람직하다. 문학의 사명은 인간의 비루함에 주목하는 것이 아니라 도덕적으로 숭고한 경지를 제시하는 것이다. 작가는 그 자신이 도덕적이어야 할 뿐 아니라 독자의 도덕성까지 제고해야 한다. 인간이 도덕적이어야 한다는 명제는 반박 불가능한 것으로 보인다. 따라서 문학이 도덕적이어야 한다는 명제도 자명한 것으로 보일 수 있다. 그러나 이 '일견 반박 불가능함'이야말로 바로 그것을 반성적으로 사유해야 할 필요성을 제기한다. 이 논문은 조

---

20 도덕주의는 "무도덕주의 및 비도덕주의에 대립하여 도덕률을 인정하는 입장, 특히 치열한 도덕적 정진을 주장하는 입장"을 의미한다.(철학사전편찬위원회, 『철학사전』, 중원문화, 2009, 186면.) 일반적으로 도덕주의는 "도덕적 가치 또는 도덕적 의미를 기본적으로 중시하는 지적·정서적·윤리적 태도 또는 입장"이라고 규정된다. 이 용어는 엄밀하게 학술적으로 정의되는 일반 사조 또는 관념 체계를 의미하는 것이 아니므로 다양한 맥락에서 다양한 의미로 사용된다.(두산동아백과사전연구소 편, 『두산세계대백과사전』, 두산동아, 2002, 참조. http://www.doopedia.co.kr/search/encyber/totalSearch.jsp?WT.ac=search.) 이는 이 논문이 독자적으로 도덕주의를 규정하려는 시도에 최소한의 정당성을 제공한다. 가라타니 고진은 "도덕"과 "윤리"의 개념을 구분한다. 그에 따르면 "도덕"은 사회나 공동체가 부과하는 규범적 도덕이자 공동체를 존속시키기 위한 규율이고, "윤리"는 개인의 자유에 기반한 것이다. 윤리는 '자유로워지라', 그리고 '타자를 자유로운 존재로 취급하라'는 명령과 관계한다.(가라타니 고진, 송태욱 역, 『윤리21』, 사회평론, 2009, 59·97·196-213면 참조.) 이 논문에서의 "도덕"은 고진의 "도덕" 개념에 가깝다.

해일 소설에 나타난 도덕주의의 양상과 의미를 탐구하고자 한다.

이 논문의 작업은 사회비판 의식으로 충일했던 1970년대 한국 소설에 대한 인식을 새롭게 하는 데 일조할 것으로 기대된다. 뿐만 아니라 문학이 사회를 도덕적으로 교정하는 데 기여해야 한다는 생각의 뿌리는 대단히 깊다. 플라톤의 『국가』에서부터 시의 사회교화 기능은 중시되어 왔거니와, 기원전 10세기부터 7세기까지의 중국 시들을 정선한 『시경』의 대부분 시들은 풍속을 교화하고 사회를 풍자하는 것들이었다. "시 300편을 한 마디로 요약하면 생각에 사특함이 없는 것이다"(思無邪)라는 유명한 공자의 말은 문학의 도덕적 지향이 얼마나 유서 깊은 것인지 보여준다. 우리나라에서도 유학자들은 줄기차게 시의 사회교화성을 역설해 왔고, 이를 종종 적극적인 현실참여 정신과 같은 자리에서 논의했다.[21] 이 논문의 작업은 이렇게 뿌리 깊은 사회비판적 문학과 문학적 도덕주의의 이면을 고찰하는 데 시사점을 줄 수 있을 것이다.[22]

---

21 이선영, 앞의 책, 67-69면 참조.
22 이 논문의 대상 텍스트는 다음과 같다. 조해일, 『아메리카』, 민음사, 1974; 조해일, 『往十里』, 삼중당, 1975; 조해일, 『임꺽정에 관한 일곱 개의 이야기』, 책세상, 1986; 조해일, 『무쇠탈』, 솔, 1991. 앞으로 이 책들에서 인용 시 작품명 옆의 괄호 안에 수록 도서명을 기입하고, 인용문 옆의 괄호 안에 면수만을 표기하기로 한다. 이 논문은 작품이 처음 수록된 단행본을 텍스트로 삼는 것을 원칙으로 한다.

2. 도저한 사회비판 의식과 도덕적 영웅들

선행연구에서도 적절히 지적한바, 조해일 소설에서 두드러지는 것은 도저한 사회비판 의식이다.[23] 이는 너무나 명확하게 간취되고 선행연구에서도 간과된 사안이기에, 이 논문은 조해일 소설에 나타난 사회비판의 양상을 간략히 정리하고, 대신 그 의미를 보다 정치하게 천착하고자 한다. 조해일은 「統一節素描」에서 거의 모든 사회의 부정성을, 「이상한 都市의 명명이」에서는 경제적 현실을, 「1998년」에서는 인권을 유린하는 억압적 정치 상황을, 「아메리카」와 「무쇠탈」에서는 제국주의의 침탈 아래 놓인 한국적 현실을, 「覇」와 「心理學者들」과 「멘드롱·따또」에서는 인간의 권력 성향과 폭력성, 나아가 폭력적 정치 상황 등을 비판한다. 이러한 도저한 사회비판 의식은 조해일만의 전유물이 아니고, 한국 소설 전반에 걸쳐 두드러지게 나타나는 중추적 작가의식이다. 소설이 사회의 부정성을 비판하는 것은 언뜻 정당해 보이고, 그 비판의식을 비판하는 것은 어불성설로 보인다. 그러나 이 논문은 사회비판을 소설가의 사명이라고 믿는 신념의 이면을 고찰할 필요성을 제기한다.

1970년대 문학 장에서 사회비판은 작가의 사명일뿐만 아니라, 도덕성과 직결되었다. 사회를 비판하는 작가는 도덕적이라는 의식이 1970년대에 지당한 것으로 수용되었던 것이다. 가령 『창비』의 대표적인 평론가 김병걸은 소설 「세 청년」을 논하면서 이렇게 말한다. "작가는 젊

---

23 필자는 선행연구에서 조해일 소설의 사회비판 양상을 상세히 분석한 바 있다. 상세한 내용은 박수현, 「조해일의 단편소설 연구-작가의식의 변모양상을 포함하여」 참조.

은이들의 생태와 행동반경을 통해서 간간이 시대의 비리와 부조리상, 사회의 구조적 모순 같은 것을 예각적으로 비판하고 있다. 이 점에 이 작품이 멜로드라마적인 감상성을 풍기면서도 끝내 건강함을 잃지 않는 이유가 있는 듯싶다."[24] 김병걸은 시대의 부조리와 사회의 구조적 모순을 비판하는 정신을 곧 건강함으로 인식하는, 자동화된 감각을 보여준다. 여기에서 사회비판 정신을 건강함의 제일 덕목, 도덕의 최고 자리에 놓는 1970년대적 의식을 감지할 수 있다.

사회비판이 지당한 사명임을 믿는 정신은 도덕에의 신뢰를 기반으로 한다. 옳은 것에 대한 순결한 믿음 없이는 옳지 않은 것에 대한 비판이 가능하지 않다. 옳음과 옳지 않음을 가르는 것은 의심을 허하지 않는 확고한 도덕이다. 그러나 이러한 도덕적인 주체, 비판의 주체는 자신에 대한 반성보다는 외부의 시시비비를 가리는 일에 몰두한다. 그 판단을 의심하지 않고, 외부를 악으로 규정하는 자기 자신을 반성적으로 성찰하지 않는다. 사회비판에 몰두하는 주체는 비판을 수행하는 자신의 염결성을 확신하는 자신만만한 주체, 과밀하고 조밀한 주체이다. 또한 비판하는 주체에게 일반인보다 더 알고 있다는 자의식이 없다고 할 수 없다. 예로부터 사회비판은 지식인의 몫으로 알려져 왔고, 민중계몽의 주 내용은 사회비판이었다. 즉 사회비판은 더 많이 아는 자가 행하는 것이고, 비판의 내용은 우매한 자들에게 깨우쳐 주어야 할 것이었다. 그런 면에서 비판하는 주체는 선지자적 · 교사적 주체이다.

일찍이 김병익은 조해일이 "인간의 內面에 깊숙이 자리한 선의와

---

24 김병걸, 「네 개의 중편소설」, 『창작과비평』 37, 1975. 가을, 178면.

또 한편의 음흉한 악덕을 心理學者와 같은 예리한 관찰력으로 해부"[25]
한다고 지적했다. 머리말에서 논했듯 도도한 도덕성과 사회비판 의식
으로 상찬받았던 조해일은 여기에서 선악을 해부하는 능력으로 다시
한 번 상찬받는다. 이는 사회비판 의식과 도덕성이 선악의 분별력과
동궤에 놓인 자질이라는 사실을 보여준다. 즉 사회비판은 선악의 이분
법에 대한 신뢰를 그 근간으로 한다. 상기 소설에서 도덕적으로 비판
된 대상들에는 재고의 여지가 없다. 인간의 폭력성과 폭력적 정치적
현실, 비리로 가득 찬 경제적 현실, 각종 부정적인 인간성들 등 비판의
대상들은 단지 타개해야 할 악만을 의미한다. 복잡다단한 요인들이 그
악에 개입되었거나 그 악의 성질이 단일하지 않을 것이라는 가정은 존
재하지 않는다. 악은 그저 단일한 악일뿐이다. 마찬가지로 악을 악으
로 단죄하는 정신도 단일한 선일 뿐, 음과 양이 복합적으로 뒤얽힌 합
성체가 아니다. 선악의 이분법을 순결하게 신봉하는 주체는 분열을 허
하지 않는 균질한 주체이다. 단일한 악과 단일한 선을 독신(篤信)하는
정신은 근대적 동일성[26]을 그 심층에 내장하고 있다.[27]

선행연구에서 지적된바, 조해일 소설에는 도덕적 영웅들이 빈번하
게 등장한다. 이 도덕적 영웅들 역시 선악의 이분법과 밀접하게 연관
된다. 완전한 선을 구현하는 도덕적 영웅들은 완전한 악인 사회의 정
반대 편에 서 있다. 사회는 악이고 도덕적 영웅들은 선이다. 가령 「멘
드롱·따또」(『아메리카』)에서 출감 사병 멘드롱·따또는 "아니꼬울 지경
으로 모든 일에 모범적"(49)이다. 그는 부대의 굿은일을 도맡아 하고,
교활한 악의로 그를 괴롭히는 고참들에게 각종 향응을 제공하며 헌신

---

25 김병익, 「호모·파벨의 고통」, 383면.

적으로 대한다. 악의로 가득 찬 부당한 폭력 앞에서도 인내와 순종으

로 일관하던 그는 목숨을 잃고 마는데, 그의 죽음에도 고참들의 악의

성 폭력이 일조했다. 고참들이 그를 괴롭히기 위해 습관적으로 발화했

26 필자는 박사논문에서 근대적 동일성을 주요하게 다룬 바 있다.(박수현, 「1970년대 한국
소설과 망탈리테」, 고려대 박사논문, 2011.) 박사논문은 조해일과 도덕주의를 공히 연구대
상으로 삼지 않았지만, 근대적 동일성에 주목한 면에서 본고의 문제의식과 통하는바, 넓
게 보아 본고는 박사논문의 문제의식을 계승하고 확장했다고 할 수 있다. 따라서 본고의
근대적 동일성의 의미 규정은 박사논문의 것을 따른다. 다음에서 독자의 이해를 돕기 위
해 박사논문의 내용과 일부 중복됨을 무릅쓰고 근대적 동일성의 의미를 소개하고자 한다.
호르크하이머와 아도르노에 따르면, 계몽적 이성은 모든 것을 통일적으로 파악하려고 하
며 모든 것을 도출할 수 있는 체계를 추구한다. 그것은 언제나 동일한 것을 지향하고, 불
연속성 그리고 결합될 수 없는 것에 대해 적대적이다. 숫자로 환원될 수 없는 것, 결국에는
"하나"가 될 수 없는 것을 가상으로 여긴다.(막스 호르크하이머·테오도르 아도르노, 김유
동·주경식·이상훈 역, 『계몽의 변증법』, 문예출판사, 1996, 28-30면 참조.) 이렇게 동일
성을 열렬히 염원하는 계몽적 이성의 속성을 근대적 동일성이라 일컬을 수 있다. 한편 근
대적 사고방식은 주체의 도식 안에서 객체로서의 세계를 포섭하고 개조한다. 근대적 주체
는 객체를 주관성의 도식 내부로 끌어들여 동일화하면서 대상화한다. 동일화 불가능한 것
은 마치 존재하지 않는 것처럼 처리된다. 동일화는 차별화된 분류 도식을 내장한다. 주체
는 자신의 도식에 부합하는 것을 수용 가능한 것으로 승인하지만, 수용 불가능한 것은 타
자로서 차별한다. 수용 가능한 것 중에서도 계층이 만들어진다. 동일화의 논리는 차별의
논리이다.(이마무라 히토시, 이수정 역, 『근대성의 구조』, 민음사, 1999, 202면 참조.) 이
렇듯 동일화와 차별로 대별되는 근대성의 특질 역시 근대적 동일성이라 할 수 있다. 근대
적 동일성의 세계에서 모든 것은 목적과 수단으로 구조화되어 일렬로 도열해 있다. 하나
의 가치를 정점으로 하는 단일한 대열로 구조화된 근대적 동일성의 세계에서 가치의 위계
화와 서열화는 불가피하다. 근대적 동일성은 종종 사유를 획일화하는 면에서 파시즘과 유
관하다.(박수현, 「1970년대 한국 소설과 망탈리테」, 206-209면 참조.) 네오클레우스는 단
적으로 "파시즘이 모더니티의 두드러진 특징"이며, 파시즘에 관한 논의는 "필연적으로 '모
더니티'의 본질과 맞닥뜨리게 된다"고 말한다.(마크 네오클레우스, 정준영 역, 『파시즘』,
이후, 2002, 18-19면 참조.)

27 물론 사회비판 의식은 올바른 삶의 형태를 추구하는 양심적이고 성실한 태도 또한 내장
한다. 사회비판 의식에 내장된 이러한 성실함을 이 논문은 부정하지 않으나, 이것은 지금
까지 거의 정설로 굳어져 온 시각이다. 다른 각도의 고찰 가능성을 무시하고 정설만을 신
봉하는 태도를 지양하자는 취지에서, 이 논문은 사회비판 의식의 명백해 보이는 긍정성의
이면을 따져 보려고 한다.

던 "비상"이라는 말에 그는 지나치게 긴장한 나머지 실수로 발을 헛디디며 죽고 만 것이다. 그는 과거에 자신에게 무시무시한 폭력을 휘둘렀던 이를 실수로 죽였는데, 이에 대한 속죄의 의미로 부당한 폭력에 인내와 순종으로만 대응하였던 것이다. 자신을 위해했던 폭력의 주체에게 실수로 저지른 과오를 속죄하기 위해 또 다른 야만적인 폭력의 주체들에게 인고와 헌신으로 일관한 그는 도덕적 영웅이다.[28]

「내 친구 海賊」(『아메리카』)에서 "나"는 "공동체의 진보라는 관념"(86), 즉 관념적 이상에 매달려 사는 인물이다. 친구 "해적"은 공원들의 친목회를 조직하고, 구두닦이 소년들을 모아 그들끼리 축구시합을 벌이고 관공서에 그들의 입장을 대변하는 등 실천적 활동을 벌인다. 그의 집이 강제 철거 위기에 놓이자, 그는 "끝까지 버티기로 작정하고 자기의 블록집에다 2층을 올리려고 한"(95)다. "해적"은 관념적이고 이상적인 지식인의 대척점에 놓인, 사회의 부조리에 몸으로 저항하는 실천가이자, 역시 도덕적 영웅이다. 조해일 소설에 등장하는 대표적인 도덕적 영웅은 임꺽정이다. 「임꺽정」(『아메리카』)에서 꺽정의 "인품됨이라고나 할까 의협됨이 널리 알려"졌는데, "이를테면 그는 도둑질을 할망정 가난한 양민들로부터는 감자 한톨 빼앗지 않는다든지 주로 양반·관료들의 넉넉한 광이나 짐바리로부터만 빼앗는다든지 도당을 다스리는 법도가 왕도와 같이 엄격·자애롭다든지 측은한 일을 보면 돕고 불의한 일을 보면 반드시 가만두지 않는"(143)다. 그는 비겁한 지식

---

28 멘드롱·따또를 영웅이 아닌 피해자로 보는 시각도 가능하나, 이 논문에서 영웅이란 일반적인 수준 이상의 도덕성을 가진 자를 의미하므로, 멘드롱·따또를 영웅으로 보고자 한다. 김병익 역시 멘드롱·따또를 "우리가 사랑하며 찬탄하여 마지않는 〈평범한 영웅〉"(김병익, 「호모·파벨의 고통」, 368면)으로 지칭한 바 있다.

인들에게 실망하고 그들이 하지 못하는 사회악의 응징을 몸소 실천하면서도, 비겁한 지식인에게 쌀 한 섬을 흔쾌히 내어 주는 등 넓은 도량을 보인다. 꺽정은 「임꺽정 2」(『往十里』)에서는 "생명 가진 것에 대한 거의 우악스럽다 할 사랑"(28)을 가진 자, 나라의 법제의 자명성을 의심하는 혁명적 사상을 가진 자, 「임꺽정 3」(『임꺽정에 관한 일곱 개의 이야기』)에서는 "일신을 버리고 싸우는 자"(58), 즉 대의명분을 위해 제 일신의 안위를 포기한 자로 묘파된다.

위의 멘드롱·따또, "해적", 임꺽정은 도덕적으로 탁월하다. 작가는 도덕적으로 탁월한 인물을 그리면서 그를 거의 영웅화한다. 도덕적으로 이상적인 인물을 영웅화하는 작가의식의 이면에는 도덕에 대한 순결한 신뢰가 자리 잡고 있다. 이는 물론 바람직하나, 그 이면을 성찰해 볼 필요가 있다. 도덕적 영웅을 형상화하는 작가의식은 영웅을 핍박하는 사회에 대한 비판의식과 동궤에 놓인다. 「멘드롱·따또」에서는 약자에게 폭력을 일삼는 사회, 「내 친구 海賊」에서는 강제 철거로 대변되는 부조리한 사회와 관념적 이상에만 매달리는 지식인, 「임꺽정」 연작에서는 반상의 질서와 민중을 억압하는 부패한 권력층 등이 도덕적 영웅들의 대척점에 있다. 사회는 악이고, 도덕적 영웅들은 선이다. 그 경계는 뚜렷해서 무너질 수 없다. 도무지 비판의 여지가 없는 선량하고 도덕적인 인물을 형상화함으로써, 그 도덕성에 대한 이의 제기를 불가능하게 만듦으로써, 작가는 자신의 선악 판단에 제기될 수 있는 이견을 원천 봉쇄한다. 즉 그의 사회비판의 확실성과 자명성에 의문의 여지를 허용하지 않는 것이다. 사회비판 의식이 선악의 이분법을 근간으로 한다고 전술했거니와, 도덕적 영웅들은 선악의 이분법을 더욱 공고하고 파쇄 불가능한 것으로 만든다. 이런 면에서 탁월하게 도덕적인 인물을 형상화하는 작가의식은 단일한 가치에 대한 독단적 신뢰에 기반한 근대적 동일성을 심층에 내장한다. 근대적 동일성의 자장 안에 놓인 작가는 자신의 판단에 대한 의심과 회의, 다른 가능성을 열어두지 않는다.

　작가는 이상적인 인물을 그림으로써, 인간으로서의 이상형을 제시한다. 머리말에서 보았듯 조해일의 소설은 독자들에게 도덕적인 삶의 지평을 열어 보이면서 독자들을 도덕적으로 정향하도록 설득한 것으로도 상찬받았다. 이상적인 인물을 그려야 한다는 당위는 비단 조해일만의 것이 아니었다. 1970년대의 문학 장은 이상적인 인물을 형상화하는 작품에 비범한 호의를 보였다. 가령 김병걸은 에밀 졸라의 소설이 "가장 비참하다 생각되는 사람들의 생활 근저에는 건전한 인간성이 있다는 사실"[29]을 보여주기 때문에 뛰어나다고 논한다. 소설가가 건전한 인간상을 보여주는 것은 당대의 미덕이었다. 바람직한 인물이 독자들에게 바람직한 삶의 형태를 제시함으로써 독자들이 바람직해질 수 있도록 유도해야 한다는 생각이 당연한 것으로 통용되었다. 이런 생각은 인간 개조 의지를 내포한다.[30] 여기에서 소설이 단지 무언가를 묘파할 뿐만 아니라, 독자의 삶의 방식을 개조해야 한다는 신념을 읽을 수 있다. 이 신념은 도덕주의자의 것일 뿐만 아니라 선지자나 교사의 것이기도 하다.

29　김병걸, 「20년대의 리얼리즘문학 비판」, 『창작과비평』 32, 1974. 여름, 333면.
30　조해일 소설의 바람직한 인물이 단순히 바람직한 삶을 제시하는 것이 아니라 보다 나은 삶을 위한 고민을 역동적으로 체현한다고 볼 가능성도 있다. 그러나 그렇게 보기에는 조해일 소설의 바람직한 인물들의 바람직함이 지나치게 명백하게 부각되었고, 바람직함과 바람직하지 못함 사이의 구분 또는 위계화가 지나치게 뚜렷하다. 이는 바람직함, 즉 도덕을 선전제하는 작가의식의 발로로 보인다.

한편 이상적인 인간형을 제시하는 작가의식은 가치의 위계화·서열화를 전제한다. 모든 것에는 더 우월한 가치와 열등한 가치가 있다. 평등한 가치란 존재하지 않는다. 열등한 것은 배제되어야 마땅하다. 우월한 가치와 열등한 가치의 명확한 구분은 단일한 가치평가 척도를 전제로 한다. 척도가 다양하면 우와 열이 그렇게 명백히 구분될 수 없다. 작가는 영웅과 비루한 인물을 뚜렷하게 구분하면서, 하나의 단일한 진실의 존재를 지당한 것으로 상정한다. 작가는 도덕적 인물을 형상화하면서 영웅과 영웅 아닌 것, 도덕과 도덕 아닌 것을 확연하게 구분한다. 도덕주의자는 도덕과 도덕 아닌 것을 구분하면서 도덕 아닌 것을 배척한다.[31] 그는 도덕인 것의 배타적 우월성을 의심하지 않는다. 그런 면에서 그는 단일하고 조밀한 주체이다. 이 역시 근대적 동일성과 유관하다.

이러한 도덕주의는 청년적 이상주의와 연동된다. 간혹 조해일 소설의 이상적인 인물은 작가의 이상적, 그러나 몽상적 가치를 투사한 상상물이라는 의혹에서 자유롭지 않다. 특히 「뿔」(『아메리카』)의 지게꾼이 그 사례이다. 가순호는 지게에 뿔을 달고 뒤로 걷는 지게꾼을 이상화한다. 그는 "엄격함과 자유로움을 한꺼번에 가진 아름다움이라고나 할까 구속과 무절제를 다 함께 벗어난, 그리하여 생명의 아름다운 본성에 이른 자기의 양식(洋式)을 찾아낸 사람의 아름다움"(19)이라는 미덕을 지게꾼에게 부여한다. 단적으로 그는 지게꾼을 "자기 양식(洋式)을

---

31 비슷한 맥락에서 신형기는 이렇게 말한다. "타자를 부도덕하다고 봄으로써 자신을 도덕적이라고 여기는 도덕화는 근본적으로 배제의 기제다. 즉 타자가 부도덕한 것이 아니라 타자이기에 부도덕한 것이다." 신형기, 『민족 이야기를 넘어서』, 삼인, 2003, 89-90면.

찾아낸 단 한분의 지게꾼"(29)이라 규정하며 그에게 감탄한다. 지게꾼 앞에서 도시의 일상과 도시인의 모든 생활양식이 빛을 잃는다. 지게꾼 의 얼굴만은 아름다운 구릿빛이고 나머지는 모두 가래침 빛깔이다. 그 런데 이 소설에서 지게꾼을 이상화하는 근거는 오로지 그가 뿔 모양의 지게를 지고 뒤로 걷는다는 사실뿐이다. 이것만으로는 그가 이상적 인 물이라는 판단에 객관적인 근거를 제공하지 못한다. 이 사실은 단지, 가순호에게 지게꾼이 이상적 인물이라고 상상할 여지를 줄 수 있었을 뿐이다.

지게꾼의 객관적 가치와는 별도로, 가순호는 자신이 자의적으로 상 상한 이상적·몽상적인 가치를 그에게 투사했다고 볼 수 있다. 지겹고 마뜩치 않은 일상에 대한 거부감에서, 막연히 일상의 반대 항을 상상 하고 그 꿈을 지게꾼에게 투사한 것이다. 따라서 이상적인 것으로 제 시되는 지게꾼의 자질은 현실 그 자체가 아니라 작가의 꿈에 의해 표 백된 이미지에 가깝다. 여기에서 지게꾼은 고유의 존재를 주장하지 못 하고 작가의 꿈을 실어 나르는 대상화·도구화된 존재로 격하된다. 이 는 조해일의 이상적 인물의 비현실성을 드러내며, 작가의 도덕주의가 성숙한 장년의 것이 아니라 청년의 것에 가깝다는 의혹을 부추긴다. 작가가 도덕을 설파할 때 그 도덕에 이의를 제기하기는 대단히 어렵 다. 그러나 간혹 그 도덕은 비현실적인 이상향 또는 현실에 대한 염증 의 반대급부로서의 상상물에 불과해 보이기도 한다. 이런 도덕주의를 상상적 도덕주의라 일컬을 수 있을 것이다.

뿐만 아니라 도덕적 영웅들은 종종 초인적 자질을 지닌다. 「내 친구 海賊」(『아메리카』)의 "해적"은 아홉 살 때 이미 "어른들도 겁을 집어먹 고 뛰어 내리기를 두려워하는 그 항구 도시의 두 섬을 연결하는 높은 다리에서 바닷물로 뛰어내렸"고, "그의 잠수는 실로 초인적인 그것"이어서, "해녀들이 보통 2분밖에 견뎌내지 못하는 잠수를 그는 3분 이상 해"(82)내곤 했다. 임꺽정은 "조선팔도에서 그 짝을 달리 찾을 길 없는 천부의 힘과 높은 수준의 검술"(「임꺽정」, 『아메리카』, 143)을 가진 자이다. 「임꺽정 3」과 「임꺽정 4」에서 꺽정은 대단한 실력을 가진 고수 피가와 가짜 임꺽정을 억눌러 이긴다. 이 이야기가 강조하는 것은 물론 임꺽정의 탁월한 싸움 실력이다. 단적으로 그는 "하늘이 낸 사람"(「임꺽정 4」, 『임꺽정에 관한 일곱 개의 이야기』, 67)이다. 「專門家」(『아메리카』)의 "단도 아저씨"의 단도 쓰는 솜씨는 "기계처럼 정확무비"하고 "마술사의 그것처럼 눈부"(115)시다. 그는 탁월한 단도 솜씨로 동네의 악당 개아비 최씨를 제압한다. 그 역시 비범한 능력을 가진 자이다. 조해일은 이렇게 도덕적 영웅의 비범하고 초인적인 능력을 즐겨 부각한다.

이런 작가의식의 근저에 엘리트주의가 없다고 할 수 없다.[32] 이는 도덕주의가 쉬이 엘리트주의와 결탁할 수 있음을 보여준다. 엘리트주의는 엘리트와 엘리트 아닌 것의 차별을 그 근간으로 하며, 엘리트의 우월성을 신봉한다. 이런 작가의식은 엘리트 아닌 것을 섬세하게 고려하지 않으며, 가치를 일렬로 도열하여 위계화하는 의식과 연관된다. 이 역시 근대적 동일성과 유관하다. 한편 엘리트주의에 경도된 의식은 자신의 비루함보다는 우월함에 익숙한 자신만만한 자의식과 친연성을 가진다. 이는 엘리트적 도덕주의자의 위치를 암시한다. 즉 엘리트적

---

32 엘리트주의는 1970년대의 대표적인 이데올로기 중 하나이다. 필자는 박정희 대통령의 담론과 이병주 소설에 나타난 엘리트주의를 분석하면서, 근대적 동일성과 엘리트주의의 연관성을 밝힌 바 있다.(박수현, 「1970년대 한국 소설과 망탈리테」, 165-185면 참조.)

도덕주의자는 낮은 위치가 아니라 범인들보다 높은 위치에 자리한다. 그는 높은 자리에서 도덕을 그야말로 '설파'한다. 도덕주의적 작가는 인간의 실존적 비루함을 토로하기보다는 인간이 마땅히 되어야 할 바람직한 경지를 웅변한다. 그는 고통을 전시하거나 분열에 휘둘리는 수난자적 작가가 아니라 도덕적 교훈을 가르치는 교사적 작가이다. 이는 1970년대 문학의 교사성(教師性)이라는 문제와도 무관하지 않다.

3. 각성하는 인물과 고무적인 결말

머리말에서 논했듯 선행연구는 인물의 각성에 주목하는 조해일의 작가의식을 긍정적으로 평가한다. 중편소설 「아메리카」(『아메리카』)가 조해일의 출세작이 된 이유가 바로 인물의 각성 문제를 다루었기 때문이다. 기지촌에서 살게 된 "내"가 "나 자신을 어떤 외방객, 이곳의 운명과 나 자신의 운명은 전혀 다른 것이고 언젠가는 이곳으로부터 떠나게 될 일개 기숙자, 내지는 한 사람의 구경꾼 정도"(288)로 여겼던 자의식, 즉 "중대한 착오"에서 벗어나 기지촌 현실이 바로 자신의 문제라고 깨닫는 과정이 서사의 중핵이다. "나"는 애초에 기지촌 여성들과 자유로운 정사를 즐기면서, 여자들이 "뜻밖에도 윤리적 열등감 같은 건 조금도 느끼고 있"지 않고 "오히려 그 생활을 즐겁게 받아들이고 있"(288)다고 생각한다. 그러나 그는 벌거벗은 몸으로 머리채를 휘어잡힌 채 흑인 미군에게 끌려가는 기옥을 보고서는 충격을 받는다. 충격에서 헤어나오지 못한 그는 여자 옆에 누워서도 불능이 되고, "머릿속은 걷잡을 수 없는 혼란과 그것을 걷잡지 못한다는 무력감으로만 들

끓었"(301)다. 기옥의 장례식 날에도 그는 "마음 속의 혼란과 싸"(317)
우면서 고열에 시달린다. 결국 그는 이런 자각에 이른다. "다만, 나는
이곳 사람이며 이곳에 오기 전에도 이곳 사람이었으며 금후에도 얼마
간은 더 내가 이곳에 있게 되리라는 것"(341)이다.

「아메리카」에서 서사의 중핵은 한 인물의 각성 과정이다. 제국에게
수탈당한 조국의 현실과 짓밟힌 기지촌 여성의 현실을 몰랐던 인물이
그것을 깨달아 가는 과정이 소설의 주축인 것이다. 「心理學者들」(『아메
리카』)에서 승객들은 무도한 폭력 앞에서 처음에는 보신에만 급급했다.
그러나 한 청년은 무뢰한들이 승객들의 공포를 이용할 뿐 실상은 위
력적이지 않다는 사실을 설파하고 "우리는……사람이 아닙니까!"(138)
라는 말로 승객들을 선동한다. 승객들은 급기야 자신들의 연대된 힘이
무뢰한들의 그것보다 강력할 수 있고, 따라서 힘을 합하면 폭력을 제
압할 수 있다는 각성에 이른다. 이 소설에서도 군중의 각성은 서사의
중핵이다. 「어느 하느님의 어린 時節」에서도 '나'의 가치만을 소중히
여기던 주인공은 한 소녀의 가르침에 힘입어 집단의 가치를 각성한다.
여기에서도 소년의 각성은 성장의 핵심이자 서사의 주축이다.

이 소설들에서 작가는 인물의 각성을 지고의 도덕으로 전제한다. 무
엇을 자각하지 못하는 상황이 미달태로, 그것을 각성하는 경지가 완숙
태로 상정된다. 이는 어디엔가 도달해야 할 선(善)이 반드시 존재한다
는 믿음을 전제로 한다. 다시 말해 이는 단일하고 숭고한 도덕의 존재
를 순결하게 믿는 도덕주의의 발현이다. 특히 「아메리카」에서는 현실
의 부조리를 자각하는 정신이 의심을 허하지 않는 지고의 선으로 선험
적으로 전제된다. 사회비판 정신을 최고의 도덕으로 전제하는 것이다.
자각해야 할 그것은 미리 설정된 것으로, 선험적 진리로 통용된다. 진

리가 확고할 때 그것을 각성하는 것은 도덕일 수밖에 없으며, 따라서 도덕은 늘 각성을 요구한다. 단일한 선을 상정하는 도덕주의는 그것의 자각의 도덕성 역시 열렬히 찬미한다. 이 점에서 각성을 강조하는 도덕주의는 근대적 동일성과 결탁한다.

머리말에서 논했듯 1970년대의 논자는 작가의 도덕성이 독자의 도덕성을 고무하는 현상에 호의적이었다. 도덕적 작가는 각성하는 인물을 형상화함으로써 독자의 각성까지 유발해야 했다. 도덕적 문학은 단지 부도덕한 현실을 정태적으로 비판할 뿐만 아니라, 독자의 도덕성 각성까지 유발해야 한다는 당위에 결박된 점에서 동태적이다. 도덕적 문학은 도덕적인 인간을 재생산하는 역동적인 역할을 수행해야 했다. 인물의 각성을 중시하는 문학은 사람이라면 마땅히 더 옳은 방향으로 개선되어야 한다는 당위를 포함한다. 이는 인간을 개조의 대상으로 보는 당대 문인의 선지자적·교사적 자의식을 노출한다. 흥미롭게도 인물의 각성을 묘파하는 조해일의 소설에는 어김없이 교사 역할을 수행하는 인물이 등장한다. 「아메리카」의 당숙, 「心理學者들」의 청년, 「어느 하느님의 어린 時節」의 선희가 그 사례이다. 조해일 소설에서 각성은 교사의 존재를 필연적으로 요구한다. 이는 각성하는 인물을 형상화하는 작가의식이 교사적 자의식에 가깝다는 논제에 근거를 제공한다.

인간 전반의 도덕성 제고에 문학이 기여해야 한다는 생각은 인물의 각성뿐만 아니라 건전한 결말을 제시하는 작법의 토대가 된다. 인물의 각성으로 맺어지는 결말은 고무적인바, 이외에도 고무적인 결말은 조해일의 소설에 빈번하게 나타난다. 마치 작가는 고무적인 결말의 당위에 결박된 것으로도 보인다. 등단작 「每日 죽는 사람」(『아메리카』)에서 "그"는 하루 종일 미만한 죽음의 그림자를 느낀다. "세상의 모든 사물이 커다란 소멸(消滅)의 흐름속에 던져 진 채 있"고 "누구나 매일 매일 조금씩은 죽어 가면서 살고 있다"(227)는 언명은 그의 내심을 정확히 일러준다. 오른쪽 구두가 사라진 사실을 알아차린 후 그의 비관은 극에 달하는데, 그러다가 그는 왼쪽 구두가 건재하다는 사실을 깨닫고 갑자기 생의 의지를 회복한다. "-나는 아직 한 쪽은 신고 있구나-하는, 이 아무렇지도 않을 수 있는 깨달음은 그를 놀라게 했을 뿐만 아니라 그의 마음을 어떤 신선한 감명으로 떨게까지 했다. 아, 나의 또 하나의 발은 아직도 살아 있었구나! 이 발은 그리고 따뜻하고 편안하구나! 이것은 튼튼하구나! 마치 반석과도 같군! 아내의 둥근 배가 머리에 떠올랐다. 그녀 뱃속의 태아가 하고 있을 몸짓이 상상돼왔다. 그래, 그건 죽음의 싹이 아니다. 그렇게 불러선 안 돼."(227-228)

조해일은 등단작에서 주인공의 생명 의지의 회복으로 결말을 맺었다. 바람직함에 분명한 결말이지만 바로 그 바람직함이 문제의 여지를 남긴다. 여기에서 반드시 고무적인 방식으로 결말을 맺어야 한다는 작가의 강박적 의식을 감지할 수 있다. 사정은 다른 소설에서도 마찬가지다. 사리사욕을 채우기에 급급한 피가와 임꺽정의 투쟁을 그린 「임꺽정 3」(『임꺽정에 관한 일곱 개의 이야기』)의 결말에서 "일신을 버리고 싸우는 자에게 일신을 위해서 싸우는 자가 마지막에는 견디지 못하였다."(58) 작가는 임꺽정, 즉 대의명분의 승리로 결말을 맺었다. 「心理學者들」의 결말에서 부당한 폭력을 방관하기만 했던 승객들은 힘을 합쳐 무뢰한들에게 대항하려고 한다. 작가는 승객들의 승리를 예견하는 결말을 제시한다. 「어느 하느님의 어린 時節」의 결말 역시 고무적이다. 작가는 연대의 가치를 깨달은 "내"가 아름다운 연대로 사회의 부조리에 대항하는 행진에 나서고 그 행진에 만인이 가담하는 것으로 결말을 맺는다.

이상에서 살펴본 바 조해일은 바람직한 결말을 맺어야 한다는 당위, 희망을 제시해야 한다는 당위에 결박된 것으로 보인다. 이런 당위를 발생케 한 것도 도덕주의라고 할 수 있다. 건전한 결말의 전제는 인간의 삶은 마땅히 건전해야 한다는 믿음이다. 또한 도덕은 모든 선에 대한 신뢰이다. 도덕주의는 선한 것, 즉 도덕의 승리를 믿는다. 그래서 도덕주의는 미래에 대한 낙관적 기대와 쉽사리 결탁한다. 몰락과 비관은 도덕주의가 타개해야 할 적이다. 도덕적으로 바람직하게 살아서 밝은 미래를 맞이하자는 슬로건만큼 도덕주의의 본색을 잘 해명해주는 슬로건도 따로 없다. 또한 도덕적 문학은 하나의 바람직한 결말을 상정하는 점에서 근대적 동일성과 연관된다.

인물의 각성과 고무적인 결말을 중시하는 작법은 진보[33]에의 신뢰를 근간으로 한다. 각성하는 인물에 대한 호의는 인간이라면 마땅히 성장해야 한다는 믿음을 전제하고, 고무적인 결말은 인생이 지금보다 마땅히 나아져야 한다는 믿음을 내장한다. 이들은 모두 인간이 지금보다 더 나은 곳을 향하여 발전해야 하고 발전할 수 있다는 믿음, 즉 진보에의 신념과 연관된다. 진보의 교의 자체가 진보에 의해 사람이 더욱 행복해지고 품성도 향상된다는 도덕론을 포함한다.[34] 이런 면에서 도덕

---

33 진보의 교의는 오늘의 삶이 어제보다 낫고 내일의 그것이 오늘보다 앞서 있으리라는 믿음이다. 그것은 이성의 역능에 대한 믿음을 전제하며, 자연을 인간을 위해 이용 가능한 대상으로 보는 사유와 관련된다.(윤평중, 『푸코와 하버마스를 넘어서』, 교보문고, 1992, 25-26면 참조.) 필자는 졸고 「1970년대 한국 소설과 망탈리테」에서 진보의 개념과 속성을 규정한 바 있다. 독자의 편의를 위해 다음 각주들에서 위의 글과 일부 중복을 무릅쓰고 진보의 개념과 속성을 소개하고자 한다.

34 윤평중, 앞의 책, 25-26면 참조.

주의는 진보의 교의와 쉽사리 결탁할 뿐만 아니라, 발전주의와도 동형이다.[35] 발전주의는 진보 관념의 총화이다. 퇴보는 있을 수 없고, 단일한 지점을 향한 발전적 전진만이 의미 있다. 주지하는 바, 조해일의 준열한 사회비판은 1970년대 발전주의에 대한 그의 부정적 시선을 보여준다. 그러나 진보 관념에 결박된 조해일은 이 지점에서 발전주의와 공유하는 공통분모를 노출한다. 진보 관념뿐만 아니라 발전주의는 경제 성장을 지고의 선으로 설정하고, 그 단일한 목표를 향한 대열에서 모든 것을 동일한 척도에 의한 양적인 수치로 단순 환원하는 점에서 근대적 동일성과 유관하다. 이런 면에서도 도덕적 문학은 근대적 동일성을 심층에 내장한다.

4. 회의의 기미

앞에서 조해일 소설의 특질인 도저한 사회비판 의식, 도덕적 영웅들, 각성하는 인물, 고무적인 결말의 이면을 비판적으로 성찰해 보았다.

---

35 진보의 사유는 단순히 이성의 진보뿐만 아니라, 미래의 경제적 성공과 집단적 행위의 성공도 진지하게 의식한다. 즉 진보의 사유는 근대화를 신뢰하는 모든 관점들의 중심에 위치한다. 진보의 사고는 정치적 의지를 역사적 필연성과 동일시하며, 발전의 정치와 이성의 승리 사이의 동일성을 주장한다. 진보를 믿는다는 것은 필연적이고 눈부신 미래에 대한 사랑을 의미한다.(알랭 투렌, 정수복·이기현 역, 『현대성 비판』, 문예출판사, 1996, 93면 참조.) 이데올로기로서 발전주의 핵심 내용은 근대화와 경제 성장이다. 이는 양적인 경제 성장을 추구하고, 서구 자본주의의 발전 모델을 추종하며, 국가가 주도하여 국민을 동원해야 한다는 생각을 지당한 것으로 상정한다. 발전주의로부터 박정희의 조국 근대화 개념이 파생되었는데, 이는 경제적 자립과 공업화를 의미한다.(김동춘, 「1960·70년대 민주화운동세력의 대항이데올로기」, 역사문제연구소 편, 『한국정치의 지배이데올로기와 대항이데올로기』, 역사비평사, 1994, 228-230면 참조.)

이러한 작법의 근간에는 도도한 도덕주의가 존재했다. 곧 상기 특질들은 조해일의 도덕주의가 발현되는 양상이라고 할 수 있다. 살펴본 바이들은 근대적 동일성에 뿌리를 두고 있으며, 선지자적·교사적 자의식을 심층에 내장하고, 진보에의 신념·발전주의와도 동형의 심성구조를 지닌다. 이것이 조해일의 도덕주의의 의미이다. 도덕주의의 핵심인 근대적 동일성은 하나의 진리만을 유일한 것으로 신봉하고 그것 아닌 것에 배타적이거니와, 차별과 배제의 논리로 쉽사리 둔갑한다. 이는 폭력적이 아니라고 할 수 없다.[36] 숭고한 도덕은 일견 반박의 가능성을 허하지 않지만, 살펴본 바 폭력으로 전화할 가능성을 내포한다. 흥미로운 것은 조해일이 바로 이것까지 통찰한다는 점이다. 이는 후기 소설에서 나타난다.[37]

「무쇠탈·3」(『무쇠탈』)에서 "무쇠로 만든 탈을 쓰고 무쇠 몽둥이를 휘두르며 닥치는 대로 시민을 해코지한다는 한 정체 불명의 괴한"(266) 때문에 장안은 뒤숭숭하다. 괴한은 중산층 남녀, 저임금 공장 경영주의 부인, 교회의 증축을 위해 기도하던 목사, 문단 인사들을 닥치는 대로 공격한다. 출판업자 ㅈ은 급기야 괴한을 만나는데, 그는 괴한을 "이 나라 중산층의 도덕적 타락을 벌주시러 오신 분"(276)이라고 일컫는다. 괴한은 무쇠탈을 벗고 ㅈ에게 자기 얼굴을 보여준다. 그런데 "그곳엔 매우 낯익은 얼굴이, 비루하고 겁많은 얼굴이, 의심 많고 잔꾀 많은

---

36 비슷한 맥락에서 신형기는 이렇게 말한다. "도덕에 의한 지배는 결국 도덕적인 배제를 지배의 수단으로 하게 된다. 도덕적 명분 아래 배제가 자의적으로 이루어질 때 품성의 공동체란 오히려 폭력과 전횡을 허용하는 것일 수밖에 없다." 신형기, 앞의 책, 102-103면.

37 조해일 소설의 시기 구분과 각 시기 소설의 특성에 관해서는 박수현, 「조해일의 단편소설 연구」 참조.

얼굴이, 그가 매일 거울에서 보는 그 자신의 얼굴과 똑같은 얼굴이 파리하게 탈바가지처럼 떠 있었다."(278) 여기에서 출판업자 ㅈ이 연애 소설에다도 "쓸데없는 개똥도덕 따위나 풀어놓"(274)는 "의젓한 개똥도덕가"(275)로 설정된 인물임에 유의해야 한다. 괴한은 중산층의 도덕적 타락을 폭력적으로 응징하는 인물이고, ㅈ은 도덕주의자이다. 그런데 괴한과 ㅈ이 같은 얼굴을 가지고 있다. 그리고 괴한은 아무리 좋게 보려고 해도 폭력적으로 세상에 해악을 끼치는 존재임에는 틀림없다. 결국 폭력적 괴한과 도덕주의자 ㅈ의 얼굴이 동일하다는 설정은 도덕주의자 역시 폭력적일 수 있다는 작가의 통찰을 드러낸다. 여기에서 조해일은 이전 소설들에서 도도하게 취했던 도덕주의를 반성적으로 성찰하는 것으로 보인다. 도덕주의의 폭력적 일면을 간파한 것이다.

그러나 조해일은 도덕주의를 반성적으로 성찰한 이후 급격하게 창작력의 감퇴를 보인다. 이는 당대 문단과 사회에 만연한 도덕주의의 위력을 다시 한 번 역설한다. 한 작가가 도덕주의를 버리고서 창작 의욕을 상실할 만큼 주변에 미만한 도덕주의의 위력은 막강했던 것이다. 지금까지 이 논문은 조해일의 도덕주의를 비판적으로 성찰했지만, 도덕주의가 작가의 창작 여정에서 대단히 중요한 동력으로 작동했음에는 재론의 여지가 없다. 도덕주의가 극한으로 발휘된 그의 소설들은 실상 문학적으로 수려하다. 문학적으로 매력적인 소설의 창작에 도덕주의가 긍정적으로 기여했다면, 도덕주의에는 분명 무시하지 못할 창조적 위력이 있다. 도덕주의가 사회와 역사에 기여한 긍정적인 공헌도 간과해서는 안 된다. 유신정권이라는, 유례없는 근대적 동일성으로 무장한 정권 아래에서는 그에 대항하는 정신도 근대적 동일성을 띨 수밖에 없었을 것이다. 문학마저 도덕적이어야 했던 한 시기가 있었기에 당대 지식인들은 시대의 부당함에 효과적으로 대항할 수 있었고, 그 것은 역사 발전에 긍정적으로 기여했다. 문학적 도덕주의는 당대 사회 적·정치적 현실의 필연적인 파생물이었고 유구한 문화사에서 불가피 하게 거쳐야 할 과정이었다. 그러나 그렇다고 해서 그 이면에 대한 성 찰을 간과해서는 안 될 것이다.

5. 맺음말

이 논문은 조해일 소설에 나타난 도덕주의의 양상과 의미를 살펴보았 다. 조해일 소설의 도덕주의는 준열하게 사회를 비판하고 도덕적 영웅 을 형상화하며 인물의 각성을 중시하고 바람직한 결말을 제시하는 작 법으로 나타난다. 사회비판에 몰두하는 주체는 자신을 비판적으로 성 찰하지 않고 자신의 판단을 의심하지 않는 점에서 자신만만한 주체이 다. 사회비판은 선악의 이분법을 근간으로 하는바, 이는 분열을 허하 지 않는 면에서 근대적 동일성과 연관된다. 조해일은 도덕적 영웅들을 즐겨 형상화하는데, 이는 선악의 이분법을 강화하는 면에서 근대적 동 일성을 심층에 내장한다. 그는 이상적 인간형을 제시하면서 인간의 도 덕적 개조 의지를 피력한다. 도덕적 영웅은 가치의 위계화·서열화 의 식의 산물인 점에서도 근대적 동일성과 유관하다. 간혹 도덕적 영웅은 작가의 이상을 투사한 상상물로도 보인다. 또한 그들은 초인적 자질을 지니는데, 이는 도덕주의와 엘리트주의의 결탁 가능성을 보여주면서 도덕주의자의 엘리트적 자의식을 암시한다.

조해일 소설은 인물의 각성 문제에 주목한다. 이는 각성해야 할 하나의 진리를 지당하게 상정함으로써 근대적 동일성과 연관될 뿐 아니라, 인간을 개조의 대상으로 보는 선지자적 자의식을 내장한다. 조해일은 빈번하게 고무적인 방식으로 결말을 맺는데, 이는 도덕의 승리를 믿는 도덕주의의 발현이다. 인물의 각성과 건전한 결말에 경도된 작가의식은 진보에의 신념을 심층에 내장하는바, 발전주의와도 동형이고 근대적 동일성과도 유관하다. 조해일은 후기 소설에서 도덕주의의 폭력성을 반성적으로 성찰하나, 이후 급격하게 창작력의 감퇴를 보인다.

도덕을 순결하게 신봉한 작가는 조해일뿐만이 아니다. 조해일은 당대의 상식과 오랜 문학적 전통에 의거하여 가장 바람직하다고 믿는 대로 창작했을 뿐이었다. 그가 당대 평단의 각광을 받았다는 사실이 일러주듯, 그는 당대의 모범적인 소설가였다. 도덕을 신봉했다는 것이 그의 죄가 되지는 못한다. 그러나 인문학의 사명은 의심의 여지를 제공하지 않는, 명백히 바람직한 것까지 의심하는 것이다. 이러한 인문학의 사명에 대한 믿음 역시 훗날 일개 이데올로기로서 반성적으로 성찰될지도 모르나, 지금 여기에서는 지금 여기의 상식에 충실해야 한다. 바로 이 당위에서 이 논문은 기획되었다.

1970년대 문학과 사회의 도덕주의

–『창작과비평』·『문학과지성』·박정희 대통령의 담론을 중심으로[*]–

1. 머리말

당연하게 옳은 것이라고 신봉하는 우리의 내적 규범은 자생적인 것이
아니다. 우리의 판단 양식과 행위 방식을 정초하는 내적 규범은 타자
와의 관계나 사회적 영향력에서 자유로울 수 없다. 고유의 내면적 규
범이라고 상상되는 것에는 타자와 사회의 목소리가 각인되어 있기 마
련이다. 그러나 보통 우리는 이것을 인지하지 못하고 그에 따라 자신
도 모르게 윤리적 속박 안에 갇히게 된다. 이에 "주체가 자신에게 불투
명하기 때문에 주체는 가장 중요한 자신의 몇몇 윤리적 속박을 초래하
고 유지한다"[1]는 통찰은 경청할 만하다. 따라서 생동하는 고유의 주체
적인 윤리를 정초하기 위해서는 예의 윤리적 속박을 '속박'으로 인지

*   이 논문은 2014년 정부재원(교육부)으로 한국연구재단의 지원을 받아 연구되었음.(NRF-
    2014S1A5B5A01014777)
1   주디스 버틀러, 양효실 역, 『윤리적 폭력 비판』, 인간사랑, 2013, 39면.

해야 한다. 이에 윤리적 속박 혹은 규범에 틈입한 사회적 영향력에 대한 심사숙고는 불가결하다.[2] 이 논문은 부지불식간에 우리를 구속했던 윤리적 속박을 사회적 차원에서 깊이 숙고하자는 문제의식의 일환으로 문학적 도덕주의를 고찰하고자 한다.

오늘날의 전문적인 문학인들은 문학이 도덕적이어야 한다는 명제를 더 이상 자명한 것으로 받아들이지 않고, 작가나 작중인물의 도덕성을 작품 평가의 결정적인 준거로 활용하지 않는다. 그러나 일반인들에게 문학적 도덕성을 의심 불변의 가치로 여기는 신념은 아직까지도 그 영향력을 발휘하고 있다. 가령 문학교육의 현장에서 학생들은 종종 작품에서 교훈을 찾아야 한다는 강박적 의식에 갇혀 있고, 작가가 건전한 도덕을 제시하지 않는다고 여길 때 작품의 도덕성에 심각한 의문을 제기하며 작품 자체를 평가 절하한다. 이는 문학에서 도덕의 가치를 수위에 놓는 일종의 신념이 초·중·고의 문학교육에 깊이 침투한 결과라고 생각된다. 실제로 현재까지도 문학 교과서는 경직된 도덕의 주입을 문학의 가장 중요한 소임으로 설정하고 있다.[3] 본격적인 문학 장에서 도덕적 강박이 사라진 시대에도, 문학에서 도덕을 구하는 풍토는 면면히 남아서 문학적 대중의 문학관을 규정하는바, 이러한 풍토 혹은 신념은 특별한 고찰을 요한다.

---

2 유사한 맥락에서 버틀러는 이렇게 말한다. "'나'가 도덕적 규범들과 하나가 아니라면, 이는 주체가 그런 규범들을 숙고해야 한다는 것, 또 그 규범들의 사회적 발생과 사회적 의미에 대한 비판적 이해를 위해 그런 심사숙고가 필요하다는 것만을 의미한다."(위의 책, 19면.)

3 오늘날 문학 교과서의 경직된 도덕 지향성에 관해서는 박수현, 「도덕과 문학교육-2011 개정 교육과정에 따른 고등학교 문학 교과서 고찰」, 『어문론집』 64, 중앙어문학회, 2015 참조.

이러한 풍토 혹은 신념의 존재는 특정한 이데올로기, 즉 작가와 문학은 도덕적이어야 한다고 믿는 이데올로기, 작가와 문학에게 높은 수준의 도덕성을 요구하는 이데올로기의 존재 역시 암시한다. 이러한 이데올로기를 문학적 도덕주의라고 일컬을 수 있다. 도덕주의는 다음과 같은 신념들을 거느린다. 작가는 그 자신이 탁월하게 도덕적이어야 하며, 독자의 도덕성을 제고해야 한다. 도덕적인 인물을 묘파하고 도덕적으로 존경할 만한 발언을 해야 한다. 문학은 인간의 비루함이 아니라 도덕적으로 숭고한 경지에 주목해야 한다.[4]

이러한 문학적 도덕주의는 한국인의 의식을 오랫동안 잠식해 온 것으로 보인다. 도덕을 문학의 필수조건으로서 자명하게 상정하는 풍토 혹은 문학이 사회의 도덕적 교화에 기여해야 한다는 신앙의 뿌리는 상당히 깊다.[5] 문학의 도덕 지향성은 계몽적·선지자적·교사적 문인상과 연관된다. 한국문학의 경우, 넘쳐나는 감수성으로 내면의 분열적 혼란에 시달리는 수난자적 문인상보다는 뚜렷한 선악 분별 감각을 기반으로 옳지 못함을 단죄하고 옳음을 설파하는 교사적 문인상이 대세를 장악해 왔다. 이러한 교사적 문인상의 형성과 고착을 추동한 정신적인 원동력이 문학적 도덕주의이다. 유서 깊은 문학적 도덕주의는 그

---

4   이상은 필자가 선행연구에서 논구한 바이다. 박수현, 「조해일의 소설과 도덕주의」, 『어문학』 121, 한국어문학회, 2013, 307면 참조. '도덕주의'와 '도덕'의 개념에 관한 상세한 규정은 위의 글 참조. 선행연구에서 필자는 조해일 소설을 대상으로 도덕주의의 발현 양상과 도덕주의와 근대적 동일성의 연관관계를 밝혔다. 이후 특정 작가의 문제를 뛰어넘어 사회 전반적 차원에서 도덕주의가 이데올로기로 정련되는 양상을 근본적으로 숙고할 필요성을 절감하여 이번 논문을 기획하게 되었다. 이번 논문과 선행연구는 대상 텍스트와 논의 내용을 비롯하여 많은 면에서 차별되지만, 선행연구의 성과 소개가 이번 논문의 독자 이해를 돕기 위해 필요하다고 판단될 때에는 기존 성과의 일부를 각주와 함께 인용했다.

5   이선영 편, 『문학비평의 방법과 실제』, 삼지원, 2011, 67-69면 참조.

유서 깊음으로 인해 특별한 고찰의 대상이 된다.

문학적 도덕주의는 오랜 시절 자명한 진리로서의 위상을 차지했다. 지금은 더 이상 자명하지 않지만 오랫동안 자명했던 것은 인문학의 영원한 관심 대상이다. 그것이 어떻게 하여 자명하게 되었던가, 그 진리성을 어떻게 확보하게 되었는가 하는 문제는 반드시 구명되어야 할 사안이다. 따라서 도덕주의의 자명성이 형성되었던 발자취를 더듬고 의미화하는 작업은 유의미할 것이다. 도덕주의의 형성과 고착은 짧은 기간 동안 이루어진 일이 아니지만, 그것을 역사적인 것으로 파악하고 그것이 형성되고 고착화되었던 한 역사적 현장을 포착하는 일은 긴요하다. 이에 이 논문은 과거 한때 사회와 문학에서의 도덕의 위상과 도덕을 문학의 숭고한 주축으로 여겼던 신념의 한 연원을 고찰하고자 한다. 이 논문은 1970년대의 사회적·문학적 담론에 나타난 도덕주의에 주목하려고 한다. 계간지 『창작과비평』(이하 『창비』), 『문학과지성』(이하 『문지』), 박정희 대통령의 저서와 연설문집을 텍스트로 삼아 연구하고자 한다.

『창비』와 『문지』는 1970년대를 대표하는 계간지로서, 그들만의 고유한 문학 이데올로기를 유포했을 뿐만 아니라 그들의 문학관에 부응하는 작품을 상찬하고 부응하지 못하는 작품을 비판함으로써 문학작품의 생산과 유통에 무시하지 못할 영향력을 행사했다. 이 논문은 이들 계간지에서 도덕주의가 담론 생산의 추동력으로 작동하고 있음을 구명할 것이다. 박정희의 담론의 실제 저자는 당대 영향력 있던 지식인들이었다. 이 담론은 단지 정치 담론이 아니라 사회·문화적 담론으로서 당대 사회·문화적으로 자명하게 여겨졌던 이데올로기들을 다수

내포한다.[6] 주지하다시피 1970년대 정권의 발전주의와 그에 대한 저항 담론은 당대 사회사를 이끈 양대 주축이다. 흥미롭게도 도덕은 정권의 발전주의와 그에 대한 저항 담론 양측에서 중핵적인 위상을 차지했다. 이 논문은 당대 지배 이데올로기와 그 저항 담론의 한 주축을 구명하는 데 기여하고자 한다.

1970년대에 도덕주의가 이데올로기로 작동하는 양상을 탐구하기 위해서, 이 논문은 담론을 분석할 때 언술의 핵심적 내용보다는 그 전제에 더욱 주목하려고 한다. 어떤 논지가 사회적으로 공통적인 합의를 이끌어내지 않았을 때에는 다양한 시각이 경합하는 장소나 논쟁의 대상이 된다. 그런데 그것이 어떤 명제의 전제로 작동한다면 그것은 일종의 이데올로기가 되었다고 보아야 한다. 여기에는 배타적인 폭력성이 없다고 할 수 없다.[7] 따라서 전제의 탐색은 이데올로기를 연구하는 효과적인 방략이다. 이 전제가 곧 논자들이 의식하지 못하는 이데올로기로 기능하기 때문이다. 더욱이 예의 전제가 외관상 대립적 입장을 표명한 저자들에게 공유된다면 그것을 이데올로기로 볼 가능성은 더욱 높아진다. 『창비』와 『문지』는 박정희의 담론과 반목하며, 『창비』와 『문지』 역시 서로 대립각을 세웠다고 알려져 있다. 이렇게 서로 대립하는 담론들이 특정한 근본 전제를 공유한다면, 그 근본 전제의 정합성에 대한 의심 없는 합의가 폭넓게 이루어졌다는 사실을 암시한다.

---

6 박수현, 『망탈리테의 구속 혹은 1970년대 문학의 모태』, 소명출판, 2014, 227-231면 참조.
7 버틀러에 따르면, 보편적인 교훈이 사회적인 이유 때문에 전유될 수 없을 때, 그것은 경합의 장소 또는 민주적 논쟁의 주제가 된다. 그런데 보편적인 교훈이 논쟁에 전제조건으로 작동한다면 그것은 배제적인 폐의 형태로 그 폭력성을 드러낸다. 교훈은 오직 치명적인 것으로서만, 자유와 특수성을 대가로 치르면서 강요된 고통 겪기로서만 경험된다.(버틀러, 앞의 책, 16-17면 참조.)

따라서 그것을 사회적 파급력이 상당히 넓은 이데올로기로 볼 수 있는
것이다. 한편 어떤 저작에서 빈번하게 반복적으로 발언되는 상투어도
중요한 주목 대상이다. 상투어는 저자들이 가장 소중하게 여기는 가치
를 암시하며, 저자들에게 숭고한 것으로 각인된 이데올로기가 무엇인
지 노출한다.[8]

　　오랫동안 학계는 『창비』가 산출한 민족문학론이나 민중문학론 등
주요 담론에 대한 연구를 활발히 수행해 왔지만 『창비』라는 매체 자
체에 주목하기 시작한 것은 비교적 최근의 일이다. 『창비』의 민족문학
론의 정립 과정을 한국사, 서양의 사회과학과 인문학 등 비문학적 담
론과 관련지어서 고찰한 연구[9]가 등장한 이래, 비로소 계간지 『창비』
를 전면화한 연구가 다수 등장했다.[10] 『문지』의 편집동인 개개인에 대

8　이데올로기 연구 회로로서 상투어에 관해서는 박수현, 『망탈리테의 구속 혹은 1970년대
　　문학의 모태』, 43-44면 참조.

9　이경란, 「1950~70년대 역사학계와 역사연구의 사회담론화-『사상계』와 『창작과비평』을
　　중심으로」, 『동방학지』 152, 연세대 국학연구원, 2010; LEE Hye-ryoung, "Time of Capi-
　　tal, Time of a Nation," *Korea Journal*, Autumn 2011; 김현주, 「1960년대 후반 '자유'의 인
　　식론적, 정치적 전망-『창작과비평』을 중심으로」, 『현대문학의 연구』 48, 한국문학연구학
　　회, 2012; 김건우, 「국학, 국문학, 국사학과 세계사적 보편성-1970년대 비평의 한 기원」,
　　『한국현대문학연구』 36, 한국현대문학회, 2012.

10　그 중 본 논문의 관심사인 1970대의 『창비』에 관한 연구로 한정해서 제출 연도 순으로 살
　　펴보면 다음과 같다. 김나현, 「『창작과비평』의 담론 통합 전략-1970년대 아동문학론 수용
　　을 중심으로」, 『현대문학의 연구』 50, 한국문학연구학회, 2013; 박수현, 「1970년대 사회
　　적·문학적 담론에 나타난 집단주의 연구-박정희 대통령의 담론과 『창작과비평』을 중심
　　으로」, 『순천향 인문과학논총』 33-1, 순천향대 인문과학연구소, 2014; 박연희, 「1970년대
　　『창작과비평』의 민중시 담론」, 『상허학보』 41, 상허학회, 2014; 손유경, 「현장과 육체-『창
　　작과비평』의 민중지향성 분석」, 『현대문학의 연구』 56, 한국문학연구학회, 2015; 소영현,
　　「중심/ 주변의 위상학과 한반도라는 로컬리티-〈성지〉가 곧 〈낙원〉이 되는 일」, 『현대문
　　학의 연구』 56, 한국문학연구학회, 2015; 김우영, 「남자(시민)되기와 군대-1970년대 『창
　　작과비평』을 중심으로」, 『현대문학의 연구』 56, 한국문학연구학회, 2015; 전우형, 「번역
　　의 매체, 이론의 유포-A. 하우저 『문학과 예술의 사회사』 번역과 차이의 담론화」, 『현대문

한 연구를 논외로 하고 『문지』라는 계간지를 전면화한 연구는 많지 않다.[11] 최근의 연구동향을 볼 때, 오랫동안 숭고한 위상을 차지했던 『창비』의 문학론을 탈신화화하고[12] 또한 긴 세월 부르주아 엘리티즘으로 알려졌던 『문지』에서 저항성을 발견하는 논의[13]들이 설득력을 얻어가는 것으로 보인다. 그러나 이들 연구에서 『문지』와 『창비』 그리고 박정희 대통령의 담론이 공유하는 이데올로기로서의 도덕주의에 주목한 연구는 아직 제출되지 않았다. 이 사정은 『창비』와 『문지』를 한 자리에서 논한 연구[14]에서도 마찬가지이다. 따라서 이 논문의 작업은 1970년대의 문학사 기술에 일정한 기여를 할 수 있을 것이다.

학의 연구』 56, 한국문학연구학회, 2015; 최기숙, 「『창작과비평』, '한국/ 고전/ 문학'의 경계횡단성과 대화적 모색-확장적 경계망과 상호 참조, 이념 · 문화 · 역사」, 『동방학지』 170, 연세대 국학연구원, 2015; 임지연, 「『창작과비평』과 김수영」, 『겨레어문학』 55, 겨레어문학회, 2015; 송은영, 「민족문학이라는 쌍생아-1970년대 『창작과비평』의 민중론과 민족주의」, 『상허학보』 46, 상허학회, 2016.

11 이화진, 「여성의 '타자'적 인식 극복과 영토확장-『문학과지성』에 게재된 여성작가소설을 중심으로」, 『어문학』 92, 한국어문학회, 2006; 하상일, 「전후비평의 타자화와 폐쇄적 권력지향성-1960~70년대 '문학과지성' 에콜을 중심으로」, 『한국문학논총』 36, 한국문학회, 2004; 하상일, 「김현의 비평과 『문학과지성』의 형성과정」, 『비평문학』 27, 한국비평문학회, 2007; 박수현, 「1970년대 계간지 『文學과 知性』 연구-비평의식의 심층구조를 중심으로」, 『우리어문연구』 33, 우리어문학회, 2009; 송은영, 「『문학과지성』의 초기 행보와 민족주의 비판」, 『상허학보』 43, 상허학회, 2015.

12 박수현, 「1970년대 사회적 · 문학적 담론에 나타난 집단주의 연구」; 손유경, 앞의 글; 소영현, 앞의 글; 송은영, 「민족문학이라는 쌍생아」 참조.

13 박수현, 「1970년대 계간지 『文學과 知性』 연구」; 송은영, 「『문학과지성』의 초기 행보와 민족주의 비판」 참조.

14 김성환, 「1960~70년대 계간지의 형성과정과 특성 연구」, 『한국현대문학연구』 30, 한국현대문학회, 2010; 최현식, 「다중적 평등의 자유 혹은 개성적 차이의 자유-유신기 시 비평의 두 경향」, 『민족문화연구』 58, 고려대 민족문화연구원, 2013; 이현석, 「1970년대 서사담론과 '문학주체' 재현의 논리」, 『한국문예창작』 32, 한국문예창작학회, 2014.

2. 문단의 도덕주의

최근 들어 『문지』의 저항성에 대한 논의가 제출되고는 있지만[15], 오랫동안 『문지』와 『창비』는 대립적 입장을 취했다고 알려져 있었다. 양자가 세부 각론에서 차이를 보이는 것은 사실이기에, 빈틈없는 유사종이라는 판단은 성급하다. 다만 양자가 공유하는 것이 존재한다는 것은 타당한 관찰인데, 그 공유점을 어떻게 봐야 하는가 하는 문제는 섬세한 고찰을 요한다. 이 논문은 그 공유점을 양자의 질적 유사성을 보증하는 근거로 보지 않고, 그것을 심층적이고 근본적인 차원의 정신적 지반으로 파악하여 당대인이 의식하지 못한 채 구속된 이데올로기를 간취하는 실마리로 삼고자 한다. 이데올로기는 근본적 차원의 신앙이기에 세부적으로 상이한 논의를 펼치는 담론들에서도 공유될 수 있으며, 당연한 말이지만 어떤 이데올로기를 공유한다는 사실이 논점의 동일성을 지시하지는 않는다. 그런데 세부 논지의 차이들은 이 논문의 관심사를 벗어나며, 이 논문은 우선 다양한 논점들 근저에서 작동하는 근본적 원칙에만 주목하기로 한다. 다음에서 『문지』와 『창비』의 다양한 담론들 기저에 흐르는 근본적 신념으로서의 도덕주의가 작동하는 현장들을 고찰하려고 한다. 이들 비평 담론에서 도덕에 대한 신념은 각종 논의의 자명한 전제로 설정되며, 도덕주의를 내장한 상투어들이 곳곳에서 산견된다. 때로 도덕은 오늘날과 달리 '직설적으로' 발화되기도 한다.

---

15 박수현, 「1970년대 계간지 『文學과 知性』 연구」; 송은영, 「『문학과지성』의 초기 행보와 민족주의 비판」 참조.

문학에서 무엇이 가장 중요한가? 이 고전적이고도 보편적인 질문에 다양한 답이 제출될 수 있으나, 『창비』 필진은 주저 없이 '작가의 도덕의식'이라고 대답한다. 그들은 작가의 도덕의식을 문학의 지상 가치로 상정하는 견해를 노골적으로 피력한다. 김병걸은 직설적으로 말한다. "문학의 가치는" "작가가 한 작품을 통해서 궁극적으로 무엇을 목표로 하고 있는가 하는 윤리적 가치관의 모색에 내재하는 것이다."[16] 그에 따르면 작가의 윤리적 가치관이 문학의 질을 좌우한다. 윤리적 가치관의 모색은 작품의 궁극적인 목표와 동의어로 운위된다. 염무웅은 김수영을 논하면서 "사람들이 와글거리며 아귀다툼하는 이 도시적 환경에서 어떻게 제대로 살 것이며 또 어떻게 제대로 못살고 있는가, 이것만이 그에게 문제였다는 점에서 그의 시는 언제나 윤리적 가치와의 관련에서 해명될 수 있다"[17]고 한다. 염무웅은 김수영 시를 분석하는 가장 적절한 회로로 윤리적 가치를 선택했다. 이는 도덕이 그 자체로 작품 분석의 틀로서 작동함을 보여준다. 또한 위의 발언은 '어떻게 볼 것인가', '어떻게 쓸 것인가'라는 문제보다도 '어떻게 살 것인가'라는 문제가 당연히 중요하다는 전제를 근저에 함유한다. '어떻게 살 것인가'라는 문제는 곧 윤리적 선택 혹은 도덕적 고민과 관계한다. 문학에서 도덕에 대한 고민이 미학적 모색이나 사유의 정련을 능가하여 숭고한 위치를 점하고 있다.

뒤에서 보겠지만, '건강'과 '건전'은 1970년대 정권의 상투어였다. 흥미롭게도 건강과 건전은 『창비』 필진에게도 상투어이다. 『창비』 필진

---

16 김병걸, 「20년대의 리얼리즘문학 비판」, 『창작과비평』 32, 1974. 여름, 334면.
17 염무웅, 「김수영론」, 『창작과비평』 42, 1976. 겨울, 429면.

은 건강성과 건전성을 작품 평가의 중대한 척도로 사용한다. 가령 염무웅은 해방 직후 작품이 "일제 식민지 시대의 어떠한 문학작품도 갖지 못한 **건강성**을 지니고 있다"[18]고 한다. 김병걸은 구중관의 소설 「세청년」이 "젊은이들의 생태와 행동반경을 통해서 간간이 시대의 비리와 부조리상, 사회의 구조적 모순 같은 것을 예각적으로 비판하고 있"기에 이 작품이 "멜로드라마적인 감상성을 풍기면서도 끝내 **건강함**을 잃지 않는"[19]다고 논한다. 염무웅과 김병걸은 작품을 고평할 때 '건강'이라는 어휘를 사용한다. 건강성은 작품의 완성도를 확언하는 최종 전언이었던 것이다. 여기에서 〈건강성=훌륭함〉이라는 자동화된 공식을 발견할 수 있다. 또한 이들은 "건강함"을 작품을 상찬하는 중대한 근거로 사용한다. 건강함은 작품의 수월성을 보증하는 지표가 된다. 작품을 평가할 때 사유의 깊이, 형식의 완미함, 진정성 등 여러 가지 미덕을 평가 기준으로 사용할 수 있거니와, 위의 평문들에서는 건강함 여부가 최종 심급인 것으로 보인다.

김병걸은 상기 소설이 젊은이의 방황과 좌절을 그리지만, "전반부의 **불건전성**은 요컨대 후반에서 그것의 극복에 극적인 액센트를 주기 위해 부설된 假橋"[20]라고 말한다. 김병걸은 젊은이의 방황과 좌절 등 오늘날 문학작품의 훌륭한 소재가 될 수 있는 것을 단지 '불건전성'으로 매도하며, 그 건전한 극복만을 유의미한 것으로 본다. 혼란으로 점철된 분열된 내면 등 심리적 정경은 그저 불건전한 미달태일 뿐이었

---

18 염무웅, 「8·15직후의 한국문학」, 『창작과비평』 37, 1975. 가을, 135면. 이하 굵은 글씨는 인용자에 의한 것이다.
19 김병걸, 「네 개의 중편소설」, 『창작과비평』 37, 1975. 가을, 178면.
20 위의 글, 176면.

다. 『창비』에서 추앙한 문인상은 심적 고통으로 수난당하는 문인이 아니라 건전 이데올로기로 표백된 문인상이었다. 뒤에서 보겠지만 이 문인상은 1970년대 정권이 제시한 바람직한 인간상과 상통한다. 이밖에도 작중인물들이 "좌절을 되씹으면서도 스스로를 송두리째 패망이나 패륜 속에 내던지지 않는 **건전한 양심과 정신**을 고수하고 있"[21]다는 점을 고평하는 김병걸의 언명에서 보듯, '건전'이라는 어사는 반복적으로 누차 등장한다. 이는 '건전'이 특정 이데올로기를 실어 나르는 상투어임을 보여준다. 이는 건전/건강에 대한 숭상이 일회적인 것이 아닌 뿌리 깊은 강박임을 시사한다. 여기에서 문학작품의 건강/건전의 당위에 긴박된 이데올로기를 감지할 수 있다. 이 이데올로기가 바로 도덕주의를 가리킨다.

특히 위의 평문들에서 작중인물의 건전한 양심과 정신이 작품의 가치를 보증하는 현장은 주목을 요한다. 여기에서 건강하고 건전한 작중인물을 그린 작품이 우수하다는 의식이 간취된다. 실상 〈작중인물의 도덕성=작가의 도덕성=작품의 가치〉라는 공식이 자명한 것으로 통용되는 장면은 『창비』 평문 여러 곳에서 산견된다. 염무웅에 따르면 이선희와 황순원의 소설은 "모순을 딛고 일어서서 새로운 삶의 질서를 창조하려는 **건강한 農民像**을 보여준다."[22] 작가가 "모순의 극복을 위해 감연히 떨쳐나선 한 떼의 이름없는 농민들을, 그들의 황소처럼 **건강하고 씩씩한** 모습을 부각시"[23]킨다는 것이다. 염무웅은 건강하기에

---

21 위의 글, 177면.
22 염무웅, 「8·15직후의 한국문학」, 139면.
23 위의 글, 140면.

바람직한 농민을 그린 작가를 동시에 이상적인 작가로 격상시킨다. 이 논지의 전제는 등장인물의 도덕성이 곧 작가의 도덕성을 반영한다는 논리이다. 또한 김병걸은 에밀 졸라가 "가장 비참하다 생각되는 사람들의 생활 근저에는 **건전한 인간성**이 있다는 사실을 간과하지 않았"[24]다는 이유로 졸라의 문학을 고평한다. 작중인물의 "건전한 인간성"의 소유 유무가 문학의 질을 좌우한다. 작중인물의 건전함이 곧 작품과 작가의 건전함이 된다. 『창비』 필진은 작가의 도덕성을 작품 평가의 중대한 준거로 활용하며, 이때 등장인물의 정신적 지향과 작가의식을 동일시한다. 바로 이곳에 문학은 도덕적인 인물을 그려야 바람직하다는 도덕주의적 신념이 작동하고 있다.

도덕주의에 경도된 문학관은 문학의 도덕 생성 기능을 간과하지 않는다. 문학을 독자의 도덕성을 고취하는 데 사용해야 한다고 생각하는 것이다. 도덕의식 함양은 문학의 중대한 조건이자 의무가 된다. 가령 염무웅은 박경수의 「동토」를 논하며 "우리는 실패했으면 실패한 대로의 작품 「凍土」를 한 개 디딤돌로 삼아 건강하고 폭넓은 참된 삶의 창조적 추구에 결연히 함께 나서야 할 것이"[25]라고 말한다. 여기에서 "**건강하고 폭넓은 참된 삶의 창조적 추구**"가 문학인과 독자의 당위적인 과제로 제시된다. 건강한 의식이 작품 평가의 척도로만 기능하는 것이 아니라 당대인의 보편적인 윤리로 대두된다. 문학인과 독자는 모두 건강하고 참된 삶을 추구할, 즉 도덕적으로 살아야 할 사명을 가지는 것이다. 이렇게 문학인과 독자에게 일정 수준의 도덕성을 당연한 것으로

---

24 김병걸, 「20년대의 리얼리즘문학 비판」, 333면.
25 염무웅, 「농촌 현실과 오늘의 문학」, 『창작과비평』 18, 1970. 가을, 491면.

요구하는 풍토는 오늘날에는 찾아보기 힘들다. 특히 이 장면에서 문학을 통해 "우리"가 "건강하고 폭넓은 삶의 추구"로 대변되는 도덕의식을 함양하자고 결연히 결심하자는 설득적 언사를 주목해야 한다. 저자는 문학을 작가와 독자 모두의 도덕적 삶에의 의지를 고취하고 견인하며 확장하는 기폭제로 여긴다. 문학의 도덕 생성 능력을 지순하게 신봉하면서 문학의 사회 교화적 기능을 역설하는 셈이다.

문학의 도덕 생성 능력에 대한 염결한 신념은 모범을 필요로 한다. 문학이 독자의 도덕성을 제고하려면, 따라야 할 인간상을 구체적으로 제시해주는 것이 효과적이다. 이 필요성에서 (바람직한) '인간상' 또는 '전형'이라는 개념이 탄생했다고 보인다. 우선 '인간상'이라는 어휘는 『창비』의 상투어 중 하나인데, 이는 독자들이 따라야 할 도덕적인 표본을 제시하려는 의도를 내장한다. 가령 백낙청은 김정한의 「수라도」의 가야부인이 양반집안의 충실한 맏며느리지만, 일제하 고난을 겪어내면서 평민들과 같이 호흡하는 새로운 차원의 "지도적 인간상(人間像)"에 도달한다고 논한다.[26] 여기에서 백낙청은 작중인물을 "지도적 인간상"이라고 지정하는데, 이는 따라야 할 '인간상'을 제시해야 한다는 당위에 긴박된 비평의식을 노출한다. 추수해야 할 인간상을 요청하는 비평의식은 '전형'이라는 상투어를 파생한다. 가령 김병걸은 김정한의 인물이 "한 개인의 實在를 뛰어넘는 집단적 正義를 위한 행동성의 표상이요, 역사의 저변을 형성하는 평민의 강인성과 헌신적 정신을

---

26 백낙청, 「민족문학의 현단계」, 『창작과비평』 35, 1975. 봄, 52면 참조.

상징하는 존재"[27]라고 논하면서, 그가 "강인한 인간상의 典刑"[28]이라고 단언한다. 이어서 그는 전형이라고 명명된 인물이 "긍정적 人間像으로 부각"되며, 이는 김정한의 작품에 "유례를 찾아볼 수 없는 健全性"을 부여한다고[29] 논한다. 여기에서 전형이란 긍정적 인간상과 동궤에 놓인 것이며, 작품의 건전성을 보증하는 조건이라는 점을 알 수 있다.

작품의 건전성이 곧 우수성을 판가름하는 최종 심급이라는 점을 고려할 때, 전형 창조는 작가의 당위로 등극한다. 긍정적 인간상, 전형, 건전성은 유사 의미망 속 개념들로서, 도덕주의의 자장에서 발화될 수 있는 어휘들인 셈이다. 신경림은 최근 소설에 전형이 없다는 점을 아쉬워하면서, 『쌈짓골』의 팔기가 자주적인 농민상을 구현하며, 이러한 전형을 창조한 점에서 작품이 성공했다고 논한다.[30] 이 역시 전형 창조를 중시하는 『창비』의 비평의식을 보여준다. 전형이란 곧 긍정적이고 바람직한 인간상이며, 이것은 도덕적인 이상을 구현하는 구체적 사례를 제시함으로써 독자의 도덕성을 제고하기 위해 요청되었다. 전형에의 강박의 전제는 문학의 도덕 생성 능력 혹은 사회 교화 능력에 대한 순일한 신념이기에, 이 역시 도덕주의가 발현되는 한 회로라 할 수 있다.[31]

---

27 김병걸, 「김정한문학과 리얼리즘」, 『창작과비평』 23, 1972. 봄, 103면.

28 위의 글, 102면.

29 위의 글, 102면 참조.

30 김춘복·송기숙·신경림·홍영표·염무웅, 「좌담: 농촌소설과 농민생활」, 『창작과비평』 46, 1977. 겨울, 16면 참조.

31 전형에 대한 김병걸의 다음 논의는 참조할 만하다. "전형이라 할 때, 그것은 바른 의미에서 시대의 보편적인 문제와 이어맺어져야 한다. 전형은 한 민족, 한 사회, 또는 한 계층에게 부과된 가장 넓고 심각하고 특징적인 문제성을 체현해야 그 본연의 의의를 얻게 된다. 전형은 시대 가운데서 당대의 탐구와 투쟁을 결정하는 심각한 역사적 사회적 및 철학적 윤리적 경험으로부터 얻어지는 것이다. 그것은 비극적인 것의 경우에 있어서도 그 비극적 상황을 이겨내려는 의지의 윤리성을 표상하는 것이다. (중략) 어쨌든 실제의 인간은 말할

도덕을 통한 인간성 개조를 역설하는 문학관은 자연스레 계몽에의 의지를 파생한다. 『창비』의 민중계몽론의 뿌리는 인간 개조 의지라고 할 수 있는데, 이 역시 도덕주의에 근거를 둔다. 농민 계몽은 『창비』 필진의 중대한 화두이다. 가령 신경림은 다음과 같이 질문한다. "정치 권력은 (중략) 단 한번이라도 이들(농민들)로 하여금 진정한 市民意識을 갖게끔 啓發하고자 한 일이 있는가?"[32] 이 질문은 농민의 의식 계발이 지상과제라는 명제를 자명한 전제로 삼고 있다. 백낙청은 "民衆意識을 말하는 것은 사실상 빈곤과 무지에 시달리고 있는 민중의 의식상태를 부당히 미화하려고 하"는 것이 아니라고 말하면서, "그들의 의식이 선각적인 개인들에 의해 계발되어야 한다는 현실의 과제"[33]를 수긍한다. 그는 민중의 의식 개조가 지식인들의 중차대한 소임임을 인정하는 것이다. 송기숙은 농촌소설에 관한 좌담에서 "제반 농촌문제들을 작가가 선도적인 입장에서 거시적 안목으로 파헤쳐, 농민들에게 용기를 불어넣고 옳은 방향을 제시하며 허무나 패배의식을 극복할 수 있도록 다루어야겠다고 새삼 다짐"[34]한다. 작가가 선도적 입장에서 농민들에게 옳은 방향을 제시하겠다는 진술은 의심할 나위 없이 민중의 의식 개조를 지향한다. 뒤에서 보겠지만, "옳은 방향", "허무나 패배의식"의 "극

것도 없고 작중인물도 전형적이 되려면, 그가 당면한 내적·외적 제문제를 그 자신이 살고 있는 사회·시대·역사의 영역으로 확충시킬 때만 참다운 의미를 가진다."(김병걸, 「20년 대의 리얼리즘문학 비판」, 331면.) 이렇게 김병걸이 전형의 의미와 의의를 공들여 규정하려고 했다는 사실은 당대 전형에의 압박을 보여주며, 전형이 결국 "의지의 윤리성을 표상" 한다는 진술은 전형과 도덕주의의 친연성을 증빙한다.

32 신경림, 「농촌현실과 농민문학」, 『창작과비평』 24, 1972. 여름, 279면.
33 백낙청, 「문학적인 것과 인간적인 것」, 『창작과비평』 28, 1973. 여름, 445면.
34 김춘복·송기숙·신경림·홍영표·염무웅, 앞의 글, 35면.

복"이라는 어사는 『문지』나 박정희의 담론에서도 반복되는 도덕주의적 어휘들이다. 의식 개조는 농민들만을 대상으로 하는 것은 아니다. 작가들 역시 계몽의 대상이 된다. 백낙청은 천승세에게 부단한 자기수련과 정진을 통해서 "각성된 민중의식을 계발하며 또 이 계발된 민중의식에 귀일할"[35] 것을 요구한다. 이처럼 1970년대 작가들과 민중들은 계몽의 대상, 즉 의식 개조의 대상으로 여겨졌다. 인간은 부단히 계발되어야 할 형성중의 존재였고, 성인이라기보다는 교육이 필요한 학생에 가까웠으며, 계발과 교육의 회로는 문학이었다. 이러한 의식은 문학으로써 인간을 더 나은 쪽으로 교화할 수 있고 교화해야 한다는 도덕주의를 근저에 함유한다.

『창비』 필진과 마찬가지로 『문지』 동인은 평문에서 도덕과 윤리를 직접적으로 언급한다. 가령 김치수는 위대한 작가일수록 "뛰어난 倫理觀-價値觀에 대한 의식을 고취시킨다는 사실을 우리는 도스또예프스키나 카뮈에게서 찾아볼 수 있다"[36]고 말한다. 이 발언의 전제는 좋은 문학은 윤리관을 고취한다는 명제이다. 또한 그는 "농촌에 들어오는 拜金主義의 물결을 극복하는 데 따르는 문제와 거기에 새로운 윤리관을 부여하는 문제가 농촌소설의 관심이 되지 않으면 안된다"[37]면서, 농촌소설의 과제가 현실적 문제에 새로운 윤리관을 부여하는 것이라고 논한다. 두 발언 모두 문학의 절대적 사명이 윤리의식, 즉 도덕성의 함양이라는 신앙을 전제하고 있다. 문학은 독자의 도덕성을 끌어올

---

35 백낙청, 「민족문학의 현단계」, 66면.
36 김치수, 「觀照者의 世界-李浩哲論」, 『문학과지성』 2, 1970. 겨울, 352면.
37 김치수, 「狀況과 文體-農村小說의 경우」, 『문학과지성』 3, 1971. 봄, 76면.

리는 매개로 상정된다. 또한 김병익은 조세희의 소설을 논하면서 이렇게 말한다. "오늘의 〈집〉은 도덕과 윤리를 상실함으로써 왜곡되어 버린 자본주의의 부작용과 사람다움의 권리를 상실한 계층의 희생 위에 선 물량주의의 反人間的 構造를 적나라하게 보여"[38]주며, "작가는 체제 속에서 부유하게 살고 있는 사람들의 不道德性을 혹독하게 힐난한다."[39] 김병익의 발언에서 도덕과 윤리의 상실, 반인간성과 부도덕성은 당대 최대의 문제적 상황으로 지적된다. 그는 조세희를 당대인의 부도덕성을 혹독하게 힐난했다는 이유로 고평한다. 작가의 도덕 지향성이 작품의 가치 평가에서 중대한 심급이 되는 것이다. 이러한 평가의 전제는 문학이 반도덕에 저항하고 도덕을 수호하는 데 앞장서야 한다는 신념이다. 이 전제 혹은 신앙이 바로 도덕주의이다.

'새로운 도덕의 추구'는 『문지』 동인에게 공유되었던 화두이다. 가령 오생근은 "새로운 대중문학이 사회의 세속적인 기존 윤리에 동조하고 있는 것이 아니라 그것과 예리하게 충돌하면서 기존 윤리의 벽을 뛰어넘으려 하고 있다"[40]고 말한다. 여기에서 대중문학의 변별적 특징을 논할 때, 여러 가지 지표 중에서 하필 '윤리'라는 기준점을 상정한 점이 주목을 요한다. 얼핏 도덕과 무관해 보이는 대중문학을 논할 때에도, 그 내적 자질을 분석하기 위해서 윤리라는 해석적 지표가 필요했다. 이는 윤리 혹은 도덕이 문학의 절대적인 조건이라는 신앙이 있었기에 가능한 분석 형식이다. 한편 김치수에 따르면 "권선징악이라는 도덕적

---

38 김병익, 「난장이, 혹은 疏外集團의 言語-趙世熙의 近作들」, 『문학과지성』 27, 1977. 봄, 179면.

39 위의 글, 182면.

40 오생근, 「韓國大衆文學의 展開」, 『문학과지성』 29, 1977. 가을, 824면.

인 사고 방식의 표현 양식으로부터 새로운 도덕의 추구로 넘어온 근대소설의 경우, 이미 소설의 개념의 새로운 설정이 시도되었다고 할 수 있"[41]다. 근대소설을 해석할 때 여러 가지 분석 방식을 취할 수 있으나 그 중에서 김치수는 굳이 "새로운 도덕"에 주목한다. 오늘날의 시각에서 도덕성은 근대소설의 주요한 변별적 자질이 아니나, 1970년대의 시각에서 근대소설은 도덕이라는 틀 안에서 가장 적절하게 해명될 수 있었다. 이렇게 '새로운 도덕'은 『문지』 동인들이 자주 의존했던 해석적 도구였다. 새로운 텍스트를 분석할 때 비평가는 이전의 것과 변별되는 새로운 무엇을 간취해야 한다. 이때 『문지』 동인들은 그 무엇의 자리에 '도덕'을 배치한다. 이는 도덕을 문학의 중핵적 요소이자 조건으로 상정하는 이데올로기, 즉 도덕주의에서 비롯한 해석 관습이라고 보인다.

『창비』 필진과 마찬가지로 『문지』 동인은 '건강함'을 작품 평가에서 중대한 지표로 활용하며, 작품을 상찬하기 위해 '건강함'이라는 어사를 동원한다. 가령 오생근은 "이웃과 시대의 진실에 투철하려는" 황석영의 의식이 "지극히 **건강하고** 온당한 입장"이라고 논한다.[42] 황석영의 작가의식을 상찬하는 데 '건강함'이라는 자질을 그 근거로 삼는 것이다. 이는 건강함이 좋은 문학의 조건이라는 전제에서 비롯된 논리이다. 작가의 건강함뿐 아니라 인물의 건강함도 상찬의 대상이 된다. 오생근은 황석영의 「한씨연대기」나 「아우를 위하여」의 아이들이 "**건강**

---

41 김치수, 「흔들림과 망설임의 세계」, 『문학과지성』 40, 1980. 여름, 477면.
42 오생근, 「黃晳暎, 혹은 존재의 삶」, 『문학과지성』 33, 1978. 가을, 958면 참조.

한 의식을 갖고 두려움없이 단단하게 자란"[43] 사실을 강조한다. 『창비』
의 경우에서처럼, 〈건강한 인물=작가의 건강함〉이라는 공식이 지당한
전제로 작동하고 있다. '건강함' 이외에도 '긍정성'이라는 자질 역시 작
가의식을 고평하기 위해 동원되는 지표이다. 오생근은 황석영의 「객
지」의 문학적 성공이 "동혁과 같은 **긍정적** 인물을 창조해냈다는 점"
에서 기인한다고 논한다. 그는 작중인물의 당당한 행동과 "희망을 잃
지 않는 떳떳한" 성격을 고평하는데, 이후 「삼포가는 길」에서의 영달,
「섬섬옥수」에서의 상수, 「돼지꿈」에서의 근호 등에서도 이러한 긍정
적 성격이 발견된다며, 그러한 긍정적인 인물을 창조한 작가의식을 상
찬한다.[44] 여기에서도 오생근은 작중인물의 긍정성과 작가의식의 긍정
성을 등치관계로 파악하는 자동화된 감각을 보여준다. 『창비』에서와
마찬가지로, 건강함과 긍정성을 문학의 절대적 미덕으로 상정하는 의
식, 작품의 도덕 지향성 혹은 작중인물의 도덕성이 우수함의 조건이라
는 논리의 모태는 도덕주의이다.

한편 건강함, 희망, 당당함 등 긍정성의 조건이 당대 발전주의적 미
덕 혹은 시민적인 미덕과 상통함에 유의해야 한다. 뒤에서 보겠지만
이는 박정희의 담론에서 강조된 미덕과 동형(同形)이다. 『창비』와 『문
지』의 상투어였던 '건강'과 '건전' 자체가 지극히 청결한 덕목이다. 예
민한 감수성이나 고통받는 기질 등 다소 병적인 성향은 문학적 자질로
서 중요한 것이나, 건강하고 발전적이며 진취적인 미덕을 옹호하는 문
단의 분위기에서 폄하될 수밖에 없었다. 고통과 도취 등 디오니소스적

---

43 위의 글, 948면.
44 위의 글, 950면 참조.

덕목에서도 문학은 꽃필 수 있거니와, 당대 문학인들은 아폴론적 도덕의 가치에 더욱 경도되었다. 그들은 문학의 미덕화(美德化)를 감행했고, 그 청결도를 극대화하기 위해서 골몰했으며, 예의 미덕은 자주 발전주의적 덕목과 결탁했다. 가령 그들이 애지중지한 '건전'은 정권이 주창한 시민적인 '건전'과 먼 자리에 있지 않았다.

'바람직한 인간의 삶' 또는 '진정한 인간의 삶' 역시 『문지』 평론에 자주 등장하는 상투어이다. 오생근은 황석영이 "자기의 문학적 행위가 보다 바람직한 인간적 삶에 기여해야 할 것이라고 생각하며 또한 그렇게 믿고 있다"[45]고 말한다. 다른 자리에서 오생근은 당대 대중소설이 "이 사회의 서로 다른 각 계층의 문제를 파헤치면서 진정한 인간적 삶에 대한 물음을 깨우쳐 주고 있다"[46]고 논한다. 요컨대 문학은 바람직한 인간적 삶에 기여하며, 좋은 작품은 진정한 인간적 삶에 대해 질문한다는 것이다. 이들은 작품을 긍정적으로 평가하는 논의를 끝맺으면서 결론 격으로 제출한 발언이다. 논의의 최종 전언이나 다름없는 이 진술에서 바람직하거나 진정한 인간적 삶의 추구가 문학의 궁극적 목표라는 전제를 발견할 수 있다. 김병익은 조세희의 『난장이』 연작이 "세계와 주인공, 그리고 우리 자신의 타락을 환기시킴으로써" "우리에게 〈진정한 가치〉란 무엇인가를 생각하게 한"[47]다고 논한다. 문학이 독자에게 진정한 가치를 고민하게 하기에 훌륭하다는 논의는 역시 문학의 소임이 진정한 가치의 추구라는 신앙을 전제한다. 이러한 진술은

---

45 위의 글, 957면.
46 오생근, 「韓國大衆文學의 展開」, 812면.
47 김병익, 「對立的 世界觀과 美學-趙世熙의 『난장이』」, 『문학과지성』 34, 1978. 겨울, 1243면.

모두 문학이 삶을 바람직한 방향 곧 도덕적인 지점으로 이끌어야 한다는 신념에서 비롯된바, 이 신념이 바로 도덕주의를 가리킨다.

『창비』 필진은 '어떻게 살 것인가'라는 문제를 당대 문학 장의 중대한 화두로 보았다. 이 화두 역시 『문지』와 『창비』에게 공유된다. 가령 박태순이 "작품을 통하여 近代化라든가 都市化되어 가는 격변기의 한국적 현실에서 어떻게 살아야 할 것인가에 대한 핵심적인 문제를 집요하게 파고들"[48]었다고 논할 때, 오생근은 "어떻게 살아야 할 것인가"라는 질문이 당대의 "핵심적인 문제"라고 인정한 셈이다. 김현은 다음 글에서 단적으로 '어떻게 살아야 하느냐'라는 문제가 1970년대 비평계의 화두임을 통찰한다. "비평은, 비평으로서, 타개해 나가야 할 문제와 문학적 삶에 대한 반성으로서, 우리는 어떻게 살아야 하느냐 하는 문제를 다같이 폭넓게 껴안았다. (중략) 그런 의미에서 70년대 비평은 그 어느 때의 그것보다 더 문제 제기적이다."[49] 김현의 지적대로 '어떻게 살 것인가'라는 문제는 『문지』나 『창비』에게 공유되었던 당대의 화두였다. 당대인은 문학을 그 존재 자체로 수긍하지 않았고, 문학에게 일반인들의 삶의 방향을 제시하는 이정표의 역할까지 요구했다. 문학에게, 개인의 윤리적 현실에 깊숙이 개입해서 실질적으로 삶을 변혁시키는 계기가 될 것을 요청한 셈이다. 문학은 곧 윤리를 생성하는 원천이었다. 이는 문학을 통해서 삶이 고양되고 더 나은 방향으로 발전해야 한다는 신앙, 즉 도덕주의와 병행한다. 입장의 차이에도 불구하고 공

---

48 오생근, 「小市民的 삶에 대한 批判-朴泰洵의 近作을 중심으로」, 『문학과지성』 30, 1977. 겨울, 1040면.
49 김현, 「批評의 方法-70년대 비평에서 배운 것들」, 『문학과지성』 39, 1980. 봄, 163면.

유되었던 이 믿음을 당대의 이데올로기로 볼 수 있을 것이다.

　문학적 도덕주의는 문학을 통해 일반인의 도덕성을 고양하려고 한다. 이는 다분히 계몽적인 의식이거니와, 여기에서 교사의 소임을 문학에게 부여하는 심적 태도가 파생된다. 『문지』 동인들은 드물지 않게 교사적 문인상을 선전제하고 논의를 펼치는데, '일깨움'이라는 상투어가 이를 보여준다. 오생근에 따르면, 한수산의 『부초』는 "근대화의 진정한 의미가 무엇이며 어떻게 살아가야 하는가의 문제를 **일깨우고** 있다."[50] 또한 문학의 "진정한 재미란 읽는 사람의 정신을 흐리게 하고 마취시키는 순간적 재미가 아니라 현실에 대해서 비판적 의식을 **일깨우는** 각성적 재미여야 한다. 일반적으로 고통받는 이웃을 위해서 비판적 의식을 **일깨우는** 작가는 인기 작가라기보다 신뢰받는 작가일 것이다."[51] 이외에도 '일깨움'은 『문지』의 평문들에서 상투어로 등장한다. 김주연은 '일깨움'보다 더 나아간 자리에서 논의를 펼친다. 그에 따르면, 작가 김주영은 "마음이 가난한 한국인들을 향해 눈물의 **회초리**를 들고 있"[52]으며, "이 작가의 특유한 풍자가 社會變動이 극심한 현실을 살아가는 인간들에 대한 따뜻하고도 준열한 **채찍**이 되기를 필자는 기대한다."[53]

　이들 평문에서 작가는 독자를 일깨워야 하고 각성을 유도해야 하며 심지어 가르침을 위해 회초리를 들어야 한다는 논리가 지당한 전제로 통용되고 있다. 여기에서 작가는 일깨우고 가르치는 자, 독자는 일깨

50　오생근, 「韓國大衆文學의 展開」, 822면.
51　오생근, 「黃晳暎, 혹은 존재의 삶」, 957면.
52　김주연, 「社會變動과 諷刺─金周榮 소설의 문제 제기」, 『문학과지성』 17, 1974. 가을, 710면.
53　위의 글, 711면.

움/ 가르침을 받는 자로 배치된다. 이러한 배치법은 교사로서의 작가상을 전제한다. "회초리"와 "채찍" 등 극단적인 어휘는 교사로서의 작가상을 재승인하며 강화한다. 이러한 교사/ 학생의 이분구도 역시 문학을 통해서 독자는 바람직한 삶의 길을 터득해야 하고 문학이 독자의 도덕성을 고양해야 한다고 상정하는 도덕주의의 발현이다. 뒤에서 보겠지만 이는 박정희 담론에서 지도자/ 국민의 배치 방식과 상동이라 주목을 요한다.

이상에서 보았듯 『창비』와 『문지』의 저자들은 공히 문학에서 도덕의 숭고한 위상을 염결하게 신봉한다. 그들은 도덕성을 작품 평가의 척도로 삼고 작품 분석의 틀로 차용한다. 이때 〈작중인물의 도덕성=작가의 도덕성=작품의 가치〉라는 공식이 자명한 것으로 통용되기도 한다. 이들에게서 건전/ 건강은 좋은 가치들의 궁극적 도달점으로 작동한다. 이들은 '어떻게 살 것인가'하는 문제를 당대 문단의 화두로 인식하며, 문학의 도덕 생성 능력을 지순하게 신봉한다. 문학을 독자의 삶을 도덕적으로 올바른 곳으로 견인하고 확장하는 계기로 여긴 것이다. 이는 전형을 제시해야 한다는 강박이나 작가에게 일깨우거나 가르치는 교사의 지위를 부여하는 심적 태도를 파생한다. 두 경우 모두 독자를 의식 개조의 대상으로 본 점에서는 유사하다. 이러한 비평적 실천의 근저에 놓인 전제는 작가와 문학은 그 자신이 도덕적이어야 하며 독자의 도덕성을 제고해야 하고, 문학의 사명은 도덕적으로 숭고한 경지를 제시하는 것이라는 신념이다. 이 신념이 바로 도덕주의이다. 대립적 입장을 취했다고 알려진 『창비』와 『문지』에서 도덕주의는 의심을 불허하는 지당한 전제, 곧 이데올로기로 작동하고 있었다.

지금까지 미시적인 차원에서 작동한 문단의 도덕주의를 고찰했으나 거칠게 보자면 문학적 도덕주의는 1970년대 문학을 규정하는 핵심 개념에서부터 그 근저에 거하고 있었다. 1970년대 문학이 사회적 상상력으로 충일했다는 사실은 잘 알려져 있다.[54] 사회비판적 문학이 문단을 주도하기까지 『창비』가 수행한 역할은 재론의 여지가 없다. 그러나 오랫동안 간과되었지만 최근에 밝혀진 대로, 사회비판적 문학의 폭발적 성장에 『문지』가 기여한 바 역시 간과할 수 없다. 『문지』와 『창비』 모두 정권에 비판적 시선을 견지하고 사회비판 의식으로 무장한 문학을 고평하면서 그것의 생산을 권장하고 유도했다. 그런데 이러한 사회비판을 가능케 한 것은 명확한 선악의 분별의식, 즉 도덕 감각이다.[55] 이 사정을 고려하면 문학적 도덕주의는 당대 비판적 지식인들의 사유구조에서 가장 근본적인 거점이었다고 보인다.

3. 사회의 도덕주의

도덕주의는 비단 문단만의 이데올로기가 아니었다. 도덕주의의 사회적 위상을 가늠하기 위해서 이 장에서는 박정희 대통령의 1970년대 저작을 고찰하고자 한다.[56] 이 저작들은 국민들에게 박정희 대통령의 업적을 홍보하고 그의 정책에 동의와 협조를 이끌어내려는 목적으로

---

54 권영민, 『한국현대문학사 1945~1990』, 민음사, 1997, 288면 참조.

55 이에 관한 상세한 논의는 박수현, 「조해일의 소설과 도덕주의」, 306-309면 참조.

56 박정희의 명의로 출판된 저서는 『지도자도』(1961), 『우리 민족의 나갈 길』(1962), 『국가와 혁명과 나』(1963), 『민족의 저력』(1971), 『민족중흥의 길』(1978) 등이 있다. 이 중에서 본 논문은 1970년대 저작인 『민족의 저력』과 『민족중흥의 길』만을 텍스트로 삼기로 한다.

집필되었다. 이때 특정한 논리가 홍보와 설득의 중요한 방략으로 사용된다면, 그 명제는 사회적으로 가장 동의를 이끌어내기 쉬운 것이라고 상정된 것, 즉 그 정합성이 사회적 합의에 이미 도달한 것, 그것에의 의심을 불허하는 것이라고 볼 수 있다. 홍보와 설득의 회로가 바로 당대의 이데올로기를 암시한다는 것이다. 박정희 대통령의 저작의 실제 저자는 당대 유수한 지식인들이었으므로,[57] 다수의 지식인들이 자명한 것으로 상정한 무엇이라면, 이를 당대의 이데올로기로 볼 가능성은 높아진다.

박정희 담론의 저자들(이하 박정희로 통칭)은 이상적인 국가 혹은 사회의 모습을 다음과 같이 제시한다.

> 우리가 원하는 것은 物質的으로 풍요할 뿐 아니라, **精神的으로 건강하고 아울러 훈훈한 友愛와 人情이 넘치는** 살기 좋은 나라이다. 우리는 온갖 現代文明의 利器와 편안한 生活을 추구하면서도, 우리의 **값진 美風과 傳統을 보존**함으로써 高度産業社會의 병폐를 뛰어넘은 **人間的인 사회**를 이 땅에 건설해 나가야 한다.[58]

> 우리가 실현하려는 것은 오늘의 先進産業社會 그 자체의 모습이 아닐, 그 豊饒와 文明과 함께 우리의 **아름다운 전통과 人間性이 살아있는** 복된 社會이다. 끊임없는 갈등과 투쟁으로 자기만의 이익을 쫓는 利己的인 사

---

57 강진호, 「국가주의 규율과 '국어' 교과서-1~3차 교육과정의 『국어』 교과서를 중심으로」, 『현대문학의 연구』 32, 한국문학연구학회, 2007, 225-232면; 황병주, 「박정희 체제의 지배담론-근대화 담론을 중심으로」, 한양대 사학과 박사논문, 2008, 21-22면과 117면 참조.
58 박정희, 『민족중흥의 길』, 광명출판사, 1978, 144-145면.

회가 아니라, **人情과 協力을 통해 서로의 발전을 이룩하는 協同的인 사회**이며, 물질적인 價値만을 추구하는 퇴폐적인 사회가 아니라, **正直과 誠實과 勤勉을 숭상**하는 생산적인 社會이다.[59]

위에 제시된 모델은 거의 이상적인 도덕국가이다. 박정희의 이상적인 사회를 구체화하는 자질들은 거의 정신적·도덕적 가치이다. 박정희의 청사진에 방점을 찍는 화필은 현실적이고 실리적인 자질보다 도덕적 자질에 경도되어 있다. 국민의 동의와 협조를 구하기 위해 그럴 듯한 이상을 제시하는 것은 잘 알려진 정치적 기술이다. 동원을 목적으로 발탁된 이상이 이렇게 도덕국가적 청사진에 경도된 사실은 도덕의 부각이 가장 효율적인 설득의 방책이라는 믿음을 함유한다. 실제와 상관없이, 그는 도덕적 이상을 통해 호소해야 가장 효과적이라고 전제했기에, 이러한 청사진을 제출할 수 있었다. 이는 다른 어떤 가치보다도 도덕적 가치가 우월하다는 도덕주의적 발상에서 비롯된 설득법이다.

박정희 시대의 키워드인 경제발전주의 역시 도덕을 통하고 도덕을 지향한다. 박정희에 따르면, "우리의 경제적 토대가 어느 정도 잡혀지자, 나는 (중략) 경제의 윤리화 운동(倫理化運動)을 주창하여, 국민 스스로 생활화할 것을 종용(慫慂)하였다. 이것은 복지 사회 실현의 정신적 자세를 가다듬고, 명랑한 사회 생활을 조성하려는 의도에서 출발한 것이다. 근면, 절약, 자력 갱생(自力更生), 상호 부조 등의 정신 혁명(精神革命)이 없이는 복지 사회의 제도적 장치(制度的裝置)조차 그 기능을 발

---

59 위의 책, 151-152면.

휘할 수 없는 것을 알고 있었기 때문이다."[60] 그는 경제 발전뿐만 아니라 경제의 윤리화 운동의 가치를 역설하며, 정신적 자세와 정신 혁명의 중요성을 강조한다. 근면, 절약, 자력갱생, 상호 부조 등의 도덕적 미덕을 부각하며 이를 복지 사회의 선결조건으로 상정한다. 위의 발언은 토대가 잡힌 후, 즉 경제 발전의 선진적 단계에서 경제는 도덕을 지향해야 하며 도덕을 통해 경제를 발전시켜야 한다는 취지를 함유한다. 도덕은 경제 발전의 정점을 장식하는 것이며, 그를 향한 도정에서 필히 요구되는 것이었다. 도덕이 그의 경제 발전론에 숭고한 아우라를 부과하면서, 그 절대성을 강화한다. 그는 경제 발전을 미덕화하며, 그의 경제 발전론은 도덕주의적 발전주의라 해도 과언이 아니다. 여기에서 중요한 것은 도덕의 세례를 거쳐야 경제 발전론이 정당화된다고 믿는 전제이다. 이 전제의 동력이 바로 도덕주의라 할 수 있다.

도덕주의는 발전주의의 정당성을 담보하는 용병으로서 활약했다. 발전주의는 공리주의적·실용주의적 사유 기반을 지닌 논리로서, 자칫 비도덕적이고 천박하다는 인상을 줄 여지가 있었다. 우리 국민은 오랫동안 유가적 사유구조의 영향력 아래 도덕주의에 친숙해 왔기에, 날 것의 발전주의보다는 도덕주의로 포장된 그것이 보다 국민에게 설득력을 가질 수 있었다. 도덕주의적 포장이 일종의 당의정(糖衣錠)으로 기능한 셈이다. 박정희 담론의 도덕주의는 공리주의적·실용주의적 가치 내부의 휴머니즘적 공백을 메꾸고, 그 거부감을 완화하는 역할을 수행한 것이다. 도덕은 있을 수 있는 경제 발전론의 부정성을 완화하

---

60 박정희, 『민족의 저력』, 광명출판사, 1971, 254면.

고 상쇄하는 인자로 기능했다.[61]

박정희는 자신의 업적을 홍보하는 글에서 이렇게 쓴다. "특히 勤勉·自助·協同의 새마을精神은 아직도 혹심한 가난에 허덕이는 後進國들에게 自助의 努力을 일깨우는 데 도움이 될 수 있을 것이다. 오늘날 우리의 지속적인 經濟發展의 經驗과, 그것을 가능케 한 우리의 民主制度와 精神革命은 특히 近代化의 길을 추구하고 있는 많은 開發途上國들에게 하나의 典型으로 연구되고 있다고 한다."[62] 여기에서 박정희는 자신의 업적 중에서 경제 발전, 새마을정신, 민주제도, 정신혁명네 가지를 특히 강조한다. 여기에서 새마을운동 대신 새마을정신을 언급한 점이 주의를 요한다. 그에게 새마을운동은 곧 근면·자조·협동등 새마을정신과 동의어인 듯하다. 새마을운동은 곧 새마을정신이요, 도덕적 캠페인이었던 셈이다.[63] 또한 박정희는 경제 발전을 가능케 한

---

61 황병주는 박정희가 경제론에서 정신을 부각한 것이 노사 간 분열을 억압하기 위한 전략이라고 논한다. 그에 따르면, 1960년대 중후반 산업화는 대중사회를 초래했다. 이에 따라 이해관계가 일종의 사회적 규칙이 되었다. 이해관계의 대립은 임노동과 자본의 대립을 핵심으로 했다. 박정희는 이 이해관계의 대립을 서구에서 유래한 이기심 내지 이기주의의 만연으로 규정했다. 자본-임노동의 대립을 사회계약으로 조율하는 대신 박정희는 도의와 윤리를 제시했고, 개체 간 이해타산적 관계 대신 조화와 협동의 집단구성원을 강조했다. 즉 박정희는 이해관계 대신 정신, 곧 새로운 집단에의 열정을 주문했으며 이기적 대중에게 민족 집단에의 봉공을 요구했다. 즉 도시의 임노동자층을 핵심으로 하는 대중이 이해관계를 따지면서 분열되는 것을 막기 위해서 정신을 강조했다.(황병주, 「국민교육헌장과 박정희 체제의 지배담론」, 『역사문제연구』 15, 역사문제연구소, 2005, 164-165면 참조.) 황병주는 1960년대 중반까지 박정희의 정신 혁명의 내용이 생산적 주체의 구성에 방점을 찍고 있으나, 1960년대 말과 1970년대 초반에 그것은 계급 화해를 주문하는 것으로 채워진다고 논한다.(위의 글, 141-142면 참조.) 그러나 본고는 양자의 차이가 심하지 않다고 판단하여, 1970년대 박정희의 경제 개발론도 생산적·순종적 국민 양성을 지향한다고 본다.

62 박정희, 『민족중흥의 길』, 195면.

63 박정희는 종종 새마을운동과 새마음운동을 동격으로 사용한다. 가령 다음이 이에 대한 사례이다. "이제 우리의 都市에서도 새마을運動과 새마음運動이 점차 뿌리를 내려감에 따

것은 민주제도와 정신 혁명이라고 단언한다. 박정희는 경제 발전을 논하면서 그 동력으로서 정신 혁명을 민주제도와 어깨를 겨루는 정도의 것으로 홍보하고자 했다. 그만큼 박정희는 정신적·도덕적 가치를 부각해야 설득력을 담보한다는 신념을 지녔으며, 이는 그가 도덕주의의 자장 안에 놓였음을 보여준다.

국제 관계를 논할 때도 도덕의식은 최종 심급에 놓인다. "國家間의 관계에 있어서도 역시 法과 道德과 倫理가 살아 있어야 하며, 平等과 友愛와 信賴가 그 바탕이 되어야 한다. 힘보다는 法이 존중되고 갈등과 투쟁보다는 調和와 協同의 정신이 충일할 때 국제사회에 恒久的인 平和와 繁榮이 이루어질 수 있는 것이다."[64] 법과 도덕과 윤리, 평등과 우애와 신뢰, 조화와 협동 등 도덕적 덕목들이 국제 관계에서 반드시 수호해야 할 가치로 거론된다. 박정희의 실제 외교정책이 도덕적이었는지 여부는 중요하지 않다. 국민들에게 홍보할 목적으로 쓴 글에서, 상기 도덕적 가치들을 국제 관계의 중핵으로 상정해야 설득력을 가진다고 믿는 전제가 중요하다. 이 전제를 탄생시킨 것이 도덕주의이다.

박정희는 우리 겨레의 본원적 도덕성을 여러 차례 강조한다. 이때 겨레의 본원적 도덕성은 분열을 죄악시하는 근거로 기능하기도 한다. "우리 겨레는 서로 신의와 성실과 정의에 넘쳐 있는 인간 관계(人間關係)를 가졌으며, 한국인의 수양된 인격과 예의 바른 도덕심(道德心)은

라 家庭과 직장과 이웃에서 손쉬운 일부터 함께 실천하는 가운데, 건전하고 人情있고, 명랑한 사회기풍이 조성되어 가고 있다."(위의 책, 154면.) 이는 박정희가 새마을운동과 새마음운동을 등치로 인식했으며, 새마을운동에서 새마음, 즉 도덕적 가치를 가장 중요하게 여겼음을 보여준다.

64 위의 책, 198면.

타의 모범이 될 만하였다. 한국의 전통적인 인간상(人間像)은 인륜(人倫)에 밝고 청렴 절의(淸廉節義)를 존중하고, 전체 속에서의 조화로운 중용성(中庸性)을 견지하면서, 무엇보다도 고요와 평화를 사랑하는 것이라고 말할 수 있다."[65] 이 발언이 나온 맥락이 주의를 요한다. 이 발언에 앞서 박정희는 대립과 모순을 해결하는 서구의 방식과 우리 고유의 방식을 대조한다. 그는 투쟁을 통해 조정을 꾀하는 서구의 방식을 비판한다. 우리는 고유의 도덕인 덕과 관용 속에 하늘의 뜻에 따라 대립과 모순을 해결한다고 믿어왔다는 것이다. 우리 민족이 탁월한 도덕성을 지녔기에 투쟁을 낯설어한다는 논리는 분열을 단죄하는 의식을 함축한다. 즉 그는 우리 민족의 도덕성을 강조하면서 투쟁과 분열의 억압과 단죄를 정당화한다. 독재 체제를 합리화하기 위해 도덕을 전유하는 셈이다.

이렇듯 박정희는 도덕적 이상을 각인한 사회를 궁극의 모델로 제시하고, 도덕으로써 경제 발전론에 숭고한 아우라를 부과하며, 자신의 업적을 홍보할 때 도덕적 가치를 부각하고, 각종 정책기조를 밝힐 때 도덕을 경유하며, 도덕을 통해 유신체제를 정당화한다. 이는 가치판단의 결정적인 준거를 도덕에 두는 심적 태도의 발로이다. 도덕은 모든 것의 정당성을 의심 없이 승인케 하는 가장 강력한 근거였다. 무엇의 가치를 심의하는 최고 법정의 판관이 도덕이었던 것이다. 박정희의 실제 정책이 도덕적인가 여부가 중요한 것이 아니라, 그가 설득 혹은 홍보의 경로로 가장 애용했던 것이 도덕이라는 점이 중요하다. 당대 설득의 방책으로서 도덕주의는 실용주의적·과학적·현실적 설득법보다

---

65 박정희, 『민족의 저력』, 261면.

위력을 발휘한 듯하다. 이는 오늘날의 정경과 사뭇 다르다.

한편 도덕주의는 경제나 정치를 도덕의 문제로 간주하는데, 정치가 도덕적 감응의 관계로 단순화될 때 감응의 중심이 정치적 권위를 독점하게 된다.[66] 도덕주의가 지도자의 절대화에 기여하는 것이다. 도덕주의가 미만한 사회에서 최고의 도덕은 지도자에게 수렴된다. 지도자는 도덕에 의한 지배를 수행하는 존재이며, 그리하여 찬미와 외경의 대상이 됨으로써 지배 관계를 은폐하는 존재가 된다.[67] 지도자를 지상(至上)의 도덕을 선취한 존재로 상정하는 도덕주의의 대기권(大氣圈)에서는 지도자의 호명에 따르는 피지도자의 존재가 절실히 요청된다. 지도자가 선취한 정신적 내용을 몸과 마음으로 실천할 주체의 구성이 중요했고, 박정희에게 피지도자를 교육·계몽하는 것은 절실한 일이었다.[68] 따라서 박정희 시대의 지배 담론은 전 국민을 계몽하고 지도하겠다는 엘리트주의와 멀지 않다.[69] 여기에서 국민의 의식 개조의 당위가 파생된다.

박정희가 국민을 개조의 대상으로 보았다는 사실은 잘 알려져 있다. 국민 개조 당위론의 배후에는 도덕주의가 존재한다. 도덕이 가치판단의 최종 심급일 정도로 지상의 가치를 지닌다면, 그것은 인간이 지당

---

66 신형기, 『민족 이야기를 넘어서』, 삼인, 2003, 94면 참조. 신형기의 글에서 "도덕화"를 본 논문은 "도덕주의"로 바꾸어 썼다.

67 위의 책, 102면 참조. 본 논문에서의 "도덕"은 신형기의 원문에 "인격"으로 표현된다.

68 황병주에 따르면, 지도자와 피지도자는 무형적인 연대와 신뢰감으로 연결되는 것이나, 이 불완전하고 유동적인 결합의 안정성은 주체들의 자발적·능동적 의지와 행위에 의해 보장되어야 했다.(황병주, 「국민교육헌장과 박정희 체제의 지배담론」, 174면 참조.)

69 위의 글, 168면 참조. 본 논문은 황병주의 논의에서 "정신에 대한 강조"가 본 논문의 "도덕주의"와 일맥상통한다고 보아서, 그것을 "도덕주의"로 바꾸어 썼다.

히 지녀야 할 무엇이고, 대다수의 인간이 그것을 충분히 지니게 하기 위해서는 당연히 개조가 필요했던 것이다. 박정희는 "국민 의식의 내부 변화야 말로 아무리 강조해도 지나침이 없을 만큼 중요한 의미를 갖는"[70]다며 의식 개조의 당위를 역설한다. "우리의 고심은 어떻게 하면 패배 의식(敗北意識)을 불식하고 다시 주체 의식, 자립 의욕, 자부심을 되찾고 국가 발전에 대하여 강한 의지와 자부심을 갖게 하느냐 하는 데 있었다. 따라서 언론, 학원에 종사하는 지식인 또는 여론 형성(輿論形成) 지도층에 대해 기회 있을 때마다 우리는 이런 적극적인 교육적 역할(教育的役割)을 담당해 줄 것을 부탁했고, 우리의 역사 가운데에서 위대한 인물을 찾아 높이 평가함으로써, 민족의 주체성과 자부심을 지켜 나아가는 일을 게을리하지 않았다."[71] 박정희는 지식인과 지도층에게 의식 개조를 위한 교육적 역할을 주문하고 위대한 인물의 홍보를 통해 의식교육을 수행했다고 자랑스럽게 말한다. 국민의 의식 개조는 그에게 절체절명의 과제인바, 주체 의식, 자립 의욕, 자부심, 국가 발전에 대한 강한 의지 등의 덕목이 교육 내용으로 제시된다. 단적으로 의식 개조는 정신 혁명이자 도덕적 의식 개조이다. 국민의 실천적 양식을 도덕적으로 교정하자는 것이 의식 개조의 취지이다. 계몽을 통해 도덕성을 함양하자는 언술은 도덕주의의 한 발현 양태이다.

의식 개조는 도덕성의 고양을 통해 이루어지고, 도덕은 의식 개조의 중대한 회로가 된다. 도덕은 의식 개조론의 내용이자 방법이었던 것이다. 칼뱅의 프로테스탄티즘의 윤리가 자본주의 발전에 기여했듯, 도덕

---

70 박정희, 『민족의 저력』, 250면.
71 위의 책, 166-167면.

주의적 의식 개조론은 경제 발전에 직접적으로 기여할 수 있었다. 도덕적으로 수양되고 개조된 인간은 근면, 성실, 협동 등의 미덕을 체화함으로써 자본주의적 건전한 주체로 거듭날 수 있었다. 통치권에서 성장과 발전이라는 지상 과제를 수행하기 위해, 국민의 도덕성 함양이라는 회로를 활용하는 것은 효과적인 방책이었다. 도덕성 함양을 통한 의식 개조는 경제적 인간을 양성하는 데 '경제적으로' 기여했고, 도덕주의는 자본주의적 주체를 훈육하는 데 적극적으로 활용되었다.

국민의 의식 개조에서 특히 중요한 것은 지도층의 계몽적 역할이다. 박정희는 국민의 의식 개조라는 절체절명의 과제를 수행하는 회로로서 지도층이 국민을 일깨우고 선도하기를 요청한다. 국민을 지도자와 지도받는 자로 위계화하는 것이다. "우리의 민족적 이상이 온 국민의 정열로써 전진적으로 추구되기 위해서는, 우선 지도층에 있는 사람들이 솔선 수범(率先垂範)하여 국민과 호흡을 같이 하도록 노력하고, 헌신적으로 봉사함으로써 국민들이 스스로의 판단으로 능동적으로 조국 근대화 작업(祖國近代化作業)의 대열 속에 뛰어들게 되어야 한다."[72] 여기에서 보듯 박정희는 근대화를 위한 의식 개조에서 지도층의 계몽적 역할을 강조한다. 지도자에 의한 개조의 목적은 바람직한 덕목, 즉 도덕의 내면화이다. 지도자론과 의식 개조론의 배후에는 공히 숭고한 신념으로서 도덕주의가 놓여 있다.

박정희의 의식 개조론은 『창비』와 『문지』의 독자 개조론과 상통하는 바가 있다. 『창비』와 『문지』의 저자들에게 지상과제가 작가에 의한 독자의 의식 개조였듯, 박정희에게 그것은 지도자/ 지도층에 의한 국

---

72 위의 책, 278-279면.

민의 의식 개조였다. 이는 외견상 대립각을 세운 담론들이 동일한 사유구조를 공유하는 현장이며, 그 이면에 존재하는 것은 숭고한 이데올로기로서의 도덕주의이다. 확장해서 보자면 『창비』, 『문지』, 박정희의 담론 모두에서 저자는 대중을 가르치는 자와 가르침을 받는 자로 분할한다. 여기에는 근대적 동일성에 근거한 위계화 의식이 근저에서 작동하고 있다. 한편 박정희의 기본적 사유체계가 대중에 대한 강한 불신에 근거한 엘리트주의였고, 엘리트·지도자·영웅은 무엇보다 행위의 대상을 필요로 했으며, 그 대상이 주체적 대상 혹은 대상적 주체여야 했던 필요성에서 피지도자 개조론이 탄생했다는 논의[73]는 『창비』와 『문지』의 저자들에게도 적용될 수 있다. 『창비』와 『문지』의 저자들도 그들의 문학론을 진리로 만들기 위해서 그들에게 동조하는 독자 대중이 필요했고, 일견 주체적으로 동조할 '다소 지적인' 대중이 필요했기에 그들의 의식 개조를 주창했을 가능성이 있다. 이 가능성은 차후에 더욱 치밀하게 검토해야 하겠지만, 어쨌든 지배 담론과 저항 담론 모두 엘리트주의와 위계화 의식을 내면화한 점에서 다르지 않았다.

박정희의 담론이 낳은 상투어 중 "건전"과 "명랑"은 각별한 주목을 요한다. 정직, 성실, 조화와 협동 등 각종 도덕적 덕목들이 거론되는 가운데, 이 중 "건전"과 "명랑"이라는 덕목은 특별한 방점을 수반한다. 박정희에 따르면, "우리는 安定의 그늘에서 싹트는 安逸과 타성의 병폐를 배격하고, 成長의 裏面에서 활개치는 낭비와 사치의 폐풍을 경계하면서, 확고한 民族精神의 바탕 위에서 깨끗하고 **명랑하고 건전한** 사

---

73 황병주, 「국민교육헌장과 박정희 체제의 지배담론」, 173면 참조.

회분위기를 조성해 나가야 한다"[74]. 새마을운동이 점차 뿌리를 내려가면서 "**건전하고** 人情있고, **명랑한** 사회기풍이 조성되어 가고 있"[75]으며, 민족문화의 개화와 더불어 "健全하고 밝은 大衆文化와 오락이 발달하여 누구나 풍부한 情緒生活을 즐길 수 있을 것"[76]이다. 결론적으로 "무엇보다 중요한 것은 우리의 社會가 물질적으로 풍부하면서도, 情緒와 人情이 넘치고, 格調높은 精神文化가 꽃피는 **健全하고 明朗한** 社會가 된다는 전망"[77]이다. 위에서 박정희는 다양한 도덕적 가치를 거론한 끝에 결론 격으로 "건전"과 "명랑"을 이야기한다. "건전"과 "명랑"은 모든 가치의 숭고한 궁극으로 제시된다. 우선 이는 『창비』와 『문지』에서 노출되었던 '건전성에의 강박'과 동형이다. 『창비』와 『문지』의 논리구조에서 건전/건강이 다양한 좋은 가치들을 최종적으로 수렴하는 숭고한 위치를 점하듯, 박정희의 담론에서도 각종 긍정적 가치는 건전과 명랑으로 귀결된다. '건전'은 지배 담론이나 저항 담론 모두가 경의를 표했던 고귀한 교육 덕목이었던 것으로 보인다.

이러한 현상은 양자의 사유구조의 동형성 이상의 것을 시사한다. 지배/저항 담론들이 의심 없이 지지했던 대표적인 덕목이 하필 '건전'이라는 사실은 양자가 결탁하는 지점의 특이성 나아가 1970년대 도덕주의의 특유한 성격을 보여준다. '건전'을 각별하게 강조하는 의식은 어린아이의 훈육 방식을 상기시킨다. 어린아이를 교육할 때 어른들은 세상에 밝고 명랑한 요인만 존재하는 듯이 가르친다. 두터운 윤리는 어

---

74 박정희, 『민족중흥의 길』, 116면.
75 위의 책, 154면.
76 위의 책, 156면.
77 위의 책, 156면.

둠에 대한 충분한 성찰을 거친 이후에 정립된다는 사실을 어른들은 오랫동안 숨긴다. 건전과 명랑에 경도된 도덕은 유아적 단계의 도덕인 셈이다. 달리 말해 건전과 명랑은 평면적인 밝음을 지향하는 창백한 미덕이다. 의심과 숙고와 타협 등 복합적인 지적 과정을 요하지 않는, 일면적인 긍정성을 내포하는 언사이다. 당대의 도덕이 밝음을 지향했지만, 그 밝음은 변증법적 전개를 거쳐 도달한 두터운 밝음이 아니라 즉자적인 창백한 밝음이었다. 창백한 도덕주의적 언술이 겨냥한 것은 방황하고 숙고하는 다중 분열적인 주체가 아니라 유순한 주체의 양성이었고, 건전은 정권과 결탁하는 시민적 미덕이었다. 이렇게 창백한 시민적 미덕에 문학조차 동조했던 것이 1970년대의 특별한 정황이었다.

살펴본 바 박정희는 도덕적 미덕으로 충만한 사회를 청사진으로 제공하며 도덕적 경제 발전론을 전개한다. 도덕은 국제 관계를 위시하여 모든 당면 사안에서 숭고한 위상을 차지하고 유신을 정당화하는 근거로도 활용된다. 여기에서 도덕의 세례를 거쳐야 모든 발언이 정당성과 설득력을 확보한다고 믿는 전제가 주목을 요하며, 이 전제를 탄생시킨 것이 도덕주의이다. 박정희는 국민을 개조의 대상으로 보고 지도층의 계몽적 역할을 강조하는데, 도덕성의 고양이 의식 개조의 회로라는 점에서, 이 역시 도덕주의의 자장 안에 있다. 박정희의 담론은 "건전"과 "명랑"이라는 상투어를 낳았다.

『창비』와 『문지』 등 1970년대를 대표하는 문학적 담론에서 도덕을 문학의 중핵으로 설정하는 이데올로기는 각종 비평의식의 근저에 놓인 전제였다. 문학적 도덕주의가 담론 생산의 추동력으로 작동한 것이다. 마찬가지로 박정희의 담론에서 도덕은 설득과 홍보의 가장 효과적인 방략으로 전제되었다. 박정희 담론을 산출한 주요한 동력 역시 도덕주의라고 볼 수 있다. 더구나 도덕주의의 세부 각론에서 박정희의 담론, 『창비』, 『문지』에서 발견되는 논리구조의 상동성은 주목을 요한다. 의식 개조론과 '건전'에의 강박은 이들에게서 유사한 구조로 재생산되었다. 요컨대 지배 담론이나 저항 담론이나 도덕주의를 내재화한 면에서는 다르지 않았으며, 그 양상 역시 구조적 유사성을 띠었다.

4. 도덕주의의 효과 혹은 한계-결론을 대신하여

문학에서 도덕의 가치와 위상에 대한 염결한 신념을 자명한 진리가 아니라, 특정 시대를 풍미한 이데올로기로 인식해 보자는 문제의식이 이 연구의 출발점이었다. 이 논문은 문학적 도덕주의를 상대화하고 그 역사적 맥락을 밝히는 데 첫걸음을 떼고자 했다. 지금까지 논의한 대로 도덕은 1970년대 문학과 사회에서 하나의 상투어이자, 만물에 편재하는 기호였다. 이렇게 정권과 그에 대한 저항 집단 모두에서 숭고한 위상을 차지한 도덕주의는 특별한 고찰을 요한다. 이를 비판적 지식인들이 무의식중에 당대 지배 담론을 모방했다거나, 지배 담론의 저자들이 비판적 지식인의 설득을 목적으로 그들의 언술적 경향을 참조했다고 볼 수도 있지만, 그보다 이 논문은 양측 모두 전 사회적으로 미만한 도덕주의라는 우주에 구속된 것으로 파악하고자 한다. 박정희 담론의 저자들이나 비판적 지식인들이나 공히 이 거대한 우주의 동거인이었기에 도덕적 설득법의 가치를 순일하게 신봉했고, 도덕을 문학의 중핵으로 상정하는 이데올로기를 의심 없이 수용했던 것으로 보인다.

도덕주의의 연원으로 지목될 수 있는 것은 우선 유교적 전통이다.

우리나라에서는 전통적으로 공리주의·실용주의적 가치관보다는 유교적 가치관이 위력을 떨쳐 왔다. 특히 우리는 일반적으로 사단(四端)을 칠정(七情)보다 우위에 두고, 주리론(主理論)을 주기론(主氣論)보다 중시하는 관점을 고수해 왔다. 그러다 보니 좋음을 추구하는 공리주의적·실용주의적 가치관은 비도덕적이고 천박한 것으로 여겨졌다. 결과론에 바탕을 둔 공리주의는 경쟁력에 기반한 능력주의와 결실주의를 강조하는 자본주의적 삶의 양식과 밀접하게 관련된다. 이에 비해 도덕주의는 칸트의 의무론처럼, 행위의 명분을 중시하는 입장과 연관된다. 우리는 오랜 세월 동안 체화해 온 유가적 가치관을 통해 도덕주의에 익숙해져 왔다.[78] 근래에는 덜하지만 가까운 과거까지 오랫동안 우리나라에서는 문인이면 지식인이어야 하고, 지식인 중에서도 지사여야 한다는 이데올로기가 위력을 떨쳐 왔다. 지식인-문인상, 지사적 문인상이 자명한 것으로 용납되었던 것이다. 이런 현상과 도덕주의, 유가적 가치관은 동궤에서 운행한다.

한편 도덕주의는 근대적 동일성의 산물이기도 하다. 도덕주의는 선악의 이분법을 근간으로 하는바, 이는 분열을 허하지 않는 면에서 근대적 동일성과 연관된다. 이는 가치의 위계화·서열화 의식의 산물인 점에서 근대적 동일성과 유관하다. 한편 앞서 보았듯 도덕주의와 엘리트주의의 결탁 가능성은 도덕주의자의 엘리트적 자의식을 암시한다. 도덕주의는 의식 개조를 중시하는데, 이는 각성해야 할 하나의 진리를 지당하게 상정함으로써 근대적 동일성과 연관된다. 도덕으로써 인간

---

78 김석수, 「공리주의, 합리성 그리고 한국 사회」, 『사회와철학』 3, 한국사회와철학연구회, 2002 참조.

을 더 나은 곳으로 이끌 수 있다는 도덕주의적 신념은 진보에의 신념과 동형이며, 나아가 발전주의 그리고 근대적 동일성과 결탁한다.[79] 하나의 진리에 대한 신념에 경도된 근대적 동일성은 당대 유신정권이 파생한 특유의 심태와도 밀접히 연관된다.[80] 요컨대 1970년대 도덕주의는 유교적 전통과 당대의 근대적 동일성이 합작으로 빚어낸 심성구조였고, 유신정권과도 무관하지 않았다.

도덕주의는 명백히 바람직해 보이는 외양 때문에 부정성을 효과적으로 은닉하지만, 그러하기에 그 부정성은 심사숙고될 필요가 있다. 일례로, 도덕을 설파하는 주체는 자신의 오류와 허점을 반성하기보다는 타인에게 도덕성을 요구하는 교사형 주체, '강인하고 과밀한' 주체이다. 자신의 명제의 정합성에 의심을 허하지 않는 면에서 그는 다소 독선적이기도 하다. 도덕주의는 종종 비도덕을 비난하는 의식을 수반한다. 비난하는 주체는 자신의 도덕적 염결성을 은연중에 전제한다. 유사한 맥락에서 버틀러에 따르면, 비난은 심판당하는 자와의 공통성을 부인함으로써 자기를 도덕화하면서, 자신의 고유한 불투명성을 추방하고 외면한다. 그런 면에서 비난하는 자는 자신의 한계와 불투명성에 대한 앎을 포기한다고 할 수 있다. 한편 비난은 종종 비난받는 자를 "글렀다고 포기"할 뿐 아니라 "도덕"을 운운하면서 비난받는 자에게 폭력을 가하는 행위이다. 비난은 비난당하는 자의 자율적 능력을 침식하면서 윤리적 능력을 파괴하기도 한다.[81] 즉 비난은 비난하는 주체와

---

79 박수현, 「조해일의 소설과 도덕주의」 참조.
80 박수현, 『망탈리테의 구속 혹은 1970년대 문학의 모태』, 337-338면 참조.
81 버틀러, 앞의 책, 83-88면 참조.

비난받는 주체 모두의 성찰적 능력을 마비시키고 훼손한다. 단적으로 일방적인 비판에 길들여진 주체는 자신과 타자에 대한 중층적인 심사숙고의 기회를 동시에 놓치는 것이다.

한편 도덕주의는 역설적으로 윤리적 책임에 대한 무관심을 야기할 수 있다. 아도르노는 "윤리적 책임에 대한 무관심은 윤리적 책임의 대상 차원이 확대될수록 자신이 스스로 결정내릴 것이 없다는 무력감 또한 커진다는 의식에서 나온다"[82]고 했거니와, 숭고한 도덕을 주창하는 큰 목소리들이 만천하에 울려 퍼질 때, 미만한 설교 속에 거주하는 자는 주체적인 윤리감각을 상실하기 쉽다. 모든 것에 도덕적이어야 한다는 당위는 작은 것에도 진실로 윤리적이기 어렵게 만든다. 또한 의심을 허용치 않고 명석 판명한 것으로 주입되는 도덕과 주체의 본연적인 윤리감각 사이에 소외가 발생할 수 있다. 한편 도덕주의는 윤리적 무관심에 대한 알리바이를 제공할 수 있다. 도덕주의자는 도덕을 '발설'했다는 이유로 스스로를 도덕의 주체로 여길 수 있고, 이것은 실질적이고 진정한 책임의 요청을 외면하도록 면죄부를 부여할 수 있다.[83] 요컨대 도덕주의는 설교와 주체 사이에 소외를 야기하고 도덕적 발언을 핑계로 무책임에 대한 알리바이를 제공함으로써 윤리감각을 마비시키는 것이다.

지금까지 보았듯 도덕주의는 집단적으로 공유되었다. 이 논문은 지금까지 그 집단성으로 인해 도덕주의를 1970년대의 이데올로기로 파

---

[82] 테오도르 아도르노, 김유동 역, 『미니마 모랄리아』, 길, 2007, 238면.
[83] 유사한 맥락에서 아도르노는 적당한 크기의 것에 대한 도덕적 충동은 주체를 자기 자신과 소외된 자로 만들고 일등 시민으로서 주체가 자신과 하나라고 생각하는 명령의 대리인으로 그를 부각시킨다고 말한다.(위의 책, 239면 참조.)

악했으나, 집단성 자체가 도덕주의에 문제성을 부과한다. 시간 개념을 고려할 때, 집단성은 도덕주의 자체의 경직성을 함의한다. 도덕은 시간의 흐름에 따라 객관적인 기준으로 스스로를 정립하지만, 그에 따라 점점 맹목적인 이데올로기로 변하고, 급기야 폐쇄적인 집단의 배타성으로 발전하게 된다.[84] 신선한 생기를 잃은 지난 시절의 도덕이 현재에도 지속적으로 힘을 발휘하고자 할 때 그것은 집단성의 외양을 띠고 폭력으로 변한다. 도덕주의의 집단성 자체가 도덕주의는 이미 철지난 과거의 것이며, 그 위력의 지속을 위해서 다소간 폭력을 요청할 것임을 의미한다.[85] 단적으로 "집단적 에토스는 언제나 보수적인 에토스이고, 그것은 모든 동시대 에토스 내부에 존재하는 어려움과 불연속성을 억압하려드는 가짜 통일성을 가정한다"[86]. 이렇게 집단적 도덕주의는 통일성을 거짓으로 전제하는 이미 죽은 도덕만을 부르짖는 효과를 낳고, 그것은 다소간 강압을 산출하면서 진정한 윤리적 질문을 차단할 수 있다.

한편 문학적 현실에서 도덕주의는 우리 문학의 다양하고 깊이 있는 발전을 저해해 왔다. 이른바 고전으로 일컬어지는 작품일수록 인간을 심도 깊게 탐사한다. 인간 본성의 어두운 면을 간과하지 않는 것은 물

---

84 아도르노에 따르면, 시간의 불가역성은 도덕의 객관적 기준을 만들어낸다. 그러나 그런 기준은 추상적 시간 자체만큼이나 신화와 밀접하게 연결되어 있다. 그런 추상적 시간 속에 설정되어 있는 배타성은 그 고유한 개념에 따라 밀폐된 집단의 배타적 지배로 발전하게 된다.(위의 책, 110-111면 참조.)

85 아도르노에 주석을 단 버틀러에 따르면, 집단적 에토스는 폭력을 이용해서 집단성의 외양을 유지하려고 한다. 집단적 에토스는 시대착오적이 되었을 때에만 폭력으로 변한다. 집단적 에토스는 과거가 되길 거부한다. 폭력은 집단적 에토스가 자신을 현재에 부과하고 강요할 때 쓰는 방법이다.(버틀러, 앞의 책, 13-14면 참조.)

86 위의 책, 12면. 이는 아도르노를 해석하면서 발언한 버틀러의 말이다.

론이다. 그러나 우리나라의 경우 아무래도 인간 본성을 밑바닥까지 파헤친 작품은 드물다. 도덕적으로 비난받지 않아야 한다는 이데올로기 아래 놓인 작가가 마음껏 인간 본성의 어두운 면을 탐사할 수는 없었을 것이다. 이는 한국문학의 발전에 커다란 제약으로 작용했다. 또한 문학적 도덕주의는 문학교육의 현장에 무시 못 할 영향력을 행사했는데, 실상 문학교육을 장악한 가장 거대한 규범은 아직까지도 문학적 도덕주의이다. 교과서의 과도한 도덕 지향성은 학생들에게 도덕적 소외감을 야기하면서 문학을 현실과 유리된 '공자님 말씀'으로 인식시키거나 역설적으로 학생들의 도덕의식을 약화할 수 있다. 문학교육의 긍정성에의 강박은 부정성을 통해서 삶에 대한 통찰을 심화하고 정신적 성장을 견인하는 문학의 본질적 가치를 간과한다. 결과적으로 문학적 도덕주의는 학생들의 현실적인 고민과 교감하고 심적 문제에 대한 통찰력을 길러주면서 그들을 위로하고 성장시키는 문학교육적 이상을 실현시키는 데 무능하다.[87]

　논의를 마무리하는 자리에서 도덕주의의 효과를 논하며 그 한계만을 고찰한 감이 없지 않으나, 도덕주의의 '명백히 바람직해 보이는 외양' 때문에 비판적 심사숙고가 필요했다. 지당한 말이지만, 도덕주의의 긍정성은 엄연하다. 일례로 문학적 도덕주의는 도덕적 응집력을 발휘할 수 있었다. 한 시절 저항적 에너지의 발동에 문학적 도덕주의가 중대한 부싯돌이 된 것은 사실이다. 더구나 경직된 도덕주의가 약화된 현재, 그 경직성의 약화가 주체적이고 진솔하며 생기 있고 다채로운 윤리의 만개로 이어지기 보다는 삭막한 이기주의와 이해타산 이데올

---

[87]　문학교육과 경직된 도덕의 상관관계에 관해서는 박수현, 「도덕과 문학교육」 참조.

로기의 자연화로 귀결되는 면이 없지 않아 보이는 이때,[88] 진정한 윤리에 대한 고민은 1970년대보다 더욱 절실해 보인다.

---

88 참고로 『창비』의 염무웅과 『문지』의 김병익이 최근에 가진 대담 자리에서, 김병익은 문학과지성사의 젊은 세대의 일하는 방식이 사무적이고 인간적인 유대가 약화된 현실을 안타까워한다. "유신의 어려운 시절을 살았던, 살면서 서로 손을 잡아야 했던 세대하고, 지금 자유롭게 자기 이익을 찾아갈 수 있는 세대하고 같을 수야 없겠"다고 인정하면서도 비애를 감추지 못한다.(백영서·김병익·염무웅, 「『창작과비평』, 『문학과지성』을 말한다-김병익·염무웅 초청 대담」, 『동방학지』 165, 연세대 국학연구원, 2014, 295-296면 참조.)

IV부

집단주의의 구속

1970년대 사회적·문학적 담론에 나타난 집단주의 연구

—박정희 대통령의 담론과 『창작과비평』을 중심으로[*] —

1. 머리말

전통적으로 한국인은 개인보다 집단의 가치를 소중히 여긴다고 알려져 있다. 근래 한국인의 선호 가치가 수직적 집단주의에서 수평적 개인주의로 이동했다는 연구결과[1]도 제출되었지만, 오랫동안 집단주의적 심성은 한국인의 의식을 규명하는 특징적 자질 중 하나였던 것으로 보인다. 그 잔재는 지금도 남았다. 학연, 지연, 혈연이라는 말은 한국사회를 설명하는 오래 된 상투어이다. 이 논문은 과거 한 시절 집단주의적 심성구조가 어떻게 형성되었고 발현했는가, 그 구체적인 양상은 어떠했는가 살펴보고자 한다. 특히 1970년대는 보기 드문 동일성으로 무장한 유신정권의 영향력 아래 있었던 시기이기에 집단주의 심성의

[*]   이 논문은 2012년 정부(교육과학기술부)의 재원으로 한국연구재단의 지원을 받아 수행된 연구임.(NRF-2012S1A5B5A07036825)

1   한규석·신수진, 「한국인의 선호가치 변화-수직적 집단주의에서 수평적 개인주의로」, 『한국심리학회지: 사회 및 성격』 13, 한국심리학회, 1999 참조.

형성 양상을 살피는 데 적절하다. 이 논문은 1970년대 사회적·문학적 담론에 나타난 집단주의를 고찰하고자 한다. 시론(試論) 격으로 계간지 『창작과비평』(이하 『창비』)과 박정희 대통령의 담론을 텍스트로 삼을 것이다.

집단의 가치에 경도된 심성의 미만(彌滿)은 집단의 가치의 절대성을 염결하게 신봉하는 이데올로기의 존재를 암시한다. 이 논문은 이런 이데올로기를 집단주의라고 명명하기를 제안한다.[2] 이데올로기는 사회 전반에 걸쳐 자명하게 받아들여지는 믿음 체계, 사람들의 생각과 행동을 유도하는 근본적인 사고방식이다.[3] 이데올로기는 애초에 이성적·논리적 영역에서 배태되나, 성장하고 운동하는 과정에서 자명한 전제로 정립되면 합리적 논증의 영역으로부터 이탈한다.[4] 사람들은 정합성을 의심할 여지가 없지 않은 명제를, 회의와 논증의 작업을 뛰어넘어 자명한 진리로 수용하면서, 깊은 내면에서부터 이데올로기에 구속된다. 적지 않은 경우 그 믿음은 시대가 변하면서 자명성을 상실한다.[5] 한국인의 심성을 지배한 이데올로기 중 민족주의와 애국주의 등은 자주 거론되어 왔으며 문학 연구의 장에서도 주된 관심사가 되어 왔다. 그러나 이데올로기로서의 집단주의는 아직 본격적인 국문학 논

---

2 집단주의는 개인주의의 반대 개념이다. 공동체주의라는 용어도 가능하지만, 공동체주의는 주로 철학에서 자유주의의 반대 개념으로 쓰인다. 이 논문에서는 개인주의의 대척점에 놓인 이데올로기를 논하려고 하므로 집단주의라는 용어가 더 적절하다고 판단한다. 이 논문의 집단주의는 비교문화심리학, 문화인류학, 비교사회학 등에서 중요한 개념으로 사용되어 온 "집단주의" 개념과 많은 부분 비슷하다.

3 박수현, 「1970년대 한국 소설과 망탈리테」, 고려대 박사논문, 6-7면 참조.

4 한나 아렌트, 이진우·박미애 역, 『전체주의의 기원 2』, 한길사, 2010, 272-274면 참조.

5 박수현, 앞의 글, 205면 참조.

의의 대상이 되지 못했다.

집단주의란 다음의 명제를 자명한 것으로 수용하는 믿음 체계이다. 집단의 목표는 개인의 목표에 선행해야 하며, 개별적 자아보다 집단의 구성원으로서의 자아가 훨씬 더 큰 의미를 가진다. 기본적 사회 단위는 개인이 아니라 집단이며, 개인은 집단에 종속적인 존재이다. 개인은 집단에 결부된 여러 가지 의무를 지니며 개인의 행위는 집단의 규범과의 합치 여부에 따라 평가된다. 개인의 자립과 성취보다 협동, 권위에의 순종, 화목, 동조, 복종, 신의 등의 덕목이 훨씬 소중하다.[6] 비교문화심리학에 따르면 집단주의 문화에서 집단은 내집단과 외집단으로 나뉘는데, 소수의 내집단이 개인의 행위를 규제한다.[7] 내집단에 대한 동일시와 편애, 외집단에 대한 편견과 차별도 집단주의 문화의 특성이다.[8] 즉 집단주의 문화 속 개인은 내집단 안에서 강한 친밀감을 느끼지만 외집단을 향해서는 적대적이며 쉽사리 친밀감을 생성하지 못하고 반목하기도 쉽다. 내외집단 간에 엄격한 구분과 차별이 존재하는 것이다.

이 논문은 표면적으로 반목하는 집단과 저자들이 집단주의를 미처 의식하지 못한 채 공통적으로 수용하는 양상에 주목할 것이다. 즉 대

---

6   이상 집단주의의 성격은 한규석, 「집단주의/ 개인주의 이론의 현황과 그 전망」, 『한국심리학회지: 일반』 10, 한국심리학회, 1991, 2-10면을 참조하여 기술하였다. 한규석은 집단주의 문화를 설명하는 가운데 위의 특질을 거론하였지만, 이 논문은 그 특질을 원용하여 집단주의 이데올로기의 성격을 규명했다.

7   위의 글, 5-8면 참조. 또한 집단주의 문화에서 개인은 자아정체감을 주위 환경과의 연계 속에서 정립한다.

8   정태연, 「한국사회의 집단주의적 성격에 대한 역사·문화적 분석」, 『한국심리학회지: 사회 및 성격』 24-3, 한국심리학회, 2010, 60면 참조.

립적 입장을 취한다고 알려진 그들이 공유하는 근본 전제 또는 논리적 기반에 주목한다. 이렇게 공유되는 근본 전제와 논리적 기반이 존재한 다는 것 자체가, 그것이 곧 당대인의 의식을 구속한 이데올로기로 작동하고 있다는 사실을 암시한다. 이런 면에서 1970년대의 박정희 대통령의 담론과 『창비』는 집단주의를 고구하는 데 적절한 자료가 된다. 두 저작은 대립적 입장을 취한다고 알려져 있다. 박정희 대통령의 저서와 연설문집은 지식인들의 집단적 작업의 산물로서, 당대 사회 · 문화적으로 자명하게 수용되었던 이데올로기들이 무엇이었는지 보여준다.[9] 박정희 대통령의 담론은 단지 정치 담론일 뿐만 아니라 당대 상식으로 통용되었던 이데올로기들을 각인한, 대표적인 사회적 담론이기

9 박정희의 담론을 텍스트로 삼지는 않았지만, 임현진과 송호근은 박정희 체제의 지배 이데올로기를 반공주의, 성장주의, 권위주의로 정리한다.(임현진 · 송호근, 「박정희체제의 지배이데올로기」, 역사문제연구소 편, 『한국정치의 지배이데올로기와 대항이데올로기』, 역사비평사, 1994, 180-198면 참조.) 김동춘은 지배 이데올로기로 발전주의 그리고 반공주의 · 국가주의의 자장 안에 놓인 자유주의를 지목하며, 대항 이데올로기로서 민중주의 · 원칙적 자유민주주의를 언급한다.(김동춘, 「왜 1960, 70년대 민주화운동은 10월 유신을 저지하지 못했는가」, 『분단과 한국 사회』, 역사비평사, 1997, 298-314면 참조.) 이들에게서 이데올로기로서 집단주의는 주목을 받지 못한다. 전재호는 박정희의 담론을 텍스트 삼아, 민족주의 담론을 지배 담론으로 규정하고, 세부적으로 발전주의 · 반공주의 · 국가주의 · 민주주의를 논한다.(전재호, 「박정희 체제의 민족주의 연구-담론과 정책을 중심으로」, 서강대 정치외교학과 박사논문, 1998.) 전재호도 집단주의를 조명하지 않는다. 김현선은 애국주의를 지배 이데올로기로 보고, 애국주의가 군사주의 · 영웅주의 · 반공주의 · 국가주의로 구성되었다고 한다.(김현선, 「애국주의의 내용과 변화-1960~1990년대 교과서 분석을 중심으로」, 『정신문화연구』 87, 한국학중앙연구원, 2002.) 강진호는 박정희 시대에서 국가주의를 가장 핵심적인 것으로 보고 국가주의의 하위 개념으로 개발주의, 애국주의, 반공주의 등을 설정한다.(강진호, 「국가주의 규율과 '국어' 교과서-1~3차 교육과정의 '국어' 교과서를 중심으로」, 『현대문학의 연구』 32, 한국문학연구학회, 2007.) 차혜영은 지배 이데올로기를, 민족주의와 반공주의가 결합된 것으로 파악한다.(차혜영, 「국어 교과서와 지배이데올로기-1차~4차 교육과정기 중 · 고등학교 국어교과서를 대상으로」, 『상허학보』 15, 상허학회, 2005.) 이들에게서도 집단주의는 조명받지 못한다.

도 하다.[10]

　박정희의 담론은 아직 국문학 연구 영역에 적극적으로 진입하지 않았다. 『창비』에 관한 논의는 다양한데, 아직까지는 『창비』라는 매체 자체를 텍스트로 삼는 연구보다는 『창비』 담론의 핵심인 민족문학론에 관한 연구가 대종을 이룬다. 민족문학론에 관한 연구를 포함하여 『창비』에 관한 본격 학술논의만을 살펴보기로 한다. 우선 민족문학론의 핵심 논제를 정리하고 담론적 특성을 규명하며, 당대 문학 장과의 연관 아래에서 그 형성 과정을 고찰하는 연구들[11]과 『창비』의 민족문학

10　당대의 대표적 지식인 집단은 박정희의 담론을 대필한 이외에도 교과서 편찬에서도 중핵을 맡았고 군부 엘리트들의 언론 기고문을 대필했다. 강진호에 따르면 교과서 저자와 박정희의 이데올로그들은 상당히 일치한다.(강진호, 앞의 글, 225-232면 참조.) 박정희 명의로 출판된 저서는 『지도자도』(1961), 『우리 민족의 나갈 길』(1962), 『국가와 혁명과 나』(1963), 『민족의 저력』(1971), 『민족중흥의 길』(1978) 등이 있다. 1970년대의 저작인 『민족의 저력』과 『민족중흥의 길』은 전문 지식인의 대필로 보이며, 특히 연설문은 박정희뿐만 아니라 체제 이데올로그들의 집단 작업의 결과이다.(황병주, 「박정희 체제의 지배담론-근대화 담론을 중심으로」, 한양대 사학과 박사논문, 2008, 21-22면 참조.) 한편 쿠데타 세력은 전문 지식인들에게 언론 발표문 등을 대필하게 하기도 했다.(위의 글, 117면 참조.) 즉 대통령의 담론은 탁월한 천재의 독창적 사상이 아니라 집단적 창작의 결과물이라 할 수 있다.(박수현, 앞의 글, 143-146면 참조.)

11　고명철, 『1970년대의 유신체제를 넘는 민족문학론』, 보고사, 2002; 전상기, 「1960·70년대 한국문학비평 연구-'문학과 지성' '창작과 비평'의 분화를 중심으로」, 성균관대 박사논문, 2003; 이상갑, 「小市民·市民·大衆 문학론-'60, '70年代 批評을 중심으로」, 『어문연구』 28, 한국어문교육연구회, 2000; 한강희, 「1960년대말~70년대초 '시민문학론' 발의 및 '민족문학론'의 변주 양상」, 『현대문학이론연구』 17, 현대문학이론학회, 2002; 정희모, 「1970년대 비평의 흐름과 두 방향-민족문학론을 중심으로」, 『비평문학』 16, 한국비평문학회, 2002; 홍성식, 「1970년대 민족문학론의 성격과 변모 과정」, 『새국어교육』 69, 한국국어교육학회, 2005; 하상일, 「1960년대 『창작과 비평』의 현실주의 비평담론-백낙청의 초기비평을 중심으로」, 『語文硏究』 47, 어문연구학회, 2005; 김성환, 「1960~70년대 계간지의 형성 과정과 특성 연구」, 『한국현대문학연구』 30, 한국현대문학회, 2010; 이현석, 「4.19혁명과 60년대 말 문학담론에 나타난 비/정치의 감각과 논리-소시민 논쟁과 리얼리즘 논쟁을 중심으로」, 『한국현대문학연구』 35, 한국현대문학회, 2011.

론을 다른 종류의 민족문학론과 비교하면서 그 위상을 정립한 연구들[12]이 있다. 근래에 탈근대적 관점으로 민족문학론의 이항 대립적 근대성 혹은 이분법적 사고구조를 비판하고[13], 독아론적 논리구조를 밝히며[14], 민중 개념의 형성 과정을 고찰한[15] 연구가 제출되었다. 최근에는 한국 사 그리고 서양의 사회과학과 인문학 등 문학 이외의 담론 지형과의 연관 아래에서 『창비』의 민족문학론의 정립 과정을 고찰한 연구[16]가 등장했다. 이 연구들은 『창비』와 정권의 사유구조의 상동성이나 이데 올로기로서의 집단주의는 조명하지 않았다.

　이 논문이 주목하는 연구는 민족문학론과 그 대타항이었던 박정희 정권의 사유구조의 상동관계에 주목하는 논의들[17]이다. 김철은 민족-

12　송기섭, 「민족문학론의 정신사적 계보」, 『한국언어문학』 35, 한국언어문학회, 1995; 전승주, 「1960~70년대 문학비평 담론 속의 '민족(주의)' 이념의 두 양상」, 『민족문학사연구』 34, 민족문학사학회, 2007; 박찬모, 「민족문학론과 민족주의 문학론, 그리고 '민족문학 담론'」, 『현대문학이론연구』 31, 현대문학이론학회, 2007.

13　강정구, 「1970~90년대 민족문학론의 근대성 비판」, 『국제어문』 38, 국제어문학회, 2006; 강정구, 「1970년대 민중/ 민족문학의 저항성 재고(再考)」, 『국제어문』 46, 국제어문학회, 2009.

14　강정구, 「리얼리즘에 대한 창비 세대의 태도」, 『현대문학의 연구』 39, 한국문학연구학회, 2009.

15　강정구, 「진보적 민족문학론에서 민중 개념의 형성 과정 연구」, 『비교문화연구』 11, 경희 대 비교문화연구소, 2007; 강정구, 「진보적 민족문학론의 민중 개념 형성론 보론」, 『세계문학비교연구』 27, 한국세계문학비교학회, 2009; 박수현, 앞의 글.

16　이경란, 「1950~70년대 역사학계와 역사연구의 사회담론화-『사상계』와 『창작과비평』을 중심으로」, 『동방학지』 152, 연세대 국학연구원, 2010; LEE Hye-Ryoung, "Time of Capital, Time of a Nation," *Korea Journal*, Autumn 2011; 김현주, 「1960년대 후반 '자유'의 인식론적, 정치적 전망-『창작과비평』을 중심으로」, 『현대문학의 연구』 48, 한국문학연구학회, 2012; 김건우, 「국학, 국문학, 국사학과 세계사적 보편성-1970년대 비평의 한 기원」, 『한국현대문학연구』 36, 한국현대문학회, 2012.

17　김철, 「민족/ 민중문학과 파시즘」, 『'국민'이라는 노예』, 삼인, 2005; 신형기, 「신동엽과 도덕화의 문제」, 『민족 이야기를 넘어서』, 삼인, 2003; 박수현, 앞의 글.

민중문학(론)의 논리구조가 완고한 민족주의 및 인민주의적 낭만성에 기초하는 한, 국가의 권위주의와 공범 관계를 형성하여 국가주의의 배타성을 강화한다고 논한다. 민족-민중주의가 내부에서 파시즘과 뒤섞일 수 있다는 것이다.[18] 민족-민중문학론이 정권의 논리와 상동 관계에 놓일 수 있다는 김철의 전제에 이 논문은 동의한다. 하지만 김철은 집단주의보다는 민족주의와 파시즘에 주목했고, 무엇보다 제한적인 일차 자료를 논의의 근거로 삼았다. 박정희의 담론은 텍스트로 사용되지 않았고, 『창비』의 경우 백낙청의 평론 한 편만 인용되었다.

집단에 관한 언급은 신형기의 저작에서 두드러진다. 민중문학의 대표 격인 신동엽의 시를 논하면서 그는 신동엽의 '우리들'이 구획된 방식이 국가적 일자화의 기획과 구별되지 않으며, 신동엽이 '우리들'을 앞세워 '나'를 지운 점에서 의도와 다르게 박정희를 허용했다고 말한다.[19] 신형기의 문제의식은 정확히 이 논문의 문제의식과 통한다. 하지만 신형기 역시 집단주의를 이데올로기로서 본격적으로 정립하지 않으며, 민족문학론 자체라기보다 신동엽의 시만을 텍스트로 삼았다.[20] 상기 논의들은 민족문학론과 정권의 논리의 상동성을 거론한 점에서 대단히 의의 있으나, 공히 근거로 삼는 일차 자료가 소략하다. 영감으로 가득 찬 논의이되 아직 시론(試論) 격으로, 폭넓은 자료의 면밀한 분석을 통해 논의를 상세화할 여지를 후속 연구자에게 남긴다고 할 수

---

18 김철, 앞의 글, 228면 참조.
19 신형기, 앞의 글, 92-93면 참조.
20 이외에도 필자는 앞의 글에서 『창비』의 담론이 진보적 시간관과 목적 지향적 사유구조, 전유의 기제를 박정희의 담론과 공유한다고 논한 바 있다. 그러나 두 담론에서의 집단주의 공유 양상에는 주목하지 않았다. 박수현, 앞의 글, 215-263면 참조.

있다.

이 논문은 상기 논의의 문제의식을 계승하되, 논의 기반을 확장하고 논의를 구체화·체계화하고자 한다. 이를 위해서 우선 1970년대 박정희의 담론과 『창비』의 평문 전체를 텍스트로 삼기로 한다. 특히 민족문학론에 관한 대다수의 선행연구들이 아직까지 『창비』 전체가 아니라 주저자들의 대표 평론을 텍스트로 삼아 온 사정은 이 논문의 연구방법의 적실성을 확인해 준다. 또한 상반된 입장을 취한 두 저자 집단이 집단주의를 공유한다는 단선적 지적 이상의 작업을 수행하기 위해서 예의 집단주의가 발현되는 다기한 양상을 섬세하게 고찰하고 구체적으로 세목화·체계화하고자 한다. 연구의 목적이 담론의 내용 정리가 아니라 담론을 탄생케 한 동력으로서 이데올로기 고찰이므로, 이 논문은 전면화된 담론의 주제가 아니라 이데올로기를 은밀하게 노출하는 지엽적인 언술에 보다 주목한다. 즉 표면적인 언술 내용보다는 담론의 논리적 기반을 이루는 전제, 논자들이 자명하다고 상정하고 더이상 논증하지 않는 전제에 더욱 주목한다. 이 전제가 곧 논자들이 의식하지 못한 가운데 이데올로기로 작동하기 때문이다.[21]

2. 박정희 담론의 집단주의

(1) 인간의 근본 도리와 숭고한 미덕으로서의 집단의식

박정희 담론의 저자들(이하 박정희)은 집단의식을 인간의 도리로 설정한

---

21 저자가 무의식적으로 내뱉은 췌사, 반복되는 상투어 등도 중요한 주목 대상이다.

다. "人間은 社會的 動物이라는 말이 있지만, 확실히 사람은 홀로 떨어져서 살기는 어려우며, 언제나 이웃과의 정다운 人間關係를 중시하고, 또한 착하고 아름다운 일을 함으로써, 참되고 깊은 幸福을 느낄 수 있는 것이다. (중략) 잘 산다는 것은 실로 물질적으로 풍요할 뿐 아니라 정신적으로 成熟하고, 나만이 아니라 이웃과 함께 의좋게 지내는 것이라고 할 수 있다. 人間이 人間다울 수 있고, 또 그러한 人間이 主人이 되는 社會라야만 物質文明과 풍요가 더욱 빛을 낼 수 있는 것이다."[22]

여기에서 "人間은 社會的 動物"이라는 유명한 명제는 집단의 지고한 가치를 설파하는 데 의심을 불허하는 대전제로 기능한다. 다양한 해석 가능성을 지닌 이 명제는 박정희에 의해서 집단주의의 정당성을 옹호하는 논리로 재탄생한다. 그에 따르면, 이웃과의 정다운 인간관계를 중시하고 이웃과 서로 도우며 의좋게 지내야 인간이 인간다울 수 있게 된다. 이웃과의 인간관계를 중시하는 이 언명은 바람직하나, 이 기저에는 개인보다는 집단의 가치가 당연히 우월하다는 신념, 즉 집단주의가 놓여 있다. 특히 여기에서 집단에 대한 사랑이 인간의 인간다움을 보증하는 가장 중대한 요건으로 전제되는 점이 주목을 요한다. 인간다우려면 집단의식을 지녀야 한다는 말은 집단의식이 없는 사람은 인간도 아니라는 말과 통한다. 그는 집단의식을 인간다움의 필요충분조건으로 제시함으로써 그것을 절대화한다.

집단주의는 박정희 시대의 유명한 모토인 멸사봉공 정신의 근간을 이룬다. 사람은 "自己의 이웃과 自己가 속한 共同體를 사랑하기 때문에 自己의 물질적인 욕망이나 개인적인 名利를 떠나 그 社會의 발전을

---

22 박정희, 『민족중흥의 길』, 광명출판사, 1978, 149면.

위해 獻身하고, 때로는 그 社會와 國家를 위해 목숨까지도 흔쾌히 바칠 수 있”[23]어야 한다. 이 발언은 멸사봉공 정신을 명백하게 노출한다. 멸사봉공 정신은 '해야 한다'라는 동사를 거느린다. 즉 그것은 멸사봉공의 윤리를 생성하고 명령하는 당위적 명제이다. 멸사봉공 정신은 사회와 국가를 위한 헌신과 희생으로 구체화된다. 집단주의는 이 명령적 당위에 근거를 제공한다. 즉 박정희는 국가를 위한 개인의 헌신과 희생을 요구하면서, 그 근거를 집단의 지고한 가치에서 찾는 것이다. 집단에 대한 사랑을 더없이 숭고한 것으로 미덕화(美德化)함으로써 그 귀결인 멸사봉공 정신에도 숭고한 아우라를 씌울 수 있었다. 그는 집단의식을, 그 자명성을 반박하기 어려운 미덕으로 선전제함으로써 국가에 헌신과 희생을 요구하는 일을 정당화한다. 집단주의는 국민 동원의 정당성을 가장 직접적으로 지지하는 논리였다.[24]

(2) 집단주의의 자연화

이데올로기는 특정 시기에 인위적으로 제작된 것이나, 사람들은 그것을 원래부터 존재해왔던 것, 즉 마치 자연(自然)이나 다름없는 것으로 믿는다. 따라서 이데올로그의 중대한 임무는 이데올로기를 자연화(自

---

23 위의 책, 149면.

24 필자는 앞의 글에서 박정희의 공동체주의를 소략하게 언급한 바 있다. 이후 논의의 미진함을 절실히 깨달았기에 이 논문에서 공동체주의를 집단주의로 교체하고, 보다 발전적으로 논의를 확장했다. 확장된 논의와 독자의 이해를 위해 필요할 때에는 인용문이나 사소하게 부분적인 내용의 중복을 무릅썼다.(박수현, 앞의 글, 146-155면 참조.) 이 논문에서 대립각을 세운 두 집단 간에 공유되는 이데올로기를 논하기 위해서는 『창비』의 집단주의와 더불어 박정희의 집단주의를 반드시 언급해야만 했고, 기존 논의를 정련하고 확장할 필요를 느꼈기 때문에 재론은 불가피했다.

然化)하는 것이다. 집단의식을 자연화하기 위해, 즉 원래부터 주욱 거기에 있어 왔던 것으로 여기게 만들기 위해서 박정희는 과거를 전유한다. 박정희는 과거를 이야기하면서, 과거를 집단에 대한 사랑으로 가득한 것으로 부각한다. 현재의 이데올로기로 과거를 재구성하는 것이다. 또는 현재의 이데올로기를 설득해야 할 필요에 의해 과거를 창출하는 것이다.[25] 그에 따르면 우리 겨레는 일찍부터 단일민족을 이루었기에 남달리 강한 연대의식, 그리고 공동체에 대한 강렬한 사랑과 책임감을 지니고 있다. "너와 나의 區別이 있을 수 없다는 믿음"이 우리 겨레의 근간 의식이다. 이는 위기에 처했을 때 협동과 단결의 풍습으로 생활화되었고, 총화와 호국의 정신으로 승화되어 민족의 강인한 생명력의 원천을 이루었다는 것이다.[26] 박정희는 과거를 집단의식의 총화로 규정하면서, 집단의식의 가치를 자명한 것으로 만든다. 무엇이 예전부터 자연스럽게 존재해 왔다는 규정은 그 무엇에 절대적인 가치를 부여한다.

집단주의를 자연화하는 또 다른 전략은 국민의 정체성을 규정하는 것이다. 박정희는 국민을 집단의식을 철저히 내면화한 국민으로 호명

---

[25] 필자는 위의 글에서 박정희가 애국주의를 자명화하는 회로로서 반복, 과거 전유, 애국적 주체로서 국민 호명 등의 전략을 언급한 바 있다.(위의 글, 151-154면 참조.) 이 논문은 애국주의가 아닌 집단주의에 주목하지만, 집단주의를 자연화하는 회로 역시 애국주의의 경우와 크게 다르지 않다.

[26] 박정희, 앞의 책, 13면. 다음에서도 집단의식은 우리 민족에게 예전부터 있었던 것으로 지목된다. "우리 民族은 실로 오래 전부터 따뜻한 人間관계에서 生의 기쁨과 幸福을 얻을 수 있다는 믿음을 간직해 왔고, 이러한 믿음은 작은 생활共同體인 마을에서 가장 훌륭하게 실천되어 왔다. 마을 주민은 바로 나의 친근한 이웃이며, 마을은 바로 나의 삶과 일의 터전이었다. 契와 품앗이라는 우리의 協同인 풍습도 이러한 共同生活의 表現이라고 할 수 있다. 마을 주민들은 기쁜 일이나 슬픈 일이나, 어려운 일이나 쉬운 일이나, 한데 모여 서로 돕고 서로 의지하면서 살아 온 것이다."(위의 책, 98-99면.)

한다. 그에 따르면, 서구에서는 개인과 국가를 대립적인 것으로 보았지만, 우리 민족은 "「나」(個人)와 「나라」(全體)를 언제나 하나의 조화로운 秩序로 보아 왔으며, 오랜 共同生活의 체험을 통해 國家에 대한 짙고 뜨거운 사랑을 간직해 왔"[27]다. 여기에서 국민은 원래부터 개인과 전체를 하나로 보았던 민족, 즉 집단의식을 철저히 내면화한 주체로 규정된다. 어떤 가치를 본연적으로 지닌다고 규정된 주체는 그 가치의 자명성을 의심하기 어렵다. 집단의식을 내면화한 주체라고 호명되면서, 국민은 집단의식의 자명성을 재고할 여지를 잃는다. 이런 식으로 박정희는 집단의식의 가치를 자연화한다.

(3) 모든 좋은 가치의 원천

위에서 보았듯 우리 민족은 개인과 전체를 하나의 조화로운 질서로 보았고 동시에 국가에 대한 뜨거운 사랑을 지녔다고 한 자리에서 거론된다. 집단에 대한 사랑과 애국심은 동일선상에서 거론된다. 집단의 우위에 대한 확신은 애국심으로 자연스럽게 이어진다. 여기에서 박정희가 그토록 집단주의를 자명한 것으로 만들기 위해서 애쓴 이유 중 한 가지를 알게 된다. 집단주의는 애국주의를 자명화하는 회로로 기능했

---

[27] "우리는 個人과 國家를 대립시켜보아 온 西歐에서와는 달리 「나」(個人)와 「나라」(全體)를 언제나 하나의 조화로운 秩序로 보아 왔으며, 오랜 共同生活의 체험을 통해 國家에 대한 짙고 뜨거운 사랑을 간직해 왔다. 그 투철한 國家觀과 뜨거운 愛國心 때문에 國家가 危機에 처했을 때는 「나라」라는 大我를 위해 「나」라는 小我를 기꺼이 바친 志士와 烈士들이 많이 배출되었다. 그들은 黨派나 階層 또는 宗敎의 차이를 초월해서, 오로지 나라를 구하겠다는 一念으로 스스로를 희생한 것이며, 이들을 중심으로 온 국민이 너와 나의 구별없이 한 데 뭉쳐 共同의 活路를 타개해 왔다. 그것이 바로 오랜 歷史를 이끌어 온 우리 民族의 底力인 것이다."(위의 책, 74면.)

다. 박정희의 국가주의와 애국주의는 잘 알려져 있거니와, 집단주의는 국가주의와 애국주의를 공고히 하는 가장 뚜렷한 근거로 애용되었다. "경제적으로 여유있는 계층이나 중요한 위치에 있는 사람일수록, 個人보다는 民族을 앞세우고, 나 한 사람의 利益보다는 國民의 公益을 앞세울 줄 아는 희생과 奉公의 정신에 투철해야만, 그 사회는 보다 건전하게 發展할 수 있는 것이다."[28] 여기에서도 멸사봉공 정신, 곧 집단의식은 애국심과 동급으로 거론된다. 그가 줄곧 강조해 온 애국심의 근간을 형성하는 논리는 개인보다 집단의 가치가 우월하다는 명제이다. 즉 집단의식은 애국심의 원천인 것이다.[29]

집단의식은 애국심뿐만 아니라 박정희가 즐겨 부각한 거의 모든 가치의 뿌리를 형성한다. 집단의식은 모든 아름답고 중요한 것의 기반에 놓인 기호이다. 새마을운동과 경제 발전, 조국 건설 등 당대 초미의 관심사를 논하면서 그는 반드시 집단의식이라는 회로를 거친다. 가령 집단의식은 새마을운동의 중핵이다. "새마을운동은 또한 우리 民族이 갖고 있는 오랜 共同體的 생활의 傳統을 現代 속에 되살린 것이다. 살기 좋은 마을을 만들자는 운동은 농민들이 스스로를 사랑하는 동시에, 내 고장을 사랑하는 愛鄕心의 發見이기도 하다."[30] 그에 따르면 새마을운동의 뿌리는 우리 민족의 오랜 공동체적 생활의 전통이다. 집단의식이

---

28 위의 책, 116-117면.
29 다음에서도 집단주의는 애국심과 직결된다. "내 고장을 사랑하는 愛鄕心은 내 나라를 사랑하는 愛國心으로 이르는 자연스러운 過程이다. 그것은 國難을 당할 때마다 全國 各地에서 자발적으로 일어났던 農民들의 愛國的인 義兵運動에서도 엿볼 수 있다. 마을의 잘 살기운동으로 시작된 새마을운동이 國家發展의 운동으로 昇華되고 있는 까닭이 바로 여기에 있는 것이다."(위의 책, 98-99면.)
30 위의 책, 98면.

새마을운동의 근간으로 제시되는 것이다.

집단의식은 당대의 화두였던 조국 건설의 근간으로도 지목된다. 우선 집단의식은 급속한 발전과 성장을 이룰 수 있었던 원동력으로 거론된다. 또한 경제 분야의 각종 활동에서 중추적 정신으로 지목된다. "우리가 그 동안 여러 가지 不利한 여건 속에서도 모든 분야에서 급속한 發展과 成長을 이룩할 수 있었던 것도, 실로 對立과 鬪爭 대신 調和와 協同의 정신이 널리 실천되고, 생활화되어 가고 있기 때문이라고 할 수 있다. 우리의 많은 기업인들만 하더라도 友愛와 協助의 精神을 발휘하여 勞使共榮을 통한 福祉社會의 建設에 힘쓰고 있고, 産學協同을 통해 학문과 과학기술의 발달에도 크게 기여하고 있다."[31] 여기에서 그는 성장과 발전의 공을 조화와 협동의 정신으로 돌린다. 또 기업인들의 활동의 근간 정신을 우애와 협동의 정신으로 규정한다. 조화, 협동, 우애의 정신은 집단의 가치에 대한 믿음을 전제하는 미덕, 즉 집단주의적 미덕이다.

과거와 현재를 집단의식의 통로를 거쳐 설명하는 정신은 집단의식을 촉구하는 정신으로 연결된다. 그는 조국 건설 과업을 이루기 위해 요청되는 필수 덕목으로 집단의식을 지목한다. 그는 "우리 국민들이 조국 건설에 대한 연대적인 책임 의식과 공동 운명 의식을 가지고 맡은바 자기 직분에 충실하면서 자립 경제·자주 국방 건설에 힘을 합쳐 노력해 나간다면 우리 앞의 난관이 아무리 험난하다 하더라도 능히 이를 타개하고, 목표 도달의 시기를 그만큼 단축시킬 수 있다고 믿

---

31 위의 책, 75-76면.

습니다"[32]라고 말한다. 연대적 책임의식과 공동운명 의식, 즉 집단의식
은 조국 건설 과업을 이루는 데 반드시 갖추어야 할 필수불가결한 덕
목으로 거론된다. 이상 집단의식은 경제 분야에서 기왕의 성공에 대한
일등 공신이자 앞으로의 발전을 위해 필수적으로 요구되는 덕목으로
상정된다. 여기에서 모든 것을 이야기할 때 집단이라는 통로를 거쳐야
한다는 신념을 발견할 수 있는바, 이는 집단의 가치가 자명하게 탁월
하다는 믿음, 즉 집단주의를 기저에 함유한다.

(4) 유신과 집단주의

때로 집단의식 예찬은 합리주의와 개인주의 비판으로 연결된다. 박정
희는 서구 민주국가들이 선거에서의 혼란으로 인해 심각한 정치 불안
을 겪고 있음을 지적하면서, 이를 위기와 시련으로 규정한다. 그는 자
유민주주의를 불안한 것으로 보는데, 그 원인을 합리주의와 개인주의
정신에서 찾는다. "오랫동안 그들의 民主政治를 지탱해 오던 合理主義
精神이 이른바 大衆社會에 들어와 여러 가지 不合理한 측면을 드러내
게 되었고, 특히 지나친 個人主義의 풍조가 사회에 팽배해진 데서 그
들이 오늘날 危機를 겪고 있는 원인을 찾을 수 있"[33]다. 합리주의와 개
인주의는 타개할 것이었고, 그 반대항인 집단주의만이 옹호의 대상이
었다. 여기에서 박정희의 집단주의의 기형성이 감지된다. 그의 집단주
의는 단순히 우애와 협동이라는 집단주의적 미덕을 강조하기에 그치
지 않고, 합리주의와 개인주의에 적대적인 정도로까지 나아간다. 집단

---

32 「제51회 『3·1절』 경축사」, 1970. 3. 1., 『박정희 대통령 연설문집』 7, 89면.
33 박정희, 앞의 책, 71면.

주의에 대한 과도하고 극단적인 신봉과 설파라고 아니할 수 없다. 이에 박정희의 집단주의와 파시즘의 친연성을 확인할 수 있다.

한편 위의 합리주의와 개인주의 비판에서 유신을 정당화하려는 의도를 감지할 수 있거니와, 집단주의 옹호는 여러 모로 유신을 정당화하는 기제로 직접적으로 활용된다. "政府와 國民간에, 與黨과 野黨간에, 그리고 社會의 각 집단간에 때때로 意見의 대립과 利害의 갈등이 있는 것은 자유로운 開放社會의 자연스러운 현상이다. 그러나 우리 생활의 여러 분야에서 있을 수 있는 異見과 對立은, 國家와 民族이라는 共同의 광장 위에 서서 보면 사소한 것에 지나지 않는다. 이러한 大國的인 입장에서 異論을 對話로 통일하고, 理解로 對立을 지양할 때, 서로의 이익이 증진되는 것은 물론 社會의 발전이 이루어지는 것이다. 우리는 葛藤에 앞서 融和를 이룩하고, 鬪爭에 앞서 協同하는 社會氣風을 더욱 더 키워나가야 할 것이다."[34]

위에 따르면, 의견의 대립과 이해의 갈등은 불가피하나, 대국적인 입장에서 이론을 대화로 통일하고 이해로 대립을 지양해야 한다. 갈등과 투쟁보다는 융화와 협동의 정신을 체화해야 한다. 이 발언은 바람직하나, 바람직하기에 문제적이다. 대립·갈등·이론·투쟁은 민주주의의 필수불가결한 요소이자 다양성과 자유를 보장하는 요인이지만, 융화와 협동정신이라는 절대적인 미덕 아래 한없이 열등하고 부정적인 것으로 추락한다. 융화와 협동이라는 집단주의적 미덕은 제기될 수 있는 이의와 다각도의 자유로운 생각을 죄악시한다. 즉 융화와 협동이라는 집단주의적 미덕은 민주주의의 중핵적 가치를 폄훼하는 데 동원

---

34 위의 책, 75-76면.

된바, 두말할 나위 없이 이 논리는 유신을 정당화한다. 융화와 협동이라는 덕목은 일견 자명한 미덕이기에 반박 불가능한 것이었고, 그렇기에 유신을 정당화하는 데 훌륭한 용병이 될 수 있었다. 여기에서 집단주의는 유신을 정당화하는 기제로 사용되었다.[35]

집단주의는 종종 가장 큰 집단에의 편애를 드러낸다. 박정희는 가장 큰 집단을 신성화하면서 중간 집단을 격하하는데, 이는 집단주의가 유신을 정당화하는 기제로 사용된 또 다른 회로를 보여준다. "여기서 우리는 國家의 存立과 安全이 위협받을 때는, 나와 나라가 둘이 아니라, 하나가 된다고 믿는 우리 겨레의 특유한 生活信條를 찾아볼 수 있다. 반드시 政黨이나 다른 社會集團의 媒介를 통하지 않고도, 나라가 바로 사랑의 대상이 되고 내가 나라의 主人이라는 믿음을 우리 겨레는 일찍부터 行動으로 실천해 왔"[36]다. 즉 나와 나라가 하나라는 믿음, 내가 나라의 주인이라는 믿음으로 우리 민족은 정당이나 사회집단의 매개를 통하지 않고도 나라를 사랑할 수 있었다는 것이다. 이 언명에서 나와 나라의 일체감은 정당과 사회집단의 활동을 무의미한 것으로 만들 수 있는 초도덕으로 제시된다. 이처럼 가장 큰 집단에의 동일화를 당연시하는 극단적인 집단주의는 중간 집단의 존재 가치를 무화시킬 수 있었다. 주지하다시피 유신정권은 각종 중간 집단들의 존재에 너그럽지 못했고, 이렇게 집단주의는 중간 집단을 격하하면서 유신을 옹호할 수 있었다.

---

35 융화와 협동의 정신에 대한 다른 방향에서의 논증은 박수현, 앞의 글, 149-150면 참조.
36 박정희, 앞의 책, 74-75면.

3. 『창작과비평』의 집단주의

(1) 작품 평가의 척도와 문학론의 근간

『창비』 필진은 작중인물의 집단의식을 작품 평가의 중요한 척도로 삼는다. 집단적 자아의식과 연대의식을 가진 작중인물과 그를 형상화한 작가정신을 고평하고 반대로 이를 결여한 인물 혹은 작가정신을 폄하한다. 가령 김병걸은 김정한 소설의 인물들이 "강인한 인간상의 전형"이라고 극찬한다. 그 이유는 인물들의 고통이나 개성이 "한 개인의 그것으로만 끝나지 않고 집단적 자아의 것으로 정립"되어 있기 때문이다. 즉 김정한의 인물들은 "집단적 정의를 위한 행동성의 표상"이라는 것이다.[37] 그에 따르면, 김정한의 인물들의 행동의 근원적 동기는 언제나 "개적 자아를 초월한 집단의 연대의식"에서 발아한다. 단적으로 "개인으로부터 집단적 자아로 뻗어가는 인간의 연대의식"은 "사람이 자기 존재를 주체적인 것으로 확인하는 가장 뚜렷한 행적"[38]이다. 여기에서 집단적 자아를 향한 연대의식은 좋은 문학의 조건일 뿐만 아니라 인간의 숭고한 윤리로까지 격상된다. 구체적으로 작품을 분석하면서도 김병걸은 집단적 자아의식과 연대의식을 가진 인물들을 고평한다. 가령 「산거족」의 황거칠은 "小我가 없"으며, "나보다 남을, 그리고 공

---

37 김병걸, 「김정한문학과 리얼리즘」, 『창작과비평』 23, 1972. 봄, 102-103면 참조.
38 "金廷漢小說의 구심점은 대체로 중요인물들의 행동성에 있다. 우리가 그들의 行動美學에 큰 충격을 받게 되는 것은 그들 행동의 근원적 동기가 언제나 個的 자아를 초월한 집단의 連帶意識에서 발화하고 있다는 점이다. 우리가 그의 소설문학을 動的인 것이라고 말하게 되는 이유도 여기에 있고, 그의 소설에 역사성과 사회성이 농축된 이유도 또한 바로 여기에 있다. 개인으로부터 집단적 自我로 뻗어가는 인간의 연대의식은 사람이 자기 존재를 주체적인 것으로 확인하는 가장 뚜렷한 行蹟이다."(위의 글, 106면.)

동의 이익을 귀중히 여기는" 기질을 가졌기에 긍정적이다.[39] 「인간단지」의 박성일 원장에 반항하는 나환자들 중 "어느 누구도 개인적 감정에 잡히는 사람은 없"으며, "그들의 반항적 행동은 개인을 초월한 연대의식의 발로"[40]이기에 바람직하다.

작품을 평가하는 자리에서 인물의 사회연대의식을 중요한 척도로 삼는 비평의식은 작가에 대한 직접적인 상찬으로 나타난다. 가령 김병걸은 황석영의 「객지」를 고평하면서 그것이 "사회정의의 구현을 위한 작가의 사회연대 意識의 발로"[41]라고 언급한다. 황석영은 집단의식을 구현한 인물을 그렸다는 이유로 사회연대의식을 내면화한 작가라고 규정된다. 작품의 성격이 작가의 자질을 자동적으로 규정하는 것이다. 집단적 자아의식과 연대의식을 가진 작중인물과 그를 형상화한 작가정신에 대한 고평은 반대로 이를 결여한 인물 혹은 작가정신에 대한 폄하로 이어진다. 가령 염무웅은 김춘복의 『쌈짓골』을 고평하면서도 농민의 문제가 "모든 사람의 공동의 이익과 직결"되어야 하는데 작중인물 팔기의 경우 "모든 사람의 문제로까지 의식의 확대가 이루어져 있다고 보기는 아직 어려운 면"이 있다는 점을 들어 비판한다.[42] 염무웅은 작중인물의 문제의식이 모든 사람, 즉 집단의 문제와 연계되지 못한 점을 비판하는 것이다.

---

39 위의 글, 108면 참조.
40 위의 글, 109면.
41 김병걸, 「한국소설과 사회의식」, 『창작과비평』 26, 1972. 겨울, 767면.
42 "절실한 자기의 문제이자 그것이 동시에 모든 사람의 공동의 이익과 직결돼야겠지요. 그런데 팔기의 경우 그의 문제가 모든 사람의 문제로까지 의식의 확대가 이루어져 있다고 보기는 아직 어려운 면이 있어요."(김춘복·송기숙·신경림·염무웅·홍영표, 「좌담: 농촌소설과 농민생활」, 『창작과비평』 46, 1977. 겨울, 21면.)

『창비』의 비평가들은 집단적 자아의식, 개인을 초월한 연대의식, 공동의 이익을 중히 여기는 의식을 작중인물이 지녀야 할 필수 덕목으로 상정한다. 개인의 문제는 그 자체로 중요한 것이 아니라 집단의 문제로 발전할 수 있을 때에만 의의를 획득한다는 것이다. 집단이라는 의미망 안에서만 문학은 가치를 증명할 수 있었다. 평자들은 이렇게 인물의 집단의식 여부에 따라 작가의 집단의식을 평가하고 나아가 작품의 가치를 저울질한다. 여기에서 흥미로운 것은 평자들이 인물의 성격과 작가의 가치관을 동일시한다는 점이다. 또한 이러한 비평의식은 집단의 가치에 대한 순일한 신앙을 내장한다. 『창비』의 평론가들은 왜 인물이 집단적 자아의식과 연대의식을 가져야 하는지 증명하지 않고, 즉 이 명제를 자명한 것으로 선험적으로 상정하고 작품을 평가한다. 이때 증명을 요구하지 않은 채 자명한 것으로 통용되는 이 명제 곧 집단주의는 이데올로기로 기능한다고 볼 수 있다.

『창비』 필진은 인물의 성격뿐만 아니라 소재에서도 집단적인 것을 고평한다. 개인적 차원의 소재보다 집단적 차원의 소재를 취한 문학을 높게 평가하는 것이다. 가령 신경림은 김정한의 「모래톱 이야기」와 「유채」를 언급하며 그의 현실 파악이 "개인적인 이해와는 전혀 무관한" "좀더 깊은 것"이라고 논한다. 즉 김정한이 개인의 현실이 아니라 농촌의 현실에 주목하는 점을 고평하는 것이다. 이 판단의 근간에는 개인보다는 농촌이라는 집단을 소재로 삼는 문학이 높은 가치를 지닌다는 전제가 놓여 있다. 또한 그는 김정한의 농촌에 대한 관심이 전체적 사회현실에 대한 관심으로 확대된 점을 더욱 고평하는데, 이 역시 집단적인 소재를 취해야만 문학이 훌륭해진다는 전제에서 나온 발언이다. 이때 이 발언은 집단은 더 큰 것일수록 바람직하다는 의식 또한 노출한다.[43] 개인은 집단에, 집단은 더 큰 집단에 귀속되어야 바람직했다.

문학에 관한 일반 이론에서도 공동체, 즉 집단은 의미의 중핵이 된다. 염무웅은 문학의 본질을 논하면서 공동체가 문학의 존립조건이며 작가와 시인이 공동체 속의 존재라는 사실을 자명하게 상정한다.

> 인간의 사회생활이 기본적으로 공동체를 매개로 하여 이루어지는 한, 예술가의 사회로부터의 격절(隔絶)은 결코 심각한 정도로까지 발전할 수 없으며, 때때로 그런 예외적인 문인이 나타나더라도 일반적인 경향으로 확대되는 일은 없었다고 보여진다. 요컨대 개인문학이라 하더라도 작가나 시인 혼자만의 경험이기는 하되 공동체 속에서의 혼자였지 공동체 바깥에서의 혼자인 것은 아니었고, 그렇기 때문에 작품에 표현된 어떤 특이한 경험이나 정서도 다만 현실적으로 공동체의 다른 구성원이 겪지 못한 것일 뿐이고 잠재적으로는 이를 경험할 가능성을 공유하는 것이었다.[44]

염무웅에 따르면, "인간의 사회생활이 기본적으로 공동체를 매개로 하여 이루어지"기에 작가는 어쩔 수 없이 공동체 속의 존재이다. 아무리 예외적으로 독자적인 작가나 시인이라도 "공동체 속에서의 혼자였지 공동체 바깥에서의 혼자인 것은 아니"다. 여기에서 염무웅은 인간의 공동체적 존재성을 자명한 것으로 상정하면서 작가의 공동체적 존

---

43 신경림, 「농촌현실과 농민문학」, 『창작과비평』 24, 1972. 여름, 289면 참조.
44 염무웅, 「식민지 문학관의 극복문제-민족문학관의 시론적 모색」, 『창작과비평』 50, 1978. 겨울, 31-32면.

재성의 자명함을 입증한다. 이는 자기 논리가 자기 논리의 근거가 되는 순환논법이라 할 수 있다. 또한 이른바 개인의식이 두드러진 문학까지 공동체적 문학으로 포섭한다. 이는 『창비』 특유의 전유의 사유구조를 노출한다.[45] 어쨌든 염무웅이 집단의 가치를 순환논법과 전유 기제를 사용해서라도 입증하기를 원한 사실은 집단주의에 대한 순일한 신앙을 보여준다.

결론적으로 문학이란 "그 발생 이후 장구한 세월에 걸쳐 인간의 공동체적 생활을 기반으로 생성·발전되어온 것"이다. 인간의 공동체적 생활은 문학의 존립근거인 셈이다. 따라서 "공동체가 개인들의 정신과 생활에 튼튼한 발판이 되어주지 못한다면 그것은 연필적으로 문학의 존립근거를 위협하는 사태"라는 논리가 성립한다.[46] 그는 공동체의 안녕과 건강을 곧 문학의 전제조건으로 상정한다. 이는 공동체의 안녕과 건강의 중요성을 절대화하는 면에서 문학의 사회 참여를 옹호하는 논리로 발전할 수 있었다. 이상 염무웅의 글에서, 집단에 기반하지 않는 문학을 상상할 여지란 없다. 집단은 문학의 본질을 설명하는 데 중대한 매개 회로가 되는 것이다. 문학의 본질을 사유하는 자리에서도 집단의 가치는 의심을 불허하는 전제가 된다.

(2) 숭고한 윤리와 투쟁의 방략

『창비』 필자들은 집단의식을 문학인뿐만 아니라 인간 전반에게 절대적인 윤리로 요구한다. 그들은 문학의 가치뿐만 아니라 전반적 인간

---

45 『창비』 특유의 전유의 사유구조에 관해서는 박수현, 앞의 글, 215-240면 참조.
46 염무웅, 앞의 글, 33면 참조.

윤리를 논할 때에도 집단의식을 가장 숭고한 윤리로 자동적으로 전제한다. 집단의식은 훌륭한 인간이라면 당연히 가져야 할 바람직한 덕목이다. 동시에 즉자적으로는 가지기 힘든 것이기에 '각성'이라는 계기를 수반하는 고차원적인 정신이다. 각성까지 요구하는 정신이라면 그것은 단지 진리일 뿐만 아니라 '숭고하고 거룩한' 진리인 것이다. 각성이라는 1970년대적 상투어는 그 각성의 대상에게 숭고하고 거룩한 아우라를 덧씌운다. 가령 고은은 자신의 집단의식 각성의 순간을 이렇게 술회한다.

지하가 친교(親交)를 말했읍니다만 이게 크게는 남북분단의 적대상태까지 극복하고 통일시킬 만한 그런 넓은 의미의 것이겠지만 작은 규모로서는 우정(友情)-우리 벗들, 이웃들과의 우정도 포함되겠지요. 그런데 물론 우정이란 것도 보나르의 우정론 따위가 아니라 오늘날 우리에게 있어서는 이념의 형제화를 위한 가장 기본적인 실천논리라고 할 수 있는데 이러한 이념적·동지적 우정이야말로 인간화·민주화의 투쟁에서 큰 의미가 발견되었어요. 구체적으로는 1974년초에 이호철(李浩哲)씨들이 소위 문인간첩단 사건으로 구속이 되면서 석방운동을 벌이고 했는데, 이러는 가운데 문단 안팎으로 여러 가지 새로운 상황의식도 생기고 현실에 직면하면서, 나라는 게 절대로 혼자가 아니로구나, 사람이라는 게 함께 사는 거고 우리 모두 정말 함께 살아보자, 이런 공동체적인 깨달음 같은 게 생겼어요. 또, 함께 산다는 게 확대해 보면 민족의 분단을 극복하고 통일을 이룩해야 한다는 데까지 연장될 터인데, 하여간 요즘은 제 온몸이란 게 불덩어리가 타고 있어서 민족문제나 무슨 체제문제에 뛰어들면 걷잡을 수 없는 반이성적 인간으로 낙인찍히고는 합니다.[47]

위의 글에서 우정은 이념의 형제화를 위한 가장 기본적인 실천 논리이다. 고은은 이념적·동지적 우정, 즉 집단의식을 가장 중요한 윤리로 전제한다. 여기에서 윤리로서의 집단의식이 요구되는 장은 문학 창작의 범위를 넘어서 삶 전체로까지 확장된다. 그는 일련의 사건을 거치면서 "나라는 게 절대로 혼자가 아니로구나, 사람이라는 게 함께 사는 거고 우리 모두 정말 함께 살아보자, 이런 공동체적인 깨달음"을 얻었다고 고백한다. 여기에서 고은이 공동체적 깨달음, 즉 집단의식 각성의 계기를 이야기할 때의 종교적이고 도취적인 뉘앙스에 주목해야 한다. 고은은 "공동체적인 깨달음"이 왜 중요한지 논증하지 않는다. 그것의 유의미함을 당연한 것으로 전제하고, 깨달음의 순간의 감격을 기술한다. 즉 중요한 것은 집단의식의 가치의 논증이 아니라 집단의식 각성이 수반하는 감격이다. 즉 집단의식은 그 가치를 탐색해야 할 것이 아니라, 마땅히 각성해야만 할 것이었다. 감격적인 각성을 요구하는 무엇은 당연히 진리로 통용되는 무엇이다. 깨달음이라는 말 자체가 그 깨달음의 대상을 신비화하고 절대화한다. 여기에서 깨달음의 대상인 집단의식은 의심을 불허하는 전제, 곧 이데올로기로 작동한다. 집단주의는 이 시대에 이견을 불허하는 종교적인 신념을 수반한 것으로 보인다.

인간으로서 지녀야 할 윤리 중 가장 위대한 것인 집단의식은 여기에서 인간의 행동 양식을 규정 또는 지시하는 생성적 기능을 떠맡게 된다. 인간이라면 집단의 가치를 인지해야만 하고, 집단의식에 의거하

---

47 고은·구중서·백낙청·유종호·이부영, 「좌담: 내가 생각하는 민족문학」, 『창작과비평』 49, 1978. 가을, 28면.

여 행동해야만 하는 것이다. 집단주의의 윤리적 생성력은 특히 투쟁의 방침을 이야기하는 자리에서 노골적으로 발휘된다. 집단의식은 투쟁의 방략으로 자명하게 상정된다. 가령 신경림은 "전통적으로 서로 협동하고 관권의 박해에 대해서 함께 투쟁하던 그런 경향"을 "민중적 의지"의 원천으로 파악하며, "협동하고 상부상조하고 함께 투쟁하는 옛날의 전통은 되살려야" 한다고 주장한다.[48] 그는 협동정신과 '함께' 하는 태도, 즉 집단의식을 투쟁의 강력한 기폭제로 여긴다.[49] 이는 투쟁을 잘 하기 위해 집단의식을 갖추라는 명령적 의미 또한 포함한다. 여기에서 집단주의는 투쟁의 자세를 지시하는 윤리적 생성력을 지닌다. 김춘복은 "민중의 힘이 뭉치면 그것이 얼마나 크다는 것을 제시"한다는 면에서 송기숙의 『자랏골의 비가』를 고평한다.[50] 그는 투쟁의 방략으로서 집단의 힘을 고평하며, 여기에서도 집단주의는 집단적 투쟁의 자세를 촉구하는 윤리적 생성력을 지닌다.

집단주의의 윤리적 생성력이 발현되는 공간은 점점 더 넓어진다. 투쟁의 방략으로서 집단의식은 '국제적 유대'의 윤리로 확장된다. 『창비』

---

48 "또 하나는 전통적으로 서로 협동하고 관권의 박해에 대해서 함께 투쟁하던 그런 경향이 있어요. 젊은이들을 지배하던 생각이라 하겠는데, 이런 게 있었기 때문에 우리 농촌에 비록 조그맣게나마 민중적 의지가 이어져 내려온 것이 아닌가 생각됩니다. (중략) 다만 지금 새마을운동을 보면서, 협동하고 상부상조하고 함께 투쟁하는 옛날의 전통은 되살려야 하지 않겠느냐 하는 생각입니다."(김춘복·송기숙·신경림·염무웅·홍영표, 앞의 글, 23면.)

49 여기에서 집단적인 민중 의지는 과거에 있었던 것으로 선험적으로 전제된다. 현재의 이데올로기의 투과망을 거쳐 과거를 규정하는 것이다. 이는 박정희 담론이 과거를 집단의식의 총화로 규정한 것과 동일한 사유구조를 노출한다.

50 "그러나 작가는 흔히 과거의 농촌소설들처럼 좌절이나 절망에만 머무르지 않고 특히 건강한 동네 청년들을 내세워 민중의 힘이 뭉치면 그것이 얼마나 크다는 것을 제시하고 있습니다. 이런 청년들이 있는 한, 농촌의 앞날은 밝다고 볼 수 있고, 농촌의 전망이 밝은 이상 국가의 장래도 고무적이라고 봐야 되겠죠."(위의 글, 10-11면.)

필자들에게서 반복적으로 천명되는바, 운동은 유대를 중핵으로 한다. 유대라는 어사 자체가 집단주의적 상상력의 발로이거니와, 백낙청은 '유대'의 당위를 내국민에게서 전 세계로 확장하여 적용한다. 그는 인간해방의 대의를 걸머진 민족운동이 선진국 내부의 인간해방운동과 "줄 것을 주고 받을 것을 받으면서 참다운 국제적 유대의 기초를 닦아나가"야 한다고 주장한다.[51] 민족이라는 집단을 상정하는 것, 그 집단이 대의를 중심으로 단일하게 뭉쳐있다고 상정하는 것 자체가 집단주의의 발로이거니와, 선진국 내부의 인간해방운동과 "국제적 유대"를 맺어야 한다는 발상은 의심할 나위 없이 집단주의의 자장 안에 있다.

집단주의의 윤리적 생성력은 원심적으로 확대될 뿐만 아니라 구심적으로도 확산된다. 집단주의는 가장 미세한 곳까지 위력을 떨침으로써 그 영향력을 극대화한다. 집단주의는 인간해방운동에 참여하는 개인 내면의 자세까지 규정한다. 집단주의적 상상력은 백낙청의 인간해방운동론의 실천론뿐만 아니라 본질론에서도 논리의 중핵이 된다. 백낙청에 따르면 인간해방을 위한 움직임은 개인의 이상주의적 결단이나 자기도취로 흘러서는 안 되고 그가 "소속해 있는 크고 작은 집단, 나아가서는 전인류의 구체적인 당면문제를 해결하는 데 이바지"해야 한다.[52] 집단이라는 상투어는 개인 내면의 자세를 논하는 자리에도 어

---

51 "피압박민족 자신의 해방을 추구함과 동시에 소위 선진국가들이 소홀히한 인간해방의 대의를 걸머진 민족운동은 바로 우리 시대의 가장 인간다운 움직임의 하나로 볼 수 있다. 그렇다면 선진국 내부에서 일어나는 가장 새롭고 진실된 인간해방운동과도 줄 것을 주고 받을 것을 받으면서 참다운 국제적 유대의 기초를 닦아나가는 움직임이 될 것이다."(백낙청, 「인간해방과 민족문화운동」, 『창작과비평』 50, 1978. 겨울, 7면.)

52 "당연한 이야기지만, 인간해방을 위한 움직임이 진정코 그 이름에 값하자면 적어도 두 가지 요건이 우선 갖춰져야 한다. 첫째 그것이 한 사람의 인생을 걸 만큼 나 개인에게 절실

김없이 등장했다. 오늘날이라면 충분히 설득력을 가질 개인 차원의 인간해방운동은 이 시대 타개할 것에 불과했다. 오직 집단 차원의 인간해방만이 의의를 가졌다. 이런 단호한 명제는 물론 집단주의의 영향력 아래에 있다.

(3) 위계화된 집단의 사슬

집단의 상상력은 민족문화 운동의 논리를 체계화하는 자리에서도 중대한 회로로 작동한다. 운동 주체인 집단은 그것이 귀속할 더 큰 집단을 가지고 있으며, 집단은 크기 별로 일렬로 도열해 있다.

> 물론 인간해방의 문제는 이제 불교의 진리와도 일치할 수 있는 새로운 차원의 사상과 행동 없이는 감당하지 못할 경지에 이르렀다. 억압자를 싸워 물리치면서, 억압자의 지배도구요 억압자 자신을 지배하는 굴레이기도 한 온갖 문물과 본질적으로 다른 관계에로 인간을 해방시켜야 하는 것이다. 하지만 이것은 적어도 근대에 와서는 불교문화의 적극적 참여 없이 전개된 현실이니만큼, 불교로서는 먼저 그것을 자기 문제로 소화하는 일을 해내어야 문제의 해결에 좀더 본격적인 기여를 할 수 있을 것이다. 이 과정에서 불교 자체가 어떻게 변모할지는 이 글에서 다루려는 바가 아니며, 필자 자신에게도 최대의 관심사는 못된다. 다만 어떤 성과가 이루어지는 경우 그것은 우리 사회의 다른 모든 창조적 작업과 함께 진

한 것이여야 하겠고, 둘째로 그것이 어느 한 개인의 이상주의적 결단이나 자기도취가 안되기 위해서 내가 소속해 있는 크고작은 집단, 나아가서는 전인류의 구체적인 당면문제를 해결하는 데 이바지할 수 있어야 한다."(위의 글, 3면.)

정한 민족문화운동의 일부로 참여할 수 있을 것이며, 실제로 민족문화운동의 일부가 되겠다는 노력의 일환으로서만 그 나름의 성과가 가능할 것이다. 이것은 우리의 민족문화운동이 범세계적 인간해방운동의 최신·최고의 한 형태요 오늘 이곳에 사는 개개인에게는 인간답게 살겠다는 본마음의 표현이라는 우리의 주장을 다른 말로 한번 바꿔놓은 것에 지나지 않는다.[53]

위의 백낙청에 따르면 긍정적인 방향으로 변모한 불교는 "진정한 민족문화운동의 일부로 참여"할 수 있다. 이 발언에서 그는 민족문화운동 집단에 속하는 것을 지당한 영예로 전제하는 자동화된 의식을 보여준다. 그는 불교 집단을 민족문화운동 집단의 하위 집단으로 범주화하는데, 여기에서 한 집단이 더 큰 집단에 귀속되어야 마땅하다는 자동화된 의식을 발견할 수 있다. 또한 민족문화운동은 범세계적 인간해방운동의 "최신·최고의 한 형태"이다. 백낙청은 민족문화운동을 군이 범세계적 인간해방운동이라는 집단적 자장 안에서 논하려고 한다. 백낙청의 논리체계 안에서 모든 운동은 집단을 단위로 이루어지며, 집단은 상위 집단과 하위 집단으로 위계화된 사슬 안에 존재한다. 이런 위계화된 집단의 상상지도는 세계를 집단 단위로 상상하는 자동화된 의식, 곧 집단주의가 세련된 결과라 하겠다.

백낙청의 집단주의는 집단의 위계화와 큰 집단에의 지향을 수반한다. 집단을 위계화하는 의식은 모든 것을 동일선상에서 위계화하는 근대적 동일성과 결탁한다. 근대성의 특질은 동일화로 대변되며, 동일화

---

53 위의 글, 27면.

기제는 차별화된 분류도식을 내장한다. 근대적 동일성의 세계에서 주체는 자신의 도식에 부합하는 것을 수용하지만 수용 불가능한 것은 타자로서 차별한다. 수용 가능한 것 중에서도 계층이 형성된다.[54] 하나의 거대한 진실의 존재를 신봉하는 근대적 동일성의 세계에서 가치는 일렬로, 그리고 수직적으로 도열한다. 차별과 위계화의 논리는 근대적 동일성의 중핵적 구조인 것이다.[55] 백낙청의 논리에서 위계화된 집단의 상상구도는 근대적 동일성을 극명하게 표출한다. 한편 집단이 클수록 좋고 가장 큰 집단이 곧 가장 가치 있다는 논리는 1970년대의 중요한 이데올로기였던 대의명분주의와 동형의 구조를 내장한다. 이는 제국주의적·팽창주의적 사유구조와도 멀지 않다.[56]

앞의 신경림의 논리구조에서도 역시 집단은 위계화되어 있다.[57] 개인에 대한 이해보다는 농촌 현실에 대한 이해가, 그리고 농촌 현실에 대한 이해보다는 전체 사회에 대한 이해가 우위에 놓인다. 그의 의식에서 개인보다 집단은 지당하게 우월할뿐더러 큰 집단은 작은 집단보다 당연하게 월등하다. 집단은 더 크고 작은 것으로 위계화되어 일렬로 도열해 있되, 가장 훌륭한 집단은 가장 큰 집단이다. 여기에서 집단주의는 수직적 위계질서를 내적 본질로 하면서 근대적 동일성을 현현하며, 가장 큰 집단에의 편애를 노출하면서 대의명분주의를 표출한다.

---

54 이마무라 히토시, 이수정 역, 『근대성의 구조』, 민음사, 1999, 202면 참조.
55 근대적 동일성에 관해서는 박수현, 앞의 글, 206-215면 참조.
56 1970년대의 이데올로기로서 대의명분주의에 관해서는 위의 글, 186-205면 참조.
57 "그리고 이것은 자유민주주의 본질에 관계되는 발언으로까지 발전하여, 그의 현실 파악이 卽物的인 반응이나 개인적인 이해와는 전혀 무관한, 좀더 깊은 것임을 드러내 보이고 있다. 농촌현실은 전체 사회현실로 확대되고, 파괴로부터 농촌을 지키는 일은 파괴로부터 일체를 지키는 것이 된다는 等式의 성립을 보게 된다."(신경림, 앞의 글, 289면.)

이는 평등의 이상과는 일정한 거리를 두었으며 군사적 권위주의와 그리 멀지 않았다.

(4) 문단의 풍토와 배제의 논리

집단주의는 문단의 풍토와 밀접한 연관을 가진다. 집단주의적 상상력이 문단의 현실까지 규제하는 것이다. 집단의 가치를 순일하게 믿는 정신은 행동 양식에서도 집단적일 수밖에 없다. 당대 문단은 특정 문학적 경향을 집단적으로 추수하고 이질적인 것을 역시 집단적으로 배제하는 경향을 강하게 지녔다고 보인다. 『창비』에게 압도적인 지지를 받은 소설가 김춘복의 고백은 이런 사정을 잘 보여준다. 그는 1959년에 등단했으면서도 17년 동안 공백기를 거친 이유를 이렇게 설명한다. 그는 "59년 이후 60년대 초반에 쏟아져 나온 화려했던 우리 소설문학"에 "의기소침"해졌다고 한다. 그는 "60년대 초의 그 화려한 문장·주제들 틈"에서 자신이 "쓰는 소설의 형태는 한 시대 지나가버렸다 하는 걸 느끼고 문학을 거의 포기"했다. 그러면서 "66년도에 나온 김정한(金廷漢)씨의 「모래톱 이야기」와 1970년대에 발표된 황석영(黃晳暎)씨의 「객지(客地)」를 읽고 "말할 수 없는 감동과 큰 충격을 받았"고, "아, 이런 것도 되는구나, 그러니까 네가 한 시대 지나갔다고 생각했던 류의 소설들 역시 건재할 수 있구나, 따라서 『나도 글을 쓸 수 있다』는 확신감에 불타기 시작했"다.[58] 이 일화는 한 소설가의 신상 고백 이상의 의미를 지닌다.

위의 일화를 다시 이야기하자면, 한국 문단은 1959년 이후 1960년

---

[58] 김춘복·송기숙·신경림·염무웅·홍영표, 앞의 글, 4면 참조.

대 초반에 걸쳐서 화려한 문장과 주제로 표상되는 일련의 집단적 흐름 안에, 즉 김춘복 류의 리얼리즘 소설을 배제하는 집단적 분위기 안에 놓여 있었다. 이런 분위기에 영합하지 못한 김춘복은 슬럼프에 빠질 수밖에 없었다. 그런데 그의 좌절뿐만 아니라 재기의 계기 역시 집단주의와 유관하다. 1960년대 후반 이른바 리얼리즘 소설들을 고평하는 집단적인 문단 풍토가 그의 창작욕을 제고했다. 김춘복은 집단적인 문단의 분위기 때문에 좌절하고, 같은 이유로 재기했다. 이렇게 '집단적 풍토'가 그에 부합하는 작가에게 용기를 주고, 부합하지 못하는 작가를 좌절시키는 현상은 문제적이다. 이는 당대 문단이 주류가 아닌 것들에게 관대하지 못했음을, 즉 이질적인 것들을 쉽사리 배격했음을 보여준다. 이종(異種)을 허하지 않은 문단의 분위기는 앞서 살펴본 집단주의에 깊게 매몰된 의식들의 필연적 귀착점이라 할 수 있다. 집단의 가치를 지고하게 여기는 의식은 집단적으로 행동하기도 쉬워서, 집단 바깥의 것들을 쉽게 배제한다.

한편 염무웅은 "사회적 소외계층"에 대한 문학적 관심이 그간 문단에서 소외되었으나 1970년대 들어 고조되었다고 지적한다. 또한 지난 연대에 "서양의 유행하는 문예사조를 등에 업은 문학이 아니면 각광을 받기가 어려"웠다고 진술한다.[59] 염무웅의 이 진술은 가치 평가를

---

59 "사실 농촌이나 공장에서 일하는 사람들 자신들이 사회적으로 소외되어 왔던 것과 마찬가지로 그들의 생활을 그리는 문학도 우리 문단에서는 그동안 많이 소외되어 왔습니다. 그래서 서양의 유행하는 문예사조를 등에 업은 문학이 아니면 각광을 받기가 어려웠지요. 그러다가 근자 70년대에 들어와 사회적 소외계층에 대한 진실한 문학적 관심이 고조되어 그들의 생활을 깊이있게 다룬 작품들이 발표되기 시작했고, 또 그런 문학에 대한 일반의 인식도 새로워지기 시작한 것 같습니다. 일종의 자기발견이랄까 자기긍정이라 할 수 있을 거예요. 이것은 문학사적으로도 매우 중요한 의미를 갖는 현상입니다."(위의 글, 5면.)

자제한 객관적인 형태를 띠고 있으나, 그 이상의 의미를 지닌다. 이는 1970년대 이전에 사회적 소외계층을 소재로 한 문학이 '집단적으로' 소외되었고, 1970년대 이후 '집단적으로' 각광받았다는 진술로 번역된다. 중요한 것은 소외도 각광도 '집단적으로' 이뤄졌다는 점이다. 특정한 문학적 경향을 집단적으로 숭상하는 의식은 다른 경향을 집단적으로 격리하는 의식 또한 내포한다. 문학적 논의에서 집단적으로 동의된 사실 이외의 논리나 가치는 설 곳이 없었다. 집단적으로 동의된 사실은 진리 그 자체라기보다 집단적인 취향이나 의견에 가깝다. 이에 편승한 작풍은 각광을 받으며 집단적인 취향에 근거를 제공하고, 그 기반을 더욱 공고하게 만들면서 집단적 의견의 정당성과 파급력을 기형적으로까지 부풀린다. 이런 무한 순환은 궁극적으로 집단적 취향 혹은 의견을 '자명한 진리'의 자리에 올려놓는다. 집단주의의 영향력 아래 놓인 문단은 곧잘 폐쇄회로를 걸었다.[60]

집단주의는 문단에서 뿐만 아니라 전반적으로 배제의 논리로 전화하기 쉬웠다. 가령 백낙청은 이렇게 선언한다. "출세보다 양심이 더 소중한 사람들, 소수의 화려한 특권보다 민족의 존립과 다수의 평등한 복지를 앞세우는 사람들, 인간과 인간이 제도적으로 서로 경쟁하고 서로 이용하며 매사를 사고 파는 세계와는 다른 세계를 원하지 않으려야 않을 수 없는 사람들-이런 사람들끼리 우선 〈부분적 배타적〉으로 뭉쳐 적과 동지를 식별하고 전열을 가다듬지 않는다면 어떻게 만인이 동포적 결합을 지향하는 역사의 움직임에 참여할 수 있겠는가?"[61] 백

---

60 우리나라 문단이 다양성을 허용하지 않는 풍토는 아쉽지만 오늘날까지도 이어지는 듯하다.
61 백낙청, 「문학적인 것과 인간적인 것」, 『창작과비평』 28, 1973. 여름, 440면.

낙청은 노골적으로 "부분적 배타적"으로 뭉치고, 적과 동지를 식별하기를 주장한다. 이 논리 자체가 강한 배타성을 띠고 있거니와, 이 말은 같은 편이 아닌 사람들을 자동적으로 양심보다 출세가 소중한 사람들, 소수의 화려한 특권을 중시하는 사람들, 서로 이용하며 모든 것을 사고 파는 사람들로 규정한다. 자신의 집단 바깥의 사람들에게서 자동적으로 도덕성을 박탈하는 것이다.[62] 이는 집단 바깥에 대한 배려에 인색한 집단주의의 한 단면을 보여준다. 이처럼 집단주의는 차별과 배제의 논리로 쉽사리 전화했다.

4. 맺음말

이 논문은 대립적 입장을 취하는 저자들이 공유하는 근본 전제를 이데올로기로 파악할 수 있다는 문제의식에서, 박정희의 담론과 『창비』의 담론을 살펴보았다. 대립각을 세운 박정희의 담론과 『창비』 모두 집단의 가치를 개인의 가치보다 우위에 놓는 의식을 의심을 불허하는 지당한 전제로 삼았다. 이 전제를 이데올로기로서 집단주의라 할 수 있다. 예컨대 박정희는 집단의식의 숭고함을 유신을 정당화하는 기제로 활용했고 『창비』 필진은 그것을 투쟁의 핵심 요건으로 파악한다. 정권의 정당성을 이야기하면서도 그것에의 대항과 투쟁을 이야기하면서도 집단의식은 반드시 거쳐야만 하는 회로로 기능한다. 모든 것을 이야기할 때 거쳐야 하는 통로가 집단인 것이다. 이는 집단의식의 세례가 모든

---

62 박수현, 앞의 글, 231면 참조.

발언의 정당성을 제고하고 설득력을 강화한다는 신념의 존재를 일러주며, 집단주의의 광범위한 장악력을 보여준다.

집단주의의 존재를 확인하는 일 뿐만 아니라 그 양상을 기술하는 것 또한 이 논문의 목적이었다. 박정희의 담론에서 집단의식은 인간의 도리로 설정된다. 이는 잘 알려진 박정희의 구호인 멸사봉공 정신의 근간이 된다. 박정희는 과거를 집단의식의 총화로, 국민의 정체성을 집단의식을 철저히 내면화한 주체로 규정하면서 집단주의를 자명한 것으로 만든다. 집단주의는 애국심뿐만 아니라 새마을운동과 경제 발전, 조국 건설 등 박정희가 중시했던 거의 모든 가치의 근간을 형성한다. 박정희의 집단주의는 합리주의와 개인주의 비판으로도 연결되고, 대립과 갈등을 무화하면서 유신을 정당화하는 기제로도 활용되었다.

집단주의는 『창비』의 평론가들에게 작품 평가의 중대한 척도로 기능한다. 평자들은 집단의식을 구현한 인물을 고평하는데, 이때 작가는 자동적으로 집단의식을 지닌다고 상정되어 상찬받는다. 『창비』의 비평가들은 집단적 차원의 소재를 취한 문학을 고평하고 문학론에서도 집단의식을 문학의 존립근거로 상정한다. 집단의식은 『창비』에서 가장 숭고한 인간의 윤리로 부상하는바, 각성은 모두에게 요구되는 당위였다. 집단의식은 투쟁의 방략으로 상정되고, 국제적 유대의 원리로 확대된다. 『창비』의 논자들에게 집단은 크기별로 일렬로 도열해 있다. 개인은 집단에 귀속되어야 했을 뿐만 아니라 작은 집단은 더 큰 집단에 속해야 마땅했다. 집단의 가치를 순일하게 신봉하는 정신은 행동 양식에서도 집단적이어서 이질적인 것들을 쉽사리 배제하는 문단 풍토를 낳았다. 집단주의는 곧잘 배제의 논리로 전화했다.

신형기에 따르면, 안과 밖을 가르는 집단주의적 기제는 근본적으로 모호한 주어에의 종속을 요구하는데, 모두가 익명화되는 상황에서는 누구도 이 종속과 그 결과에 대해 책임지지 않는다. 이는 모두를 무책임한 군중으로 만든다. 집단주의는 누구도 주체가 아니게 만들면서 책임에 대한 성찰을 불가능하게 한다. 집단은 실제로는 익명화된 동원의 대상에 불과했다.[63] 과연 개인의 가치를 평가 절하하는 집단주의는 개인의 몰지각과 무책임성을 강화한다. 한편 집단주의는 다양한 가치를 하나로 수렴하여 동일선상에서 위계화하는 근대적 동일성을 내적 구성원리로 한다. 이러한 수직적 위계질서로 구성된 집단주의는 군사적 권위주의와 그리 먼 자리에 있지 않다. 뿐만 아니라 집단주의는 집단 바깥에 대한 고려에 인색함으로써 다양성을 말살하고 이종(異種)을 배제하는 차별과 획일화의 논리로 둔갑하기 쉽다. 여러모로 집단주의는 1970년대의 근대적 동일성이 노골적으로 현현하는 장소였다.

이 논문은 박정희의 담론과 『창비』에 나타난 집단주의의 차이를 고구하는 데까지는 나아가지 못했다. 논문의 목적이 두 담론에서의 집단주의의 차이점을 비교·분석하는 것이 아니라, 입장의 차이에도 불구하고 공유되는 근본 전제를 발굴하여 그것을 1970년대의 한 이데올로기로 파악할 가능성을 타진하는 것이었기 때문이다. 아쉽지만 차이에 대한 고찰은 후속연구를 기약한다. 이 논문은 두 담론의 빈틈없는 동일성을 주장한 것이 아니라, 근본 전제의 유사성을 논했다. 이데올로기는 판이하게 다른 형상을 지닌 담론이 공유하는 근본 전제에서 효과

---

63 신형기, 앞의 글, 93-107면 참조. 이 논문은 논의의 맥락상 신형기의 글에서 "민중과 민족, 혹은 국민을 구획한 기제"를 집단주의적 기제로, "군중의 정치학"을 집단주의로, "품성의 공동체"를 집단으로 바꾸어 정리했다.

적으로 간파되기에, 이러한 접근 방식이 무의미하지 않을 것으로 사료된다. 한편 집단주의를 1970년대의 이데올로기로 정립하는 작업을 공고화하기 위해서는 더 많은 텍스트들의 탐색이 필요한바, 다양한 매체의 담론과 문학작품에 나타난 집단주의의 양상에 관한 고구를 후속과제로 남겨둔다.

'우리'를 상상하는 몇 가지 방식

−1970년대 소설과 집단주의*−

1. 머리말

인간은 사회적 동물이다. 거의 상식화된 이 명제를 반박하기는 어렵다. 인간의 사회적 정체성을 지나치게 강조한 나머지 개인의 단독성을 간과할 때 이 명제는 자칫 억압의 논리로 전화할 수 있음에도, 인간의 사회적 혹은 집단적 정체성을 모든 가치의 우위에 놓는 의식은 그 반박 불가능성에 힘입어 오랜 시절 한국인의 가치관과 윤리를 규정해 왔다. 이 의식은 인간은 이타적이어야 한다는, 역시 반박을 허하지 않는 명제로부터 정당성의 근거를 수혈 받아 그 진리성의 위상을 드높여 왔다. 오랫동안 자명한 것으로 통용되었던 의식, 그러나 그 진리성을 검증할 필요를 내장한 의식을 이데올로기라고 일컬을 수 있다.[1] 이 논문

---

* 이 논문은 2012년 정부(교육과학기술부)의 재원으로 한국연구재단의 지원을 받아 수행된 연구임.(NRF-2012S1A5B5A07036825)

1 이데올로기는 사람들의 생각과 행동 근저에서 작동하는 근본적인 사고방식이다. 이데올로기는 자명하게 받아들여지는 믿음 체계, 작동 당시 그 자명성을 의심하기 어려운 믿음

은 인간의 집단적 정체성을 자명하게 여기고 개인보다 집단을 우선시하는 신념을 집단주의로 일컫고, 그것이 작가들의 의식세계를 구속했던 한 문학사적 현장에 주목하고자 한다. 구체적으로 1970년대 소설을 통해서 작가의식이 집단주의에 구속된 양상을 논구하려고 한다.

집단주의는 다음의 신념들을 거느린다. 집단의 목표는 개인의 목표보다 우위에 놓인다. 개인의 독자적 정체성보다 집단의 구성원으로서의 자아정체성이 본질적이다. 사회의 기본 단위는 개인이 아니라 집단이며, 개인은 집단에 종속적인 존재이다. 개인은 집단이 요구하는 다양한 의무를 지니고 집단의 규범과의 합치 여부는 개인의 행위를 평가하는 중요한 기준이다.[2] 이러한 집단주의는 한국인의 의식세계를 오랫동안 구속해 왔으나, 특히 1970년대 집단주의의 영향력은 각별한 주목을 요한다. 1970년대 한국 사회는 유례없는 동일성으로 무장한 유신정권 치하에 놓였기에 집단주의 고찰에 특별한 사례를 제공한

체계, 개인의 생각과 행동을 유도하는 믿음 체계라 할 수 있다. 이데올로기는 민족주의나 사회주의 등 익히 알려진 거대담론만을 칭하는 것이 아니다. 좀 더 세밀하고 다채로운 방식의 이데올로기가 존재한다. 이는 가령 교육과 문화 장치를 통해서 의식되지 못한 형태로 전수되기도 한다.(루이 알튀세르, 김동수 역, 「이데올로기와 이데올로기적 국가장치」, 『아미엥에서의 주장』, 솔, 1998, 97-120면; 박수현, 「1970년대 한국 소설과 망탈리테」, 고려대 박사논문, 2011, 6-8면 참조.)

2 또한 개인의 자립과 성취보다 협동, 권위에의 순종, 화목, 동조, 복종, 신의 등의 덕목이 훨씬 소중하다. 필자는 선행연구에서 집단주의의 성격을 규명하고 1970년대 사회적 · 문학적 담론에 나타난 집단주의를 박정희 대통령의 담론과 『창작과비평』을 대상으로 논구한 바 있다. 박수현, 「1970년대 사회적 · 문학적 담론에 나타난 집단주의 연구-박정희 대통령의 담론과 『창작과비평』을 중심으로」, 『순천향 인문과학논총』 33-1, 순천향대 인문과학연구소, 2014. 이번 논문은 위의 선행연구의 후속작으로서 문제의식을 공유하되 연구대상을 달리 했다. 상기 집단주의의 성격은 한규석, 「집단주의/ 개인주의 이론의 현황과 그 전망」, 『한국심리학회지: 일반』 10, 한국심리학회, 1991, 2-10면; 박수현, 「1970년대 사회적 · 문학적 담론에 나타난 집단주의 연구」 참조.

다.[3] 가령 1970년대의 잘 알려진 대표적인 대립구도로서 박정희 정권과 『창작과비평』(이하 『창비』)의 대립을 고려할 때, 두 담론은 모두 집단의 가치를 개인의 가치보다 우위에 놓는 의식을 의심을 불허하는 지당한 전제로 삼았다. 이 전제를 이데올로기로서 집단주의라 할 수 있다.[4] 집단주의는 외견상 대립각을 세운 집단 사이에서 숭고한 진리로서 공유되었던바, 이는 1970년대 집단주의의 만만치 않은 위상을 보여준다. 이때 대립하는 두 담론이 공통적 토대를 공유한다는 사실은 두 담론의 내적 동질성에 대한 근거로서가 아니라 당대를 풍미했던 집단주의의 광범위한 장악력에 대한 근거로서 파악해야 한다. 즉 집단주의는 1970년대에 의심을 허하지 않은 너무나 숭고하고 자명한 진리였기에 대립하는 담론들에게 저항 없이 수용될 수 있었던 것이다.

작가는 의식적·무의식적으로 당대 이데올로기에 구속되어서 작품에 구속의 흔적을 남긴다. 작가의식은 독자적으로 발생하지 않고 사회적·집단 정신적 분위기mentalité에 영향을 받는다. 작가의식을 추동한 사회적 동력은 분명히 존재하거니와, 당대인이 의심 없이 수용했던 자명한 신념, 즉 이데올로기는 작가의 창작과정에서 무시할 수 없는 영향력을 행사한다. 주제 설정에서부터 작중인물의 구현 방식, 화소의

---

3   물론 1970년대 이외의 시기에서도 집단주의의 존재를 볼 수 있다. 다른 시기에 발현된 집단주의의 양상과 그것과 차별된 1970년대 집단주의의 고유한 특질도 간과할 수 없는 연구주제이나 이는 후속연구를 기약한다.

4   박수현, 「1970년대 사회적·문학적 담론에 나타난 집단주의 연구」 참조. 본론에서 연구대상 작가들의 집단주의를 논하면서 박정희의 담론이나 『창비』의 집단주의를 참조할 필요가 있을 때 각주에 해당 사례를 언급하기로 한다. 이때 각주에 언급된 박정희의 담론과 『창비』에서 발췌한 인용문은 위의 글에서의 인용문과 중복될 수 있으나, 이는 독자의 이해를 돕고 비교 자료를 더욱 풍부하게 제시하기 위해서 불가피하다고 생각된다.

배치 방식, 무심코 흘린 인물의 말 한마디에 이르기까지 작가가 구속된 이데올로기는 작품 전반에 걸쳐 그 흔적을 남긴다. 이 흔적을 고구하는 것이 이 논문의 목적이다. 이 논문은 1970년대의 중대한 이데올로기인 집단주의가 작가의식에 작동한 양상을 고구하고자 한다. 이를 위해 이병주, 황석영, 조해일, 조선작, 방영웅의 소설을 텍스트로 삼는다.[5]

1970년대 문학 장에서 『문학과지성』(이하 『문지』)과 『창비』의 막대한 영향력은 재론의 여지가 없거니와, 때로 이들은 대립했다고 알려져 있다. 황석영과 방영웅은 『창비』에게 사랑받은 작가였고[6], 조해일과 조선작은 『문지』에 의해 각광받았다가[7] 대중적으로도 성공한 작가였다.

5　이 논문은 연구대상의 초판본을 텍스트로 삼았다. 대상 텍스트의 서지사항은 다음과 같다. 이병주, 『智異山』 1-4, 세운문화사, 1979; 이병주, 『智異山』 5-8, 장학사, 1981; 황석영, 『客地』, 창작과비평사, 1974; 황석영, 『歌客』, 백제, 1978; 조해일, 『아메리카』, 민음사, 1974; 조해일, 『往十里』, 삼중당, 1975; 조선작, 『영자의 全盛時代』, 민음사, 1974; 조선작, 『外野에서』, 예문관, 1976; 방영웅, 『살아가는 이야기』, 창작과비평사, 1974. 앞으로 이 책들에서 인용 시 대하소설의 경우 괄호 안에 권수와 면수만을 밝히고, 단편소설의 경우 소설 제목 옆 괄호 안에 수록 책 제목을 병기하고 인용문 옆에 면수만을 기입하기로 한다.

6　황석영에 대한 『창비』의 옹호는 재론할 여지가 없거니와, 방영웅은 『창비』에서 특별한 위상을 차지한다. 백낙청은 방영웅의 『분례기』에 만치 않은 호의를 표명하면서 1967년 『창비』에 전재했다. 그는 『분례기』를 『창비』 "2년반의 가장 뜻깊은 수확"이라며 노골적으로 상찬하고, "『糞禮記』를 하나의 문단적 내지 사회적 잇슈로 삼자고 먼저 나선 것은 필자 자신이었"음을 고백한다.(백낙청, 「創作과 批評」 2년 반, 『창작과비평』 10, 1968. 여름, 368-369면.) 방영웅은 백낙청이 『창비』의 위상을 정립하고 스스로의 비평가적 입지를 확보하기 위해 전략적으로 취택한 작가였다고 보인다. 특히 민중문학론자들은 민중문학론을 정립하는 이론적 여정에서 방영웅을 주요한 거점으로 삼았다. 이에 대한 사례가 되는 『창비』의 평문은 다음과 같다. 신경림, 「문학과 민중」, 『창작과비평』 27, 1973. 봄; 백낙청, 「민족문학의 현단계」, 『창작과비평』 35, 1975. 봄. 방영웅과 『창비』의 관계에 대한 논의는 박수현, 「1970년대 한국 소설과 망탈리테」, 100-101면 참조.

7　일례로 조해일과 조선작을 1970년대를 대표하는 작가로 거론한 평문은 다음과 같다. 김주연, 「70年代作家의 視點」, 『變動社會와 作家』, 문학과지성사, 1979; 김주연, 「新聞小說

이병주는 상기 작가들보다 윗세대로서, 『문지』와 『창비』의 영향권에서 비교적 벗어난 자리에서 독자적인 미학에 충실하여 작품 활동을 지속했다. 이렇게 이들 작가는 서로 동일하지 않은 카테고리에 속하거니와, 성격이 다른 이들이 모두 집단주의 이데올로기의 자장 안에 놓였음을 확인할 수 있다면 1970년대 집단주의의 광범위한 영향력을 입증할 수 있을 것이다. 그러나 그들이 집단을 상상하는 방식 혹은 집단주의에 구속된 양상은 조금씩 다르다. 이 차이까지 고구하는 것이 이 논문의 목적이다.

다음에서 이들 작가가 집단주의에 구속된 양상을 논구하고, 그들이 집단을 상상하는 특징적인 양상들을 고찰하고자 한다. 집단주의는 명백한 주제로 드러나기도 하지만, 인물의 형상화 방식, 미세한 화소의 배치 방식, 지문이나 대사 중의 췌사 등 잘 안 보이는 곳에서 노출되기도 한다. 따라서 다음에서 전면화된 주제뿐만 아니라 미미하고 은밀한 요소에까지 주목하여 작가의식 혹은 작가의 무의식에 각인된 집단주의를 논구하고자 한다.

과 젊은 作家들」, 위의 책; 김병익, 「近作 政治小說의 理解」, 『문학과지성』 19, 1975. 봄; 오생근, 「韓國大衆文學의 展開」, 『문학과지성』 29, 1977. 가을; 김치수, 「文學과 文學社會學」, 『문학과지성』 30, 1977. 겨울; 김병익, 「삶의 熾烈性과 언어의 完璧性-趙善作의 경우」, 『문학과지성』 16, 1974. 여름. 이들 평론의 저자들은 모두 『문지』의 편집동인이었다. 문단의 주목을 받은 조해일과 조선작의 첫 소설집 해설을 『문지』의 대표 격 평론가 김병익이 썼다는 사실도 의미심장하다. 김병익, 「호모·파벨의 고통」, 조해일, 『아메리카』 해설, 민음사, 1974; 김병익, 「否定的世界觀과 文學的 造形-그 治熱性과 完璧性」, 조선작, 『영자의 全盛時代』 해설, 민음사, 1974.

2. 숭고한 집단의 이상과 집단적 심성의 미덕화–이병주

작가의식의 이데올로기 구속성을 논할 때, 작가가 표면적으로 그 이데올로기와 반대 입장을 표명하지만 심층적으로 그 이데올로기에 구속된 양상을 밝히는 것은 효과적인 방법이다. 이는 작가가 그것을 의식 차원에서는 부정하지만 무의식의 차원에서 수용하고 있음을 보여준다.[8] 이병주의 경우가 그런 식으로 분석될 수 있다. 이병주의 대표작 『智異山』에 관한 선행연구[9]에서, 작가의 개인주의적 휴머니스트로의 면모는 논자들에게 주목을 받아 왔다.[10] 이병주의 다른 소설에서도 개인주의에 경사한 자유주의는 중요한데, 이병주의 소설이 개인주의적 자유주의자가 한국 사회에서 어떤 비극적 삶을 살아왔는지 탐구하고 그들의 삶을 통해 한국 사회가 얼마나 닫힌 사회였는지 천착한다는 논

---

8 이러한 연구방법에 대해서는 박수현, 「1970년대 한국 소설과 망탈리테」, 24-27면 참조.

9 이병주의 『智異山』을 본격적으로 조명한 학술논문은 다음과 같다. 정찬영, 「역사적 사실과 문학적 진실-『지리산』론」, 『문창어문논집』 36, 문창어문학회, 1999; 이동재, 「분단시대의 휴머니즘과 문학론-이병주의 『지리산』」, 『현대소설연구』 24, 한국현대소설학회, 2004; 박중렬, 「실록소설로서의 이병주의 『지리산』론」, 『현대문학이론연구』 29, 현대문학이론학회, 2006; 최현주, 「국가로망스로서의 이병주의 『지리산』」, 『현대문학이론연구』 55, 현대문학이론학회, 2013. 『智異山』을 부분적으로 다룬 학술논문은 다음과 같다. 황호덕, 「끝나지 않은 전쟁의 산하, 끝낼 수 없는 겹쳐 읽기-식민지에서 분단까지, 이병주의 독서편력과 글쓰기」, 『사이間SAI』 10, 국제한국문학문화학회, 2011; 이정석, 「학병세대 작가 이병주를 통해 본 탈식민의 과제」, 『한중인문학연구』 33, 한중인문학회, 2011; 정종현, 「루쉰(魯迅)의 초상-1960~1970년대 냉전문화의 중국 심상지리」, 『사이間SAI』 14, 국제한국문학문화학회, 2013. 이외 이병주를 집중적으로 연구한 저서로 김윤식, 『이병주와 지리산』(국학자료원, 2010)이 있다. 『智異山』에 관한 선행연구는 초창기에 실록소설의 면모와 휴머니즘적 측면에 주목해 오다가, 최근에는 간(間)텍스트적 차원에서 작가의식에 미친 다른 작가들의 영향을 조명하고 있으며, 국가 로망스 측면에서 접근하기도 한다. 이들은 집단주의에 침윤된 작가의식을 본격적으로 언급하지 않는다.

10 이동재, 앞의 글; 정종현, 앞의 글 참조.

의가 이를 보여준다.[11] 이병주가 1975년 전후로 국가주의로 전향하지만 그 이전에는 자유주의자였다고 논하는 연구[12]도 있다. 논자들은 대체로 이병주의 개인주의자로서의 면모에 주목해 온 편인데, 흥미롭게도 개인주의의 반대 자질로 알려진 집단주의는 이병주의 소설에서 간과할 수 없는 위상을 차지한다. 이 논문은 개인주의적 휴머니스트 혹은 개인주의적 자유주의자로 일컬어지는 이병주의 작가의식의 내부에 흐르는 집단주의에 주목하고자 한다. 집단주의의 반대 자질을 구현했다고 알려진 이병주가 내적으로 집단주의에 구속되었다는 사실은 집단주의의 광범위한 장악력을 보여줄 것이다.

이병주는 소설에서 집단에 대한 순일한 이상을 피력한다. 개인의 가치에 우선하는 집단, 모든 가치를 수렴하여 제반 가치의 수위에 놓인 숭고한 집단, 모든 이상적인 가치를 내장한 집단에 대한 꿈은 대하소설 『智異山』의 한 주축이다. 이 소설에서 집단주의는 우선 인물의 꿈 혹은 동경의 형태로 나타난다. 『智異山』에는 이상적인 집단을 꿈꾸는 인물이 적지 않게 등장하거니와 특히 태영의 경우 집단에 대한 꿈은 노골적이며, 거의 그의 성격적 표지라고 할 수도 있다. 가령 태영은 학병을 피해 지리산으로 가는 길에 영근의 집을 방문한다. 그는 굳이 지리산에 갈 필요 없다고 말리는 영근에게 이렇게 반박한다. "그러니까 저는 지리산으로 갈라쿠는 깁니다. 거기서 조직력의 기틀을 잡는단 말입니다. 우리가 거기다 기틀만 잡아 놓으면 뜻있는 사람들이 합세할

---

11 이호규, 「이병주 초기 소설의 자유주의적 성격 연구-작가의식과 작중 인물을 중심으로」, 『현대문학의 연구』 45, 한국문학연구학회, 2011, 466면 참조.
12 이정석, 앞의 글 참조.

것 아닙니까. 일사불란한 계획을 세울 수도 있지 않겠습니까. 말하자면 지리산에 민족의 지도부를 만들자는 겁니다."(3권, 57-58) 그는 단지 도피를 목적으로 지리산에 가는 것이 아니라, 조직력의 기틀을 잡고 민족의 지도부를 만드는 일에 사명에 가까운 당위를 느끼고 있다. 태영은 다른 어떤 선택의 가능성보다 조직력과 지도부 형성을 중요한 가치로 여긴다. 조직력과 민족의 지도부에 대한 염원은 곧 위대한 집단에 대한 꿈을 암시한다.

한편 공산주의자 이현상은 지리산에 해방구를 만들고 공화국을 세우자고 주장하는데, 이에 태영은 한없이 설렌다. "(공화국을 만든다!) 빛나는 꿈이다. (공화국을 만들어 우리는 그 최초의 국민이 되고 최초의 주인이 된다. 살아선 그 영광을 위해 노력하고 죽을 땐 그 이름 아래에서 죽는다.) 그 이름 아래에서 죽을 수만 있다면 아무런 두려움도 없겠다는 생각이 들기도 한다."(4권, 137) 공화국을 세우자는 계획에 이토록 열광할 수 있는 태영의 내면에는 숭고한 집단에의 꿈이 자리 잡고 있다. 태영은 입신 영달도 스위트홈도 자아 고양도 꿈꾸지 않는다. 그는 공화국, 즉 이상적인 집단만을 열렬하게 꿈꿀 뿐이다. 개인적 차원의 꿈은 집단적 차원의 이상의 숭고함에 비해 한없이 초라할 뿐이다. 태영은 『智異山』의 주인공이자, 작가의 이상이 투사된 인물이며 영웅적인 인물이다. 또 다른 주인공 규가 태영에게 줄곧 열등감을 느끼는 사실이 이를 입증한다. 태영의 꿈은 공화국이라는 회로 안에서 화려하고 영웅적인 표지를 부여받는다. 집단적 지평에서의 꿈이 태영의 영웅성의 근간을 형성하는 것이다. 이렇게 이상적인 인물을 집단에 대한 꿈을 열렬히 꾸는 성격으로 창조한 작가의식에 숭고한 집단에 대한 동경이 없다고 볼 수 없다. 숭고한 집단에 대한 동경은 집단주의의 자장 안에 있다.

이병주는 숭고한 집단을 열렬히 꿈꾸는 인물을 그릴 뿐만 아니라 실제로 이상적인 집단을 제시한다. 가령 모든 이상적인 가치를 구현한 집단, 보광당이 그 사례이다.[13] 작가는 보광당의 이상적인 자질을 지나치게 부각하는데, 여기에는 미화의 기미까지 있다. 준규는 보광당 본부를 지리산 칠선계곡에서 괘관산으로 무사히 이동한 후, 규, 숙자, 말자를 새로운 당원으로 영입한 기념으로 다음과 같은 연설을 한다.

하늘 아래 이처럼 착한 모임은 없을 줄 압니다. 하늘 아래 이처럼 옳은 모임은 없을 줄 압니다. 하늘 아래 이처럼 아름다운 모임은 없을 줄 압니다. 그러니까 하늘 아래 이처럼 즐거운 모임도 없으리라 믿습니다. 우리가 덕유산 은신골에서 모여 길게는 1년 4개월, 짧게는 반 년 동안을 같이 지내옵니다만 한 사람도 병든 사람이 없습니다. 한 사람도 나쁜 짓을 한 사람은 없습니다. 착하고 올바르고 아름다운 노릇만을 하는 사람은 병들지 않는다는 그 증거로서도 우리 보광당은 성스러운 모임입니다. 보광당은 민족의 양심입니다. 보광당은 민족의 희망입니다. 혹독한 일본도 우리를 침범하지 못할 것입니다. 그 밖에 어떤 사악한 세력도 우리를 해치지 못할 것입니다. 저 지리산, 이 괘관산이 우리를 감싸 줍니다. 바로 이 조

---

13 최현주에 의하면, 『智異山』은 탈이념과 탈식민을 제대로 실현하지 못함으로써 근대 국가 형성에 실패한 업둥이들의 국가 로망스이다. 인물들은 '보광당'을 근간으로 진정한 근대 국가로서의 공화국을 만들고 진정한 근대 국가의 국민 되기를 열망하는데, 이들의 소망은 허망한 정열로 귀착되고 만다.(최현주, 앞의 글, 329-340면 참조.) 이정석에 따르면, 이질적인 성향의 인물들이 뒤섞여 있으면서도 유기적으로 조화로운 운명 공동체를 형성하고 있는 보광당은 반파시즘 연합체인 스페인 인민전선의 이병주식 판본이다. 이후 보광당은 교조적이고 전체주의적인 공산당의 대타항으로서 이상적인 정치 공동체로 표상된다.(이정석, 앞의 글, 123면 참조.) 이들은 보광당의 성격을 옳게 지적했지만, 보광당의 소설화를 추동한 작가적 욕망으로서의 집단주의를 주목하지는 않았다.

국의 산하가 우리를 보호해 줍니다. 우리가 정당한 한 우리에게 패배가 있을 까닭이 없습니다. 비록 우리의 육체는 죽을지 몰라도 우리의 정당함은 영원한 승리로 남을 것입니다.(4권, 89-90)

준규의 연설에서 보광당은 가장 착한 모임, 가장 옳은 모임, 가장 아름다운 모임, 가장 즐거운 모임, 나아가 민족의 양심, 민족의 희망으로 규정된다. 보광당은 민족과 조국의 영원한 승리를 위해 존재하는 집단으로 미화된다. 보광당은 모든 이상적인 가치를 체현하는 숭고한 집단이다. 이러한 이상적인 집단을 그려낸 작가의식에 숭고한 집단에 대한 이상이 내재한다고 볼 수 있다. 실상 이렇게 흠결 없이 바람직한 집단이 현실에 존재하는지 의심의 여지를 남기며, 이병주의 집단에 대한 이상은 비현실적일 정도여서 일종의 판타지로도 보인다. 그렇다 하더라도 이렇게 숭고한 집단에 대한 꿈을 열렬히 꾸는 작가의식은 집단주의의 자장 안에 있다고 볼 수 있다.

집단주의는 보다 일상적이고 미시적인 차원에서도 감지된다. 가령 경성제대에서 태영의 식견에 감탄한 화중의 선전으로 많은 친구들이 주위에 모여들자, 태영은 "그렇게 모여든 학생들을 이왕이면 뜻과 보람이 있게 묶어 보고 싶은 의욕"(7권, 220)을 느끼며 독서회를 만들기로 한다. 일상에서도 태영은 습관적으로 '집단적으로' 일을 도모한다. 여기에서 태영이 친구들을 각기 사귀고 싶어 하지 않고 굳이 "묶어 보고 싶은 의욕"을 느끼는 점이 주목을 요한다. 태영은 학생들 개개인과의 독자적인 만남보다는 그들을 집단으로 묶는 일에 더 보람을 느낀다. 친구들도 개체로서보다 집단 안에 존재할 때에만 빛을 발하는 것이다. 여기에서 개인적 사귐보다 집단이라는 테두리 안의 교유가 더 우월한 가치라는 명제가 당연한 것으로 전제되고 있다. 개인에 우선하는 집단의 우월성에 대한 순일한 신념, 즉 집단주의는 아주 사소한 자리에서도 위력을 발휘한다.

한편 동창들이 모인 자리에서 왕년의 급장 상태는 이렇게 말한다. "우리 클라스에 직업 혁명가는 박 태영이 한 사람 있으면 돼. 나는 의사 노릇을 하고, 정 무룡은 건축가 하면 되고, 곽 병한은 뭣 할래? 뭐 이건 하고, 이 규는 학자 하고, 주 영중 일파는 우익운동 하고……그렇게 되면 백화 요란하는기라."(7권, 180) 상태는 급우 각각을 혁명가, 의사, 건축가, 학자, 우익 운동가 등으로 자리매김한다. 그의 발언은 "백화요란"한 집단에 대한 염원을 내장한다. 우선 상태는 동창들을 개별적이고 독자적인 존재로서가 아니라 집단 속에서 적절한 위상과 역할을 부여받은 집단의 구성 인자로 호명한다. '우리'는 단독적으로 존재하는 개인의 무정형적인 합이 아니라, 하나의 집단 안에서 적당한 위치를 지정받고 역할에 충실하는 개인들로 촘촘히 조직된 '우리'여야 하는 것이다.

한편 상태의 발언은 한국 사회에 매우 낯익은 의식구조, 즉 각기 한 자리씩 차지한 '우리'로 구성된 집단에 대한 꿈을 보여준다. 우선 집단은 '우리'('나'와 '나'와 가까운 지인들)로 구성된 '우리'의 집단이어야 한다. '우리'는 그럴싸한 집단에서 집단의 구성원으로서 정체성을 가진 채 제각기 위상에 따른 역할에 충실해야 한다. 무엇보다 집단은 '우리'의 집단이기에 '우리'는 집단 안에서 상부상조하고 편의를 봐주어야 한다. 이는 두말할 나위 없이 한국 사회의 뿌리 깊은 연고주의와 동형의 구조이다.[14] 그 '우리'는 물론 다른 '우리'에 대해서는 배타적이지만, '우리' 안에서는 일치단결과 상부상조를 지당한 미덕으로 수용한다.[15]

집단에 대한 꿈은 다음에 이르면 노골적이다. 뿐만 아니라 1970년 대 정권의 멸사봉공 정신을 거의 복제하다시피하면서 문제적 지점을 내장한다. 다음은 해방을 맞아 보광당을 해산하며 준규가 행한 연설의 일부이다.

동지들, 오늘 우리는 이 산에서 내려간다. 그리고 뿔뿔히 헤어진다. 그러 나 결코 혼자 가는 것이 아니다. 각기 1백 50명 동지의 염원과 같이 간다. 우리는 혼자가 있어도 1백 50명이다. 〈나〉라고 말할 때 거긴 1백 50명 을 대표하는 〈나〉가 있는 것이다. 내가 기쁠 때 1백 50명 동지가 함께 기 쁜 것이며 내가 슬플 때 1백 50명 동지가 함께 슬퍼하는 것이다. 그러니 내가 잘못하면 1백 50명이 잘못을 저질르는 결과가 된다. 우리는 일심동

---

14 임지현에 따르면 한국의 공동체적 전통은 끊임없이 강조되었지만, 실상 가족을 제외한 여 타 공동체는 관념 속에서만 존재했다. 한국의 경우 공동체적 전통에 대한 강조는 사실 가 족 이기주의를 강조하는 결과만을 낳았다. 그 결과 혈연에 기초한 가족 이기주의와 배타 성이 사회의 지배적 기풍으로 자리 잡았으며, 사회의 구성 원리 또한 가족주의적 배타성 의 연장에 불과했다. 혈연은 물론이고 학연과 지연 등의 연고주의가 사회의 합리적 구성 원리를 대체한 것이다. 학연의 중요성은 다시 특정 집단의 테두리 안으로 들어가야 한다 는 절박한 욕구를 불러 일으켰다.(임지현, 「일상적 파시즘의 코드 읽기」, 임지현 외, 『우리 안의 파시즘』, 삼인, 2009, 38-39면 참조.)

15 집단 내에서의 상부상조에 대한 강조는 흥미롭게도 정권의 담론에서도 재판된다. 다음은 박정희의 저서의 일부이다. "우리 겨레는 일찍부터 單一民族을 이루어 長久한 歲月의 흐 름과 함께 同苦同樂해 오면서 남달리 강한 連帶意識을 키워 왔고, 그 때문에 모든 國民의 가슴 속에는 共同體에 대한 강렬한 사랑과 責任感이 자리잡고 있다. 내가 바로 나라의 主 人이기 때문에 너와 나의 區別이 있을 수 없다는 믿음을 간직해 온 것이다. 이러한 自主精 神은 어려운 일이 있을 때나 슬픈 일이 있을 때는 언제나 이웃간에 서로 돕고 함께 뭉치 는 協同과 團結의 風習으로 生活化되었고, 특히 國難을 당할 때는 總和와 護國의 精神으 로 승화되어 우리 民族의 강인한 生命力의 源泉을 이루어 왔다."(박정희, 『민족중흥의 길』, 광명출판사, 1978, 13면.) 위에서처럼 집단 내의 상부상조는 당대 하나의 상투어로 통용 되었고, 박정희와 이병주는 이를 공유하면서 집단주의 이데올로기를 강화했다고 볼 수 있 다.(박수현, 「1970년대 사회적·문학적 담론에 나타난 집단주의 연구」 참조.)

체다…… 우리 동지 가운덴 굶는 사람이 있어선 안 된다. 우리 동지 가운덴 일자리가 없는 사람이 있어서도 안 된다. 곤난을 당하거든 그것이 물질적인 고통이건, 정신적인 고통이건 당장 내게 연락하도록 하라.(4권, 258)

준규는 집단의 성원이 일심동체라는 사상을 유감없이 피력한다. 집단 안에서 모든 사람은 하나인 것이다. 곤란을 당할 때 함께 힘을 보태어 이겨 나가리라는 사상은 아름답다. 그러나 일견 아름다워 보이는 일심동체로서의 집단은 모든 단독성들을 흡수하여 희석하면서 단 하나의 숭고한 실체로 등극한다. 미덕화된 집단의 위용 아래 단독성들은 소멸되는 것이다. 이는 개인의 창의와 자발와 일탈에 인색할 수밖에 없다. 이병주의 일심동체로서의 집단의 이상은 '내가 곧 집단이고 집단이 곧 나'라는 1970년대 정권의 대표적 슬로건인 멸사봉공 정신[16]과 동형이다. 이는 이병주에게 거의 상식적인 것으로 수용된 집단주의가 정권의 동원 이데올로기와 일정한 접점을 가짐을 보여준다. 이를 이병주가 정권에 동조했다는 근거로 파악하기보다는 집단주의 이데올로기

16 박정희의 담론에서 멸사봉공 정신은 핵심적 위상을 차지한다. 가령 다음을 참조할 수 있다. "우리는 個人과 國家를 대립시켜보아 온 西歐에서와는 달리 「나」(個人)와 「나라」(全體)를 언제나 하나의 조화로운 秩序로 보아 왔으며, 오랜 共同生活의 체험을 통해 國家에 대한 짙고 뜨거운 사랑을 간직해 왔다. 그 투철한 國家觀과 뜨거운 愛國心 때문에 國家가 危機에 처했을 때는 「나라」라는 大我를 위해 「나」라는 小我를 기꺼이 바친 志士와 烈士들이 많이 배출되었다. 그들은 黨派나 階層 또는 宗敎의 차이를 초월해서, 오로지 나라를 구하겠다는 一念으로 스스로를 희생한 것이며, 이들을 중심으로 온 국민이 너와 나의 구별없이 한 데 뭉쳐 共同의 活路를 타개해 왔다. 그것이 바로 오랜 歷史를 이끌어 온 우리 民族의 底力인 것이다."(박정희, 앞의 책, 74면.) 상세한 분석은 박수현, 「1970년대 사회적·문학적 담론에 나타난 집단주의 연구」 참조.

의 광범위한 장악력을 보여주는 한 장면으로 해석하는 것이 온당할 것이다.

집단은 구성원의 충성과 단결과 동지애를 요구하는바, 집단주의적 미덕은 한 마디로 멸사봉공 정신으로 대별될 수 있다. 이러한 집단주의적 미덕을 체화한 인물에 대한 편애도 이병주 소설의 특징이다. 이병주의 소설은 가장 이상적인 집단에 대한 순일한 꿈을 표출할 뿐만 아니라 집단주의적 미덕을 체현한 인물을 가장 바람직한 인물로 형상화한다. "태영은 숙자에게보다 하 준규에게 보다 강하게 결부되어 있는 스스로를 확인한 적이 있었다. 숙자와 이 규를 인솔하고 괘관산으로 들어오며 산 중턱에서 하 준규를 만났을 때의 형언할 수 없는 감정이 1년 반 이상이나 헤어져 있다가 숙자와 재회를 했을 적의 감정보다 그 농도와 밀도가 훨씬 짙다는 사실을 안 것이다. 동지애(同志愛)가 때론 연애 감정보다 훨씬 강할 수 있다는 증거이기도 했다. 지금 만일 하 준규와 김 숙자, 어느 편만을 택해야 한다는 이자택일(二者擇一)의 기로에 서면 태영은 서슴없이 하 준규를 택할 것이었다."(4권, 125-126) 태영은 연애 감정보다 동지애를 훨씬 더 강하게 느끼며, 양자택일을 해야 하는 순간에 연인보다 집단의 두령을 선택할 것임을 서슴없이 단언하고, 그런 자기 자신을 자랑스러워한다. 사적인 연애 감정보다 공적인 동지애를 더 소중하게 여기는 태영의 의식은 멸사봉공 정신 혹은 집단주의적 심성의 표본과 다름없다.

태영은 이러한 심경을 숙자에게 고백하는데, 숙자는 그럼에도 불구하고 태영을 변함없이 사랑할 것이라고 말해서 태영에게 감동을 준다. 숙자 역시 사적인 행복보다 공적인 집단에의 헌신을 지당하게 여기는 의식을 내면화한 인물이다. 남성 작가 이병주는 숙자를 자신보다 집단을 우선시하는 남편을 이해하고 감싸주는 인물로 그린다. 숙자는 남성의 판타지가 투영된 인물이라는 의심의 여지를 남기지만, 이러한 판타지를 비판하는 것은 이 논문의 목적이 아니다. 예의 판타지를 생성한 것은 집단주의적 심성을 자명한 미덕으로 여기는 작가의식이다. 이병주는 이렇게 긍정적 인물들의 성격을 집단주의적 심성의 표본으로 형상화한다. 이러한 작가의식의 근저에 집단적 가치를 자명하게 옳은 것으로 믿는 신념, 집단적 미덕을 가장 숭고한 윤리로 믿는 신념, 즉 집단주의가 존재한다고 보인다.

3. 투쟁의 중핵으로서의 연대와 사회적 정체성 혹은 책임의식– 황석영과 조해일

입장의 차이를 보이는 저자들에게서 공유되는 근본 전제나 서사구조에 주목하는 방법은 이데올로기 연구에 효과적이다. 이 논문에서 이데올로기란 당대 상식 혹은 자명한 진리로 통용되었던 무엇, 당파성의 차이에도 공유되었던 근본적 신념을 뜻한다. 따라서 표면상 차이를 보이는, 심지어 대립하는 저자들이 내적으로 공유하는 근본 전제는 곧 당대의 이데올로기로 파악할 수 있는 것이다. 이 장에서는 황석영과 조해일의 소설에 공통적으로 나타나는 서사구조에 주목하면서 1970년대 집단주의의 구속력을 논구하려고 한다.

　머리말에서 논했듯 황석영은 『창비』의 간판급 작가였고, 조해일은 『문지』의 사랑을 받았다가 훗날 대중소설을 창작한다. 흥미롭게도 이렇게 일견 상반된 입장에 놓인 작가들은 특정한 서사구조를 공유하는

데, 이는 그 서사구조를 탄생케 한 작가의식이 일종의 접점을 지닌다는 사실을 보여준다. 입장의 차이에도 불구하고 공유되는 서사구조를 고찰함으로써 그들이 딛고 선 공통적 기반을 규명할 수 있고, 이 기반을 통해 당대의 상식으로 통용되었던 이데올로기를 더듬어 볼 수 있다. 사회의 부조리에 적극적으로 대항을 모색했다고 알려진 황석영[17]은 그렇다 하더라도 이른바 순수소설과 대중소설을 창작했다는 조해일[18]에게서도 집단의식은 더없이 중요한 위상을 차지한다.

---

17 황석영의 1970년대 소설에 대한 연구사는 상당히 많기에 그것을 일일이 거론하는 것은 무의미하다고 본다. 다음에서 우선 이 논문의 문제의식과 근거리에 놓인 연구들만을 검토한다. 오태호와 이용군은 황석영의 성장소설에서 동류적 연대의식, 즉 타인과의 연대 그리고 타자의 존재와 가치를 인정하는 일의 소중함이 부각된다고 보았다.(오태호, 「황석영의 「입석부근」에 나타난 성장 모티프 연구」, 『현대문학의 연구』 41, 한국문학연구학회, 2010; 이용군, 「황석영 '성장 소설'에 나타난 모티프 연구-「잡초」, 「아우를 위하여」, 「입석부근」을 중심으로」, 『우리문학연구』 29, 우리문학회, 2010.) 김승종은 인물들 사이에 형성된 민중적 연대의식을 주목한다.(김승종, 「황석영 초기 소설에 나타난 '문제적 개인'」, 『국어문학』 49, 국어문학회, 2010.) 이들의 통찰은 옳고, 실상 황석영 소설에서 연대의식은 눈에 잘 띄는 자리에 위치한다. 그러나 이 논문은 황석영 소설에 나타난 연대의식 혹은 집단의식을 1970년대 집단주의 이데올로기의 자장 안에 배치하여, 다른 작가들에게서 나타난 집단주의의 양상과 비교하면서 고찰하고자 한다. 또한 황석영의 집단의식의 구조를 섬세하게 밝히고 그것이 다른 작가에게서 발현되는 집단의식의 구조와 동형임을 규명함으로써 황석영의 집단주의가 독자적이고 자생적인 것이라기보다는 시대적 이데올로기에 구속된 것이었음을 보이고자 한다.

18 조해일의 중·단편소설에 대한 본격 학술연구는 다음과 같다. 김원규, 「1970년대 서사담론에 나타난 여성하위주체-조해일의 「왕십리」, 「아메리카」를 중심으로」, 『한국문예비평연구』 24, 한국현대문예비평학회, 2007; 오태호, 「조해일의 「매일 죽는 사람」에 나타난 죽음 모티프 연구」, 『우리어문연구』 37, 우리어문학회, 2010; 박수현, 「조해일의 단편소설 연구-작가의식의 변모양상을 포함하여」, 『현대소설연구』 53, 한국현대소설학회, 2013; 박수현, 「조해일의 소설과 도덕주의」, 『어문학』 121, 한국어문학회, 2013; 김병덕, 「폭압적 정치상황과 소설적 응전의 양상-조해일론」, 『비평문학』 49, 한국비평문학회, 2013. 본격적인 학술논의에서 조해일 소설의 사회비판적·저항적 성격은 최근까지 간과되었다가 필자의 선행연구(박수현, 「조해일의 단편소설 연구」)에서 본격적으로 구명되었다. 필자는 이 선행연구에서 조해일 소설에서 연대의 의미를 지엽적으로 고찰한 바는 있으나, 본고에서

황석영의 「아우를 위하여」(『客地』)의 국민학교 교실에서 영래와 그 패거리들은 막강한 권력을 행사하면서 급우들을 괴롭힌다. 아이들은 그들의 위력에 겁을 먹고 숨죽여 순응하지만, 어느 순간 힘을 합쳐서 폭정에 저항하며 결국 영래와 그 패거리들을 굴복시킨다. 여기에서 부당한 폭력을 제압할 수 있었던 것은 아이들의 연대된 힘이다. 이 소설은 힘을 합하면 강력한 불의와 싸워 이길 수 있다는 의식을 드러낸다. 연대는 불의에 대한 투쟁을 성공시키는 투쟁의 방략 중 가장 중요한 것으로 상정된다. 이 소설은 『창비』 필진이 누차 설파한, '투쟁의 방략으로서의 연대'[19]의 가치를 노골적으로 구현한다. 한편 연대뿐만 아니라 용기도 중요한 위상을 차지한다. 특히 "나"는 저항 이전에 그들의 위력에 겁먹고 그들을 이기지 못할 것이라는 패배의식에 젖어 있었다. 이런 "내"가 용기를 갖게 된 의식의 전환이 이 소설에서 한 분기점이다. 용기를 낸 이후 "나의 들끓던 수치감은 그때에 꽉 몰려 있던 오줌이 방광을 비집고 쏟아져 나올 때처럼 외부로 터져나갔고, 가벼운 몸서리를 흠칫 느"(174)낀다. 이러한 거창한 감격을 수반할 만큼 "나"의 용기 자각은 중요한 사건이었다.

는 그것을 넘어서 조해일의 집단주의적 상상력의 구조를 밝히고 1970년대 문학 장과 다른 작가와의 연계적 의미망 안에서 그것을 고구하려고 한다.

19 가령 김춘복은 송기숙의 『자랏골의 비가』를 다음과 같은 이유로 고평한다. "작자는 흔히 과거의 농촌소설들처럼 좌절이나 절망에만 머무르지 않고 특히 건강한 동네 청년들을 내세워 민중의 힘이 뭉치면 그것이 얼마나 크다는 것을 제시하고 있습니다. 이런 청년들이 있는 한, 농촌의 앞날은 밝다고 볼 수 있고, 농촌의 전망이 밝은 이상 국가의 장래도 고무적이라고 봐야 되겠죠."(김춘복·송기숙·신경림·염무웅·홍영표, 「좌담: 농촌소설과 농민생활」, 『창작과비평』 46, 1977. 겨울, 10-11면.) 김춘복의 발언에서 연대를 투쟁의 방략으로 자명하게 상정하는 사유구조를 볼 수 있다. 더 상세한 논의는 박수현, 「1970년대 사회적·문학적 담론에 나타난 집단주의 연구」 참조.

인물들이 패배의식을 탈피하여 용기를 가지고 연대해서 저항한다는 서사구조는 이 시기 소설에서 드물지 않게 나타난다. 이는 적지 않은 작가들 간에 공유되었던 서사구조라고 할 수 있거니와, 조해일의 소설은 이를 입증한다. 조해일의 「心理學者들」(『아메리카』)에서 버스 안의 승객들은 무뢰한들의 폭력에 속수무책으로 당하고만 있다. 승객들이 무시무시한 폭력을 휘두르는 그들에게 겁을 먹었기 때문이다. 그런데 한 청년이 "이놈들은 아무 힘도 없어요!…… 여러분만 힘을 합치면, 합치면, 그까짓 단련된 주먹이나 발길질 쯤……"(137)이라고 선동하고 저항을 고무하자 승객들은 마침내 연대해서 무뢰한들에게 대항한다. 마침내 무뢰한들은 초라하게 굴복한다. 이 소설은 저항의 방략으로서의 연대의 위력을 그린 점과, 겁먹었던 군중이 용기를 가지게 되는 순간을 중요하게 형상화한 면에서 황석영의 「아우를 위하여」와 동형이다.

투쟁에서의 연대는 더없이 미학화된다. 황석영의 「夜勤」(『歌客』)에서 쟁의 중인 공원들은 동료 공원의 죽음을 이용하여 경영진과의 협상에서 유리한 고지를 점하고자 한다. 죽은 공원의 여동생은 오빠의 죽음이 동료들에게 이용되는 것에 반대하고 이렇게 항의한다. "그 잘나빠진 대의를 강조하지 마세요. 모두들이니, 여럿이니, 오빠가 바로 저기 누워있는데…… 그 따위가 무슨 소용이 있어요?"(269) 그 와중에 배신자의 정체도 밝혀진다. 그런데 결말에서, 투쟁에 반대했던 여동생과 배신자 모두 오빠의 관을 들고 시위에 참가한다. 여기에서 투쟁에서의 연대는 더없이 아름답고 숭고하게 그려진다. 연대는 그것에 회의하는 자도 배신자도 포섭하는바, 연대는 모든 가치의 수위에 놓인 단 하나의 숭고한 가치로 미학화된다.

조해일의 「어느 하느님의 어린 時節」(『往十里』)에서 고등학생들이 연대해서 시위에 참여하는 장면은 이렇게 묘사된다. "거기에는 이미 거리를 온통 메우고도 남을 대학생과 다른 고등학교 학생들로 성난 파도 같은, 분노의 물결을 이루고 있었으며 또 다른 학생들이 밀물처럼 밀려들고 있었다. 우리들은 한덩어리 줄기차고 억센 파도가 되어 힘차게 전진했다. 나는 그때 내 좌우의 아이들과 굳게 어깨동무를 한 채, 내 좌우의 하느님들과 굳게 어깨동무를 한 채, 지축을 울리는 무수한 하느님들의 발자국 소리를 들었다. 그 발자국 소리는 거대하고 우람했다."(153) 이상은 소설의 결말이다. 여기에서 학생들의 연대는 "지축을 울리는 무수한 하느님들의 발자국 소리", "거대하고 우람"한 발자국 소리로 미학화된다. 작가는 연대를 투쟁의 중핵적 방법론으로 위치 지을 뿐만 아니라 그것을 더없이 숭고한 미덕으로 미학화한다.

연대해서 저항하자는 슬로건의 진리성을 뒷받침하는 근거는 인간의 사회적 정체성이다. 사람은 혼자서만 살 수 없으며, 서로에게 기대어 사는 만큼 연대적 책임을 진다는 의식이 불의에 대한 저항의 당위성을 정당화한다. 「아우를 위하여」(『客地』)에서 영래 패거리들에게 기죽어서 보신에만 급급했던 "나"는 여선생님에게 다음과 같은 말을 듣는다. "혼자서만 좋은 사람이 될 수는 없다고 생각합니다. 또 한 사람이 잘못 생각하고 있었다면 여럿이서 고쳐줘야 해요. 그냥 모른 체하면 모두 다 함께 나쁜 사람들입니다."(171) 여선생님은 혼자서 올바르게 사는 것은 비윤리적이고 개인은 여럿이 옳게 사는 데 동참해야 한다고 계몽한다. 불의를 눈감는 것 역시 불의라는 것이다. 개인은 사회적 존재이기에 서로에게 책임을 지고 있으므로, 그 책임에 소홀해서는 안 된다는 것이다. 소설 결말에서 "걸인 한 사람이 이 겨울에 얼어 죽어도 그것은 우리의 탓이어야 한다"(175)는 "나"의 선언은 사회적 책임의식의 지당함에 근거를 둔다. 사회적 책임론은 불의에 대한 저항론의 논리적 기반이 되는 것이다.

황석영의 「寒燈」(『歌客』)에서 소설가 "나"는 산속에서 가난을 견디며 소설을 쓴다. 그러다가 우연히 "사내"를 만나는데, 그는 가출한 아내가 요정 선녀각에 나간다는 말을 듣고 아내를 하염없이 기다리는 중이었다. 급기야 사내는 자살하고 만다. "나는 그제서야 글쓰는 일과 삭막한 시대와의 관계를 떠올리고 내 가난을 긍정하는 것만으로 당당한 일이 아님을 깨달았다."(186) 돈이 없다고 남편과 자식을 버리는 현실 이면에는 돈이 모든 것을 좌우하는 사회적 구조가 존재한다. 여기에서 고급 요정은 유부녀를 유혹하고 가정을 파탄케 하고 급기야 가장을 자살로 몰아가는 사회악으로 상정된다. 고급 요정은 1970년대의 상투어인 "사회의 구조적 모순"을 대변하는 것이다.[20] "나"는 가난 속에서 독야청정하게 글 쓰는 일을 당당하게 여겼으나, 사회적 책무를 도외시한 채 사회에 참여하지 않고서는 글쓰기가 당당할 수 없음을 깨닫는다. 여기에서 사회에 대한 책임의식은 숭고한 윤리로 등극한다.

황석영의 「歌客」(『歌客』)에서 사회적 연대의식은 예술의 조건으로까지 확장된다. 가객 수추는 오랫동안 신묘한 가락을 찾아내기 위해서 모든 것을 도외시했다. 그는 드디어 신묘한 가락을 찾아내고 노래를 완성했으나 사람들에게 증오만을 불러일으킨다. 그러다가 거문고를 부수고 "노래만을 사랑하고 모든 것을 미워했던 제 모습"(28)을 반성

---

20 "사회의 구조적 모순"은 1970년대의 상투어이자, 『문지』의 비평 이데올로기의 핵심을 내장한 말이다. 이에 관해서는 다음 글 참조. 박수현, 「1970년대 계간지 『文學과 知性』 연구-비평의식의 심층구조를 중심으로」, 『우리어문연구』 33, 우리어문학회, 2009.

하게 된다. 그는 이웃과의 연대의식에 무지한 채 자기 자신의 예술 도 야에만 충실한 의식, 즉 개인주의적 예술의식을 반성하는 것이다. 이후 수추는 이웃의 종기 고름을 입으로 빨고 아픈 이웃을 뒤에서 감싸고 체온으로 녹여주었으며, 저녁마다 아픈 사람들을 찾아다녔고 잔칫집에서 조심스럽게 노래를 불러주었다. 그는 진정한 이웃 사랑을 실천하기 시작한 것이며, 이를 통해 작가가 강조하는 것은 물론 인간의 사회적 정체성과 연대의식의 지당함이다. 그가 개인주의적 태도를 탈피하여 사회적 연대의식을 내재화하자 그의 예술은 진정한 완성에 이른다. 그의 "노래는 사람들의 마음을 찌르고 힘을 솟구치게 해서 살아 있는 환희를 갖도록 했다. 노래하는 그의 얼굴은 사람들에게 무언지 모를 믿음을 전파시켜 주는 것이었다."(31) 수추는 이웃과의 연대의식을 회복한 덕에 진정한 노래를 완성한다. 여기에서 독자적인 예술은 미달태로, 연대의식을 각인한 예술은 완성태로 제시된다. 사회적 연대의식은 예술의 완성도에서도 중핵적인 위상을 차지하는바, 이때 개인적 가치는 지양해야 할 것으로 폄하된다.

인간의 사회적 정체성과 연대적 책임의식을 강조하는 논리는 조해일의 소설에서도 공유된다. 「어느 하느님의 어린 時節」(『往十里』)에서 "나"는 스스로 "자기 자신과 사귀는 사람"(149)이라고 명명하고 자신을 "하느님"이라 인식할 만큼 고립적인 청소년기를 보낸다. 그런데 소녀 선희를 만난 이후 개인주의적 의식에 변화를 일으킨다. 선희는 이렇게 갈파한다. "자기가 살아 있는 게 자기 자신의 힘으로 되나요? 당장 지금 오빠가 입구 있는 옷만 해두 목화밭을 가꾸는 농부에서부터 실짜는 공장에서 일하는 사람, 또 그 실을 천으로 만드는 공장에서 일하는 사람, 다시 그 천으로 옷 만드는 공장에서 일하는 사람까지 얼마나 많은 사람들의 노력이 들어가 있는 건지 모르세요?"(149) 선희는 개인이 독자적으로가 아니라 사회적 그물망 안에서 존재하며, 타인에 의존해서 존재하기 때문에 서로에게 연대적 책임을 진다고 말한다. 이는 정확히 1970년대 저항론을 추동하던 연대적 책임론과 동형이다.

이러한 사회적 책임론은 정치 참여론으로 귀결된다. 선희는 이렇게 말한다. "남의 도움 없이 살 수 없다면, 그리고 좋은 정치인가 나쁜 정치인가에 따라서 자기를 돕는 그 남들과 또 자기의 생활이 크게 좌우된다는 걸 안다면 자기 나라 정부와 그 정부를 장악하고 있는 정당에 대해서 어떻게 무관심할 수가 있어요."(150) 사회적 연대의식이 정치에의 관심과 사회 참여를 지당하게 여기는 강령에 대한 근거로 기능하는 것이다. 이 역시 1970년대의 사회참여론과 동형이다. 이에 "나"는 감화를 받고 각성한다. 급기야 "나는 자기 속만 허황하게 키우고 자기 자신과만 놀던 스스로부터 한 발짝씩 벗어나기 시작했다. (중략) 그리고 마침내 나는 모든 사람들이 다 자기 자신에게는 더 없이 소중한 존재라는 것을 인정하게 되었다. 이를테면 언젠가 내가 나 자신이 바로 하나님이라고 생각한 것과 같이 모든 사람이 다 하나님이라는 사실을 인정하게 되었던 것이다."(151) 여기에서 독자적 존재로서의 자아정체감은 폐기해야 할 것으로, 집단적 존재로서의 자아정체감은 반드시 각성해야 할 것으로 제시된다. 집단적 자아로서의 정체성과 집단의식이 숭고한 이상으로 현현하는 것이다.

이상 황석영과 조해일의 소설에서 투쟁의 방략으로서의 연대, 인간의 사회적 정체성과 상호 책임의식을 강조하는 서사구조 혹은 논리구조가 공유됨을 살펴보았다. 이러한 논리구조는 실상 1970년대 대표적 계간지 『창비』의 문학 이념과 동형의 구조이다.[21] 그만큼 이러한 서사/

논리구조를 공유하는 작가들은 적지 않았다. 이 작가들은 공히 투쟁에서의 연대의 가치에 자명하게 숭고한 위상을 부여하는바, 다른 어떤 투쟁의 방략보다 연대에 주목하는 의식은 집단주의의 영향력을 내장한다. 또한 이들은 인간의 독자적인 정체성보다 사회적 정체성을 강조하거니와, 개인의 단독성을 강조하는 인간에 대한 무수한 정의를 도외시한 채 굳이 사회적 정체성에만 관심을 집중하는 이들의 의식도 개인보다 집단의 가치를 수위에 놓는 집단주의의 자장 안에 있다. 이들은 인간의 상호 책임의 윤리를 지당하게 여길 뿐만 아니라 다른 어느 가치에 우선하는 가치로 여기는데, 이 역시 집단주의의 감염력을 누설한다.

황석영과 조해일은 동일 계열에 놓인 작가가 아니었지만, 투쟁으로서의 연대-인간의 사회적 정체성-상호 책임의식으로 구조화된 서사구조를 공유한다. 그 서사구조의 제작을 추동한 동력은 공히 집단주의였다. 이에 1970년대 이데올로기로서 집단주의의 장악력을 확인할 수 있다. 게다가 흥미로운 것은 집단주의에 기반한 논리구조가 『창비』의 대타항으로 알려진 박정희 대통령의 담론에서도 공유된다는 사실이

---

21 이러한 작가들의 서사/논리 구조는 실상 『창비』의 문학 이념과 동형이다. 인간의 사회적 정체성을 부각하고 연대적 책임의식을 강조하는 논리는 『창비』의 평문에서 무수히 발견된다. 다음은 그 한 사례일 뿐이다. "인간의 사회생활이 기본적으로 공동체를 매개로 하여 이루어지는 한, 예술가의 사회로부터의 격절(隔絶)은 결코 심각한 정도로까지 발전할 수 없으며, 때때로 그런 예외적인 문인이 나타나더라도 일반적인 경향으로 확대되는 일은 없었다고 보여진다. (중략) 왜냐하면 문학이란 그 발생 이후 장구한 세월에 걸쳐 인간의 공동체적 생활을 기반으로 생성·발전되어온 것인데, 그 공동체가 개인들의 정신과 생활에 튼튼한 발판이 되어주지 못한다면 그것은 연필적으로 문학의 존립근거를 위협하는 사태일 것이기 때문이다."(염무웅, 「식민지 문학관의 극복문제-민족문학관의 시론적 모색」, 『창작과비평』 50, 1978. 겨울, 31-33면.) 이에 대한 상세한 분석은 박수현, 「1970년대 사회적·문학적 담론에 나타난 집단주의 연구」 참조.

다. 박정희의 담론도 역시 인간의 사회적 정체성과 연대적 책임의식을 무수히 강조하는바[22], 이렇게 대립적 위치에 놓인 이데올로그들과 소설가들을 공히 포섭한 이 윤리, 곧 집단주의는 당대를 풍미한 이데올로기로 보인다.

　인물들이 즉자적으로 연대를 통한 투쟁의식과 사회적 정체성과 상호 책임의식을 가지는 경우는 드물다. 거의 상투적으로, 인물들은 누군가의 가르침으로 인해 '각성'된다. 의식 각성은 1970년대에 일종의 상투어였다.[23] 즉 의식 각성의 당위는 당대 의심을 불허하는 상식으로 통용되었던 지당한 윤리였던 것이다. 흥미로운 것은 두 작가의 소설에서 의식 각성이 가르침을 통해서 이루어진다는 점이다. 「아우를 위하여」에서는 여선생님이 "나"를 계몽하고 각성시켰다. "나"는 여선생님

22　박정희는 인간의 사회적 정체성과 연대적 책임의식을 이렇게 강조한다. "人間은 社會的 動物이라는 말이 있지만, 확실히 사람은 홀로 떨어져서 살기는 어려우며, 언제나 이웃과의 정다운 人間關係를 중시하고, 또한 착하고 아름다운 일을 함으로써, 참되고 깊은 幸福을 느낄 수 있는 것이다. 나혼자 호화로운 집에서 호의호식하면서, 가난한 이웃의 빈축과 疾視를 받고 살기보다는, 가난 속에서도 이웃끼리 서로 도우며 함께 發展하는 데서 보다 큰 삶의 價値를 찾을 수 있는 것이다."(박정희, 앞의 책, 149면.) 본격적인 논의는 박수현, 「1970년대 사회적·문학적 담론에 나타난 집단주의 연구」 참조.

23　의식 각성의 중요성은 『창비』의 평문에서도 심심치 않게 발견된다. 다음은 의식 각성의 순간의 감격을 격정적으로 토로한 고은의 발언의 일부이다. "구체적으로는 1974년초에 이호철(李浩哲)씨들이 소위 문인간첩단 사건으로 구속이 되면서 석방운동을 벌이고 했는데, 이러는 가운데 문단 안팎으로 여러 가지 새로운 상황의식도 생기고 현실에 직면하면서, 나라는 게 절대로 혼자가 아니로구나, 사람이라는 게 함께 사는 거고 우리 모두 정말 함께 살아보자, 이런 공동체적인 깨달음 같은 게 생겼어요. (중략) 하여간 요즘은 제 온몸이란 게 불덩어리가 타고 있어서 민족문제나 무슨 체제문제에 뛰어들면 걷잡을 수 없는 반이성적 인간으로 낙인찍히고는 합니다."(고은·구중서·백낙청·유종호·이부영, 「좌담: 내가 생각하는 민족문학」, 『창작과비평』 49, 1978. 가을, 28면.) 여기에서 고은은 거의 종교적인 뉘앙스로 의식 각성 순간의 감격을 토로하는데, 여기에서 의식 각성이란 반드시 내재화되어야 할 숭고한 윤리의 위상을 차지한다. 발전된 논의는 박수현, 「1970년대 사회적·문학적 담론에 나타난 집단주의 연구」 참조.

의 말에 스스로를 부끄러워했으며, 고무되었기에 저항을 결심할 수 있었다. 「어느 하느님의 어린 時節」에서는 소녀 선희가 "나"를 계몽하고 각성시켰다. 「心理學者들」에서는 한 청년이 무지하고 용기 없는 승객들을 각성시키는 역할을 수행했다.[24]

연대와 사회적 정체성, 책임의식을 강조하는 서사는 항상 계몽과 각성의 구조를 수반한다. 즉자적인 인간은 연대의식을 가지지 못하기에 가르치는 존재를 필수적으로 요구한다. 이때 교사의 존재는 특별한 주목을 요하거니와, 그것은 연대의식과 책임의식이 위계화구도를 동반한다는 사실을 보여준다. 즉 연대의식과 책임의식이 다른 모든 가치와 평등한 자리에 놓인 것이 아니라 위계화된 가치의 일직선상에서 자명하게 높은 위치에 놓였기 때문에 교사라는 존재를 필히 요구하는 것이다. 연대의식, 책임의식, 투쟁의식은 각성해야 할 윤리로 대두되는바, 그냥 윤리가 아니라 계몽과 각성을 수반하는 윤리라면 더없이 숭고한 윤리이다. 계몽과 각성의 구조는 집단주의적 윤리의식을 '한층 더 높은 자리에 확실하게' 위치시키는 기능을 수행한다.

흥미로운 것은 이러한 집단주의가 필연적으로 동일성을 지향한다는 점이다. 가령 앞의 「歌客」(『歌客』)에서 완성에 이른 수추의 노래를 "모든 사람들이 목청을 합하여 저자가 떠나가도록"(32) 불렀다. 군중들은 눈물을 흘리면서 노래를 제창하면서 서로를 축수하는, 다분히 감격적인 장면을 연출한다. 군중이 하나로 되어 노래를 제창하는 장면이 수추의 노래의 아름다움을 완성시킨다. 노래는 군중을 하나로 만들었다. 연대적 가치를 내장한 예술은 군중을 하나의 집단으로 결집하는 실천

---

24 조해일 소설의 교사형 인물에 관해서는 박수현, 「조해일의 소설과 도덕주의」 참조.

적 기능을 가지는 것이다. 여기에서 '군중이 하나됨'에 대한 이상을 볼 수 있다. '너와 나의 구별이 없는 하나의 집단'은 이병주의 소설에서와 마찬가지로, 더없이 아름답고 숭고한 것으로 그려진다. 이러한 하나의 집단에 대한 작가들의 동경은 집단주의가 동일화의 기획과 멀지 않다는 점을 보여준다.

4. 수난과 품성의 공동체, 그리고 가족애-조선작과 방영웅

앞의 황석영과 조해일은 투쟁의 방략으로서의 연대, 인간의 사회적 정체성과 연대적 책임의식을 전면적으로 주제화하면서 집단주의를 드러냈다. 이들뿐만 아니라 1970년대 『창비』의 평론가들을 비롯하여 이에 호응한 많은 소설가들에게서 이러한 집단주의적 주제의식은 뚜렷하게 나타난다. 이들은 집단주의를 노골적으로 드러내는 경우에 해당한다. 한편 보다 은닉된 상태로 드러나는 집단주의가 존재하거니와, 이 장에서는 그것을 고찰하고자 한다. 조선작[25]과 방영웅[26]은 연대를 통한

---

25 조선작의 소설에 대한 본격 학술연구는 다음과 같다. 조명기, 「「영자의 전성시대」 연구」, 『국어국문학』 35, 부산대 국어국문학과, 1998; 김경연, 「주변부 여성 서사에 관한 고찰-이해조의 『강명화전』과 조선작의 『영자의 전성시대』를 중심으로」, 『문창어문논집』 42, 문창어문학회, 2005; 홍성식, 「조선작의 초기 단편소설의 현실성과 다양성」, 『한국문예비평연구』 20, 한국현대문예비평학회, 2006; 권경미, 「하층계급 인물의 생성과 사회적 구조망-조선작의 『영자의 전성시대』를 중심으로」, 『현대소설연구』 49, 한국현대소설학회, 2012; 김지혜, 「1970년대 대중소설의 죄의식 연구-최인호, 조해일, 조선작 작품을 중심으로」, 『현대소설연구』 52, 한국현대소설학회, 2013; 박수현, 「조선작 소설의 여성 표상 연구」, 『우리문학연구』 40, 우리문학회, 2013; 박수현, 「자학과 죄책감-조선작의 소설 연구」, 『한국민족문화』 49, 부산대 한국민족문화연구소, 2013. 이들에게서 조선작의 집단주의는 집중적으로 조명되지 않았다. 조명기는 부분적으로 「영자의 전성시대」에서 지배 이데올로기와

투쟁의 당위와 사회적 책임의식을 전면에 내세우지 않는다. 외관상 그들은 전혀 다른 이야기를 하는 것 같다. 그런데 그들이 전혀 엉뚱한 이야기를 하면서도 이면에 집단의 가치에 경도된 의식을 내장하는바, 이 장에서는 바로 그것 즉 작가의식의 은밀하고 미시적인 층위에서 작동하는 집단주의를 고찰하고자 한다.

조선작의 「志士塚」(『영자의 全盛時代』)에서 용접공 영식은 창녀 창숙과 함께 지사총제에 다녀온다. 지사총제는 한국 전쟁 당시 떼죽음을 당한 사람들을 기리는 일종의 제사였고, 창숙은 아버지가 전쟁 때 희생당했다는 이유로 초대를 받았다. 결말에서 영식은 창숙과 마찬가지로 지사총 유가족이라는 사실을 알게 된다. 영식의 아버지도 지사총 주변에서 학살당한 것이었다. 이때 창숙과 영식은 역사의 희생자라는 동류로 묶인다. 결말에서 영식은 창숙과 살림을 차리기로 하는데, 이 결심을 하기까지 예의 연대의식이 한몫했다. 그 전에 영식은 자신에게 호의를 보이는 창숙의 마음을 푸근히 받아주지 않았다. 역사의 희생자라는 동류의식 혹은 연대의식은 영식의 결단을 추동하는 중요한 원동력으로 작용한다. 작가는 '수난의 공동체'로서의 동류의식이 인물의 결단에 핵심적인 요인으로 작동한다고 설정하는데, 그러한 작가의식은 동류의

국가권력의 허위성에 저항하는 집단의 탄생을 보았으나, 당대인을 구속한 이데올로기로서의 집단주의로까지 논의를 확장하지는 않았다.

26 방영웅에 관한 본격 학술연구는 아직 드물다. 방영웅의 1960년대 소설을 부분적으로 다룬 연구로 다음이 있다. 권보드래, 「4월의 문학혁명, 근대화론과의 대결-이청준과 방영웅, 『산문시대』에서 『창작과비평』까지」, 『한국문학연구』 39, 동국대 한국문학연구소, 2010. 권보드래는 방영웅이 빈곤을 "순치될 수 없는 실존성", "계량화할 수 없는 육체성"(위의 글, 303면)으로 그려내면서 근대화론에 대항한다고 보았다. 그는 방영웅 소설에 나타난 집단주의적 상상력에 주목하지는 않았다.

식을 자연적으로 숭고한 것으로 믿는 신념에 기반한다. 이러한 신념은 곧 집단주의를 가리킨다. 이 소설에서 '수난의 공동체'로서의 집단의식은 모든 갈등을 무마하는 더없이 숭고한 가치로 현현한다. 이러한 집단의식의 존엄함은 지금까지 당연히 중요하다고 여겨져 왔기에 의심을 불허하는 선험적인 진리로 등장한다.[27]

조선작의 다른 소설 「말」(『外野에서』)은 당대 평단의 관심에서 벗어난 작품이었다. 이 소설은 외관상 당대 엄혹한 강령이었던 리얼리즘의 규율에서 이탈하여 동성애와 수간을 전면화하면서 단지 흥미 유발만을 노리는 퇴폐적인 이야기로 보이기 때문이다. 이러한 소설에서마저 집단주의는 잘 보이지 않는 곳에서 은밀하게 영향력을 발휘한다. 흑인 혼혈아 "나"는 양육시설에서 자라다가 미국인 거부(巨富)에게 입양되는데, 그의 동성애 파트너로 이용당한다. 거부는 나중에 말 사라 빅토

---

27 권명아에 따르면, 수난사 이야기는 역사를 수난사로, 주체를 상실의 정조로 바라보는 태도를 내장한다. 근대 초기부터 지속적으로 생산되어 온 수난사 이야기는 전쟁과 분단 이후 남한의 파시즘적 국가주의 정치학에서 미학화된 형식으로 재생산된다. 이러한 재생산의 과정을 통해 수난사 이야기에 내포된 재생적 욕망과 수난자로서의 자기의식은 불특정 다수에 대한 맹목적인 적대감과, 증오, 몰락에 대한 공포와 위기의식으로 극대화된다. 파시즘의 민중 정치학은 수난사의 이야기 구조를 통해 대중을 역사의 피해자이자 주체로 호명하는 이중의 과정을 내포하는바, 이를 통해 피해자로서의 보상 심리와 불특정 다수에 대한 적대감을 대중에게 각인시키고, 이를 파시즘적 주체 구성의 주요한 이데올로기적 준거점으로 삼는다. 역사의 피해자이자 주체인 무고한 대중은 위대한 지도자의 영도 아래서는 애국 대중이 될 수 있지만 안일한 지도자 아래서는 지속적으로 피해자가 될 수밖에 없다는 것이다. 수난의 피해자로서의 대중이라는 이미지는 대중이 개조되어야 한다는 명제에 근거를 제공한다.(권명아, 「수난사 이야기로 다시 만들어진 민족 이야기」, 김철·신형기 외, 『문학 속의 파시즘』, 삼인, 2001, 238-263면 참조.) 이 논문은 권명아의 수난사에 대한 통찰에 기본적으로 공감하되, 그가 논구하지 않은 1970년대 소설에서 '수난의 공동체'라는 의식을 읽으며, 수난사 이야기가 파시즘에 전유되는 양상이 아니라 집단주의적 상상력의 발로로 애용되는 양상에 주목한다.

리아를 수간의 상대로 이용하면서 "나"를 버린다. "나"는 틈틈이 사라를 학대하는데, 사실은 말에게 동질감을 느꼈기 때문이다. "기품있고 귀족의 품격을 자랑하던 사라는 마침내 한 마리의 늙은 노새처럼 자지러들었다. 고백한다면, 아마 나는 그렇게 변해가고 있는 사라 빅토리아에 대한 연민의 감정을 즐겼다는 것이 솔직한 것이 아닐까. 그렇다, 내가 사라에게 가한 채찍질이나, 모든 학대는 내 자신에게 돌려질 성질의 것이었다."(231) 죽은 사라가 쓰러질 때에도 "나는 내 자신이 붕괴하는 어떤 음향, 메아리가 큰 음향 하나를 분노에 치받쳐 턱을 떨며 들었"(238)다.

이 소설에서 거부의 동성애 파트너 노릇이나 수간 파트너 노릇은 모독적인 인격 유린이라는 의미를 띤다. "나"는 말 사라 빅토리아에게 유린당하고 학대당하는 존재로서의 동질감을 느낀다. 말에 대한 "나"의 학대는 존중받지 못하고 모욕당하는 존재들끼리의 동질감 내지는 연대의식에서 비롯되었다. 이는 수난당한 존재로서의 동류의식으로서, 앞의 경우와 마찬가지로 '수난의 공동체' 의식이라 할 수 있다. 앞에서 '수난의 공동체' 의식은 역사의 희생자로서의 동류의식을 각인하지만, 여기서의 그것은 인권을 짓밟힌 존재로서의 동류의식에 기반한다. 이는 1970년대에 널리 퍼진 수난당한 민중으로서의 집단의식과 동형이다. 1970년대에 민중을 역사의 희생자이자 인권을 유린당하는 집단으로 호명하는 것은 거의 상식화되었고[28], 이것은 민중의 단독성

---

28 가령 김병걸은 김정한 문학을 논하면서, 작가가 "나라에서 버림을 받은 따라지와 金權에 찍눌린 서민과 내 땅을 부당하게 빼앗긴 농민들"을 증언한다고 한다.(김병걸, 「김정한문학과 리얼리즘」, 『창작과비평』 23, 1972. 봄, 96면.) 이때 따라지, 서민, 농민은 모두 1970년대의 유행어인 '민중'을 지시하는 말이며, 나라에서 버림받고 금권에 찍눌리고 부당하

에 주목하기보다 민중을 집단화된 표지 아래 복속한다는 점에서 집단주의를 내장한다. 민중은 '수난의 공동체'라는 거대하고도 단일한 레테르 아래 단독성의 현현을 방해받았다. '수난의 공동체'로서의 집단의식은 개인을 수난이라는 표지로 획일화된 집단으로 수렴하면서, 개인의 단독성을 삭제한다.

수난의 공동체로서의 집단의식은 당대 작가들에게 널리 공유된 것으로 보인다. 방영웅 역시 민중을 수난의 공동체로 호명하며, 이러한 집단의식은 소설의 갈등 해결에서 중대한 계기로 작동한다. 「올겨울」(『살아가는 이야기』)에서 김씨는 막힌 아궁이를 뚫거나 수도 파이프를 고치면서 살아가는 노동자이다. 그에게 작업 연장들과 자전거는 가장 귀한 재산이다. 벌이가 시원치 않았던 그는 자전거를 팔아서 생활비를 충당하려고 한다. 그런데 영달이 그의 연장과 자전거를 훔쳐 달아난다. 김씨와 그의 아내는 영달을 수소문하여 찾아가는데 알고 보니 영달은 벙어리 아내와 함께 가난하게 살고 있었으며 장인의 생일잔치를 치러주기 위해서 도둑질을 한 것이었다. 이 소설은 다음과 같은 문장으로 끝난다. "천하에 죽일놈-. 영달이가 죽일놈이라는 것은 분명한 사실이다. 그러나 그는 너무나 어렵다는 것을 느낀다. 인생살이가 왜 이토록 고달퍼?"(270)

결말에서 김씨의 응징과 영달의 반성은 전혀 중요하지 않은 문제가 된다. 부각되는 것은 두 사람 모두 고달픈 인생을 살고 있다는 자각이

게 땅을 빼앗기는 등 수난을 당한 공동체라는 개념이 '민중'의 자질을 규정한다. 1970년대 '민중' 개념의 형성 과정에 대한 상세한 고찰은 박수현, 「1970년대 한국 소설과 망탈리테」, 45-56면 참조.

다. 원한 관계인 김씨와 영달이 가난하고 힘겨운 삶을 영위하는 동류라는 의식이 소설의 주제인 것이다. 작가는 김씨와 영달, 즉 분열의 여지가 있는 이들을 '고달픈 삶을 영위하는 동질의 집단', 즉 '가난이라는 수난을 함께 겪는 공동체'로 묶는다. 여기에서 있을 수 있는 분열을 삭제하고 대립하는 인물을 굳이 수난의 공동체로 묶어야 한다는 작가의 욕망 혹은 강박관념을 볼 수 있다. 이는 1970년대 널리 퍼진 '수난의 공동체'라는 선험적인 이미지에 충실한 작법일 뿐만 아니라 집단주의의 감염력을 누설한다. 작가의식 내부에도 '수난의 공동체'로 민중을 호명하는 의식은 지당하게 옳다는 신념이 존재하는 것으로 보인다.

문제는 작가가 의도적으로 삭제한 민중 간의 분열이 그렇게 간단하게 삭제당할 만한 것이 아니라는 데 있다. 분열은 있을 수 있을 뿐만 아니라 있어야만 하는 다분히 현실적인 것이다. 김씨와 영달의 구구한 개인의 사정을 고려할 때 손쉬운 화해란 그들의 단독성을 간과한 소치일 수 있거니와, 개인이 단독성을 드러내는 공간에서라면 차이와 분열은 존재할 수밖에 없다. 여기에 다분히 현실적인 차이와 분열을 말소하고 '하나인 우리'로 묶는 의식의 위험성이 존재한다. 또한 이는 민중을 수난의 공동체로 상상하는 방식이 민중 그 자신의 현실에 성실하게 주목한 결과가 아니라 지식인 작가의 이데올로기를 투사하는 그야말로 '상상 행위'라는 혐의를 제공한다. 이 지점에서 집단주의의 엘리트성이 감지된다.

방영웅은 군중을 수난의 공동체로 뿐만 아니라 '착한 품성의 공동체'로도 호명한다.[29]「방구리댁」(『살아가는 이야기』)의 방구리댁은 중풍으로

---

29 신형기는 신동엽의 시에서 민중이 품성의 공동체로 형상화된 양상을 읽는다. 민중과 민족

운신 못하는 남편을 본처에게 데려다주어야 한다. 그 여행길에서 김서방은 공짜로 마차를 태워주었으며, 딸 옥녀는 돈을 보태주었다. 김서방의 도움으로 기차를 탔지만 그녀는 이제 혼자서 "최노인을 그의 집까지 옮긴다는 일이 끔찍스럽기까지"(58) 했다. 그런데 기차에서 만난 군인은 그녀를 선뜻 도와주려고 한다. 결말에서 방구리댁은 이렇게 생각한다. "먼 길을 떠나는 사람들은 역시 착한 사람들이었다. 뱃사람들, 최노인을 마차에 태워다 준 김서방 내외, 쌀자루를 이고 장에 가다 그대로 돌아서는 아낙네들, 월남을 다녀온 병사, 그리고 옥녀나 최노인, 그리고 자신도 착한 사람이라는 생각이 들었다."(62) 그녀는 모든 사람들을 착한 사람으로 호명한다. 이 소설에서 군중은 착한 품성을 가진 사람들로 호명되면서 집단화된다. 군중은 일종의 '품성의 공동체'인 '착한 사람들의 집단'의 일원일 뿐, 독자성을 지닌 개인이 아니다. 문제는 다양한 단독성들의 합을 단일한 품성을 가진 집단으로 묶으려는 작가의 욕망 혹은 강박적 의식이다. 이 욕망과 강박적 의식을 생성한 것이 당대 이데올로기였던 집단주의이다.

을 품성의 공동체로 간주하는 의식은 뿌리 깊다. 수난은 품성의 주인공 민중에게 품성의 힘을 북돋는 시련으로 작동하며, 품성의 힘을 확인시키면서 민중을 인격적 결합체로 만들었다. 인민주의는 공동체가 갖는 본원적 가치에 대한 믿음으로 정의될 수 있는바, 신동엽의 인민주의적 상상은 도덕과 부도덕을 나누고 '밖'을 죄악시하며 '안'의 인격적 결속을 요구하는 도덕화라는 술어에 의해 수행되었다. 품성론은 도덕화의 산물로서, '우리들'의 모호함은 도덕화라는 술어의 근본적 자질에서 비롯된 것일 수 있다. 도덕화는 타자를 부도덕하다고 봄으로써 자신을 도덕적이라고 여기는, 근본적으로 배제의 기제다. 품성의 공동체는 그 안의 분열을 지양하는바, 이때 도덕은 억압의 명분이 된다.(신형기, 「신동엽과 도덕화의 문제」, 『민족 이야기를 넘어서』, 삼인, 2003, 84~90면 참조.) 이렇게 '우리'를 품성의 공동체로 상상하는 방식은 '우리'의 추상성과 모호함, 배타성과 억압성의 원인이 된다. 이 논문은 신형기의 이러한 통찰에 동의하며, 신형기가 주목하지 않은 1970년대 소설에서 품성의 공동체를 상상하는 방식을 읽어 본다.

방영웅의 소설에서 집단의식은 또한 개인의 상처를 치유하는 중핵으로 기능한다. 「꽃놀이」(『살아가는 이야기』)에서 애꾸눈 처녀 연배는 아버지뻘의 정교감에게 겁탈당하나, 그를 사랑한다. 하여 정교감이 동네를 떠나게 되자 연배는 슬픔에 휩싸인다. 상처받은 연배를 치유해준 사람은 몽운대사이다. 몽운대사는 기이한 예식을 거쳐서 연배의 몸을 취하고, 예식이 끝난 후 몽운대사의 큰마누라와 작은마누라는 연배를 목욕시켜준다. "연배는 기분이 날아갈 것처럼 좋았다."(300) "연배는 그들의 모습에서 가족적인 분위기를 느낄 수가 있었"기 때문이다. "개종사 식구들과 음식을 먹어가며 웃고 떠들었던 것은 완전히 가족적인 것이었다. 연배는 그런 기분을 오늘 저녁 처음으로 알 수 있었다."(301)

　　연배는 몽운대사에게 거의 강간과 다름없는 일을 당했지만, 몽운대사-큰마누라-작은마누라로 구성된 집단의 일원이 되었다는 생각이 연배를 치유해주었다. '혼자인 나'가 아니라 '너희들과 함께 있는 나'라는 의식이 상처 치유의 중핵으로 기능한 것이다. 작가는 상처 치유의 중핵으로서 연대의식 혹은 집단의식을 부각한다. 부모의 잔정도 형제도 없이 외롭게 살아왔던 연배에게 가족적인 분위기는 위로가 될 수 있었으나, 여기에서 가족적인 분위기 즉 집단의식은 개인의 상처를 치유할 뿐만 아니라 강간이라는 다분히 문제적인 폭력을 무마하고도 남을 만큼 강력한 온정적 에너지를 담지한 것으로 상정된다. 이렇게 집단의식을 숭고한 자리에 위치시키는 작가의식은 집단주의의 자장 아래 있다.

　　한편 연배를 치유해준 것은 집단의 일원, 가족의 일원이 되었다는 생각이다. 연배를 구원한 것은 일종의 가족애로 볼 수 있는데, 방영웅은 가족애를 부각하는 작법을 습관적으로 애용한다. 「母女」(『살아가는 이야기』)의 공숙이 엄마는 늙은 작부로서, 괜찮은 사내를 물어보려는 포부로 진출한 명동의 술집에서도 푸대접을 당하자 딸에게 원수를 갚아달라며 운다. 늙은 자신이 남자에게 인기가 없으니 딸이 어서 커서 사내들의 인기를 독차지함으로써 원수를 갚아달라는 말이다. "엄마는 악을 쓰듯 중얼거렸으나 어느 사이 울고 있었다. 공숙이는 예의 어른 같은 웃음을 띠려고 했으나 눈물이 나왔다. 엄마가 울 때 공숙이도 따라 우는 것은 버릇이었다."(26) 이 소설에서 엄마의 모성은 더없이 한심한 수준이나, 그러한 엄마에게도 딸은 애정을 느낀다는 전언이 소설의 주제이다. 결국 작가의 의도는 모녀간의 애정, 즉 가족애를 부각하는 것이다.

「첫눈」(『살아가는 이야기』)에서 강원도댁은 남편이 죽은 후 고향을 떠나 식모로 살면서 틈틈이 몸을 판다. 그에게 시골의 시부모와 아이들은 영원한 그리움의 대상이다. "강원도댁은 시부모님과 아이들을 생각할 때마다 눈 속에서 조난을 당한 사람처럼 생각된다. 구호물자를 잔뜩 싣고 가서 그들을 구해줘야 한다."(205) 작가는 몸 파는 식모에게도 가족애가 있음을 애써 부각한다. 「노새」(『살아가는 이야기』)의 애란은 홍씨의 첩으로 살면서 홍씨의 아이들을 지극정성으로 돌본다. 이후 그녀는 가난하고 자식 많은 홀아비 박씨에게 시집가는데, 오직 그가 어려운 형편이라는 이유 때문이었다. 제목에 쓰인 "노새"는 일평생 피가 섞이지 않은 가족을 헌신적으로 돌보았던 애란을 빗댄 말이다. 애란은 영원한 모성을 현현하는데, 이것이 부각하는 것은 역시 가족애이다.

이상 보았듯 방영웅의 소설에서 가족애는 범접할 수 없는 숭고한 가치로 현현한다. 가족애는 최소한의 집단에 대한 애정이다. 가족애는 근본적으로 '나'보다는 '우리'의 가치를 중시한다. '나'보다는 '우리'의 복지가 우선해야 하고, '나'는 '우리'를 위해 희생해야 한다는 의식이 가족애의 근간인 것이다. 이는 집단주의의 전형적인 의식구조의 축소판이다. 가족은 집단의 최소 단위인바, 가족애에 숭고한 위상을 부여하는 의식은 집단의 가치에 대한 확고한 신앙에 기반한다. 가족은 "전체를 상상하는 주된 표상"[30]일 수 있으며, 집단주의가 발현하는 하나의 장소이다. 가족애는 방영웅뿐만 아니라 1970년대 작가들에게서 클리셰처럼 강조되었는데, 이렇게 가족애가 숭고한 것으로 반복적으로 등장하는 장면은 집단주의가 당대인의 의식을 공히 구속한 이데올로기로서 작동했다는 사실을 시사한다.

5. 맺음말

지금까지 살펴보았듯이 이병주, 황석영, 조해일, 조선작, 방영웅 등 1970년대 작가들은 직접적으로든 간접적으로든 의식적이든 무의식적이든 집단주의의 구속력에서 자유롭지 못했다. 각 작가들에게서 나타나는 집단주의의 양상 혹은 그들이 '우리'를 상상하는 몇 가지 방식을 다음과 같이 정리할 수 있다.

이병주는 숭고한 집단을 열렬히 꿈꾸는 인물을 형상화하고 실제로

---

30 권명아, 『가족이야기는 어떻게 만들어지는가』, 책세상, 2000, 59면. 권명아는 전후소설을 분석하면서 가족이 아버지-어머니-자식이라는 유기체적 완결성과 가부장의 중심에 따라 배열되는 유기체적 질서에 의해 완전성을 획득한다고 말한다. 이런 식으로 가족이 전체의 표상으로 기능한다는 것이다.(위의 책, 59면 참조.) 권명아와 본고의 연구대상이 다르고 권명아의 "전체"와 본고의 "집단"이 동일한 의미는 아니지만, 권명아의 논의는 본고의 논점에 근거를 제공한다.

모든 이상적인 가치를 구현한 집단을 제시한다. 개인의 가치에 우선하는 집단, 모든 가치를 수렴하여 제반 가치의 수위에 놓인 숭고한 집단, 모든 이상적인 가치를 내장한 집단에 대한 꿈이 『智異山』의 주축이거니와 이러한 꿈을 피력한 작가의식은 집단주의의 자장 안에 있다. 집단주의는 보다 일상적이고 미시적인 차원에서도 간파되는데, 사소한 사안에서도 습관적으로 집단적으로 일을 도모하는 인물의 형상화 방식이 이를 보여준다. 이병주의 집단주의는 연고주의를 지당하게 여기는 의식에서도 드러나거니와 일심동체인 집단에 대한 지향은 정권의 멸사봉공 논리를 복제하는 기미까지 보여주며 단독성을 간과하는 양상을 드러낸다. 이병주는 집단주의적 미덕을 체화한 인물을 가장 긍정적인 인물로 형상화하는데, 이 역시 집단주의의 구속력을 보여준다.

일견 상이한 카테고리에 속하는 황석영과 조해일은 투쟁의 방략으로서 연대의 가치, 인간의 사회적 정체성, 상호 책임의식으로 구조화된 서사구조를 공유한다. 인간은 사회적 동물이기에 서로에게 연대적 책임을 지며 따라서 불의에 대한 저항은 당연히 요청되는 윤리이고 저항에서 연대의 가치가 중요하다는 의식은 모두 집단에의 순일한 신앙을 내장하는바, 이 역시 집단주의의 자장 안에 있다. 이러한 논리구조는 『창비』와 박정희의 담론과도 일정한 접점을 가지는데, 이는 집단주의의 광범위한 장악력을 보여준다. 연대-사회적 정체성-상호 책임의식으로 구조화된 의식구조는 계몽과 각성을 필히 수반하는데, 이는 집단주의적 윤리를 일직선적 위계화구도의 수위에 위치 지음으로써 그 진리성을 강화한다. 이 작가들에게서 나타나는 집단주의는 동일화 기획과 멀지 않다.

조선작과 방영웅은 집단주의를 보다 은밀하게 드러내는 경우에 해당한다. 조선작은 역사의 피해자 혹은 인권을 유린당한 피해자로서 수난의 공동체 의식을 드러낸다. 방영웅 역시 가난이라는 고달픈 삶을 겪는 수난의 공동체로서 민중을 그린다. 민중을 수난의 공동체로 호명하는 방식은 민중의 단독성을 삭제하고 수난이라는 레테르로 획일화시키며, 있을 수 있는 차이와 분열을 말소함으로써 문제적 지점을 내장한다. 방영웅은 민중을 착한 품성의 집단으로 그리는데, 이 역시 단독성에 대한 배려에 인색하다. 방영웅의 소설에서 집단의식은 각종 아픔을 치유하는 미학화된 가치로 현현하고, 그가 숭고한 위상을 부여한 가족애 역시 집단주의의 구속력 안에 있다.

논의를 마무리하면서 상기 작가들의 집단주의의 기원을 소략하게나마 더듬어보는 것도 일고에 값할 것이다. 식민지시기에 청소년기를 보냈던 1921년 생 이병주는 유교적 전통과 군국주의적 교육 아래서 집단주의 이데올로기를 체화했을 가능성이 크다. 박정희의 집단주의의 기원도 비슷한 맥락으로 지목할 수 있다. 실상 일본의 군국주의적 이데올로기와 박정희의 이데올로기는 적지 않은 접점을 공유한다. 1970년대의 젊은 작가군이었던 황석영, 조해일, 조선작, 방영웅은 당대의 비평 이데올로기로부터 집단주의를 수혈받은 듯하다. 1970년대의 집단주의는 장년층 의식의 뿌리를 형성했던 식민지시기의 심성구조와 새로이 부상하는 젊은 저항 담론의 심성구조가 혼효된 공간에서 발현했다. 두 조류는 때로 충돌하고 담론 투쟁을 벌였지만 그들이 기반으로 삼은 근본 전제는 크게 다르지 않았다. 뿌리 깊게 각인되었던 유교적 윤리와 그때까지 영향력을 잃지 않았던 농경 사회 전통이 이에 한몫했던 것으로 보인다. 각 집단주의의 기원에 대한 보다 정치한 고찰은 후속연구를 기약한다.

1970년대 전상국 소설에 나타난 집단주의

1. 머리말

한국인의 의식을 오랫동안 구속해 온 이데올로기로서 민족주의, 애국주의, 반공주의 등은 잘 알려져 있다. 여기에 더해 집단주의 역시 한국인의 의식 혹은 심성을 통어한 중대한 이데올로기[1]로 볼 수 있으나 이는 아직까지 국문학 논의의 장에서 본격적인 조명을 받지 못하고 있다. 이 논문은 우선 그 동안 간과되어 온 이데올로기로서 집단주의에 대한 관심을 환기하고자 한다. 단적으로 집단주의는 "인간의 집단적 정체성을 자명하게 여기고 개인보다 집단을 우선시하는 신념"[2]이다.

---

1 이 논문에서 이데올로기란 거대한 사상적 조류가 아니라 보다 일상적이고 미시적인 차원의 신념을 가리킨다. 즉 오랫동안 자명한 것으로 통용되었던 의식, 사람들의 생각과 행동을 유도하는 근본적 사고방식, 그러나 그 진리성을 검증할 필요를 내장한 의식을 의미한다.(루이 알튀세르, 김동수 역, 「이데올로기와 이데올로기적 국가장치」, 『아미엥에서의 주장』, 솔, 1998, 97-120면; 박수현, 「1970년대 한국 소설과 망탈리테」, 고려대 박사논문, 2011, 6-7면 참조.)

2 박수현, 「'우리'를 상상하는 몇 가지 방식-1970년대 소설과 집단주의」, 『우리문학연구』

보다 구체적으로 집단주의는 "사람이 날 때부터 강력하고 단결이 잘 된 내집단에 통합되어 있으며, 평생 무조건 내집단에 충성하는 대가로 그 집단이 개인을 계속 보호해 주는"[3] 것을 자명하게 여기는 의식을 가리킨다. 강력한 내집단의 존재, 내집단의 구속성, 집단에의 충성 등의 자질이 집단주의의 성격을 규정한다. 개인의 목표보다 집단의 목표를, 개별적 자아정체성보다 집단 구성원으로서의 자아정체성을 귀중하게 여기고 기본적 사회 단위를 개인이 아니라 집단으로 보는 신념 역시 집단주의에 수반된다.[4]

한국에서의 집단주의는 대단히 유서 깊은 것으로서, 농경 사회 전통, 촌락 공동체 전통, 유교적 전통을 그 연원으로 지목할 수 있다. 우선 쌀농사의 경우 공동 작업이 필수적이었기에, 서로 간의 화목한 생활은 농경민에게 매우 중요했다. 농경민들은 끊임없이 사회적 상황과 인간관계에 주의를 기울여야 했고, 이는 '전체 맥락'과 사물들 간의 '관계 일반'에 민감한 정신적 경향을 파생했다. 이는 집단주의의 중대한 속성인 '현상의 원인을 개체들의 내부 속성보다는 그 개체가 속한 전

42, 우리문학회, 2014, 225면.

3 헤르트 홉스테드 외, 차재호·나은영 역, 『세계의 문화와 조직-정신의 소프트웨어』, 학지사, 2014, 118면. 이 논문은 홉스테드의 집단주의 사회에 대한 정의를 빌려와서 집단주의 이데올로기의 자질을 규명했다. 홉스테드는 집단주의를 대체로 사회적·문화적 경향의 차원에서 논하지만, 그러한 경향은 이데올로기적 배경을 지니기 때문이다. 문화적 상황이 이데올로기적 배경을 지닌다는 것은 홉스테드 자신도 언급한 바 있다.(위의 책, 155-156면 참조.)

4 이상 집단주의의 성격은 한규석, 「집단주의/개인주의 이론의 현황과 그 전망」, 『한국심리학회지: 일반』 10, 한국심리학회, 1991, 2-10면; 박수현, 「1970년대 사회적·문학적 담론에 나타난 집단주의 연구-박정희 대통령의 담론과 『창작과비평』을 중심으로」, 『순천향 인문과학논총』 33-1, 순천향대 인문과학연구소, 2014, 100면 참조.

체 맥락과의 관계 속에서 설명하려고 하는 경향'을 낳았다.[5] 한편 한국의 촌락은 분리된 지역에서 동일한 구성원들로 이루어진 안정적인 공동체였다. 발달한 자체적인 규범에 충실했던 촌락 공동체의 동일성과 안정성은 종종 획일성과 경직성까지 초래했다. 내집단에 대한 동일시와 편애 그리고 외집단에 대한 편견과 차별은 집단주의의 부정적 면모인데, 이는 촌락 공동체의 폐쇄성과 배타성과 연관된다.[6] 마지막으로 유학은 사회를 구성하는 단위를 부자·군신·부부·장유·붕우 같은 기본적인 인간관계로 파악했고 각 관계에 내재한 질서 또는 조화의 달성을 사회 행위의 목표로 인식했다.[7] '타인과 사회에 대한 관심과 배려'를 중시하는 태도는 군자란 사회적 책무를 자임하고 완수하는 존재라는 군자론과, '타인 중심적 정서'를 권장하는 태도는 도덕적 정서를 중시하는 사단칠정론과 관계 깊다.[8]

이렇게 뿌리 깊은 연원을 가진 집단주의는 오랫동안 그 영향력을 발휘해 왔지만, 1970년대 한국 사회의 집단주의는 각별한 주의를 요한다. 이 논문은 1970년대 사회와 문학에서의 집단주의를 고찰하는 작

5 그리하여 타인과의 관계를 중요시하는 농경민들은 더 장의존적field-dependent이다.(리처드 니스벳, 최인철 역, 『생각의 지도』, 김영사, 2013, 187-199면 참조.) 허먼 윗킨스와 그 연구팀이 제안한 '장의존성'field-dependence 개념은 어떤 사물을 지각할 때 주변 맥락의 영향을 받는 정도를 지칭한다.(위의 책, 198면 참조.)
6 정태연, 「한국사회의 집단주의적 성격에 대한 역사·문화적 분석」, 『한국심리학회지: 사회 및 성격』 24-3, 한국심리학회, 2010, 57-66면 참조.
7 유학에서 강조하는 인간의 존재 확대에 대한 이상은 인간을 사회적 관계체로 여기는 인간관에 근거한다. 유학에서는 인간의 도덕성의 근거를 사회 구성의 기본 단위인 인간관계에서 찾고, 근본적으로 타인과 사회에 관심과 배려를 자기 이익의 추구보다 선행하는 윤리로 본다.(조긍호, 『동아시아 집단주의의 유학사상적 배경-심리학적 접근』, 지식산업사, 2007, 425-426면 참조.)
8 위의 책, 431면 참조.

업[9]의 일환으로 전상국의 소설에 주목하고자 한다. 집단주의 고찰에서 전상국은 특별한 의미를 지닌다. 다수의 작가들이 1970년대 팽배했던 집단주의를 비교적 의심 없이 수용했던[10] 반면 전상국은 집단에 대한 복잡미묘한 의식과 태도를 견지했다. 집단에 대한 전상국의 의식은 거의 애증병존에 가까운 것으로, 단순한 호의와 반감 차원을 넘어선 복합적인 태도를 노출한다. 집단이 이러한 복합적 의식의 대상이라면, 집단의 문제는 전상국 소설에서 핵심적 위상을 차지할 수밖에 없거니와 지금까지 연구사에서 그것은 논의의 전면으로 부상하지 못했다.[11]

---

9 집단주의를 1970년대를 대상으로 고찰하는 작업의 의의와 집단주의가 1970년대 한국 사회의 이데올로기라는 사실에 관한 구체적인 논증은 박수현, 「1970년대 사회적·문학적 담론에 나타난 집단주의 연구」; 박수현, 「'우리'를 상상하는 몇 가지 방식」 참조.

10 필자가 선행연구에서 논구한 이병주, 황석영, 조해일, 조선작, 방영웅 등이 이에 해당한다.(박수현, 「'우리'를 상상하는 몇 가지 방식」 참조.)

11 전상국에 관한 본격 학술논의는 다음과 같다. 조동숙, 「구원으로서의 귀향과 父權 회복의 의미-全商國의 作品論」, 『한국문학논총』 21, 한국문학회, 1997; 선주원, 「타자적 존재로서의 아버지 인식과 소설교육」, 『독서연구』 11, 한국독서학회, 2004; 오태호, 「전상국의 '동행'에 나타난 알레고리적 상상력 연구」, 『국제어문』 52, 국제어문학회, 2011; 양선미, 「전상국 소설에 나타난 '통혼'과 '귀향'의 의미」, 『인문과학연구』 15, 대구가톨릭대 인문과학연구소, 2011; 양선미, 「전상국 소설 창작방법 연구」, 『한국문예창작』 24, 한국문예창작학회, 2012; 양선미, 「전상국 소설에서의 '산'의 의미」, 『인문과학연구』 17, 대구가톨릭대 인문과학연구소, 2012; 정재림, 「전상국 소설에 나타난 추방자 형상 연구-「아베의 가족」, 「지빠귀 둥지 속의 뻐꾸기」를 중심으로」, 『한국문학이론과 비평』 55, 한국문학이론과 비평학회, 2012. 전상국에 관한 본격적인 연구를 다량으로 수행한 양선미는 그것을 토대로 전상국 소설의 의미구조와 창작방법을 전반적으로 논한 박사논문을 제출했다. 이는 전상국 소설 전반을 다룬 유일한 박사논문이다. 양선미, 「전상국 소설 연구」, 고려대 박사논문, 2012. 이상 선행연구에서 귀향, 아버지, 알레고리적 상상력, 휴머니즘, 소외인·경계인·가족, 산의 의미, 창작방법, 추방자 등이 집중적인 조명을 받았거니와 집단주의의 문제는 논의의 전면으로 부상하지 않았다. 정재림은 '공동체'를 부분적으로 언급하지만, 민족 공동체의 뜻으로 국한하여 사용하며, 그의 연구에서 공동체는 다른 논의의 배경으로서 후경화된다.(정재림, 앞의 글.) 양선미는 전상국의 인물들이 유대감과 보호가 충만한 공동체를 꿈꾸나 결국 실패한다고 논한다. 그의 논의는 본고에 적지 않은 시사점을 던져주는데, 논의의 방향은 같지 않다. 그가 공동체에 대한 꿈이 좌절로 귀결되는 양상을 논한다면

짧은 글에서 김현이 "만인 대 일인의 싸움"을 거론한 바는 있으나, 그는 중편소설 한 편만을 대상으로 만인의 증오가 일인에게 집중되는 기제를 논구했을 뿐, 집단주의 자체나 그에 대한 작가의 복잡한 태도까지는 조명하지 않았다.[12] 전상국 소설은 집단주의에 대한 뿌리 깊은 거부를 표출하다가도 어쩔 수 없이 그것을 수용한다. 집단주의는 전상국 소설의 전반을 관통하는 주축으로서 거부와 수용, 애정과 증오, 비판과 옹호가 교차했던 장이었다.

이러한 전상국의 면모는 1970년대 집단주의를 고찰하는 작업의 일환으로 전상국을 주목하는 시도의 적실성을 재차 확인해 준다. 이데올로기 연구에서 작가가 '벗어나려고 했으나 벗어나지 못한 것'을 고찰하는 방법은 효과적이다. 작가가 어떤 이데올로기에 대한 비판과 거부의 태도를 견지하다가도 결국 그에 대한 옹호로 귀착하고 마는 현장은 작가가 그 이데올로기에 구속되었음을 보여주는 더없이 적절한 근거가 될 수 있다.[13] 이 논문은 1970년대 전상국 소설에서 당대 이데올로기였던 집단주의에 대한 거부와 수용이 교착되는 현장에 주목하려고 한다. 특히 전상국은 집단주의를 단순히 감성적으로 거부만 하지 않고 상당히 지적이고 구체적으로 비판하거니와, 이는 다른 작가와 차별되

본고는 집단주의에 대한 거부가 수용으로 귀착되는 양상에 주목하며, 그의 논의에서 공동체는 유대감이 충만한 것으로 긍정적인 의미를 띤다면, 본고의 집단은 다소 폭력적인 것이며 양가감정을 유발하는 것이다. 또한 양자는 각론의 내용에서 차이를 보인다.(양선미, 「전상국 소설 연구」, 23-53면 참조.)

12 김현, 「증오와 폭력-만인 대 일인의 싸움에 대하여」, 『분석과 해석』, 문학과지성사, 1991. 이 글에서 김현은 전상국의 중편소설 「외딴길」 한 편만을 분석하는데, 이는 전상국 소설의 전반에 대한 논의라고는 할 수 없고, 텍스트 자체가 본고와 다르다.

13 이러한 연구방법의 상세한 내용은 박수현, 「1970년대 한국 소설과 망탈리테」, 24-27면 참조.

는 지점이다. 또한 집단주의를 노골적으로 수용했던 다른 작가들에 비하여 전상국은 은밀하고 미시적인 차원에서 그것을 수용한다. 바로 그 양상을 다음에서 논구하고자 한다.[14]

2. 집단주의에 대한 거부

전상국 소설은 '집단에게 따돌림 당하는 개인'을 반복적으로 그린다. 집단은 개인을 따돌리고 응징하며 응징은 집단 린치의 수준으로까지 발전한다. 「私刑」에서 현세의 아버지는 공산군의 앞잡이 노릇을 했다는 이유로 마을 사람들에게서 따돌림 당한다. 이후 현세 역시 마을과 부대의 밀월 관계를 고발했다는 이유로 따돌림 당한다. 따돌림은 집단적인 증오와 폭력으로 이어진다. 「惡童時節」의 소년들인 "우리"는 도망간 "빨갱이"의 아들 용수를 집단적으로 괴롭히며, 심지어 강간까지 강요한다. 아이들마저도 개인을 따돌리며 개인에게 폭력을 집중시킨다. 「招魂」에서 아버지는 일본 순사의 보조원 노릇을 했다는 이유의 마을에서 완전히 따돌림을 당한다. 이 소설들에서 집단은 개인에게 과도한 폭력을 저지르고, 개인은 다소 억울하게 폭력의 피해자가 된다. 여기에서 전상국 소설의 부정적인 집단의 표상을 발견할 수 있거니와,

---

14 대상 텍스트는 전상국의 1970년대 발표 소설들이 수록된 소설집의 초판본이다. 서지사항은 다음과 같다. 전상국, 『바람난 마을』, 창작문화사, 1977; 전상국, 『하늘 아래 그 자리』, 문학과지성사, 1979; 전상국, 『아베의 家族』, 은애, 1980; 전상국, 『外燈』, 고려원, 1980. 앞으로 이 책들에서 인용 시 소설 제목 옆 괄호 안에 수록 단행본 제목을 기입하고, 인용문 옆 괄호 안에 면수만을 적기로 한다.

집단은 합리적이지 않은 이유로 개인을 따돌리고 이해할 수 없는 폭력을 저지르는 실체로 현현한다. 개인은 집단 앞에서 무력하며 왜소하다.

'개인을 따돌리는 집단'이라는 모티프가 반복적으로 출현하는 사실은 '집단-개인'의 구도가 전상국 소설에서 일종의 원형으로 작동할 것과 집단에 대한 작가의 심경이 복잡다단할 것임을 암시한다. 집단적 따돌림과 폭력에 내몰린 개인이 집단에게 단순하지 않은 감정을 품을 것임은 쉽게 짐작할 수 있다. 일단 순전한 호의는 아닐 것이다. 따돌림 당하는 개인은 그 일을 더없이 치명적인 트라우마로 각인하는데, 「招魂」(『하늘 아래 그 자리』)의 한 인물의 말은 이를 보여준다. "시골에서 한 마을 사람들한테 따돌림을 받는다는 것처럼 서럽고 원통한 일은 세상에 더 없지."(53) 집단적 폭력으로 인한 서러움과 원통함은 집단에 대한 거부와 비판으로 이어진다. 다음에서 전상국 소설에 집단 혹은 집단주의에 대한 거부가 어떻게 표출되는지 살펴보고자 한다. 이때 주목할 점은 전상국이 집단에 대한 감정적 반감을 피력하는 차원을 넘어서 지성적으로 집단주의 폐단을 성찰한다는 사실이다. 성찰은 상당히 심도 깊어서 구조적인 사유를 동반한다.

(1) 배타성과 폭력의 기원

서두에 언급한 소설들의 중심적인 모티프인 집단적 따돌림은 집단의 배타적 속성을 보여준다. 집단주의에서 집단은 집단 안의 구성원에게는 너그럽지만 어떤 이유에서라도 집단 바깥으로 내몰린 사람에게는 한없이 몰인정하다. 집단 외부인이 바깥으로 내몰린 계기는 다소 어이 없지만, 집단은 그 외부인에게 폭력을 집중한다. 이러한 경향은 집단주의의 부정적 자질 중 대표적인 것인 배타주의exclusionism와도 연관된다. 배타주의에서 사람들은 내집단에서는 조화와 화목을 이루기 위해 애쓰지만, 외집단에 대해서는 무관심하고 심지어 무례하고 적대적이기까지 하다.[15] 전상국은 이러한 집단의 배타성을 집요하게 천착한다. 상기 반복적으로 그려진 집단적 따돌림 모티프가 이에 대한 사례이거니와, 역시 반복적으로 등장하는 '배타적인 문중'이라는 모티프 역시 집단의 배타성을 부각하는 회로이다.

전상국 소설에서 문중은 타성바지들에게 배타적인데, 배타성은 폭력으로까지 전화하며, 끊임없는 폭력의 연쇄 고리의 원천이 된다. 문중이 내집단의 대표적인 형태라는 점을 감안한다면, 문중의 부정적 표상은 집단주의에 대한 작가의 불편한 심경을 드러낸다. 가령 「하늘 아래 그 자리」(『하늘 아래 그 자리』)에서 하암리 김씨 문중은 상암리 타성바지에 대해 배타적이고, 두 마을은 오랫동안 반목한다. 특히 할아버지는 "상암리 사람들의 생활과 그 인권까지 짓밟았"(274)는데, "문중을 위해서"라는 "당당한 명분"이 그러한 폭력을 정당화한다. 문중 수호의 의지는 타성바지에 대한 폭력으로 이어진다. 할아버지는 '내집단에 대한 충성'이라는 당위에 따라 외집단에게 폭력을 휘두르는데, 그는 집단주의의 부정성을 체현한 인물이다. 전상국은 배타적이고 폭력적인 문중을 반복적으로 그린다. 「물걸리 稗史」(『아베의 家族』)에서 물걸리는 "김씨 문중이 얼기설기 뒤엉켜 사는 마을이었다. 타성바지라야 몇 집

---

15 배타주의는 집단에의 소속 여부에 근거하여 사람들을 대하는 경향으로, 친구와 친척 및 특정 집단을 위해서는 호의, 특전, 희생을 베푸는 반면에 외부인을 특혜 권역에서 배척하는 성향을 뜻한다. 이는 사람을 소속 집단에 대한 고려 없이 개별적으로 보는 보편주의 universalism와 반대이다.(홉스테드 외, 앞의 책, 124면 참조.)

되지 않았다."(250) 송노인은 타성바지로서 김씨 문중 사람들한테 지나치게 굽실거리면서 살아 왔다. 문제는 이러한 상황이 폭력의 악순환을 초래한다는 사실이다. 송노인의 처지에 불만을 품은 아들 재필은 공산군과 결탁해서 마을 사람들한테 복수하고 마을 사람들은 다시 재필에게 칼을 겨눈다.

　문중의 배타성이 폭력의 악순환을 초래하는 구조는 「脈」(『바람난 가족』)에서도 반복된다. 풍암리의 타성바지는 김씨 문중의 상답을 욕심조차 내지 못했고 문중의 텃세에 몇 해 견디지 못하고 뜨곤 했다. 김씨 문중은 소작도 자기들끼리 나누어 부쳤다. "김씨 문중에 빌붙어 산다는 게 얼마나 치욕스럽고 감내해 내기 어려운 설움이었는가 짐작이 가고도 남았다. 앞뒤 재지 않고 불끈 밸을 곤두세워 그 굴욕을 되갚으려 황당하게 대들었다가 오히려 더 큰 혹을 자식에게 붙여줘 버린 할아버지들도 없지는 않았는가 보았다."(51) 여기에서도 문중은 타성바지에 대한 배타성과 폭력성으로 표지화된다. 문중의 배타성과 폭력성은 타성바지들에게 원한을 산다. 견디다 못한 타성바지들은 동학군, 공산군과 결탁하여 기득권 문중에게 폭력적 복수를 기도한다. 이러한 복수는 전상국 소설에서 역사의 상흔으로까지 의미화되며 만만치 않은 위상을 차지한다. 타성바지들의 복수는 문중의 집단의식으로 인한 차별에 대한 반감에서 비롯되었다. 여기에서 문중은 끊임없는 폭력의 악순환의 원흉으로 지목된다.[16] 문중은 투철한 집단의식으로 뭉친, 내집단에의 충성을 지고한 윤리로 삼는 집단의 대표적인 형태이다. 이에 문중

16　집단주의라는 틀을 사용하지는 않았지만, 양선미 역시 배타적인 문중이 공동체에 대한 개인의 염원을 좌절시키는 국면에 주목한다.(양선미, 「전상국 소설 연구」, 23~53면 참조.)

에 대한 반감은 집단주의에 대한 거부 의식과 동궤에 놓인다. 전상국은 문중의 배타성이 끝없는 폭력의 악순환의 원흉이라는 점을 간파함으로써 집단주의의 부정적 자질인 배타주의를 반성적으로 성찰한다. 집단주의는 내집단에게 충성을 요구하는 만큼 외집단에게 배타적이고 이 배타성은 언제라도 폭력으로 전화할 수 있음을 통찰하는 것이다.

한편 전상국 소설에서 집단은 자주, 물리적인 폭력의 주체이다. 폭력은 거의 모두 '집단적' 폭력이다. 폭력은 대부분 집단적으로 행해지는바, 이 중 대표적인 것이 집단 린치이다. 서두의 '개인을 따돌리고 응징하는 집단'에서 따돌림과 응징 자체가 집단 린치이다. 「바람난 마을」(『바람난 마을』)에서도 "우리들"은 단체로 외팔이네 집을 난장판으로 만들고, 이어 외팔이를 응징하러 단체로 쫓아간다. 불륜에 대한 응징이라지만 그것은 집단 린치로서, 폭력의 일종이다. 이 소설에서 폭력의 주체는 "우리들", 즉 집단이다. 이처럼 전상국 소설에서 폭력은 집단적으로 행해지며, 집단 린치는 따돌림과 더불어 폭력의 구체적인 형상이다.

여기에 성적 폭력 역시 거의 예외 없이 집단적 폭력으로 형상화되는 사실은 주목을 요한다. 전상국 소설에서 강간은 매우 빈번하게 등장하는 주요한 모티프인데, 이 역시 자주 집단적으로 행해진다. 「惡童時節」에서 아이들은 집단적으로 일호 색시를 욕보인다. 「안개의 눈」에서 "두 사내"들은 정임이네 이모와 그 언니를 강간하고 죽인다. 「아베의 家族」(『아베의 家族』)에서 정임은 흑인들에게, 어머니는 "시커먼 짐승 셋"(49)으로 표현되는 미군들에게 윤간을 당한다. "나" 역시 재두, 형표, 석필과 함께 여자애를 윤간한 바 있다. 「私刑」(『바람난 마을』)에서 현세 어머니는 외국병정 셋에게 난행을 당한다. 이렇게 전상국은 집단적으로 행해지는 강간(과 그에 상응하는 성적 폭력)을 반복적으로 그린다. 이러한 반복은 작가의식의 어떤 원형을 암시한다. 강간도 폭력의 일종임을 감안하면, 작가의식에 집단과 폭력의 친연성은 퍽 뿌리 깊게 각인된 것으로 보인다.

'폭력을 저지르는 집단과 홀로 당하는 개인'이라는 구도는 전상국 소설에서 반복적으로 등장하는 원형이나 다름없다. 이렇게 전상국 소설에서 집단은 구성원에게 폭력을 선동하며 서로의 폭력성을 부추기는 괴물과도 같은 실체로 현현한다. 개인은 자연스레 폭력에 대한 반감과 죄의식을 지니나 집단은 이 죄의식과 반감을 희석시킨다. 집단은 폭력에 대한 망설임을 제거하고 용기를 부여하는 것이다. 집단은 구성원들의 폭력성을 제고하고 강화한다. 작가는 무력한 개인-폭력적인 집단의 대립구도를 반복적으로 그리면서 집단의 폭력성에 대한 만만치 않은 반발을 피력한다.

(2) 간과되는 단독성과 수직적 권위주의

전상국의 많은 소설에서 집단은 개인에게 이해할 수 없는 폭력을 휘두른다. 이러한 폭력적인 집단의 형상은 소설마다 다르게 변주되지만, 위압적인 집단과 무력한 개인이라는 구도는 일종의 원형으로서 동일하게 나타난다. 이를 개인의 단독성[17]을 유린하는 집단의 속성에 대한

---

17 사까이 나오끼에 따르면, 단독성은 일반화할 수 없는 것, 제도적·보편적으로 통용되는 습관이나 사고와 맞지 않는 어떤 것이다. 이는 특이성이나 비연속성으로도 번역된다.(사까이 나오끼, 이규수 역, 『국민주의의 포이에시스』, 창비, 2003, 232면 참조.) 고진에 따르면, 단독성이란 결코 일반성에 속하지 않는 것, 유(類)로는 결코 포착할 수 없는 개(個)이다. 이는 유(類)에 대한 개(個)가 아니다.(가라타니 고진, 조영일 역, 『언어와 비극』, 도서출판 b, 2004, 339면 참조.) 단독성은 우리가 그것을 고유명으로 부를 때에만 출현한다. 고유명에 의해 지시된 개체성은 일반성에서 발견되는 것과는 이질적이다. 어떤 단어가 고유명일

성찰을 내포한 알레고리로 볼 수 있다. 집단은 단독성에 대한 배려에 인색하다. 집단은 외적으로는 배타적이지만, 내적으로는 집단적 동질성을 유지하기 위해 획일화를 강요하며 개인의 단독성을 삭제하기 쉽다. 앞에서 무수히 반복적으로 나타난 '폭력적인 집단 앞에 선 무력한 개인'이라는 모티프 자체가 집단 속에서 위협당하는 단독성에 대한 알레고리일 수 있다.

개인의 단독성을 유린하는 집단의 속성은 「돼지새끼들의 울음」(『바람난 마을』)에서 집중적으로 묘파된다. 집단주의를 온몸으로 체현한 인물, 집단주의의 화신이라 할 만한 인물인 최달호 선생이 교실 좌우 벽에 붙인 슬로건은 다음과 같다. "나는 약하다. 그러나 우리는 강하다."(200) "나"보다 "우리"의 가치를 설파하고 강조하는 이 슬로건은 집단주의의 중핵적 원리와 정확히 상통한다. 최달호의 신념은 이렇다. "무조건 회의하고 불신하는 그런 좁고 썩어빠진 사고방식—이러한 부정적 인생관이야말로 우리 민족의 발전을 저해해 온 가장 큰 원인이란 말이다." "다소 이견이 있다고 하더라도 우선은 긍정적으로 받아들이려고 하는 마음의 자세가 무엇보다도 중요하다"(202) 이상에서 보듯 집단주의는 이견을 허하지 않고 회의와 불신을 죄악시한다. 여기에서 다양성과 단독성의 배려에 인색한 집단주의의 면모가 여실히 드러난다. 또한 이는 집단주의가 획일성을 강조한 나머지 파시즘과도 쉽사리 결탁할 수 있음을 보여준다. 최달호 선생이 독려하고 반 학생들이 모두 열렬히 수행했던 "기마전에선 나란 없다."(206) 이렇게 집단주의는 개인의 단독성을 철저히 무시한다. 최달호 선생의 반은 하루 종일 단

수 있는 것은 단독성을 지시하는 것에 의해서이다.(위의 책, 454면 참조.)

체적인 스케줄에 의해 움직인다. 공부뿐만 아니라 놀이도, '5분간 어머니 생각'도 단체로 수행한다. 이렇게 집단주의는 획일성과 친연관계를 형성할 뿐만 아니라 획일성은 거의 집단주의의 내적 구성원리와도 같다.[18]

이처럼 작가는 이 소설에서 다양성과 단독성을 배척하고 획일성을 옹호하며 파시즘과도 가까운 집단주의의 속성을 다각도로 성찰한다. 이 소설 전반에서 집단주의의 선도자 최달호 선생은 도덕적으로 열등한 인물로 그려지는데 이는 집단주의에 대한 작가의 부정적 시선을 보여준다. 작가의식은 때로 전면화된 주제가 아니라 구석진 자리에서 미미하게 노출된다. 중요하지 않은 자리에서 발설된 췌사 역시 작가의식의 향방을 일러주는 중대한 단서이다. "한 개인도 사회의 훌륭한 구성원입니다. 사회를 위해서 한 개인의 인격과 생활이 헝클어지고 침해받는 건 옳지 않습니다."(「실반지」, 『아베의 家族』, 109) 이 말은 소설 전반의 내용과 관계없이 인물이 무심코 흘린 말이지만, 개인의 단독성을 삭제하는 집단에 대한 작가의 반발을 함축한다.

한편 집단주의는 수직적 권위주의와도 밀접히 관련된다. 집단주의자는 대체로 권력자에게도 의존적이다. 이때 집단의 구조는 가장이 강력한 권위를 행사하는 가부장적 구조와 닮은꼴이기 쉽다.[19] 집단주의자는 위계질서의 필요성을 인정하고 집단의 통제를 수용한다.[20] 「돼지

---

18 양선미는 교육이 가치를 획일화하는 기제로 작동한다고 논한다.(양선미, 「전상국 소설 연구」, 57-62면 참조.) 그는 집단주의의 폐단이라기보다는 전상국 소설에 그려진 한국 사회의 성격에 가까운 범주 안에서 가치의 획일화를 논한다.

19 홉스테드 외, 앞의 책, 130면 참조.

20 니스벳, 앞의 책, 80면 참조.

새끼들의 울음」에서 최달호 선생은 집단주의의 화신이기도 하지만 수직적 권위주의의 화신이기도 하다. 「惡童時節」의 "우리"는 일명 "백골단 용사들"로서, 대장 명령을 어기는 "놈"은 방공호 속에 가두고 입구를 커다란 절구로 막아버린다. 갇힌 아이는 거의 초죽음이 된다. 아이들의 집단에서도 대장의 권위는 무시무시한 위력을 행사했고, 집단은 수직적 권위주의를 거의 생래적 본질로서 내장한다. 집단은 그 유지를 위해서 수직적 권위주의를 필수적으로 요구한다고도 할 수 있다.

흥미롭게도 전상국은 수직적 권위주의와 집단주의의 관련성을 상당히 지적으로 성찰한다. 다른 소설 「껍데기 벗기」(『바람난 마을』)에서 권선생은 "남을 손아귀에 넣어 멋대로 주무르지 않으면 성이 차지 않는 그런 유형의 사람"(249)으로서, 「돼지새끼들의 울음」의 최달호 선생과 동궤의 인물이다. 작가는 권선생의 사디즘에 가까운 수직적 권위주의의 원인을 파헤치는데, 가진 것을 잃을까봐 불안한 마음과 "대중 속에 있지 않기"(249)에 느끼는 소외감을 그 원인으로 지목한다. 소외감을 두려워하기 때문에 보다 더 난폭하게 타인에게 권위를 휘두른다는 것이다. 권위주의의 근저에는 타인에의 의존심이 있고, 타인에의 의존심은 집단주의의 중핵적 본질이다. 작가는 타인에의 의존심이 수직적 권위주의를 형성했음을 통찰하면서, 수직적 권위주의와 집단주의의 내적 동질성을 간파한다.

(3) 근본적 대립구도로서 개인과 집단

이상 전상국 소설에서 성찰된 집단주의의 부정적 면모를 검토했다. 배타성, 폭력 선동성, 단독성의 무시와 획일성의 강요, 수직적 권위주의 등이 그 구체적 양상이었다. 이렇게 집단주의의 부정적 자질을 깊게 천착하여 형상화한 전상국의 내면에 집단주의에 대한 거부가 존재한다고 보아도 무방하다. 거부는 거의 뿌리 깊은 혐오 수준으로 보인다. 집단주의에 대한 전상국의 거부 혹은 혐오는 다른 모든 가치, 가령 불의와 억압에 대한 저항의 당위보다도 수위에 놓인 것으로 보인다. 종종 집단주의에 대한 혐오는 정의를 옹호하는 의식마저도 뛰어넘는다.

우선 작가는 권위적이고 부정한 집단주의에 맞서는 저항 세력도 집단주의를 내재화한 면에서는 같은 입장이라는 인식을 보여준다. 「돼지새끼들의 울음」(『바람난 마을』)에서 최달호 선생에 대한 학생들의 불만은 커지고 결국 학생들은 반항을 기도한다. 선생에게 슬리핑백을 뒤집어씌우고, 학생들은 저마다 선생님한테 품어 왔던 불만을 토로한다. 그런데 슬리핑백을 열자 나타나는 선생님의 모습은 이러했다. "우리는 그가 들어 있던 그 슬리핑백 속에서 하나의 머저리를 찾아내었을 뿐이다. 그 얼굴에는 근엄스런 안경도 없었고, 머리카락은 마구 흐트러진 채였다. 온통 땀으로 목욕을 한 얼굴이 형편없이 왜소하고 짜브라진 사내였다. 그것은 마술이었던 것이다."(227) 학생들의 반항은 성공했다고 보인다. 이것을 집단주의의 부정성에 대항하는 정의의 승리로 볼 수도 있고, 아들이 아버지를 성공적으로 극복한 사례로 볼 수도 있다.

그러나 문제는 그렇게 단순하지 않다. 이 소설에서 최달호 선생의 집단주의에 저항한 것은 반 아이들의 집단적 행동이었다. 작가는 저항이 집단적으로 이루어진 것임을 애써 강조한다. 우선 저항을 결심하게 된 직접적인 동기는 열두 명의 학생이 특혜를 받았다는 사실이었다. 이에 학생들은 허전해 했는데, "그 허전함은 우선 하나같이 결속되어 너와 내가 아닌 우리로서의 공동운명체라고 자위했던 우리들의 단합에 이가 빠져나간 데서 오는 것이었다. 〈우리〉는 중심을 잃고 비틀

거렸다."(213) 즉 학생들의 분노는 집단의식이 상처받았기에 발생했다. 그러니까 '우리'의 염결성을 훼손당한 사실에 대한 충격과 분노가 저항의 기폭제였다. 저항의 원동력 역시 집단의식이었던 것이다. 저항하는 자의 내면에도 집단주의는 숭고한 것으로 자리 잡고 있었다. 또한 저항하는 학생들 "우리 일곱은 반 전체의 뜻을 대신하고 있다는 확신을 가지고 있었"(218)다. 여기에서도 '반 전체의 뜻을 대신하고 있다는 확신', 즉 '집단이라는 사실'은 저항에 정당성을 부여한다. 저항의 원인이나 경과에서 집단주의는 중핵적 요소로 기능하는 것이다.

이렇게 최달호 선생의 집단주의나 반 학생들의 집단주의는 결국 이형동질이다. "우리는 훌쩍이면서 그 머저리같은 사내가 우리와 끝내 한패여야 한다는 생각까지도 해 보았다."(228) 이 말은 학생들과 선생의 동질성을 확연하게 드러낸다. "한패"라는 말이 시사하듯, 집단주의의 수용 양상에서 최달호나 학생들의 내면구조는 다르지 않다. 불의한 세력이나 저항하는 세력 모두 집단주의를 내재화한 면에서 이형동질인 것이다. 이를 당대의 지배적 담론 지형에 대한 알레고리로도 읽을 수 있다. 1970년대 당시 박정희의 집단주의와 그에 저항했던『창작과비평』은 내적으로 집단주의를 공유했다.[21] 최달호의 집단주의는 박정희의 그것을, 그에 저항했던 학생들의 집단주의는『창작과비평』의 그것을 상기시킨다. 작가는 두 대립적 담론이 딛고 선 공통적 기반에 대해 당시에 이미 통찰했던 것으로 보인다.

결말에서 최달호 선생은 형편없이 왜소한 모습을 보여준다. 최달호는 단지 집단 앞에 선 개인일 뿐으로서, 한없이 초라하고 무력하다. 작

---

21 박수현, 「1970년대 사회적·문학적 담론에 나타난 집단주의 연구」 참조.

가는 위상이 뒤바뀐 최달호를 통해 집단을 벗어난 개인의 왜소함과 무력함을 부각한다. 이것이 강조하는 것은 집단의 공포스러운 위용이다. 최달호 선생에게 저항했던 학생들은 정의의 승리를 구가하기보다는 개인을 억압하는 집단의 위력을 대변하는 것으로 보인다. 이는 앞서 보았듯 집단이 자주 폭력의 주체가 되었던 사실과 동궤에 놓인다. 독자가 기대하는 상식은 '불의에 저항하는 정의'라는 관념이나, 최달호 선생의 몰락은 상식을 뛰어넘는다. 이렇게 상식을 뛰어넘는 결말에서 작가의식에 집단과 개인의 대립구도가 만만치 않은 강도로 각인되었음을 가늠할 수 있다. 집단-개인의 대립구도는 학생-교사 간 이분구도나 억압-저항 혹은 정의-불의라는 이분구도를 뛰어넘을 정도로 전상국의 의식에 위력적이었던 것으로 보인다.

전상국 소설에서 집단-개인의 대립구도가 다른 모든 구도에 우선하는 본질적 구도라는 사실은 「껍데기 벗기」(『바람난 마을』)에서 더 확연하게 나타난다. 작가는 이 소설에서 집단의 위력과 개인의 왜소함을 가감 없이 묘파한다. 초등학교 교실에서 세 번째 도난사건이 일어나자, 담임 "나"는 권선생에게 도둑 적발을 의뢰한다. 권선생은 도둑을 적발하는 데 탁월한 능력을 가졌다고 알려진 인물로, 도둑 적발에 사용하는 무기는 권위와 폭압이다. 그는 앞의 「돼지 새끼들의 울음」에서의 최달호 선생과 동궤에 놓인 인물이다. 그런데 결국 도둑은 없었고, 반 아이들이 집단적으로 권선생을 가지고 놀았다는 사실이 밝혀진다. 반 아이들이 집단적으로 저항한 셈이다. 이 사실을 알아챈 "나"는 일갈한다. "지금 권선생님이 위험해요. 그는 혼자거든요!"(251) 여기에서도 반 아이들은 '우리'로, 권선생은 '혼자'로 표지화된다. 폭력적이고 위압적이었던 권선생은 한없이 초라한 존재로 강등되고 만다. 그는 집단에 맞서 '혼자' 즉 개인이기 때문이다.

이 소설에서도 작가는 집단 앞에서의 개인의 왜소함을 그린다. 소설 전반에 걸쳐 권선생은 부정적인 권위주의자로 표상되었고, 권위주의와 그 대립항의 구도가 소설의 주축인 것으로 보이며, 독자는 권위주의의 몰락을 기대할 수 있었다. 그러나 결말에서 권선생은 단지 집단의 폭력 앞에서 '혼자'인 무력한 존재가 되고, 대립구도는 다시 집단-개인의 대립구도로 환원되며, 작가의 방점은 권위주의의 몰락보다는 집단 바깥의 개인의 왜소함에 찍힌다. 전상국 소설에서 개인-집단의 대립구도는 정의-불의 혹은 권위-저항의 대립구도를 뛰어넘는다. 개인과 집단의 대립구도가 모든 모티프를 뛰어넘고 통어하는 최종 심급이라는 사실은 전상국의 내면에 집단-개인의 대립구도가 뿌리 깊게 각인되었음을 보여준다. 이 뿌리 깊은 대립구도에서 반복적으로 강조되는 것은 집단의 폭력이며, 폭력적인 집단에 대한 작가의 거부와 혐오이다.

3. 집단주의의 수용

앞장에서 보았듯 전상국은 위력적인 집단과 왜소한 개인을 반복적으로 묘파하면서, 집단주의에 대한 불편한 심경을 드러낸다. 이는 외적으로 배타적이고 내적으로 단독성을 간과하며 획일성을 강요하는 경향, 폭력 선동성과 수직적 권위주의 등 집단주의의 부정성에 대한 성찰로 이어졌다. 전상국은 1970년대 작가들로서는 이례적으로 집단주의를 지적으로 비판한다고 볼 수 있다. 그러나 이데올로기의 위력은 막강해서 그것에 반대하던 정신까지 결국 그 장 안으로 포섭하고야 만다. 전상국은 이러한 이데올로기의 위력을 여실하게 보여주거니와 그는 결국 집단주의에 투항하고 만다. 그는 집단 구성원에 대한 도리를 지고한 윤리로 각인하고, 화해에 대한 강박을 보여주며, 가족애에 과도하게 집착하고, 역사적·사회적 차원에서 사유하라는 명령을 충실히 따른다. 다음에서 이들 자질이 전상국 소설에 어떻게 나타나는지 그리고 그들이 집단주의와 어떻게 연관되는지 각 항목별로 논하고자 한다.

(1) 집단 구성원에 대한 도리

머리말에서 언급했듯 집단주의는 구성원 간의 화목한 관계와 '타인 중심적 정서'를 중시한다. 개인의 만족감은 자신이 집단 성원들의 기대에 부응하며 그들과 화목한 관계를 맺고 있다는 자각에서 비롯된다. 게다가 집단주의자는 내집단에게 강한 애정을 보이고 외집단에게는 상당한 거리를 두기[22] 때문에, 내집단의 윤리에 충실하는 것은 절체절명의 과제이다. 단적으로 개인은 내집단에게 평생에 걸친 충성심을 보여야 하며, 이 충성심을 위배하는 것은 사람으로서 해서는 안 될 가장 못된 일의 하나가 된다.[23] 이렇게 집단의 일원으로서 이른바 '도리'를 다하라는 당위는 집단주의 윤리의 중핵이다.

집단주의가 자명하게 통용되는 곳에서 개인은 집단 내 인간관계에 따르는 역할과 의무를 다하고 집단 구성원에게 충성하라는 강령 안에

---

22 니스벳, 앞의 책, 53-55면 참조.
23 홉스테드 외, 앞의 책, 116-117면 참조.

놓인다. 이러한 집단주의적 윤리는 전상국 소설에서 숭고한 위치를 점한다. 가령 「여름 손님」(『바람난 마을』)의 "나"는 오로지 출세를 위해서 동분서주했던 인물로서, 철저한 이해타산에 의해서 사람들을 만나면서 별 도움이 되지 않는 고향의 옛 친구들과 친지들을 무시하면서 살아 왔다. 고향의 친구와 친지들은 내집단을 의미하는바, "나"는 그들에 대한 관심과 배려와 책임감을 유기함으로써 집단주의적 윤리를 거부하고 살아온 것이다. 이 소설의 주축은 그가 고향 친구 "석두"의 출현을 계기로 귀향을 결심하는 내용이다. 즉 "고향두 조상두 모르는 쌍것"(103)이라고 비난을 받아 왔던 "내"가 고향과 조상의 가치를 각성하는 과정이 소설의 중심 서사인데, 각성은 각성 이전의 상황을 타개할 것으로 각성 이후의 상황을 숭고한 것으로 배치하는 효과를 파생한다. 즉 작가는 인물의 각성 이전의 '고향·조상의 무시'를 타개할 것, 각성 이후의 '고향·조상의 존중'을 숭고한 것으로 배열하는 것이다. 전자가 집단주의에 대한 거부를 의미했듯 후자는 집단주의에 대한 옹호를 표출한다. 결국 소설의 주제는 집단주의적 윤리에 대한 옹호로 귀결된다.

결말에서 "나"는 막노동꾼 친구와 어울리는 것을 비난하는 아내에게 쌍욕을 퍼붓는다. 아내가 "친구도 모르고 조상도 모르는 개잡것"(104)이라는 사실이 맹렬한 비난의 이유였다. 물론 이는 "내"가 자신에게 퍼붓는 비난이고, "나"는 그것을 아내에게 투사한 것이다. "내"가 그토록 자신을 비난한 이유는 친구와 조상을 무시하는 일을 천하에 다시없는 패악으로 상정했기 때문이다. 이러한 의식은 친구와 조상을 알아야 한다는 당위적 윤리에 대한 순결한 신념에 기반한다. 전술했듯 친구와 조상은 집단주의에서 내집단을 가리킨다. 친구와 조상을 알아야 한다는 당위는 내집단의 구성원에게 헌신하고 봉사해야 한다는 전형적인 집단주의 윤리를 함축한다. 이 윤리는 더없이 숭엄한 위상을 지닌지라, 작가는 "내"가 그 윤리를 각성하는 순간 "몹시 투명하면서고 두껍고 더러운 벽이 불에 타듯 일렁이고 있"(104)다고, 즉 소멸했다고 진술한다. 작가는 이렇게 각성의 순간을 미화하는바, 이로써 집단 구성원에게 도리를 다해야 한다는 윤리의 당위성과 진리성은 더욱 공고해진다. 여기에서 집단의 일원으로서 의무와 책임, 즉 집단주의적 윤리에 충실하는 것을 의심을 허하지 않는 지당한 가치로 여기는 작가 의식이 노출된다. 작가는 집단의 가치를 신봉하는 일면, 즉 집단주의에 감염된 일면을 보여주는 것이다.

(2) 화해에 대한 강박

전상국이 내적으로 집단주의를 수용하는 또 하나의 국면은 화해에 대한 강박에서 볼 수 있다. 집단주의에서 개인과 사회의 화합harmony은 핵심적인 미덕이다.[24] 인간은 '인간관계 속에서' 행동하고, 개인적 행위는 타인과의 관계에 의해 조정되고 타인에게 영향을 주기 때문에 인간관계에서 조화를 유지하는 것은 사회생활의 가장 중요한 목표가 된다.[25] 이는 논쟁에 부정적이고 타협을 수위의 가치로 인식하는 태도로 나타나기도 한다.[26] 이처럼 화합과 타협 혹은 화해는 집단주의에서 숭고한 윤리이다.

---

24 위의 책, 133면 참조.
25 니스벳, 앞의 책, 55면 참조.
26 이는 논쟁이 집단의 화목에 위험 요인으로 작용한다는 인식에 기반한다.(위의 책, 76-77면 참조.)

전상국 소설의 결말은 빈번하게 화해로 귀결된다. 이러한 창작 습관은 거의 강박적이라고도 볼 수 있다. 가령 「脈」(『바람난 마을』)의 결말에서 아버지의 처남들은 아버지를 "매형"이라고 부르면서 긴 세월간의 반목을 접고 화해한다. 이 장면은 다분히 성화된다. "나"는 "흙더미 위에서 땅의 찬 서기(瑞氣)가 심장까지 힘차게 뻗쳐 오름을 감지했다. 이 느낌은 새벽녘 꿈속 궁둥이 팡팡한 계집애 몸 속 깊이 사정(射精)하던 그런 아찔한 충동을 더불고 왔다."(62) 아버지와 그의 처남들의 화해는 사정 순간의 오르가즘에 필적하는 감격을 유발한다. 이는 화해라는 사건에 숭고한 위상을 부여하고자 하는 작가의 욕망을 드러낸다. 화해 이전에 "나"는 아버지와 반목하고 그를 거의 배신까지 했으나, 아버지-처남 간 화해로 인한 감격에 겨워 아버지와도 화해하리라고 결심한다. 그의 많은 문제를 아버지와 의논하고 싶어졌고, 훔쳤던 예금통장과 인장을 돌려주려고 결심한다. 대학생인 "나"의 각종 고뇌와 번민을 일거에 해결할 정도로 화해의 위력은 막강했다. 화해는 이렇듯 이중·삼중으로 미화되는데, 거의 성화된다고까지 할 수 있다.

　이밖에 전상국 소설에서 화해로 맺어지는 결말은 무수히 많다. 「겨울의 出口」(『아베의 家族』)의 결말에서 아버지는 그동안 피해 왔던 고향 사람들에게 용서를 받는다. 아버지와 고향 사람들의 화해는 아버지와 형의 화해까지 초래한다. 형은 그동안 아버지를 열렬히 증오했으나, 아버지와 고향 사람들의 화해를 계기로 아버지와도 눈물로 화해한다. 「여름 손님」의 결말도 "나"와 고향 사람들의 화해로 귀결된다. 「招魂」의 결말에서 아버지와 할머니의 화해, 「아베의 家族」에서 "나"와 동복이형 아베의 화해, 「우리들의 날개」에서 "나"와 동생의 화해는 아예 소설의 주제이다.

이러한 소설 작법은 논자들에 의해 종종 작가의 휴머니즘을 표출한다고 간파되어 왔다. 가령 김치수는 화해적 결말이 구원의 가능성과 건강한 휴머니티를 보여준다고 논한다. 화해로 맺어지는 결말이 "인간에 대한 신뢰를 끝까지 버리지 않음으로써 현실을 극복할 수 있다는 인간 승리의 고전적 휴머니즘의 한 표현"[27]이라는 것이다. 그러나 이러한 결말 방식은 다르게 볼 여지를 남긴다. 화해의 윤리에 지나치게 고착하는 작가의식은 거의 강박으로까지 보인다. 앞서 논했듯 화해는 대표적인 집단주의적 미덕이다. 화해는 '나'보다는 '우리'의 가치를 우선시하는 심성구조와 친연성을 가지며, '우리'끼리 화목하게 지내야 한다는 당위가 화해의 근본 동력이다. 따라서 화해적 결말에 결박된 작가의식의 근저에 집단주의적 가치에 대한 신앙이 존재한다고 볼 수 있다. 즉 이는 작가가 집단주의의 자장 안에 놓였음을 보여준다.

화해를 선호하는 작가의식은 종종 부자연스러운 결말을 빚어낸다. 이는 화해 지향적 작가의식이 거의 강박 수준이라는 논지에 근거를 제공한다.[28] 가령 「하늘 아래 그 자리」(『하늘 아래 그 자리』)에서 육손이 노인이 명당으로 알려진 은장봉 언덕에서 자살하자, "나"는 이렇게 생각한다. "육손이 아저씨, 당신은 거기 은장봉에 묻힐 수 있을는지도 모릅

---

27 김치수, 「가족사와 사회사의 비극적 인식-전상국과 유재용」, 『문학과 비평의 구조』, 문학과지성사, 1984, 148면. 비슷한 맥락에서 유준은 정서적 유대와 이해를 바탕으로 한 인간적 화해가 신뢰할 만한 것이고 감동을 준다고 논한다.(유준, 「소설은 어떻게 감동의 축제가 되는가」, 전상국, 『바람난 마을』 해설, 책세상, 2007, 404-406면 참조.)

28 김치수는 화해를 휴머니즘의 소산으로 긍정적으로 평가하면서도 "전상국 소설에 나타난 비극적 운명이 모든 소설에서 한결같이 극복될 수 있는 것처럼 보이는 것은 인간의 운명에 대한 작가의 태도가 지나치게 낙관론에 빠져 있지 않나 하는" 우려를 야기한다고 말한다. 작품을 전체적으로 조망할 때 화해적 결말이 지나치게 반복되어 "인위적"이라는 인상을 준다는 것이다.(김치수, 앞의 글, 148면 참조.)

니다. 묻힐 수 있을 거에요."(312) 소설의 마지막 문장은 육손이 노인의 아들을 만나고 싶은 "나"의 절실한 열망을 진술한다. 이런 식으로 작가는 "나"의 가문과 육손의 화해를 강조하면서 결말을 맺는다. 그런데 "나"의 가문과 육손의 가문의 반목은 조상 대대로 내려온 것으로서, 대단히 파란만장한 사연을 가진 것이었다. 그 장구한 사연에 비하면 "나"와 육손이 노인의 화해는 지나치게 손쉽다는 의심에서 자유로울 수 없다. 소설에 화해의 계기가 특별히 서술되지 않은 점이 더욱 이 의심을 뒷받침한다.

이 소설에서 화해는 필연성과 논리성이 결여된 성급한 것으로 보인다. 이는 다른 논자도 동의하는 사안인바, 김윤식은 이러한 화해가 맥락이 없는 "작가의 주장"이자 "공허하게 이를데없는 헛소리"일 뿐이며, "작가가 염치도 없이 얼굴을 드러내어 〈주장〉을 멋대로 하고 있는 형국"이라고 강도 높게 비판한다.[29] 이렇게 부자연스러운 화해-결말은 화해에 대한 작가의 애호가 단순한 애호의 차원을 넘어선 일종의 강박 수준임을 암시한다. 화해로 결말을 맺어야 한다는 작가의 강박적인 의식은 화해라는 윤리 자체에 대한 강박적인 신앙을 시사한다. 이 강박은 집단주의적 윤리에 대한 강박적 신앙으로 환원될 수 있다.

이 지점에서 '강박'이라는 형태는 의미심장하다. 강박 행위는 원치 않으면서도 어쩔 수 없이 반복적으로 행하는 행동, 제어할 수 없는 행동이다. 앞서 보았듯 전상국은 집단주의를 상당히 예리한 시선으로 꼬나보았으나, 강박적으로 집단주의 윤리를 표출한다. 집단주의는 애초에 전상국이 원치 않았던 것, 그러나 어쩔 수 없이 그의 의식세계를 포

---

29 김윤식, 「엄숙주의에 대하여-全商國論」, 『현대문학』, 1980. 5., 311면 참조.

획한 것으로 보인다. 이는 이데올로기 자체의 운동 방식을 여실히 보여준다. 이데올로기는 그것을 원치 않았던 사람들까지 은연중에 포섭하고야 만다. 강박 형태는 이데올로기의 주술적 감염력을 보여주는 한 장면인 것이다.

(3) 숭엄한 가족 혹은 가족애

가족은 인간의 삶에 등장하는 최초의 집단이다. 아이는 가족 관계를 경험하면서 점차 자신을 '우리'라는 한 집단의 일부분으로 수용하게 된다. '우리' 집단(내집단)은 개인의 정체성 형성의 근원을 이루며, 인생의 역경 앞에서 개인에게 거의 유일한 안전 보호막이 되어 준다. 내집단에게 평생에 걸쳐 충성하라는 명령을 학습하고 개인과 내집단 간의 심리적인 의존 관계를 형성하는 온상이 가족인 것이다.[30] 따라서 효심 즉 부모에 대한 복종과 존경, 조상 숭배가 집단주의에서 가장 중요한 덕목임은 자연스럽다.[31] 집단주의의 한 형태인 연고주의 역시 가족주의에서 발원했고[32], 가족주의는 집단주의의 원초적 형태인바, 이에 개인에 우선하는 가(家) 중심적 유교사상은 일정한 기여를 했다.[33] 따라서 가족애를 강조하는 의식은 집단주의의 자장 안에 있다고 볼 수

---

30 홉스테드 외, 앞의 책, 116-117면 참조.
31 위의 책, 126면 참조.
32 임지현에 따르면 한국의 공동체적 전통은 지속적으로 강조되었으나 실제로 존재했던 공동체는 가족 공동체밖에 없었다. 공동체적 전통에 대한 강조는 배타적인 가족 이기주의를 조장하는 결과를 초래했다. 혈연, 학연, 지연에 집착하는 연고주의가 사회의 합리적 구성 원리를 대체했는데, 이는 가족주의적 배타성이 연장된 결과이다.(임지현,「일상적 파시즘의 코드 읽기」, 임지현 외,『우리 안의 파시즘』, 삼인, 2009, 38-39면 참조.)
33 정태연, 앞의 글, 68면 참조.

있다.

집단주의를 수용한 전상국의 내면을 보여주는 또 하나의 장면은 가족애에 대한 집착이다. 「아베의 家族」(『아베의 家族』)에서 "내"가 과거에 버렸던 동복이형 아베를 찾는 이야기는 서사의 주축이다. 작품의 결말은 아베에 대한 사랑을 회복하는 것으로 귀결되는데, 이것이 강조하는 것은 가족애의 숭엄함이다. 「우리들의 날개」(『外燈』)의 결말 역시 동생에 대한 사랑을 확인하는 것으로 맺어진다. 동생을 미워했던 "나"는 결말에서 다짐한다. "이 어린 새의 어깻죽지에 새 살이 돋을 때까지 내가 그의 날개가 되어 퍼덕여주리라."(125-126) 이 다짐은 말할 나위 없이 동생에 대한 사랑을 부각한다. 이는 "뱃속 그 깊은 데서 위로 뿌듯하게 치밀어오르는 어떤 힘"(125)으로 미화된다. 「招魂」(『하늘 아래 그 자리』) 역시 노망난 어머니를 버렸던 아들이 어머니에 대한 사랑을 회복하는 이야기이다. 작품의 결말은 작가의식의 향방을 가늠케 하는 중대한 척도이다. 작가의식의 핵심적 지향이 작품의 결말에 드러나는 경우가 허다하다. 전상국의 많은 작품의 결말이 가족애의 회복으로 귀결되었다는 사실은 가족애가 작가의식에 숭엄한 가치로 각인되었다는 사실을 일러준다.

심지어 가족에게 회의하는 인물에게서마저도 가족애는 숭고한 아우라를 잃지 않는다. 「忘却의 집」(『하늘 아래 그 자리』)의 유대병은 소설 전반에서 가족 때문에 고통을 당하다가 일탈의 여행을 떠난다. 일탈의 여행길에서마저도 그는 이렇게 말한다. "우리들은 밤이면 약수터 정자나무 아래 모여 도랑물소리를 들어가며 얘기를 했지. 그들의 화제는 주로 그들의 가족이야. 그들만큼 무지무지하게 가족을 사랑하고 용서하는 사람들은 더 없을 거야. 가족이라는 그 인간 유대의 인연에 연연해하고 애타하는 사람들과 얘기를 나눈다는 것은 정말로 살맛이 나는 일이라구."(110-111) 유대병은 가족을 사랑하고 용서하는 일, 가족이라는 인간 유대의 인연에 연연하는 일을 더없이 귀중한 가치로, 가족을 사랑하는 사람들을 지극히 아름다운 존재로 여긴다. 이러한 발언이 자신을 괴롭히는 가족을 벗어나기 위해 떠난 여행길에서 행해졌다는 사실이 주목을 요한다. 작가는 가족애가 아무리 부정하려고 해도 결코 부정할 수 없는 근원적 윤리임을 애써 강조한다. 가족애는 모든 것이 다 무너져도 결코 포기할 수 없는 최후의 보루로 상정된다. 숭엄한 가족애에 대한 순결한 신념은 작가의식에 뿌리 깊게 각인되었다고 보인다.

이처럼 전상국 소설에서 가족애는 의심을 허하지 않는 지당한 가치, 모든 난국을 해결해 줄 궁극의 구원처로 상정된다. 가족애의 숭엄함에 대한 신념 역시 집단주의의 자장 안에 있다. 가족은 집단의 원초적 단위이며, '나'보다 '우리'를 강조하는 윤리가 싹트고 생장하는 가장 바람직한 온상이다. 가족애는 기본적으로 이기성에 대한 단죄와 '우리'에 대한 헌신을 근원적인 윤리로 삼는바, 가족은 집단주의적 미덕이 그 어느 곳보다 자명하게 통용되는 공간이자 집단주의를 형성하고 훈육하고 재생산하는 장소이다. 전상국 소설에서 숭엄한 위상을 차지하는 가족애는 집단주의에 감염된 작가의식을 보여주는 한 단서이다.

(4) 사회적 · 역사적 차원이라는 최종 심급

머리말에서도 언급했듯이 집단주의자들은 세상을 종합적으로 이해하며, 주위 환경과 사건 간의 관련성에 예민하고, 장-의존적field-dependent 사고에 익숙하다. 전체 맥락에 주의를 기울이고 사건의 발생 배후에 수많은 변인들이 복잡하게 얽혀 있다고 믿으며 사건들 사이의 관계성을 파악하는 데 익숙하다.[34] 문제의 원인을 개인적 특성보다는 그가 처한 상황에서 찾고, 내부적 속성보다는 외부적 속성을 중요하게 여기는 것도 집단주의적 사고의 특성이다.[35] 이렇듯 집단주의에서 사안은 상황과 맥락과 배후 변인과의 연관 아래에서 사유된다. 상황, 맥락, 배후 변인이란 보다 익숙한 개념으로 사회와 역사로 환언될 수 있다. 1970년대 문단의 경우, "사회의 구조적 모순"이라는 상투어가 일러주듯 사회적·역사적 차원에서 사유하라는 명령은 지당한 윤리로 작동했다.[36] 이는 개인의 문제를 비롯한 각종 사안의 근원과 해결책을 사회적·역사적 차원에서 사유하고자 하는 강박을 보여준다. 이는 집단주의에서 파생된 사유구조라고 할 수 있다.

전상국도 사회적·역사적 차원에서 사유하라는 명령에서 자유로울 수 없었다. 전상국 소설은 빈번하게 개인적 상처의 기원을 사회와 역사에서 찾는다. 「高麗葬」(『하늘 아래 그 자리』)에서 현세는 치매를 앓는 노모를 무의탁 환자로 둔갑시켜 정신병원에 입원시킨다. 입원비를 누가 지불하느냐는 아내의 질문에 현세는 "그 병원에서 나라에다 신청을 하겠지!"(39)라고 대답한다. 나라에서 왜 그 돈을 물어주느냐는 아내의 질문에, "순간 현세의 머릿속에, 〈어머니의 입원비를 물어야 할 사람은 국가〉라는 생각이 번쩍 잡혔다. 그 생각과 거의 동시에 소달구지에 얹혀 가던 부친의 주검이 떠올랐다. 어쩌면 그것은 그 여름날 총을

---

34 니스벳, 앞의 책, 83-106면 참조.
35 위의 책, 109-131면 참조.
36 박수현, 「1970년대 계간지 『文學과 知性』 연구-비평의식의 심층구조를 중심으로」, 『우리어문연구』 33, 우리어문학회, 2009 참조.

빗맞은 채 모친 앞으로 엉금엉금 기어오다가 쓰러진 형의 주검이었는 지도 모른다."(39) 우선 어머니의 비극을 국가가 책임져야 한다는 생각 자체가 문제를 사회적 차원에서 고려하는 의식을 보여준다.

한편 현세 부친은 일본 순사들의 밀정 노릇을 했다는 죄명을 쓰고 해방된 해 사람들한테 몰매를 맞아 죽었다. 현세의 형은 아버지의 원수를 갚기 위해 순경이 되었는데, 육이오 사변 때 공산군에게 처형당한다. 작가는 아버지와 형의 죽음 이면에 식민지 상황과 한국 전쟁이라는 역사적 맥락이 놓여 있음을 애써 부각한다. 개인사적 비극의 원흉으로서 역사를 전경화하고, 그것에 책임을 져야 할 주체를 국가라고 지목하는 것이다. 물론 이는 논리적으로 그르지 않다. 그르지 않을 뿐만 아니라 당대의 비평 이데올로기에 충실한 작법이다. 이어지는 문장은 다음과 같다. "한 아이가 그 주검들을 바라보고 있었다. 그러나 지금에 와서 그것은 한 아이 개인의 체험이 아니었다. 수천수만의 아이들이 같은 모습을 하고 그 주검들을 바라보고 있었다."(39) 이 문장은 개인적 비극이 개인 차원의 비극이 아니라 '우리 모두'의 비극이라는 점을 애써 강조한다. 이는 비극을 사회적·집단적 차원에서 사유하고자 하는 강박을 보여준다. 이렇게 문제의 원인을 사회적·역사적 차원에서 사유하려는 의식은 집단주의의 자장 안에 있다. 사건을 전체 맥락 속에서 연속적인 관계들의 유기체로 파악하는 경향은 집단주의적 사고방식의 특성이다. 이러한 집단주의적 사고방식은 개인의 집단적 정체성을 자명하게 여기는 집단주의 이데올로기에서 발원한다.[37]

「아베의 家族」(『아베의 家族』)에서 미국인 "토미"의 존재는 주목을 요

---

37 니스벳, 앞의 책, 192면 참조.

한다. 결말에서 "나는 토미를 그네들의 무덤까지 데리고 갈 참이었다. 그리고 내 친구 토미에게 소주를 먹일 생각이었다. 한국을 알고 싶어 하는 미국 사람에게는 소주로부터 시작할 일이다."(94) "나"는 한국을 알고 싶어 하는 미국인에게 아베의 친할머니의 무덤을 보여주어야 한다고 생각한다. 아베와 그의 친할머니는 한국 전쟁의 참상을 체현하는 인물이다. 소설 전반에서 작가는 강간당한 어머니, 백치인 동복이 형, 가족의 유기 등 "나"의 가족사적·개인사적 상흔을 묘파해 왔다. 이 결말에서 작가는 그러한 개인사적 비극을 한국인의 본색을 알려주는 '한국인의 표지'로 자리 매김한다. 이는 전쟁, 강간, 광증에 따르는 개인적 비극을 민족사적 측면에서 고려하고자 하는 작가의 의지를 보여준다. 의지라고 했거니와 이는 개인사적 비극을 역사적·민족적 차원에서 사유해야 한다는 강박이나 다름없어 보인다. 이러한 작가의 의지 혹은 강박은 평자들에게 성공적으로 전달되어, 「아베의 家族」에서 인물의 원상(原傷)이 "민족이 입은 상처에 대한 우의적 표현"이며, 아베는 "허리동강이 잘려서 불구의 몰골을 강요당하고 있는 한반도 그 자체"이고, 아베 할머니의 무덤은 "6·25가 갓 끝난 우리의 국토"이자 "우리들 모두의 것"[38]이라는 해석을 파생했다. 이러한 해석은 광범위한 동의를 얻으며 거의 상식적인 것으로 굳어졌다.[39]

비단 이 소설에서 뿐만 아니라 당대의 논자들은 문제를 역사적·사

---

38 김열규, 「그 원상(原傷)의 우의(寓意)-全商國의 「아베의 家族」」, 전상국, 『아베의 家族』 해설, 문학사상사, 2002, 359-366면.

39 가령 신동욱은 「아베의 家族」의 개인적 사연들이 "6·25의 전쟁이 우리의 개인과 국가생활을 어떻게 비참하게 허물고 변질시켰는가를 감동깊게 보여"준다고 논한다.(신동욱, 「억센 것과 연약한 것의 엇갈림과 그 아름다움-全商國의 作品世界」, 전상국, 『전상국선집』 해설, 어문각, 1983, 402면.)

회적 차원에서 사유하는 전상국의 작가의식을 긍정적으로 평가했다. 초창기 논의에서 김병익은 전상국 소설의 "증오와 반항, 혹은 혼란과 허위가 내면적 또는 존재론적 차원에서가 아니라" "사회적이고 역사적인 차원에서 빚어지는 현상"이라는 점을 강조한다. "혼란스러운 역사, 허위에 가득 찬 사회의 힘에 휩쓸린 인간들은 말하자면 한 개인의 의지 밖으로부터 조종되는 허수아비와 같은 존재"[40]라는 것이다. 김병익의 논의에서 개인은 사회와 역사의 힘에 의해 조종되는 허수아비나 다름없는 수준으로 후경화된다. 이 논의 역시 사회적·역사적 차원에서 사유하라는 명령을 근본적 전제로 설정하는데, 이 의식은 집단주의의 자장 안에 있다. 이러한 논자들의 관점은 무수히 반복되며,[41] 거의 상식이나 다름없는 위상을 획득한다. 개인의 삶이 현재의 사회적 관계 그리고 과거의 역사적 사건과 분리 불가능한 연관을 맺고 있으니 그것을 사회적·역사적 차원에서 사유해야 한다는 당위는 당대 지당한 윤리로 통용되었다. 사회적·역사적 차원이란 각종 사안의 원인을 분석하고 문제의 실마리를 푸는 최종 심급이어야 했다.

사회적·역사적 지평이라는 말은 당대의 상투어였으나, 이는 일종의 억압적 명령과도 같았다. 이는 자동화된 사유구조 혹은 관습이어서, 문제의 고유성을 희석하는 결과를 낳을 수 있었다. 즉 사안을 자동

---

40 김병익, 「混亂과 虛僞-狂氣의 한 樣相, 全商國의 소설들」, 『문학과지성』 32, 1978. 여름, 558면.

41 가령 김치수는 "개인의 삶이 그 개인 이전에 있었던 역사적 사건으로부터, 다른 한편으로도 그 개인을 포용하고 있는 사회적 관계로부터 벗어날 수 없다는 인식"을 고평한다.(김치수, 앞의 글, 147면.) 권영민 역시 전쟁 체험의 형상화가 "민족의 분단이라는 역사적 상황에 대한 작가의식"의 소산이라고 논한다.(권영민, 「두 권의 小說集이 갖는 意味」, 『세계의 문학』, 1980. 겨울, 277면.)

적으로 사회적·역사적 차원이라는 관습적인 카테고리 안으로 수렴함으로써 사안의 독자적 고유성을 희석하는 것이다. 이는 집단주의적 사유구조의 폐단이라 아니할 수 없다. 어쨌든 전상국은 줄곧 집단주의에 저항했으나 이러한 당대의 상식에 충실함으로써 은연중에 집단주의와 결탁한다.

(5) 양가감정과 투항의 배경

논의를 마무리하기 전에 전상국의 집단주의의 원천을 소략하게나마 고찰하고자 한다. 1970년대 유신정권은 경제 발전과 정치적 안정을 위해서 집단주의를 강력하게 유포했으며 그에 대항하는 세력도 투쟁의 효율을 제고하기 위해서 집단주의를 옹호했다. 집단을 숭고화하면서 동시에 억압의 도구로 삼는 정치 상황에서 그에 반발하는 세력도 내적으로 동일한 정신적 기반을 답습했던 것이다.[42] 또한 주지하다시피 1970년대 군사문화는 전 사회에 만연했고, 군대는 집단주의를 거의 내적 본질로 하는 대표적인 집단이다. 이러한 1970년대 특유의 사회적 분위기는 전상국의 집단주의에 일조한 것으로 보인다.

이러한 외부적 요인 이외에 소설 내부에서 발견되는 한 가지 특징적인 사실을 덧붙이는 것도 의미 있을 것이다. 전상국 소설에 고유하게 나타나는 인물의 심리적 국면은 집단주의에 대한 작가의 양가감정을 실존적 측면에서 해명해 준다. 본론의 서두에서 논한, 따돌림 당하는 개인의 심리적 추이를 추적하자면, 그들은 우선 자신을 따돌리는 집단을 혐오하고 원망하지만 결과적으로는 집단 안으로 들어가서 집단 구

---

42 박수현, 「1970년대 사회적·문학적 담론에 나타난 집단주의 연구」 참조.

성원에게 인정받기를 희구한다. 그리하여 그들은 비굴할 정도로 집단의 비위를 맞추려고 한다.

「私刑」(『바람난 마을』)의 현세는 의도치 않게 도둑이라는 죄목을 뒤집어쓰고, "놈들"에게 응징과 따돌림을 당한다. "그러나 죽자하고 그들 뒤를 따라 다녔다. 그러지 않고는 너무 외롭다는 생각이 들었었기 때문인지 모른다. 죽어도 그들 곁에 있고 싶었던 것이다."(73) 여기에서 개인은 처절한 외로움을 느끼며, 자신을 따돌리는 집단 속에 편입되기를 애처롭게 소망한다. 무리 속에 끼지 못한 외로움은 전상국 소설에서 반복적으로 표출되며[43], 이는 곧 무리 속에 끼고 싶은 의지로 발전한다. 따돌림 당하던 인물은 집단에 편입되고자 무리한 행동까지 자행한다. 「여름 손님」에서 "나"는 부잣집 애들이 시키는 일이면 무엇이든 해 내며, 심지어 석두의 여동생을 애들 앞에서 발가벗겨 보이기까지 한다.

따돌림이라는 상황은 문제적이다. 따돌리는 집단은 폭력적이고 혐오스러운 실체로 현현한다. 집단 바깥의 개인은 그러한 집단에 거부감을 느끼지만 외로움 앞에서 심각하게 곤혹스러워 하며, 불미스러운 집단이라도 그 안에 포섭되기를 소망한다. 외로움은 집단에 대한 원망과 혐오를 뛰어넘는 것으로 보인다. 무서운 집단은 혐오스러운 존재인 동시에 동경의 대상인 것이다. 이렇게 따돌림에 직면한 개인의 지극히

---

43 가령 「여름 손님」(『바람난 마을』)의 "나"는 비천한 아버지를 증오했는데, "아버지를 미워하다가 보면 나는 늘 외톨이가 된 것 같은 외로움 속에 빠졌다. 그래서 기를 쓰고 아이들을 쫓아 다녔다. 죽어도 돌림장이가 되기 싫어 아이들편에 끼어들기 위해서는 수단과 방법을 가리지 않았다."(89) 작가는 여기서도 외톨이, 돌림장이의 낙인을 철저하게 기피하는 인물의 심리를 그려낸다.

현실적인 양가감정은 전상국 식의 집단주의의 복합적인 지형도를 배태한 원인 중의 하나로 보인다. 따돌림이라는 상황을 반복적으로 전경화한 사실은 전상국의 특유한 면모이다. 이는 집단주의에 투항한 다른 작가들과 미세하게 차별되는 전상국 고유의 집단주의의 한 배경을 이룬다.

이러한 심리적 국면이 간파되기는 하지만 보다 근원적이고 강력한 배경은 당대 이데올로기인 집단주의라고 할 수 있다. 심리적 요인으로 발아된 집단에 대한 관심이 당대 이데올로기와 경합 과정을 통해 적극적으로 개화한 것으로 보인다. 당대 이데올로기로부터 받는 자극이 집단에 관한 집요한 천착을 추동하고 견인하는 동력이 된 것이다. 집단주의가 당대 자명한 상식으로 수용되지 않았더라면 작가는 집단에 대한 천착에 그토록 함몰할 수 없었을 것이다. 그것에 반대하는 정신마저 은연중에 포섭하는 이데올로기의 속성을 감안할 때, 집단주의의 이데올로기로서의 위력은 그 자체로 전상국의 저항과 투항을 설명하는 가장 중대한 원인이다.

4. 맺음말

전상국 소설은 개인을 따돌리는 집단과 폭력의 악순환의 원흉인 문중을 반복적으로 그리면서 집단주의의 배타성을 반성적으로 성찰한다. 전상국 소설에서 폭력은 거의 예외 없이 집단적 폭력이거니와, 이렇게 집단이 폭력의 주체로 형상화된 사실은 구성원의 폭력성을 제고하고 강화하는 집단의 한 속성을 보여준다. 집단은 외적으로 배타적인 만큼 내적으로는 단독성과 다양성을 간과하고 획일성을 강요하는데, 전상국은 이를 구체적으로 형상화한다. 전상국은 또한 집단주의가 수직적 권위주의와도 유관함을 성찰한다. 이렇게 전상국은 집단주의의 부정성을 구조적으로 비판하거니와, 그의 소설에서 집단-개인 간의 대립 구도는 다른 어떤 대립구도에 우선한다. 이는 집단주의에 대한 전상국의 거부가 상당히 뿌리 깊은 것임을 보여준다.

이렇게 집단주의에 대해 비판적이었던 전상국은 그러나 궁극적으로 집단주의를 수용하는 면모를 보인다. 그는 집단 구성원에게 도리를 다하라는 윤리를 지당한 강령으로 수용하는데 집단 구성원에 대한 충성의 당위는 집단주의의 대표적인 강령이다. 또한 전상국은 화해로 결말을 맺는 창작 방법을 반복적으로 사용하고 이는 거의 강박으로까지 보이거니와, 이 역시 집단주의적 윤리에 결박된 작가의식을 보여준다. 전상국 소설의 결말은 자주 가족애의 강조로 귀결되는데, 가족은 집단주의의 원천이자 온상인바, 이 역시 집단주의를 각인한 작가의식을 보여주는 단서이다. 전상국 소설에서 사회적·역사적 차원은 문제를 사유하는 최종심급으로 작동하는데, 이는 상황·전체적 맥락·연관관계를 중시하는 집단주의적 사고방식의 전형적인 경우로서 집단주의의 자장 안에 있다. 집단주의는 그것을 치열하게 거부하고 비판했던 정신까지 포획했으며, 작가가 '벗어나고자 했으나 벗어날 수 없었던 것'이었다. 전상국 소설에서 집단주의에 대한 거부와 수용, 비판과 옹호가 교착되는 현장은 당대 집단주의의 이데올로기로서의 장악력을 보여준다.

1970년대 한국 사회에서 집단주의는 만만치 않은 위상을 차지한다. 집단주의에 대한 작가들의 태도도 단순한 수용, 양가감정, 분열 이후 투항 등으로 다채롭게 나타난다. 이는 집단주의에 대한 반응에 따라 작가들의 지형도를 그릴 수 있는 가능성을 암시한다. 집단주의에 대한 태도는 다채롭지만, 집단주의를 의식하지 않은 작가는 드물었다. 집단의 대타항인 개인이라는 화두가 등장한 사실도 집단주의의 장악력을 역설적으로 드러낸다. 개인과 집단이라는 문제는 1970년대의 한 화두라고 할 수 있거니와, 이는 1970년대 문학 장을 규명하는 중대한 키워드로 보인다. 각 작가들에게서 나타나는 집단주의의 특징적인 수용 양상에 관한 고구는 후속과제로 남겨둔다.

참고문헌

1. 기본 자료

(1) 소설

김주영 외, 『정통한국문학대계 43』, 어문각, 1989.

김주영, 『여름사냥』, 영풍문화사, 1976.

_____, 『女子를 찾습니다』, 한진출판사, 1975.

_____, 『외촌장 기행』, 문이당, 2001.

_____, 『즐거운 우리집』, 수상사 출판부, 1978.

_____, 『칼과 뿌리』, 열화당, 1977.

방영웅, 『살아가는 이야기』, 창작과비평사, 1974.

송 영, 『달리는 皇帝』, 문학과지성사, 1978.

_____, 『땅콩껍질속의 戀歌』, 수문서관, 1977.

_____, 『浮浪日記』, 열화당, 1977.

_____, 『先生과 皇太子』, 창작과비평사, 1974.

_____, 『지붕위의 寫眞師』, 백미사, 1980.

이병주, 『智異山』 1-4, 세운문화사, 1979.

_____, 『智異山』 5-8, 장학사, 1981.

전상국, 『바람난 마을』, 창작문화사, 1977.

_____, 『아베의 家族』, 은애, 1980.

_____, 『外燈』, 고려원, 1980.

_____, 『하늘 아래 그 자리』, 문학과지성사, 1979.

조선작, 『영자의 全盛時代』, 민음사, 1974.

_____, 『外野에서』, 예문관, 1976.

조해일, 『무쇠탈』, 솔, 1991.

_____, 『아메리카』, 민음사, 1974.

_____, 『往十里』, 삼중당, 1975.

_____, 『임꺽정에 관한 일곱 개의 이야기』, 책세상, 1986.

황석영, 『歌客』, 백제, 1978.

_____, 『客地』, 창작과비평사, 1974.

(2) 계간지 및 기타

『문학과지성』 1-40.

『창작과비평』 16-54.

대통령비서실 편, 『박정희 대통령 연설문집』, 7-16.

박정희, 『민족의 저력』, 광명출판사, 1971.

_____, 『민족중흥의 길』, 광명출판사, 1978.

2. 논문

강정구, 「1970~90년대 민족문학론의 근대성 비판」, 『국제어문』 38, 국제어문
학회, 2006.

_____, 「1970년대 민중/ 민족문학의 저항성 재고(再考)」, 『국제어문』 46, 국제
어문학회, 2009.

_____, 「리얼리즘에 대한 창비 세대의 태도」, 『현대문학의 연구』 39, 한국문학
연구학회, 2009.

_____, 「진보적 민족문학론에서 민중 개념의 형성 과정 연구」, 『비교문화연구』
11, 경희대 비교문화연구소, 2007.

_____, 「진보적 민족문학론의 민중 개념 형성론 보론」, 『세계문학비교연구』
27, 한국세계문학비교학회, 2009.

강진호, 「국가주의 규율과 '국어' 교과서-1~3차 교육과정의 『국어』 교과서를
중심으로」, 『현대문학의연구』 32, 한국문학연구학회, 2007.

곽승숙, 「1970년대 신문연재소설의 여성 인물과 '연애' 양상 연구-『별들의 고
향』, 『겨울여자』를 중심으로」, 『여성학논집』 23-2, 이화여대 한국여성
연구원, 2006.

권경미, 「하층계급 인물의 생성과 사회적 구조망-조선작의 『영자의 전성시대』를 중심으로」, 『현대소설연구』 49, 한국현대소설학회, 2012.

권보드래, 「4월의 문학혁명, 근대화론과의 대결-이청준과 방영웅, 『산문시대』에서 『창작과비평』까지」, 『한국문학연구』 39, 동국대 한국문학연구소, 2010.

김건우, 「국학, 국문학, 국사학과 세계사적 보편성-1970년대 비평의 한 기원」, 『한국현대문학연구』 36, 한국현대문학회, 2012.

김경연, 「주변부 여성 서사에 관한 고찰-이해조의 『강명화전』과 조선작의 『영자의 전성시대』를 중심으로」, 『문창어문논집』 42, 문창어문학회, 2005.

김나현, 「『창작과비평』의 담론 통합 전략-1970년대 아동문학론 수용을 중심으로」, 『현대문학의 연구』 50, 한국문학연구학회, 2013.

김병덕, 「폭압적 정치상황과 소설적 응전의 양상-조해일론」, 『비평문학』 49, 한국비평문학회, 2013.

김석수, 「공리주의, 합리성 그리고 한국 사회」, 『사회와철학』 3, 한국사회와철학연구회, 2002.

김성환, 「1960~70년대 계간지의 형성과정과 특성 연구」, 『한국현대문학연구』 30, 한국현대문학회, 2010.

김승종, 「황석영 초기 소설에 나타난 '문제적 개인'」, 『국어문학』 49, 국어문학회, 2010.

김영옥, 「70년대 근대화의 전개와 여성의 몸」, 『여성학논집』 18, 이화여대 한국여성연구원, 2001.

김옥선, 「김주영 소설의 문학적 실천 변모 양상 연구」, 경성대 석사논문, 2004.

김우영, 「남자(시민)되기와 군대-1970년대 『창작과비평』을 중심으로」, 『현대문학의 연구』 56, 한국문학연구학회, 2015.

김원규, 「1970년대 서사담론에 나타난 여성하위주체-조해일의 「왕십리」, 「아메리카」를 중심으로」, 『한국문예비평연구』 24, 한국현대문예비평학회, 2007.

김지혜, 「1970년대 대중소설의 죄의식 연구-최인호, 조해일, 조선작 작품을 중심으로」, 『현대소설연구』 52, 한국현대소설학회, 2013.

김현선, 「애국주의의 내용과 변화-1960~1990년대 교과서 분석을 중심으로」, 『정신문화연구』 87, 한국학중앙연구원, 2002.

김현주, 「1960년대 후반 '자유'의 인식론적, 정치적 전망-『창작과비평』을 중심으로」, 『현대문학의 연구』 48, 한국문학연구학회, 2012.

모영철, 「송영 소설의 공간성 연구」, 중앙대 문예창작학과 석사논문, 2011.

박성원, 「반(反)성장소설 연구-김주영과 최인호 소설을 중심으로」, 동국대 석사논문, 1999.

박수현, 「'우리'를 상상하는 몇 가지 방식-1970년대 소설과 집단주의」, 『우리문학연구』 42, 우리문학회, 2014.

_____, 「1970년대 계간지 『文學과 知性』 연구-비평의식의 심층구조를 중심으로」, 『우리어문연구』 33, 우리어문학회, 2009.

_____, 「1970년대 사회적·문학적 담론에 나타난 집단주의 연구-박정희 대통령의 담론과 『창작과비평』을 중심으로」, 『순천향 인문과학논총』 33-1, 순천향대 인문과학연구소, 2014.

_____, 「1970년대 한국 소설과 망탈리테」, 고려대 박사논문, 2011.

_____, 「거부와 공포-김주영의 단편소설 연구」, 『인문과학연구』 40, 강원대 인문과학연구소, 2014.

_____, 「도덕과 문학교육-2011 개정 교육과정에 따른 고등학교 문학 교과서 고찰」, 『어문론집』 64, 중앙어문학회, 2015.

_____, 「자학과 죄책감-조선작의 소설 연구」, 『한국민족문화』 49, 부산대 한국민족문화연구소, 2013.

_____, 「조선작 소설의 여성 표상 연구」, 『우리문학연구』 40, 우리문학회, 2013.

_____, 「조해일의 단편소설 연구-작가의식의 변모양상을 포함하여」, 『현대소설연구』 53, 한국현대소설학회, 2013.

_____, 「조해일의 소설과 도덕주의」, 『어문학』 121, 한국어문학회, 2013.

박연희, 「1970년대 『창작과비평』의 민중시 담론」, 『상허학보』 41, 상허학회,

2014.

박중렬, 「실록소설로서의 이병주의 『지리산』론」, 『현대문학이론연구』 29, 현대
　　문학이론학회, 2006.

박찬모, 「민족문학론과 민족주의 문학론, 그리고 '민족문학 담론'」, 『현대문학이
　　론연구』 31, 현대문학이론학회, 2007.

백영서·김병익·염무웅, 「『창작과비평』, 『문학과지성』을 말한다-김병익·염무
　　웅 초청 대담」, 『동방학지』 165, 연세대 국학연구원, 2014.

선주원, 「타자적 존재로서의 아버지 인식과 소설교육」, 『독서연구』 11, 한국독
　　서학회, 2004.

소영현, 「중심/ 주변의 위상학과 한반도라는 로컬리티-'〈성지〉가 곧 〈낙원〉이
　　되는 일'」, 『현대문학의 연구』 56, 한국문학연구학회, 2015.

손유경, 「현장과 육체-『창작과비평』의 민중지향성 분석」, 『현대문학의 연구』
　　56, 한국문학연구학회, 2015.

송기섭, 「민족문학론의 정신사적 계보」, 『한국언어문학』 35, 한국언어문학회,
　　1995.

송은영, 「민족문학이라는 쌍생아-1970년대 『창작과비평』의 민중론과 민족주
　　의」, 『상허학보』 46, 상허학회, 2016.

＿＿＿, 「『문학과지성』의 초기 행보와 민족주의 비판」, 『상허학보』 43, 상허학
　　회, 2015.

신수진, 「한국의 사회변동과 가족주의 전통」, 『한국가족관계학회지』 4-1, 한국
　　가족관계학회, 1999.

양선미, 「전상국 소설 연구」, 고려대 박사논문, 2012.

＿＿＿, 「전상국 소설 창작방법 연구」, 『한국문예창작』 24, 한국문예창작학회,
　　2012.

＿＿＿, 「전상국 소설에 나타난 '통혼'과 '귀향'의 의미」, 『인문과학연구』 15, 대
　　구가톨릭대 인문과학연구소, 2011.

＿＿＿, 「전상국 소설에서의 '산'의 의미」, 『인문과학연구』 17, 대구가톨릭대 인
　　문과학연구소, 2012.

오경복, 「한국 근현대 베스트셀러문학에 나타난 독서의 사회사-1970년대의 소비적 사랑의 대리체험적 독서」, 『비교한국학』 13-1, 국제비교한국학회, 2005.

오태호, 「전상국의 「동행」에 나타난 알레고리적 상상력 연구」, 『국제어문』 52, 국제어문학회, 2011.

_____, 「조해일의 「매일 죽는 사람」에 나타난 죽음 모티프 연구」, 『우리어문연구』 37, 우리어문학회, 2010.

_____, 「황석영의 「입석부근」에 나타난 성장 모티프 연구」, 『현대문학의 연구』 41, 한국문학연구학회, 2010.

유석천, 「김주영 단편소설의 인물 연구」, 중앙대 석사논문, 2009.

윤금선, 「1970년대 독서 대중화 운동 연구-중·후반기를 중심으로」, 『국어교육연구』 20, 서울대 국어교육연구소, 2007.

윤승준, 「설화를 통해 본 아시아인의 가치관」, 『동양학』 54, 단국대 동양학연구원, 2013.

윤정화, 「1980년대 역사소설 『객주』에 투사된 대중의 復古的 욕망과 유랑적 정체성 연구」, 『한국문학이론과 비평』 57, 한국문학이론과 비평학회, 2012.

윤천근, 「한국인의 운명적 하늘관」, 『동서철학연구』 58, 한국동서철학회, 2010.

이경란, 「1950~70년대 역사학계와 역사연구의 사회담론화-『사상계』와 『창작과비평』을 중심으로」, 『동방학지』 152, 연세대 국학연구원, 2010.

이동재, 「분단시대의 휴머니즘과 문학론-이병주의 『지리산』」, 『현대소설연구』 24, 한국현대소설학회, 2004.

이상갑, 「小市民·市民·大衆 문학론-'60, '70年代 批評을 중심으로」, 『어문연구』 28, 한국어문교육연구회, 2000.

이선영, 「가두는 세계와 열어내는 문학-송영의 『선생과 황태자』를 중심으로」, 『우리문학연구』 31, 우리문학회, 2010.

이용군, 「황석영 '성장 소설'에 나타난 모티프 연구-「잡초」, 「아우를 위하여」, 「입석부근」을 중심으로」, 『우리문학연구』 29, 우리문학회, 2010.

이정석, 「학병세대 작가 이병주를 통해 본 탈식민의 과제」, 『한중인문학연구』 33, 한중인문학회, 2011.

이정옥, 「산업화의 명암과 성적 욕망의 서사-1970년대 '창녀문학'에 나타난 여성 섹슈얼리티의 두 가지 양상」, 『한국문학논총』 29, 한국문학회, 2001.

이현석, 「1970년대 서사담론과 '문학주체' 재현의 논리」, 『한국문예창작』 32, 한국문예창작학회, 2014.

_____, 「4.19혁명과 60년대 말 문학담론에 나타난 비/ 정치의 감각과 논리-소시민 논쟁과 리얼리즘 논쟁을 중심으로」, 『한국현대문학연구』 35, 한국현대문학회, 2011.

이호규, 「이병주 초기 소설의 자유주의적 성격 연구-작가의식과 작중 인물을 중심으로」, 『현대문학의 연구』 45, 한국문학연구학회, 2011.

이화진, 「여성의 '타자'적 인식 극복과 영토확장-『문학과지성』에 게재된 여성작가소설을 중심으로」, 『어문학』 92, 한국어문학회, 2006.

임지연, 「『창작과비평』과 김수영」, 『겨레어문학』 55, 겨레어문학회, 2015.

전상기, 「1960·70년대 한국문학비평 연구-'문학과 지성' '창작과 비평'의 분화를 중심으로」, 성균관대 박사논문, 2003.

전승주, 「1960~70년대 문학비평 담론 속의 '민족(주의)' 이념의 두 양상」, 『민족문학사연구』 34, 민족문학사학회, 2007.

전우형, 「번역의 매체, 이론의 유포-A. 하우저『문학과 예술의 사회사』 번역과 차이의 담론화」, 『현대문학의 연구』 56, 한국문학연구학회, 2015.

전재호, 「박정희 체제의 민족주의 연구-담론과 정책을 중심으로」, 서강대 정치외교학과 박사논문, 1998.

정재림, 「전상국 소설에 나타난 추방자 형상 연구-「아베의 가족」, 「지빠귀 둥지 속의 뻐꾸기」를 중심으로」, 『한국문학이론과 비평』 55, 한국문학이론과 비평학회, 2012.

정종현, 「루쉰(魯迅)의 초상-1960~1970년대 냉전문화의 중국 심상지리」, 『사이間SAI』 14, 국제한국문학문화학회, 2013.

정찬영, 「역사적 사실과 문학적 진실-『지리산』론」, 『문창어문논집』 36, 문창어문학회, 1999.

정태연, 「한국사회의 집단주의적 성격에 대한 역사·문화적 분석」, 『한국심리학회지: 사회및 성격』 24-3, 한국심리학회, 2010.

정희모, 「1970년대 비평의 흐름과 두 방향-민족문학론을 중심으로」, 『비평문학』 16, 한국비평문학회, 2002.

조동숙, 「구원으로서의 귀향과 父權 회복의 의미-全商國의 作品論」, 『한국문학논총』 21, 한국문학회, 1997.

조명기, 「「영자의 전성시대」 연구」, 『국어국문학』 35, 부산대 국어국문학과, 1998.

_____, 「1970년대 대중소설의 한 양상-조해일의 『겨울 女子』를 중심으로」, 『대중서사연구』 10, 대중서사학회, 2003.

조혜정, 「한국의 사회변동과 가족주의」, 『한국문화인류학』 17, 한국문화인류학회, 1985.

차혜영, 「국어 교과서와 지배 이데올로기-1차~4차 교육과정기 중·고등학교 국어교과서를 대상으로」, 『상허학보』 15, 상허학회, 2005.

최기숙, 「『창작과비평』, '한국/ 고전/ 문학'의 경계횡단성과 대화적 모색-확장적 경계망과 상호 참조, 이념·문화·역사」, 『동방학지』 170, 연세대 국학연구원, 2015.

최현식, 「다중적 평등의 자유 혹은 개성적 차이의 자유-유신기 시 비평의 두 경향」, 『민족문화연구』 58, 고려대 민족문화연구원, 2013.

최현주, 「국가로망스로서의 이병주의 『지리산』」, 『현대문학이론연구』 55, 현대문학이론학회, 2013.

_____, 「김주영 성장소설의 함의와 해석」, 『한국언어문학』 47, 한국언어문학회, 2001.

하상일, 「1960년대 『창작과 비평』의 현실주의 비평담론-백낙청의 초기비평을 중심으로」, 『어문연구』 47, 어문연구학회, 2005.

_____, 「김현의 비평과 『문학과지성』의 형성과정」, 『비평문학』 27, 한국비평문학회, 2007.

＿＿＿, 「전후비평의 타자화와 폐쇄적 권력지향성-1960~70년대 '문학과지성' 에콜을 중심으로」, 『한국문학논총』 36, 한국문학회, 2004.

한강희, 「1960년대말~70년대초 '시민문학론' 발의 및 '민족문학론'의 변주 양상」, 『현대문학이론연구』 17, 현대문학이론학회, 2002.

한규석, 「집단주의/ 개인주의 이론의 현황과 그 전망」, 『한국심리학회지: 일반』 10, 한국심리학회, 1991.

한규석·신수진, 「한국인의 선호가치 변화-수직적 집단주의에서 수평적 개인주의로」, 『한국심리학회지: 사회 및 성격』 13, 한국심리학회, 1999.

한영주, 「김주영 성장소설 연구-부권 부재 상황을 중심으로」, 중앙대 석사논문, 2009.

홍성식, 「1970년대 민족문학론의 성격과 변모 과정」, 『새국어교육』 69, 한국국어교육학회, 2005.

＿＿＿, 「조선작의 초기 단편소설의 현실성과 다양성」, 『한국문예비평연구』 20, 한국현대문예비평학회, 2006.

황동하, 「소비에트 정치포스터에 나타난 스탈린 개인숭배의 '정치문화사'」, 『이화사학연구』 32, 이화사학연구소, 2005.

황병주, 「국민교육헌장과 박정희 체제의 지배담론」, 『역사문제연구』 15, 역사문제연구소, 2005.

＿＿＿, 「박정희 체제의 지배담론-근대화 담론을 중심으로」, 한양대 사학과 박사논문, 2008.

황호덕, 「끝나지 않은 전쟁의 산하, 끝낼 수 없는 겹쳐 읽기-식민지에서 분단까지, 이병주의 독서편력과 글쓰기」, 『사이間SAI』 10, 국제한국문학문화학회, 2011.

LEE Hye-ryoung, "Time of Capital, Time of a Nation," *Korea Journal*, Autumn 2011.

3. 평론 및 기타

고은·구중서·백낙청·유종호·이부영, 「좌담: 내가 생각하는 민족문학」, 『창작과비평』 49, 1978. 가을.

권명아, 「수난사 이야기로 다시 만들어진 민족 이야기」, 김철·신형기 외, 『문학 속의 파시즘』, 삼인, 2001.

권영민, 「內容과 手法의 多樣性」, 송영·조해일, 『삼성판 한국현대문학전집 54』 해설, 삼성출판사, 1981.

_____, 「두 권의 小說集이 갖는 意味」, 『세계의문학』, 1980. 겨울.

김경수, 「김주영 소설을 보는 시각」, 『작가세계』 11, 1991. 겨울.

김동춘, 「1960, 70년대 민주화운동세력의 대항이데올로기」, 역사문제연구소 편, 『한국정치의 지배이데올로기와 대항이데올로기』, 역사비평사, 1994.

_____, 「왜 1960, 70년대 민주화운동은 10월 유신을 저지하지 못했는가」, 『분단과 한국 사회』, 역사비평사, 1997.

김만수, 「〈집〉과 〈여행〉의 단편미학」, 『작가세계』 11, 1991. 겨울.

김병걸, 「20년대의 리얼리즘문학 비판」, 『창작과비평』 32, 1974. 여름.

_____, 「김정한문학과 리얼리즘」, 『창작과비평』 23, 1972. 봄.

_____, 「네 개의 중편소설」, 『창작과비평』 37, 1975. 가을.

김병익, 「가난한 사람들의 가난한 사랑」, 조해일, 『往十里』 해설, 삼중당, 1975.

_____, 「過去의 言語와 未來의 言語-趙海一의 近作들」, 『문학과지성』 13, 1973. 가을.

_____, 「近作 政治小說의 理解」, 『문학과지성』 19, 1975. 봄.

_____, 「否定的世界觀과 文學的 造形-그 治熱性 과 完璧性」, 조선작, 『영자의 全盛時代』 해설, 민음사, 1974.

_____, 「삶의 熾烈性과 언어의 完璧性-趙善作의 경우」, 『문학과지성』 16, 1974. 여름.

_____, 「受惠國知識人의 自己認識-趙海一의 『아메리카』를 중심으로」, 『문학과

지성』9, 1972. 가을.

_____ , 「實存, 그 存在論的 憂愁」, 『삼성판 한국현대문학전집 54: 송영·조해
　　　　일』 해설, 삼성출판사, 1981.

_____ , 「現實과 시니시즘」, 『창작과비평』 42, 1976. 겨울.

_____ , 「호모·파벨의 고통」, 조해일, 『아메리카』 해설, 민음사, 1974.

_____ , 「混亂과 虛僞-狂氣의 한 樣相, 全商國의 소설들」, 『문학과지성』 32,
　　　　1978. 여름.

김사인, 「金周榮의 풍자적 단편들」, 『제3세대 한국문학 18』 해설, 삼성출판사,
　　　　1983.

_____ , 「풍자와 그 극복-金周榮의 초기 단편」, 김주영 외, 『한국문학전집 36』
　　　　해설, 삼성출판사, 1993.

김열규, 「그 원상(原傷)의 우의(寓意)-全商國의 「아베의 家族」」, 전상국, 『아베
　　　　의家族』 해설, 문학사상사, 2002.

김용복, 「개발독재는 불가피한 필요악이었나」, 한국정치연구회 편, 『박정희를
　　　　넘어서』, 푸른숲, 1998.

김윤식, 「엄숙주의에 대하여-全商國論」, 『현대문학』, 1980. 5.

_____ , 「趙海一小說集 「아메리카」」, 『창작과비평』 33, 1974. 가을.

김인환, 「囚人의 視線」, 『창작과비평』 35, 1975. 봄.

김주연, 「70年代作家의 視點」, 『變動社會와 作家』, 문학과지성사, 1979.

_____ , 「農村과 都市 사이에서」, 김주영, 『여름사냥』 해설, 영풍문화사, 1976.

_____ , 「社會變動과 諷刺」, 『문학과지성』 17, 1974. 가을.

_____ , 「新聞小說과 젊은 作家들」, 『變動社會와 作家』, 문학과지성사, 1979.

_____ , 「어릿광대의 사랑과 슬픔」, 김주영, 『김주영 중단편전집 1: 도둑견습』
　　　　해설, 문이당, 2001.

_____ , 「자유와 이상-상징적 사실체」, 송영, 『선생과 황태자』 해설, 범우사,
　　　　2004.

_____ , 「窓 속의 理想主義-송영論」, 『변동사회와 작가』, 문학과지성사, 1979.

_____ , 「諷刺的 暗示의 小說手法」, 김주영, 『도둑견습』 해설, 범우사, 1979.

김주영·황종연, 「원초적 유목민의 발견」, 황종연 편, 『김주영 깊이 읽기』, 문학
　　과지성사, 1999.

김　철, 「민족/ 민중문학과 파시즘」, 『'국민'이라는 노예』, 삼인, 2005.

김춘복·송기숙·신경림·염무웅·홍영표, 「좌담: 농촌소설과 농민생활」, 『창작
　　과비평』 46, 1977. 겨울.

김치수, 「가족사와 사회사의 비극적 인식-전상국과 유재용」, 『문학과 비평의
　　구조』, 문학과지성사, 1984.

_____, 「文學과 文學社會學」, 『문학과지성』 30, 1977. 겨울.

_____, 「방황하는 젊음의 세계-송영의 소설」, 『공감의 비평을 위하여』, 문학과
　　지성사, 1991.

김　현, 「덧붙이기와 바꾸기-임꺽정 이야기의 변용」, 조해일, 『임꺽정에 관한
　　일곱 개의 이야기』 해설, 책세상, 1986.

_____, 「挫折과 人間的 삶」, 『문학과지성』 15, 1974. 봄.

_____, 「증오와 폭력-만인 대 일인의 싸움에 대하여」, 『분석과 해석』, 문학과
　　지성사, 1991.

_____, 「한계 상황의 인식」, 『김현문학전집 15: 행복한 책 읽기/ 문학단평모
　　음』, 문학과지성사, 1993.

김화영, 「겨울하늘을 나는 새의 문학」, 김주영, 『새를 찾아서』 해설, 나남출판,
　　1991.

두산동아백과사전연구소 편, 『두산세계대백과사전』, 두산동아, 2002.(http://
　　www.doopedia.co.kr/search/encyber/totalSearch.jsp?WT.ac=search.)

박동규, 「自由와 삶의 複合的 樣態」, 『제3세대 한국문학 5: 송영』 해설, 삼성출
　　판사, 1984.

백낙청, 「『創作과 批評』 2년 반」, 『창작과비평』 10, 1968. 여름.

_____, 「민족문학의 현단계」, 『창작과비평』 35, 1975. 봄.

서영인, 「1970년대의 서울, 현실의 발견과 압축」, 조해일, 『아메리카』 해설, 책
　　세상, 2007.

송화숙, 「박정희, 국가 근대화 프로젝트와 음악」, 민은기 편, 『독재자의 노래』,

한울, 2012.

신경림, 「문학과 민중」, 『창작과비평』 27, 1973. 봄.

신동욱, 「억센 것과 연약한 것의 엇갈림과 그 아름다움-全商國의 作品世界」, 전상국, 『전상국선집』 해설, 어문각, 1983.

신병식, 「징병제의 강화와 '조국 군대화(軍隊化)'」, 공제욱 편, 『국가와 일상-박정희 시대』, 한울, 2008.

신철하, 「한 현실주의자의 상상세계」, 조해일·서영은, 『한국소설문학대계 65』 해설, 동아출판사, 1995.

신형기, 「신동엽과 도덕화의 문제」, 『민족 이야기를 넘어서』, 삼인, 2003.

안삼환, 「産業社會의 批判的 同行者들」, 『문학과지성』 30, 1977. 겨울.

양진오, 「국외인의 현실주의」, 김주영, 『한국소설문학대계 70: 김주영』 해설, 동아출판사, 1995.

염무웅, 「8·15직후의 한국문학」, 『창작과비평』 37, 1975. 가을.

_____, 「농촌 현실과 오늘의 문학」, 『창작과비평』 18, 1970. 가을.

_____, 「식민지 문학관의 극복문제-민족문학관의 시론적 모색」, 『창작과비평』 50, 1978. 겨울.

오생근, 「個人意識의 克服」, 『문학과지성』 16, 1974. 여름.

_____, 「體驗과 個性的 表現」, 『문학과지성』 19, 1975. 봄.

_____, 「韓國大衆文學의 展開」, 『문학과지성』 29, 1977. 가을.

유 준, 「소설은 어떻게 감동의 축제가 되는가」, 전상국, 『바람난 마을』 해설, 책세상, 2007.

윤병로, 「金周榮의 작품세계-자기존재 확인 통한 휴머니즘」, 김주영, 『여름사냥』 해설, 일신서적출판사, 1994.

이경호, 「내성(耐性)과 부정(否定)의 생명력」, 김주영, 『김주영 중단편전집 3: 외촌장 기행』 해설, 문이당, 2001.

이만재, 「實名小說: 생각하는 몽상가」, 『제3세대 한국문학 5: 송영』 해설, 삼성출판사,1984.

이보영, 「失鄕文學의 樣相」, 『문학과지성』 23, 1976. 봄.

_____ , 「和解로의 길」, 『창작과비평』 41, 1976. 가을.

이상섭, 「세 개의 領域」, 『문학과지성』 22, 1975. 겨울.

이성환, 「근대와 탈근대」, 김성기 편, 『모더니티란 무엇인가』, 민음사, 1999.

이종수, 「유니크한 자기 세계와 원칙에 충실한 작가-송영」, 『문학과경계』, 2004. 봄.

이진경, 「자크 라캉-무의식의 이중구조와 주체화」, 이진경·신현준 외, 『철학의 탈주』, 새길, 1995.

이태동, 「자의식의 비극적 시선-송영論」, 『한국현대소설의 위상』, 문예출판사, 1986.

임옥희, 「청바지를 걸친 중세의 우화들-신화와 계몽의 변증법」, 『당대비평』 10, 생각의나무, 2000.

임지현, 「일상적 파시즘의 코드 읽기」, 임지현 외, 『우리 안의 파시즘』, 삼인, 2009.

임현진·송호근, 「박정희체제의 지배이데올로기」, 역사문제연구소 편, 『한국정치의 지배이데올로기와 대항이데올로기』, 역사비평사, 1994.

장경렬, 「'의미 세우기'에의 저항-송영의 문학과 그의 '탈의미화' 전략」, 송영, 『침입자』 해설, 청아출판사, 1994.

_____ , 「반(反)성장소설로서의 성장소설」, 『작가세계』 11, 1991. 겨울.

장문평, 「悲劇的 認識의 對照的 反映」, 『창작과비평』 40, 1976. 여름.

장석주, 「송영, 내향성의 문학」, 『20세기 한국문학의 탐험』, 시공사, 2000.

정규웅, 「疎外된 삶에의 愛情-金周榮의 作品世界」, 김주영, 『신한국문제작가선집 9: 김주영 선집』 해설, 어문각, 1978.

_____ , 「소외된 삶에의 人間愛」, 김주영, 『바보 研究』 해설, 삼중당, 1979.

정은경, 「어떻게 '비'인간적인 상황을 벗어날 것인가」, 송영, 『선생과 황태자』 해설, 책세상, 2007.

정주아, 「도시 속 악동의 불순한 생명력」, 김주영, 『여자를 찾습니다』 해설, 책세상, 2007.

정현기, 「자아붙들기와 자아떠나기의 세월」, 『작가세계』 11, 1991. 겨울.

조남현, 「1970년대 소설의 몇 갈래」, 김윤식 · 김우종 외, 『한국현대문학사』, 현대문학, 2005.

조동민, 「날개 잃은 天使의 悲歌」, 조해일, 『현대의 한국문학 10』 해설, 범한출판사, 1986.

진형준, 「戀愛의 풍속도」, 조해일, 『왕십리』 해설, 솔, 1993.

천이두, 「斜視와 正視」, 『문학과지성』 30, 1977. 겨울.

하응백, 「의리(義理)의 소설, 소설의 의리」, 김주영, 『김주영 중단편전집 2: 여자를 찾습니다』 해설, 문이당, 2001.

홍정선, 「현실로서의 비현실」, 조해일, 『무쇠탈』 해설, 솔, 1991.

볼프강 벨슈, 주은우 역, 「근대, 모던, 포스트모던」, 김성기 편, 『모더니티란 무엇인가』, 민음사, 1999.

4. 단행본

고명철, 『1970년대의 유신체제를 넘는 민족문학론』, 보고사, 2002.

권명아, 『가족이야기는 어떻게 만들어지는가』, 책세상, 2000.

권영민, 『한국현대문학사 1945~1990』, 민음사, 1997.

김윤식, 『이병주와 지리산』, 국학자료원, 2010.

_____ , 『한국문학의 근대성 비판』, 문예출판사, 1993.

김윤식 · 정호웅, 『한국소설사』, 문학동네, 2000.

김태길, 『韓國人의 價値觀研究』, 문음사, 1982.

박수현, 『망탈리테의 구속 혹은 1970년대 문학의 모태』, 소명출판, 2014.

신형기, 『민족 이야기를 넘어서』, 삼인, 2003.

윤평중, 『푸코와 하버마스를 넘어서』, 교보문고, 1992.

이득재, 『가족주의는 야만이다』, 소나무, 2001.

이선영 편, 『문학비평의 방법과 실제』, 삼지원, 2011.

이재선, 『현대 한국소설사 1945~1990』, 민음사, 1996.

이진경, 『근대적 시·공간의 탄생』, 그린비, 2010.

임지현 외, 『우리 안의 파시즘』, 삼인, 2009.

장휘숙, 『청년심리학』, 박영사, 2004.

정옥분, 『성인·노인심리학』, 학지사, 2008.

_____, 『청년심리학』, 학지사, 2005.

조긍호, 『동아시아 집단주의의 유학사상적 배경-심리학적 접근』, 지식산업사, 2007.

철학사전편찬위원회, 『철학사전』, 중원문화, 2009.

한국문학평론가협회 편, 『문학비평용어사전 下』, 국학자료원, 2006.

한남제, 『現代韓國家族研究』, 일지사, 1989.

한만수, 『잠시 검열이 있겠습니다』, 개마고원, 2012.

황종연 편, 『김주영 깊이 읽기』, 문학과지성사.

가라타니 고진, 송태욱 역, 『윤리21』, 사회평론, 2009.

가라타니 고진, 조영일 역, 『언어와 비극』, 도서출판 b, 2004.

게오르그 루카치, 반성완 역, 『루카치 소설의 이론』, 심설당, 1998.

루이 알튀세르, 김동수 역, 『아미앵에서의 주장』, 솔, 1998.

리처드 니스벳, 최인철 역, 『생각의 지도』, 김영사, 2013.

리타 펠스키, 김영찬·심진경 역, 『근대성의 젠더』, 자음과모음, 2010.

마크 네오클레우스, 정준영 역, 『파시즘』, 이후, 2002.

막스 호르크하이머·테오도르 아도르노, 김유동·주경식·이상훈 역, 『계몽의 변증법』, 문예출판사, 1996.

미셸 푸코, 오생근 역, 『감시와 처벌-감옥의 역사』, 나남출판, 2003.

발터 벤야민, 최성만 역, 『역사의 개념에 대하여/ 폭력비판을 위하여/ 초현실주의 외』, 길, 2008.

사까이 나오끼, 이규수 역, 『국민주의의 포이에시스』, 창비, 2003.

알랭 투렌, 정수복·이기현 역, 『현대성 비판』, 문예출판사, 1996.

에드워드 사이드, 장호연 역, 『말년의 양식에 관하여』, 마티, 2012.

이마무라 히토시, 이수정 역, 『근대성의 구조』, 민음사, 1999.

장 자크 루소, 최석기 역, 『인간불평등기원론/ 사회계약론』, 동서문화사, 2007.

주디스 버틀러, 양효실 역, 『윤리적 폭력 비판』, 인간사랑, 2013.

테오도르 아도르노, 김유동 역, 『미니마 모랄리아』, 길, 2007.

토마스 홉스, 진석용 역, 『리바이어던 1』, 나남, 2012.

한나 아렌트, 이진우·박미애 역, 『전체주의의 기원 2』, 한길사, 2010.

헤르트 홉스테드 외, 차재호·나은영 역, 『세계의 문화와 조직-정신의 소프트웨어』, 학지사, 2014.

호미 바바, 나병철 역, 『문화의 위치』, 소명출판, 2012.

출처

이 책에 수록된 논문들의 출처를 다음과 같이 밝힌다.

「조해일의 단편소설 연구-작가의식의 변모양상을 포함하여」, 『현대소설연구』 53, 한국현대소설학회, 2013.

「폭력의 기원과 공권력의 구조-1970년대 송영 소설 연구」, 『현대문학이론연구』 53, 현대문학이론학회, 2013.

「저항과 투항-송영의 1970년대 소설에 나타난 가짜·사기·도둑의 의미와 그 한계」, 『한국문학이론과 비평』 59, 한국문학이론과 비평학회, 2013.

「김주영 단편소설의 반(反)근대성 연구」, 『한국문학논총』 66, 한국문학회, 2014.

「조해일의 소설과 도덕주의」, 『어문학』 121, 한국어문학회, 2013.

「1970년대 문학과 사회의 도덕주의-『창작과비평』·『문학과지성』·박정희 대통령의 담론을 중심으로」, 『우리어문연구』 55, 우리어문학회, 2016.

「1970년대 사회적·문학적 담론에 나타난 집단주의 연구-박정희 대통령의 담론과 『창작과비평』을 중심으로」, 『순천향 인문과학논총』 33-1, 순천향대 인문과학연구소, 2014.

「'우리'를 상상하는 몇 가지 방식-1970년대 소설과 집단주의」, 『우리문학연구』 42, 우리문학회, 2014.

「1970년대 전상국 소설에 나타난 집단주의」, 『국제어문』 61, 국제어문학회, 2014.